Jarosław Klejnocki

CZŁOWIEK OSTATNIEJ SZANSY

Wydawnictwo Literackie

© Copyright by Jarosław Klejnocki
© Copyright by Wydawnictwo Literackie, 2010

Wydanie pierwsze

ISBN 978-83-08-04465-0

Nigdy nie zapominaj:
Chodzimy nad piekłem
Oglądając kwiaty.

Issa Kobayashi, przeł. Czesław Miłosz

Formą jego jest logika,
lecz istotą zamęt.

Tomasz Mann,
Czarodziejska góra,
przeł. Józef Kramsztyk

Uwielbiam spać.
W odpowiedzi na obecną
sytuację świata sądzę,
że najlepsze, co mogę zrobić,
to położyć się spać.

Tsunetomo Yamamoto,
Hagakure — Sekretna Księga Samurajów,
przeł. Sławomir Pawłowski

Dla Kazka, Verona i Klemensa

PRZEDTEM...

Antykwariusz często zostawał w sklepie po zamknięciu. Kiedy nie było już klientów i tych wszystkich irytujących oglądaczy, co do których był pewien, że niczego nie kupią, lubił położyć na wielkim stole jedną z nowo nabytych książek i przeglądać ją — zdarzało się, że do późnej nocy. Był samotnikiem. W domu nikt na niego nie czekał.

Miał już swoje lata, był, tak naprawdę, starym człowiekiem. Przynajmniej wedle standardów obowiązujących w rodzimym kraju. Ale pogodził się z tym, choć gdzie indziej mężczyźni w jego wieku żenili się po raz drugi, by na progu emerytury sprokurować sobie kolejne dziecko. Ale on nie miał takich potrzeb. Nie interesowały go też przemiany polityczne ani gospodarcze. Nie czytał gazet, nie oglądał telewizji. Za nic miał społeczne igrzyska rozgrywające się na oczach jego współrodaków. Żył własnym, wyciszonym życiem, na marginesie głównego nurtu wydarzeń.

Jego ojczyzną były książki. Im starsze, tym bardziej ekscytujące. A popyt i podaż na nie pozostawały w świetnych relacjach. Pasjonaci z Zachodu wciąż dopytywali się o nowe woluminy, domy aukcyjne organizowały wciąż nowe sesje, na których ceny skakały do niebotycznych, jak na polskie warunki, poziomów.

To był dobry czas.

Antykwariusz korzystał z koniunktury, nie przejmując się zanadto źródłem pochodzenia nabywanych woluminów. Przyjmował je w komis albo do sprzedaży, zawsze gdy klient dysponował najbardziej niewiarygodnym, ale dającym jakąś osłonę dowodem: fakturą lub choćby osobistą relacją o konieczności wyprzedaży rodzinnego majątku dla poratowania sytuacji finansowej.

Czasami otrzymywał zlecenie od kogoś, z kim zdarzyło mu się współpracować wcześniej i do kogo nabrał zaufania. Godził się wtedy na dokonanie retuszy i przeróbek, które uniemożliwiłyby identyfikację poprzedniego właściciela. Jakoś nie przeszkadzało mu to, że popełnia w ten sposób pospolite przestępstwo. Ważniejsza była sama możliwość obcowania z dziełem.

Oczywiście antykwariusz zdawał sobie sprawę, że fachowe oko zawsze rozpozna ingerencję, ale tym też nie zaprzątał sobie głowy. Po pierwsze dlatego, że zachodnie domy aukcyjne, nawet te renomowane, nie zajmowały się weryfikacją w tak drobnych sprawach, po drugie całą odpowiedzialność brał na siebie zachodni antykwariusz wystawiający konkretne dzieło na aukcji. Wysokość honorarium też miała swoją wagę. To właśnie przyzwoite dochody pozwalały mu zachować niezależność, dawały luksus wolności, którą inni, w tym jego nieliczni znajomi, skłonni byli nazywać ekscentryzmem.

Antykwariusz utrzymywał bliskie relacje z wieloma zachodnimi marszandami. Najchętniejsi do współpracy byli antykwariusze niemieccy. W relacjach z nimi pozostawał respektowanym i dyskretnym pośrednikiem, rzeczoznawcą, wreszcie — partnerem w szarej strefie. W Niemczech cenił sobie konkretność i rzetelność. Poza tym płacili w terminie. W zależności od rodzaju transakcji — przelewem lub czekiem, a nawet, co nadzwyczaj rzadkie w czasach elektroniki i kart kredytowych, gotówką.

Poza finansową satysfakcją, czerpał wyjątkowe zadowolenie z samej pracy. Tak jak na przykład teraz.

Inkunabuł, który leżał przed nim na stole, *Etymologiae* Świętego Izydora z Sewilli, był czymś naprawdę wyjątkowym. Ci, którzy książkę przynieśli, nie wyglądali na miłośników literatury: grube karki, wygolone głowy, złote łańcuchy na szyjach. Byli obcesowi i aroganccy. Nie szkodzi. Izydor z Sewilli. W jego własnym sklepie, własnej pracowni. Liczyło się tylko to. Przez chwilę, przez dzień, dwa był tylko jego własnością. Mógł przekładać karty, rozkoszując się wonią starego pergaminu, pomieszanego z kurzem bibliotecznym, mógł cieszyć się szorstką fakturą stron, mógł wreszcie podziwiać ilustracje, średniowieczny krój liter stawianych niegdyś przez uważnych mnichów. Taki skarb, taki skarb! Jutro rano przybędzie wysłannik odbiorcy, najpewniej jeden z tych myszowatych, nie przyciągających uwagi facecików, legitymujący się plenipotencją od zleceniodawców, by zabrać Izydora w daleką podróż do innego kraju.

Trzeba było jednak to dzieło odpowiednio spreparować. Miał w tym doświadczenie. No tak, najpierw znaki na górnej części wyklejki przedniej okładki. Figurował tam wpis z przełomu XV i XVI wieku, stwierdzający, że pierwszym właścicielem inkunabułu był jeden z profesorów Akademii Krakowskiej, a to znaczyło, że księga należała zapewne do zasobów bibliotecznych krakowskiej uczelni. Kiedy doszedł do pierwszej karty druku — był już tego pewien. W części dolnego marginesu znajdowała się odpowiednia sygnatura. Teraz musiał umiejętnie wyciąć oba fragmenty i wkleić w to miejsce właściwej wielkości kawałki starego papieru imitującego oryginalną kartę.

Z zapałem przystąpił do pracy.

Niemal kończył, gdy pochylony na rozłożonym dziełem usłyszał nagle dziwne skrzypnięcie. Jakby ktoś majstrował przy drzwiach wejściowych. Zaniepokojony, odłożył narzędzia. Cóż to mogło być? I o takiej porze?

Wyszedł z pracowni położonej na zapleczu sklepu. Zapalił światło w głównym pomieszczeniu.

Pusto.

Wciąż czuł niepokój. Miał wrażenie, jakby ktoś zaczaił się za jego plecami.

Przeczucie go nie myliło.

Zza półek z książkami nagle bezszelestnie wysunęła się postać, cała w czerni. Jej głowę skrywał kaptur albo raczej coś w rodzaju kominiarki. Obcy w dłoniach dzierżył niezbyt długi miecz. Antykwariusz nie wierzył własnym oczom.

Zanim zdążył wypowiedzieć słowo, padł pierwszy cios.

* * *

M/s Gotland wykonał zgrabny zwrot w lewo i oczom pasażerów zgromadzonych na prawej burcie ukazało się miasteczko Visby w pełnej krasie. Widok z morza nie oddawał całego piękna stolicy Gotlandii (wizerunek psuły wielkie zbiorniki paliwa i instalacje portowe), ale i tak na kimś, kto przypłynął tu pierwszy raz, panorama musiała robić wrażenie.

Zapewne na każdym turyście, wybierającym się w te strony, ale nie na mężczyźnie siedzącym posępnie w inwalidzkim wózku pośrodku stolików promowej kafeterii. On widział już ten pejzaż wiele razy i zdawało się, że jest nim, co najwyżej, znudzony. Spod przymrużonych powiek obserwował entuzjazm wakacyjnych pasażerów, radosne piski i bieganinę dzieci, zadowolenie rodziców, podniecenie statecznych na co dzień emerytów; cały ten zgiełk towarzyszący momentowi dotarcia do celu. M/s Gotland, potężny prom, zbudowany niedawno w chińskiej stoczni, by wozić setki zadowolonych z życia Szwedów, obracał się powoli, by wreszcie majestatycznie zacumować w wyznaczonym miejscu.

Mężczyzna już z pokładu zamówił taksówkę, zaznaczając, że potrzebny jest van do transportu wózka.

Z pewnością czekała już na niego w porcie. Tak, lubił tę szwedzką dokładność i niezawodność. Podobnie cenił sobie zrozumienie i opiekę, jaką cieszyć się mogli w tym kraju niepełnosprawni. Dlatego właśnie wybrał Szwecję, kiedy planował swoje przedsięwzięcie, choć mógłby przecież zdecydować się na każdy inny europejski kraj z lepszym klimatem. Ale zależało mu także na tym, by pozostawać na uboczu, a Szwecja gwarantowała dyskrecję. A jeśli chciał pozostawać z dala od zgiełku i jednocześnie nie mieszkać na jakimś kompletnym odludziu, to takim właśnie miejscem była Gotlandia. Z tego samego powodu wybierał zawsze podróż promem z Nynäshamn lub ostatecznie z Oskarshamn, jeśli tak mu akurat bardziej pasowało, a nie przelot samolotem, choć przecież stać go było na wynajmowanie prywatnych awionetek.

Taksówka rzeczywiście już czekała, a kierowca wyszedł do hali przyjazdów, gotowy pomóc. Mężczyzna jednak radził sobie doskonale — jego automatyczny wózek był rolls-royce'em w swojej klasie. Na ten, jeden z nielicznych, zewnętrznych przejawów luksusu pozwolił sobie bez skrupułów.

Pojechali, jak zwykle, dookoła. Farjeleden do ronda, potem Södervåg, wzdłuż murów okalających stare miasto, skręcili w Sölbergagatan, by tuż za pływalnią dać ostro w lewo i Skolportsgatan wjechać przez jedną z bram w obręb najstarszej części miasta. Średniowieczne mury zachowały się doskonale, wewnątrz nich znajdował się labirynt maleńkich kamieniczek, wąziutkich i krętych ulic, wszystko jak z pocztówki.

Za tymi cukierkowatymi widoczkami miała się skrywać mroczna legenda. Podobno władze hanzeatyckiego Visby wzniosły mury nie tyle dla obrony miasta przed najeźdźcami, ile dla ochrony przybywających do portu statków należących do związku handlowego przed krewkimi autochtonami, którzy widząc cumujące pękate galeony, odkrywali nagle w sobie wigor i temperament wikingów i ruszali, z czym kto miał pod ręką, łupić i rabować.

Mężczyzna nie zaprzątał sobie głowy podobnymi historiami, należącymi do lokalnego folkloru, kolportowanymi świadomie przez przewodniki turystyczne, by uczynić miasto jeszcze bardziej „klimatycznym".

Lawirując w zaułkach i omijając uważnie grupki turystów, którzy o tej porze roku najeżdżali Visby niczym riwierę, van dojechał wreszcie do ulicy Nygatan, położonej wysoko nad skarpą. U jej podnóża stała potężna katedra Świętej Marii, odbudowana, w przeciwieństwie do reszty kościołów w mieście, straszących kikutami poszczerbionych, zrujnowanych przez wieki ścian. Za ten widok z okien: surowe, szare wieże katedry wznoszące się ponad czerwonymi dachami kamieniczek na tle morza, gotów był niegdyś zapłacić naprawdę duże pieniądze. I zapłacił. Teraz cieszył się widokami, o których zwykli śmiertelnicy mogli jedynie pomarzyć.

Poczekał, aż taksówka zniknie za zakrętem. Potem betonową rampą specjalnie dobudowaną, by wózek mógł sam pokonać trudności terenu, podjechał pod drzwi wejściowe. Dom z zewnątrz nie wyglądał okazale i nie wyróżniał się zanadto wśród okolicznych budyneczków.

Pozory myliły.

Przy drzwiach wisiała metalowa skrzynka zawieszona akurat na wysokości głowy siedzącego w wózku mężczyzny. Wewnątrz obudowy pulsował zielonym światłem malutki ekranik. Mężczyzna zbliżył doń oko i poczekał, aż czytnik zeskanuje jego źrenicę. Gdy to się stało — drzwi otworzyły się same. Człowiek na wózku rozejrzał się uważnie dookoła i wjechał powoli do środka.

Wewnątrz zapaliły się automatycznie światła. Było późne popołudnie, słońce stało jeszcze wysoko na niebie, ale mężczyzna lubił światło. Ciemność go przygnębiała. Gdyby oświetlenie okazało się niepotrzebne, można było zawsze wyłączyć je ręcznie. Zaparkował wózek w salonie, w specjalnie do tego przeznaczonym miejscu, w kącie obok plazmowego ekranu. Mógł wreszcie unieruchomić elektryczny motor i zrobić to, o czym marzył od pewnego czasu.

Stanąć na własnych nogach.

CZĘŚĆ PIERWSZA

I.

Komisarz Ireneusz Nawrocki pił w samotności.

Rano odwiózł Małgorzatę i Jasia na lotnisko, potem wpadł do komendy, poprzewracał papiery na biurku, dokończył zaległy raport i usprawiedliwiwszy się telefonicznie u sekretarki naczelnika, czmychnął czym prędzej do domu.

Po drodze kupił w osiedlowych delikatesach „Laguna" dwa czerwone wina Furia. Zamierzał świętować swój pierwszy dzień wolności od rodziny. Jednak ekspedientka w sklepie popsuła mu humor. Zakomunikowała, że to już końcówka ulubionych wytrawnych win komisarza. Pacific Coast oraz Furia właśnie — oba pozostające w przystępnych cenach (piętnaście i dziewiętnaście złotych pięćdziesiąt groszy) — miały już nie być sprowadzane albo też ich import, z powodów, które tej miłej jasnowłosej dziewczynie nie były znane, miał natrafić na jakieś bliżej niesprecyzowane trudności. Polecała natomiast bułgarskie wino Tcherga, podobno smaczne (jak się wyraziła) i również niedrogie (siedemnaście złotych pięćdziesiąt groszy). Nawrocki był załamany. Dawno porzucił Sophię, którą przez lata degustował namiętnie, i miał nadzieję nigdy już nie powrócić do winnych bułgarskich napitków.

Humor pogorszył mu się jeszcze bardziej, gdy ekspedientka poinformowała go, jako stałego klienta, że są jakieś protesty mieszkańców i burmistrz Mokotowa rozpatruje możliwość likwidacji sklepu. A już do szczętu dobiło go to, że w telewizji nie znalazł żadnego programu czy filmu, który mógłby mu tego popołudnia towarzyszyć na tyle dyskretnie, by nie zakłócać przyjemności obcowania z winem. W desperacji zakotwiczył się więc na kanale kuchnia.tv, ufając, że porady kulinarne będą tyleż miłe dla oka, co i ucha. Jednak radosny kucharz pichcący coś ewidentnie azjatyckiego (używał woka) szybko ustąpił miejsca dokumentalnemu filmowi o uprawie szparagów w Niemczech. W pierwszym odruchu Nawrocki zapragnął zmienić program i dalej surfować po kanałach w poszukiwaniu czegoś dyskretnego, ale reportaż już przykuł jego uwagę i wciągnął w lekko perwersyjne obrazy rolniczej prowincji Nadrenii Palatynatu, czy gdzie też to się wszystko odbywało. Z niechęcią, ale na pograniczu zafascynowania oglądał więc bauera przy pracy, która polegała głównie na gromkim pokrzykiwaniu na polskich, skądinąd, pracowników. Z rosnącą zgrozą podążał za okiem kamery portretującej styl życia bogatej gospodarskiej rodziny. Estetyka domu spełniała wszystkie normy stereotypowych wyobrażeń o niemieckim guście. Dominował absolutny kicz. Rozmowy gospodarzy przy zajęciach domowych, a także podczas rodzinnych uroczystości ociekały wzorcowymi truizmami. No i te szparagi. Do śniadania w sałatce, do obiadu pod beszamelem, na kolację wymieszane ze sztuką mięsa... Kobiety z bauerskiej rodziny wciąż kompulsywnie kroiły białe pędy, a poetyka filmu niebezpiecznie przywoływała sceny realistyczne w dowolnym filmie pornograficznym. Nawrocki męczył się, ale coś go zatrzymywało przy tej relacji. Wreszcie nadszedł czas na prezentację hobby gospodarza. Oprócz jazdy konnej w weekendy były to stare traktory. W szopie stały odrestaurowane modele pamiętające zapewne Republikę Weimarską i kanclerza Adolfa, a także młodsze modele z lat pięćdziesiątych i sześćdziesiątych. A na koniec clou programu — gospodarz na zlocie miłośników dawnych maszyn rolniczych. Ścisk, tłum, zielone kapelusiki, piwo i wursty, nalane twarze, zgiełk. Heinrich (a może Dietrich?) perroruje w podekscytowanej i rozbawionej grupie jemu podobnych: „Traktor to niezwykła maszyna. Jest taki pierwotny, a jednocześnie opiekuńczy...".

Tego już komisarz nie zdzierżył i po prostu wyłączył telewizor. A gdy tylko przymknął oczy i odchylił głowę, by ją oprzeć na fotelu — zadzwonił telefon. To była sekretarka naczelnika. Nawrocki spojrzał na zegarek. Dopiero osiemnasta, a jemu wydawało się, że jest już późny wieczór. Przełożony komisarza, jak poinformowała go lubiana powszechnie pani Zosia, wzywał go jutro na spotkanie z samego rana, powiedzmy około ósmej trzydzieści.

I tak humor Nawrockiego uległ jeszcze dalszemu pogorszeniu.

17

Wtedy zdał sobie sprawę, że czuje się inaczej niż zwykle. Życie rodzinne dawało mu dotychczas wiele satysfakcji, a gdy wreszcie, choć niemal już stracili z Małgorzatą nadzieję, urodził im się Jaś, poczucie radości pozwalało mu przetrwać najgorsze doświadczenia. Rodzina, choć przecież daleka od ideału, pełna typowych drobnych konfliktów i napięć, stanowiła dlań oparcie, a dom był wytchnieniem. Tak przynajmniej mu się wydawało. A jednak od jakiegoś czasu atmosfera domowa psuła się. Bzdurne kłótnie wybuchały z większą intensywnością, syn — choć przecież wyczekiwany i ukochany — zdawał się go w codziennej rutynie życia irytować coraz bardziej, a i z Małgorzatą dogadywał się od pewnego czasu z większą trudnością. Oddalili się od siebie — jak to powiadają w modnych filmach obyczajowych. Coś tu w każdym razie nie grało. Niegdyś wyjazd żony z dzieckiem na urlop to było wydarzenie podszyte niepokojem i właściwie, już na drugi dzień po tymczasowej rozłące, wywołujące tęsknotę. A teraz oni wyjechali, a Nawrocki świętuje samotność. Jakby na to czekał. Wrócił myślą do reportażu o niemieckich magnatach szparagowych. Wszystko wyglądało tam na płytkie, nawet prymitywne, pozbawione emocjonalnego oddechu, ale kamera nie kłamała. Tamta rodzina uprawiająca z zacięciem szparagi, by potem konsumować je w niezliczonych kulinarnych odsłonach, wydawała się naturalnie zintegrowana i na swój sposób szczęśliwa, choć żaden z rolników nie potrafił tego wypowiedzieć i opisać w bardziej wyrafinowanej formie.

Nawrocki męczył się z sobą. Radość z samotności, optymistyczną perspektywę odsapnięcia od ciągłej obecności bliskich przez dwa tygodnie zakłócały komisarzowi niespokojne myśli o tym, że jeszcze nie tak dawno przeżywałby to rozstanie zupełnie inaczej.

W połowie drugiej butelki zdał sobie sprawę, że alkohol już mu nie smakuje. Ale pił dalej. Żeby się znieczulić, żeby nie myśleć, żeby paść półprzytomnie, zanurzyć się w pościeli i zniknąć.

*

Po wczorajszym wieczorze bolała go głowa. A naczelnik był tego dnia ewidentnie w znakomitym humorze. To nie może wróżyć niczego dobrego, pomyślał odruchowo komisarz. I nie mylił się.

— Wcześnie coś wczoraj wyszliście? — rozpoczął przełożony w swej ulubionej stylistyce, rodem z późnego PRL-u.

— Byłem u lekarza, panie naczelniku. — Komisarz starał się nadać swemu głosowi lekko zbolałe brzmienie.

— Jakieś kłopoty, coś poważnego? — naczelnik udał zainteresowanie.

— Nie, nie, rutynowa kontrola. Nie jesteśmy coraz młodsi...

— Oj, co prawda, to prawda — zamyślił się naczelnik. Ale też zaraz pokraśniał, podskoczył lekko w fotelu i już wyraźnie zadowolony, wypalił:

— No, Nawrocki! Koniec tej waszej partyzantki! Będziecie teraz mieli lepiej. Mniej obowiązków — zdrowie będziecie mogli podratować...

Komisarz westchnął w głębi duszy, już pewien, że czekają go nowe kłopoty, ale postanowił nie ułatwiać zadania przełożonemu. Odwrócił nawet prowokacyjnie głowę w stronę okna.

Tego dnia, jak też kilkunastu poprzednich, słońce prażyło nieubłaganie. W pomieszczeniach komendy stołecznej, pozbawionych rzecz jasna klimatyzacji — oszczędności! — ciężko było wytrzymać. Pot spływał po karku rozradowanego naczelnika. Pot drążył ścieżki na szyi znużonego i zblazowanego Nawrockiego.

— Słuchacie mnie? — naczelnik podniósł głos.

— Oczywiście! Tak jest, panie naczelniku! — zareagował ekspresywnie komisarz.

— Dobra, dobra. Bez teatru, Nawrocki. — Oficer przerzucił niecierpliwie papiery na biurku. — Jak powiedziałem, wreszcie naczalstwo postanowiło zrobić porządek z tym waszym burdelem...

— To znaczy? — Nawrocki nie mógł powstrzymać się od wejścia w słowo przełożonemu.

— Nie przerywajcie! To znaczy, że cała ta wasza impreza z niezależnymi dochodzeniami, specjalną pozycją w strukturach komendy — „struktury komendy" przełożony Nawrockiego wypowiedział z wyraźną lubością — wreszcie została unormowana...

— Ale o co chodzi konkretnie?

— Prosiłem, żebyście nie przerywali!

— Przepraszam!

— No! Więc, jak mówiłem, czeka nas, to znaczy, raczej was, reorganizacja. Od poniedziałku zaczyna działać Sekcja Spraw Specjalnych. Kryptonim S-3.

Zostaniecie jej szefem. Sekcja wejdzie w skład wydziału do walki z terrorem kryminalnym. Odchodzicie od nas.

— Jak to? — Nawrocki nie potrafił ukryć zdziwienia.

— Tak to, tak to! — niemal wyśpiewał naczelnik, który komisarza — z wzajemnością — nie lubił i najwyraźniej cieszył się niezmiernie, że pozbywa się problemu. — Dalej to będzie się z wami woził Mietek.

Inspektor Różycki, szef wydziału, pomyślał sobie natychmiast komisarz. A może to i dobrze? Ten tłusty wieprz rozradowany, że wykopuje Nawrockiego ze swego podwórka, ten muzealny relikt po dawnych czasach tylko utrudniał mu życie. A Różycki? Miał niezłą opinię. Szanowano go, uchodził za profesjonalistę. Chłopcy z terroru nie mogli się go nachwalić. Zatem?

— Ale co to znaczy, że powstaje sekcja, panie naczelniku? — Nawrocki nie wyzbył się do końca wątpliwości.

— A to znaczy, Nawrocki, że będziecie mieli ludzi pod sobą. I regulamin nad sobą. Wreszcie!

— Jakich ludzi? — drążył komisarz.

— No jak to? Tego swojego Mirka, co to go ciągle wyławialiście z dochodzeniówki, a oni nijak nie potrafili rozliczyć jego czynności po bożemu. Tak, tak, nie patrzcie na mnie jak wół na karetę! Teraz Mireczek to jest wasza broszka i będziecie musieli jakoś uzasadnić jego działania w zgodzie z ogólnie obowiązującymi wytycznymi.

Lata minęły, mamy zupełnie nową rzeczywistość, a ten prostak wciąż mówi tak, jakby trwały czasy Milicji Obywatelskiej, obruszał się w duchu Nawrocki.

— To co, cała ta sekcja to my z Mirkiem we dwóch? — nie umiał się wyzbyć ironii, zresztą i tak nie miał wątpliwości, że naczelnik jej nie dostrzeże.

— Jakich dwóch, jakich dwóch? Powiedziałem S-3, więc będzie was trzech!

— Trzech?

— A i owszem. Dostajecie nowego gościa pod skrzydła.

— Słucham? — Nawrocki niemal podskoczył na krześle.

— A tak. Podkomisarz Marcin Pirwitz. Przyszedł do nas z GROM-u. Odniósł jakąś kontuzję i nie mógł kontynuować tam służby. Na jego własną prośbę przenieśli go do policji. Nie martwcie się, przeszedł podstawowe przeszkolenie w Szczytnie, potem był jeszcze w Legionowie. Podobno nawet — naczelnik zajrzał w notatki — tak, rzeczywiście, wyróżnił się podczas zajęć. Komendant go nagrodził na zakończenie kursu. Ale w ogóle wieść niesie, że to jakiś bohater. Tajemnica, rozumiecie? No, to będziecie niańczyć bohatera. Cieszycie się? — zakończył naczelnik, udowadniając, że i jemu zmysł ironii nie był jednak obcy.

— Jasne! Cieszę się, panie naczelniku. Jestem wręcz wniebowzięty — odrzekł Nawrocki sarkastycznie.

— No widzicie. Znaczy się — awansowaliście! Zawsze w was wierzyłem!

Komentarz, który przyszedł mu do głowy, komisarz zachował jednak dla siebie.

*

Po powrocie do swojego pokoju w komendzie, zwanego szumnie gabinetem, Nawrocki od razu wybrał numer komórki Zygmunta Miłoszewskiego, szefa stołecznych antyterrorystów. Byli kumplami od dawna, a kiedy Zygmunt odbił rodzinę komisarza z rąk porywaczy, ich znajomość pogłębiła się znacznie*.

— Cześć, tu Irek, możemy chwilę pogadać?

— No czołem! Nie dawałeś ostatnio znaku życia. Co u ciebie?

— Stara bieda, szkoda słów. Słuchaj, trochę jestem w niedoczasie, a mam prośbę...

— Wal.

— Jest tak: reformują nam przydziały, jak zwykle zamiana jednego burdelu na drugi.

— Normalka.

— Właśnie. Wyobraź sobie, że przenieśli mnie do terroru i zrobili szefem sekcji.

— Gratulacje!

— A idź tam! Wolałem stare rozwiązanie, przynajmniej nikt mi nic nie pieprzył...

— Ale Mietek z terroru podobno wporzo gość. Lepszy od tego wieprza, któremu do tej pory podlegałeś, nie?

---

* O poprzednich perypetiach komisarza Ireneusza Nawrockiego opowiada *Południk 21*, Kraków 2008.

— Podobno, podobno. Słuchaj, ja nie o tym chciałem, mam inną sprawę.

— No?

— Do tej całej sekcji oprócz Mirka dorzucili mi nowego gościa. Podkomisarz Marcin Pirwitz. Wyobraź sobie, że z GROM-u.

Nawrocki zawiesił głos, a po drugiej stronie zapadła cisza. Najwyraźniej Zygmunt też był zaskoczony.

— Z GROM-u? Jesteś pewien?

— Tak, na sto procent.

— Żartujesz?

— Nie. Dlaczego cię to dziwi?

— Bo ci z GROMU-u idą zazwyczaj do prywatnych agencji ochrony. I to wcale nie polskich, tylko tych międzynarodowych, najbardziej renomowanych. Na przykład Blackwater, słyszałeś?

— Nie.

— Działają w Iraku, przejęli część zadań zjednoczonych sił. Poważne zadania, poważne pieniądze. Przeszedł od nich do nas? Ale jak?

— Normalnie, podobno na własną prośbę.

— Dziwaczne, mógł zarobić kupę kasy u Amerykanów...

— Ale miał jakąś kontuzję, chyba odesłali go na emeryturę. Nic więcej nie wiem.

— To trochę zmienia postać rzeczy. Ale czego chcesz ode mnie?

— Słuchaj, Zygmunt! Musicie się w tym elitarnym klubie trochę znać, nie?

— Irek, pogięło cię, czy co? Przecież GROM to inna działka! Wojsko, wszystko *top secret*. Co ja mogę wiedzieć?

— Zygmunt, na pewno coś ci się uda wydobyć. Przecież oni też się zajmują antyterroryzmem?

— Niby tak. Ale stary, kurwa, nie zdajesz sobie sprawy, jakie obostrzenia panują wokół GROM-u. Nawet nie chce mi się o tym mówić.

— Zygmunt, człowieku! To pogadaj z kumplami, popytaj. Błagam, zrób to dla mnie. Przecież znacie się nawzajem? On musiał się gdzieś szkolić, a macie wspólny ośrodek, choćby ten słynny psychologiczny tor przeszkód SPECNAZ-u, nie?

— A ty skąd o tym wiesz? Przecież to poufne!

— Wiem, wiem, mniejsza z tym. Rozejrzyj się! Proszę!

— No dobra — odrzekł w końcu Miłoszewski, nie mogąc ukryć niechęci. — Pewnie potem będę miał jakieś nieprzyjemności. Jak ktoś zadaje za wiele pytań w naszym fachu, to go potem ciągają... Ale okej. Zrobię to dla ciebie.

— Świetnie. Masz u mnie flaszkę. — Nawrocki wiedział, że antyterroryści mimo oficjalnego wizerunku wysportowanych, prowadzących zdrowy styl życia gości lubią ostro popić.

— Spierdalaj ze swoją flaszką — rzucił dobrodusznie Miłoszewski, ale było słychać w jego głosie zadowolenie. — Zrobię, co mogę. Ale niczego nie obiecuję, jasne?

— Jasne, stary. Liczę na ciebie — odrzekł Nawrocki.

Po czym, bez pożegnania, rozłączył się.

25

II.

W Visby panowała głęboka i spokojna noc.

Do ruin kościoła Świętego Larsa mężczyzna wybrał się jak zwykle gdzieś między trzecią a czwartą rano. Latem miasto i tak pełne było turystów, zwłaszcza młodzieży. Nikt nie zwracał uwagi na przemykającą się szybko drobną postać. Powszechna zabawa trwała w najlepsze. Z promenady — malowniczo położonej pomiędzy miejskimi murami a plażą — dobiegały dźwięki muzyki, okrzyki, a od czasu do czasu brzęk rozbijanego szkła, kwitowany kolejnymi wybuchami radości. Poza tym po uliczkach szwendały się grupki pijanych w sztok młodych ludzi, a ci, co już nadużyli ponad swoje siły — dogorywali gdzie bądź pojedynczo lub parami.

Nie przepadał za takimi porządkami. Wydawało mu się czasami, że tak właśnie mogłoby wyglądać współczesne wcielenie Sodomy. Ale atmosfera bachicznego święta, karnawałowy rozgardiasz i akceptowana najwyraźniej przez władze miasta anarchia sprzyjały jego zamierzeniom. Mógł bezpiecznie wymykać się z domu ukrytym wyjściem na zaplecze posesji, by wymarłą kompletnie Nörra Murgatan dotrzeć do bocznych, mało uczęszczanych, w przeciwieństwie do tych bezpośrednio obok katedry, schodów przy Ov Finngränd, a nimi, niezauważony, na czym zależało mu najbardziej, zejść do dolnego miasta. Potem, omijając Stora Torget, główny rynek, z dominującymi nad nim ruinami St. Katrin, dawnego opactwa franciszkańskiego, docierał do celu.

Zimą było jeszcze prościej, bo choć miasto poza sezonem dzieliło los wszystkich kurortów i wyludniało się przeraźliwie, to mógł wówczas bez przeszkód po prostu udawać joggera, jednego z tych fanatyków własnej sprawności fizycznej, co to bez względu na warunki pogodowe wyrusza przed świtaniem na swoją obowiązkową rundkę. Naciągał wtedy kaptur lekkiego polaru na głowę, a usta przepasywał specjalną opaską chroniącą przed chłodem. Jeśliby kogokolwiek spotkał — był w takim stroju nie do rozpoznania.

Ruiny kościoła Świętego Larsa znajdowały się na skrzyżowaniu St. Hansgrand i malutkiej uliczki Syskong. Po jej drugiej stronie majaczył masyw delikatnie podświetlonych pozostałości po innym kościele — St. Drotten. Takich byłych kościołów katolickich ze średniowiecznego okresu chrystianizacyjnej ofensywy wokół Bałtyku, dziś kompletnie podupadłych, znajdowało się w obrębie murów starego Visby jeszcze kilka. Swego czasu, obmyślając przyszłe losy dzieła, któremu miał się poświęcić, obejrzał je wszystkie bardzo dokładnie. I wybrał świątynię Świętego Larsa dla pewnej specyficznej tylko dla niej cechy. W przeciwieństwie do innych romańskich kościołów w Visby, wznoszonych w zgodzie z dość surową niemiecką myślą architektoniczną, ten przypominał bardziej bizantyńskie świątynie oparte na planie krzyża. Był dziełem lokalnych mistrzów, którzy wyposażyli go w mały labirynt wewnętrznych korytarzy, opasujących dookoła całą budowlę. Z licznych okienek, a także półotwartych pasaży przypominających trochę krużganki, można było oglądać jej wnętrze. I choć, jak zaobserwował, turyści chętnie zapuszczali się w tę gmatwaninę schodów, wąskich przejść i krętych korytarzyków, to jedna z dróg prowadziła donikąd. Albo raczej — prawie donikąd. W istocie wiodła do zamkniętej na głucho potężnej drewnianej klapy. Sforsowawszy ją, można było wejść na dach jednej z półokrągłych kopuł nad dawnym prezbiterium. Poza tym ruiny kościoła Świętego Larsa były nawet w szczycie sezonu udostępniane rzadko. Kłódkę przy bramie wejściowej, jak również zabezpieczenia przy drewnianej klapie, dość łatwo można było otworzyć. I to właśnie tam, w wyłomie zewnętrznego muru, ponad dachem mniejszej kopuły, zaraz za wyjściem z mrocznego korytarza zbudował swoją skrytkę. Wyłom w ścianie musiał trochę pogłębić, a potem wynieść z innych ruin, zupełnie zdewastowanej Świętej Gertrudy, trzy kamienie, które odpowiednio dopasował i przeszlifował, by zamykały niszę i wyglądały dokładnie tak, jak pozostała część muru. Tam trzymał swoje ukochane narzędzia, swoje skarby, których na wszelki wypadek nie chciał mieć w domu. Oczywiście mógł wynająć skrytkę w jednym z banków. Miał taką zresztą w oddziale Handelsbanken, przy skrzyżowaniu Ostervag i Kung Magnus väg zaraz za Wschodnią Bramą, w bardzo ruchliwym miejscu. To było jednak publiczne miejsce, pojawiał się więc tam w swojej oficjalnej roli — inwalidy przykutego do wózka. Wolał zatem nie ryzykować i skrytkę w Handelsbanken przeznaczył na zwykłe rzeczy: dokumenty, akcje, rodzinne kosztowności, oryginał testamentu.

A Święty Lars gwarantował jednak anonimowość i bezpieczeństwo, nawet gdy uwzględnić prawdopodobieństwo, że przypadkiem schowek zostanie odkryty. I tak jego właściciel pozostanie nieznany. Możliwość dekonspiracji uznał po długim namyśle za zerową. Zawsze pracował w rękawiczkach, odciski wycierał przed wsunięciem kamieni na miejsce.

Tak, miał poczucie bezpieczeństwa.

Choć bywały momenty, że otwierając wytrychami kłódki i skacząc po dachach, czuł się nieco niestosownie. Trochę jak bohater powieści dla młodzieży, jakiś nowy hrabia Monte Christo uważnie przeprowadzający swój bezwzględny plan zemsty.

Ale miał też z tego wszystkiego taką zwyczajną, właściwie chłopięcą rozkosz, porównywalną do zabronionego przez rodziców łażenia po drzewach i wykradania jabłek z sadu sąsiada.

Przy St. Hansgrand, pod numerem czterdziestym piątym, niemal naprzeciwko niegdyś głównego wejścia do kościoła, mieścił się skromny antykwariat, do którego lubił zachodzić. A raczej zajeżdżać wózkiem, bo za dnia mógł się tam pojawić jedynie w tym wcieleniu. Antykwariat prowadził przede wszystkim sprzedaż książek współczesnych, był dość popularnym miejscem, do którego zaglądali miłośnicy literatury, a także uczniowie i studenci. Czasami zdarzał się jakiś prawdziwy pasjonat, zbieracz czy też antykwariusz amator, ale tacy klienci to był margines.

Po kolejnej wizycie rozpoznawał go właściciel oraz nieliczny personel sklepu. A podczas jednej z pogawędek, w odpowiedzi na pytanie o prywatnych kolekcjonerów książek w okolicy, dostał nawet adres jednego z takich pasjonatów, który mieszkał na południu wyspy, w okolicach malowniczego miasteczka Burgsvik. Postanowił od razu, że któregoś dnia wybierze się do niego, zwłaszcza że właściciel antykwariatu przy St. Hansgrand polecał jego kolekcję dawnych manuskryptów. Jeszcze wtedy nie wiedział, że wizyta w Burgsvik stanie się niezbędna oraz nie będzie miała nic z miłej wycieczki bukinistycznej...

Zasunął kamienie w murze kościoła. Zatrzasnął kłódkę przy łańcuchu unieruchamiającym drewnianą klapę i — przyświecając sobie maleńką punktową latarką — zszedł uważnie po zdewastowanych schodach. Rozejrzawszy się uprzednio, wymknął się z kościoła, zamykając szybko kłódkę na drzwiach.

Tymczasem słońce wzeszło ponad horyzont i było już całkiem jasno. Gdzieś znad morza dobiegały wciąż pijackie krzyki rozbawionych imprezowiczów. W pobliżu drewnianego budyneczku kawiarni wzniesionym przy północno-wschodnim rogu Świętego Larsa, leżało dwóch nieprzytomnych, najwyraźniej kompletnie ululanych młodzieńców. Byli dobrze ubrani, jeden miał nawet złoty zegarek na ręku. Bananowa młodzież w mieście nierządu, pomyślał z niesmakiem i porzuciwszy pokusę zrobienia chłopcom jakiejś przykrej niespodzianki, ruszył żwawo pod górę.

Dzień wstawał ochoczo, dał się już słyszeć warkot pojazdów służb oczyszczania miasta.

Musiał się spieszyć.

III.

Komisarz zawsze czuł ulgę, gdy otwierał drzwi do domu.

A teraz, kiedy na krótko został słomianym wdowcem, przekręcał klucz w zamku z tym większym wrażeniem relaksu. Nie żeby czuł się jakoś nadmiernie zmęczony kołowrotem pracy i rodzinnego życia. Ale perspektywa kilkunastu dni rozłąki z Jasiem i Małgorzatą obiecywała trochę oddechu od tego wszystkiego, co codzienne, a przez to na dłuższą metę nużące.

Trochę spokoju nikomu nie zawadzi — wmawiał sobie, usprawiedliwiając własny komfort samotności, opłacony pobytem żony i dziecka, wspomaganych przez teściową, w dalekim kurorcie Morza Śródziemnego.

Łapał się coraz częściej na myśleniu o emeryturze. W zasadzie miał już do niej uprawnienia. Świadczenia emerytalne w resorcie były korzystne, a korytarzowa plotka niosła wieść, że niebawem mają się jednak zmienić. Na gorsze oczywiście. Więc nawet poszedł jednego dnia do Joli z kadr, żeby zapytać o swoje warunki odejścia. Jola była kobietą rozumiejącą i nie zadawała zbędnych pytań. Szybko wyliczyła Nawrockiemu wysokość emerytury. Nie było to nic wielkiego, raptem niecałe dwa tysiące złotych, ale to już coś. Pensja komisarza, z wszystkimi dodatkami, świadczeniami mundurowymi, których nigdy nie wykorzystywał jak należy — wciąż używał na uroczyste okazje munduru, który zakupił dobrych kilka lat temu — była trochę wyższa, ale skórka była w sumie warta wyprawki. Tyle że na nagrody nie można byłoby już liczyć — a te Nawroccy chętnie wykorzystywali na wyprawy wakacyjne, czasami całkiem egzotyczne.

No i co tu robić na emeryturze? Pić cały dzień i gapić się w telewizor? Dorabiać jako ochroniarz albo cieć na osiedlowym parkingu? Przepieprzać życie na codziennej bezczynności?

Nawrocki miał już swoje lata. Włosy na skroniach i zarost na brodzie posiwiały. Wyglądał trochę jak dziadek, nie jak ojciec własnego dziecka. Nie bardzo dbał o siebie i zdawał sobie sprawę z tego, że coraz bardziej przypomina kloszarda. Małgorzata zwracała mu zresztą na to uwagę, ale zbywał ją. W komendzie nikt nie oczekiwał od niego świetnej prezencji, tylko skuteczności. Jednak w głębi serca on sam przyznawał rację żonie.

Przekroczył oto smugę cienia. Kryzys wieku średniego dopadł go niespodziewanie. Nie, nie miał potrzeby odmłodzenia, nie interesowały go lolitki chodzące ulicami — choć często odwracał głowę za kształtnymi ciałami kobiet — marzył raczej o spokoju, o oderwaniu się od świata z jego pospiesznością i wymaganiami. Ale też zupełnie nie umiał wyobrazić sobie samego siebie uwolnionego od obowiązków.

W lodówce czekała butelka białego orvieto classico, prezent od znajomych, który chomikowali z Małgosią na jakąś specjalną okazję, a Nawrocki długo opierał się, by go jednak nie napocząć. Ale teraz uznał, że przyszedł czas na orvieto. W sam raz na relaksujący wieczór. Najwyżej później odkupi.

Do umówionej pory telefonicznej rozmowy z żoną miał jeszcze sporo czasu. Włączył TVN 24, ale trafił akurat na kolejną kłótnię dwóch krewkich polityków, którą usiłował — bez skutku — moderować najwyraźniej nazbyt dobrze wychowany redaktor. Przerzucił więc na Eurosport. A tam golf. Zmienił na Canal+Sport, ale akurat leciała amerykańska koszykówka, na którą nie mógł patrzeć. W latach dziewięćdziesiątych, kiedy w Chicago Bulls latali nad koszem Michael Jordan ze Scottym Pippenem i koleżkami było jeszcze się czym emocjonować, ale teraz zupełnie stracił serce dla tej gry.

Żeby już ligi piłkarskie ruszyły, zamarzył. Ale była przecież pełnia lata, czas transferów, urlopów albo co najwyżej pierwszych lekkich treningów po przerwie wakacyjnej. Anglicy zaczynali chyba niebawem, ale nasi to pewnie jakoś wraz z początkiem roku szkolnego. W desperacji włączył Discovery Channel i obojętnie wgapił się w film dokumentalny o wielkich ciężarówkach obsługujących kopalnie odkrywkowe.

Orvieto, zimne i aksamitne, powoli rozluźniało go. Nie chciało mu się myśleć o robocie. Na to przyjdzie czas jutro rano, podczas spotkania sekcji, które zwołał. Zygmunt powinien się odezwać, a poza tym do rana wszystkie gromadzące się z tyłu głowy — jak mawiał — informacje, wiadomości i refleksje muszą się jakoś przemacerować i ułożyć. Stosował tę metodę przespania problemów już wiele razy i jakoś nigdy nie czuł się zawiedziony wynikami. Przez cały dzień intensywny *input*, a następnego dnia efektywny *output*.

Tymczasem orvieto nieuchronnie wykonywało dalej swą pracę i stopniowo zaczynało nadawać myślom Nawrockiego wyczekiwaną lekkość. Dla pełni satysfakcji zapalił jeszcze fajkę, korzystając z tego, że mieszkanie było puste. Wywietrzy się do ich powrotu, pomyślał o żonie i dziecku.

Zerknął na zegarek, ale czas płynął wolno. Na Discovery tymczasem gigantyczne ciężarówki ustąpiły miejsca jakiemuś rezerwatowi przyrody znanemu powszechnie, jak ekscytował się lektor, ze względu na spotykane tam kolonie specyficznych, a rzadkich w naturze insektów.

Tego było już za wiele. Wyłączył z pasją telewizor i przeszedł do muzyki. Normalnie słuchał jej jedynie przez słuchawki, bo barbarzyńskie dźwięki rocka przeszkadzały Małgorzacie. Ale teraz mógł sobie pofolgować.

Zaczął od *Ten* Pearl Jamu — płyty, którą odkrył dość późno, ale za to szybko się do niej przekonał.

A potem już poszłoooo! Ulubiona *Flood* Sisters of Mercy, *Another Perfect Day* Motorheadu i wreszcie tonująca i rozkołysana *Californication* Red Hot Chili Peppers. To było właśnie to, czego potrzebował! Orvieto rozpaliło już odpowiednio radość w jego sercu, a basowe rytmy wprost z głośników podkręcały tylko entuzjazm.

Z euforii, właśnie gdy na środku pokoju imitował solówkę gitarową rozbrzmiewającą w *Parallel Universe* Peppersów, wyrwało go łomotanie w drzwi.

Natychmiast ochłonął, ściszył odruchowo muzykę, niczym przestraszony nastolatek, i poszedł otworzyć.

W drzwiach stał sąsiad z dołu. Miał na sobie gacie jak z lekcji wuefu, lekko poplamioną koszulkę na ramiączkach, opinającą jego wydatny brzuch i klapki, nie wiedzieć czemu, powszechnie ostatnio nazywane laczkami.

— Czyś pan zwariował? Człowieku! Nie wiesz, która godzina? Rozumiem, wakacje i w ogóle, ale ja jutro, kurwa, do roboty muszę wstać o szóstej! I dzieciaki mnie się pobudzą! Weź pan, wyłącz to ustrojstwo, bo pierdolca od tego można dostać!

— Najmocniej przepraszam — kajał się Irek. — Już ściszyłem. Przepraszam — powtórzył. — Wie pan, rodzina wyjechała i trochę sobie ulżyłem...

— A, wolność? — Sąsiad udobruchał się natychmiast z wyrazem zrozumienia na twarzy. — Sam bym chciał, panie, kobitę z bachorami gdzieś wyprawić, ale jak tu w dzisiejszych czasach można sobie na to pozwolić? No, szczęściarz z pana, sąsiedzie! Ale zbastuj pan, bo wszystkich pan zerwiesz na równe nogi.

— Zrobi się. Słowo.

— No to dobrej nocy sąsiadowi życzę. I miłych snów.

— Tak, tak. Dziękuję. — Nawrocki zdążył jeszcze zobaczyć, jak mężczyzna, kołysząc się niczym marynarz, schodzi do siebie. A potem światło na klatce zgasło.

Późno? O żeż! Irek stuknął się w głowę otwartą dłonią. Zupełnie zapomniał o telefonie do Małgorzaty. Będzie z tego wszystkiego opierdol, jak nic. Ale jednocześnie poczuł się źle. Znowu nawalił. Jak zwykle.

Zapomniał, nie pamiętał, wyleciało mu z głowy. Ileż razy tak właśnie tłumaczył się żonie, zawsze widząc wyraz dezaprobaty na jej twarzy. Obiecywał poprawę i wciąż popełniał ten sam błąd. Co to jest? Brak koncentracji, przepracowanie czy rutyna przytępiająca umysł? A może to wino? Zerknął mimowolnie na wypitą niemal do dna butelkę. Cholera, przecież wiedział doskonale, że Małgosia dbała o drobne sprawy i zawsze źle znosiła takie wpadki. Zawsze była z tego mniejsza czy większa afera. I od razu wymówki: że nie kocha, że egocentryk, że nie liczy się z rodziną. I dalej — jak się nakręciła — że Jasiowi czasu nie poświęca tyle, ile trzeba. Że w robocie siedzi za długo, a jak wraca, to od razu do komputera, piwa, wina, telewizora. Że kasy nie ma, że może innej roboty by poszukał — w agencji ochroniarskiej chociażby — bo grzebie w trupach, a nic z tego dobrego nie wynika.

Cóż. Sam był sobie winien. Trochę więcej czułości i mniej myślenia o sobie samym, a wszystko byłoby w porządku.

Rozebrawszy się, rzucił się na łóżko w poczuciu winy. Ale orvieto mimo to działało. Zbawczy mrok nadszedł szybko.

Bez zbędnych snów.

*

Rano oczywiście zadzwonił Zygmunt.

— Cześć. Mam dla ciebie informacje o tym gościu z GROM-u. Ale nie przez telefon. Spotkajmy się u mnie na poligonie. Wiesz gdzie?

Nawrocki, niezbyt zachwycony, zerknął na zegarek.

— No dobrze, mogę być za jakieś czterdzieści pięć minut, okej?

— Dobra! Znajdziesz mnie, gdzie zwykle, tak?

„Gdzie zwykle" oznaczało strzelnicę na poligonie antyterrorystów. Kiedy Irek dotarł tam wreszcie, klnąc po drodze korki w centrum, Zygmunt właśnie opieprzał jakiegoś nowicjusza. Zobaczywszy kumpla, skinął mu tylko głową i kontynuował paternoster. Nawrocki wycofał się więc do kantyny, zamówił kawę, notabene straszną lurę, i pokornie czekał.

Zygmunt zjawił się po niespełna kwadransie.

— Jezu, żebyś ty wiedział, z kim teraz trzeba pracować?! Przechodzą rutynowe przeszkolenie i już im się zdaje, że mogą odbijać zakładników w każdej sytuacji. A ile złych nawyków! To orka, mówię ci, najzwyczajniejsza orka...

— Zygmunt, dobra, wiem, że ci ciężko, ale ja nie mam zbyt wiele czasu. Wezwałeś mnie tu, rzuciłem swoje sprawy, więc po prostu dawaj, co masz.

— Słuchaj, ty jesteś pewien, że gość nazywa się Pirwitz i przyszedł do nas z GROM-u?

— Tak, jestem pewien. A dlaczego?

— Stary, kurwa! Rozpytałem się tu i tam, zresztą nie było łatwo...

— Wiem, wiem, *skip the bullshit*, jak mawiają nasi drodzy sojusznicy. I co?

— Daj mi powiedzieć do końca.

Nawrocki w odpowiedzi tylko przewrócił oczami. Najwyraźniej Miłoszewski musiał się wygadać.

— No więc ten cały twój Pirwitz to jakaś cholerna legenda! Podobno w jednostce niemal od samego początku. Był tam majorem.

— Majorem? — zdziwił się Irek. — A u nas jest ledwie podkomisarzem. Taki dinks to w ogóle możliwy jest?

— No widzisz. Był majorem, a ci, z którymi gadałem, mówili, że brał udział we wszystkich ważnych misjach. Haiti — wiesz, debiut GROM-u, osłona obserwatorów na Bałkanach, wreszcie Irak. A w Iraku... — Miłoszewski zawiesił nagle głos.

— No co, może Husajna złapał?

— Niemal, chłopie, niemal! Pamiętasz to słynne zdjęcie w prasie naszych chłopców po zdobyciu platformy wiertniczej na wodach Zatoki Perskiej?

— To razem z Amerykanami pod ich flagą?

— No to właśnie! Pamiętasz?

— No tak. I co?

— Tam jest taki gość, ubrany cały na czarno, w kombinezonie nurka, z giwerą.

— No jest.

— To właśnie on! — triumfalnie zakończył zadowolony z siebie Zygmunt.

— Żartujesz? Był w grupie szturmowej?

— A tam był! Prowadził ją!

— Ale czytałem, że to ten cały Polko, czy jak, dowodził całością.

— Stary! Polko to dowodził, ale operacyjnie. Pirwitz był na pierwszej linii. Zdobył to całe cholerstwo, rozumiesz!

— Wygląda na to, że mam w zespole pieprzonego bohatera.

— Ano masz. Więc, jak to było? „Jak mawiają nasi drodzy sojusznicy" — Zygmunt bezlitośnie sparodiował Nawrockiego. — *Good luck!*

— *And a good fuck...* — burknął pod nosem Irek w odpowiedzi.

*

Siedzieli z Mirkiem już dobre pół godziny, nieźle podekscytowani, czekając na przybycie Pirwitza. Mirek bardzo się podniecił, gdy tylko Nawrocki powiedział mu, że będą teraz razem tworzyć samodzielną sekcję w ramach wydziału do walki z terrorem kryminalnym. Ale jeszcze bardziej podkręciła go informacja o nowym współpracowniku i to, że przychodzi z GROM-u. Mirek był znanym w komendzie militarystą. Wszyscy wiedzieli o jego fascynacji wojskiem, a zwłaszcza snajperami. Perspektywa współdziałania z prawdziwym eks-żołnierzem najwyraźniej wprawiała sierżanta w dobry nastrój. Nawrocki był mniej entuzjastyczny. Nowy człowiek, nowa sytuacja. Nie lubił zmian. Zawsze niosły w sobie konieczność dostosowania się, zresetowania, jak mawiali kumple z pracy, dotychczasowego porządku. A Nawrocki słabo reagował na nowe okoliczności, przy czym łatwo się przyzwyczajał. O pierwszym spotkaniu z Pirwitzem myślał z obawą.

Żołnierz. I to z jednostki specjalnej, superelity armii. Oni są tam nauczani przede wszystkim zabijać. Procedury akcji, nawyki, szybkie reakcje. A czego nauczył się podczas szkolenia w Szczytnie? Że pracujemy głównie umysłem, a po broń sięgamy w ostateczności, gdy nie ma już innego wyjścia? Że nasza robota to stosy papierów, zebrania, nasiadówy, niekończące się dyskusje? Że nie mięśnie są najważniejsze? I co najistotniejsze — czy oduczył się natychmiastowego sięgania po spluwę?

Dało się nagle słyszeć energiczne pukanie. W komendzie tego nie praktykowano, chyba że u najwyższych szefów.

— Proszę wejść! — krzyknął Nawrocki, nieco zbyt głośno i podobnie jak Mirek wstał z fotela.

W otwartych drzwiach stanął smagły brunet średniego wzrostu. Miał ogorzałą twarz, dość długie, sięgające ramion włosy i lekki zarost. Ubrany był w pomarańczową koszulę, co od razu spodobało się Nawrockiemu, który lubił wyraziste kolory i zwykłe dżinsy z supermarketu. Żadnych ozdób i biżuterii. Jedynie na prawym ręku skomplikowany zegarek z kilkoma małymi cyferblatami na głównej tarczy. Pirwitz starannie zamknął za sobą drzwi, po czym podszedł, lekko kulejąc, do biurka Nawrockiego. No to już wiemy, co to za kontuzja, pomyślał komisarz. Przybysz wyprężył się po wojskowemu i niemal zasalutował.

— Panie komisarzu! Podkomisarz Marcin Pirwitz melduje się do służby!

— Ależ panie kolego! — powiedział ze śmiechem Nawrocki. — Bardzo proszę bez tej musztry. My tu raczej praktykujemy mniej formalne zachowania. — Po czym wyszedł zza biurka i wyciągnął dłoń. Pirwitz, zrobiwszy mimowolne „spocznij", z wyraźną ulgą odwzajemnił uścisk. — A to jest sierżant Mirosław Radecki.

— Po prostu Mirek, panie komisarzu.

— Czołem, Marcin. O przepraszam! — zmitygował się natychmiast. — W jednostce wszyscy byliśmy po imieniu.

— Nie szkodzi, przyzwyczai się pan. Jednak wejście miał pan wojskowe!

— To na wszelki wypadek — powiedział z rozbrajającym uśmiechem Pirwitz. — W jednostce jesteśmy kumplami, ale wobec szefów staramy się zachować pozory. Oni to lubią.

— Nasi też. — Nawrocki, już wyraźnie rozluźniony, wskazał Pirwitzowi krzesło. Zauważył mimowolnie, że podkomisarz usiadł dopiero wtedy, gdy on sam zajął swoje miejsce. Jednak musztra! — No dobra, pogadajmy o robocie — zmienił ton na poważny. — Mówiono panu, czym się tu zajmujemy?

— O tyle o ile... — odparł ostrożnie komandos.

— Czyli pewnie nic. Albo same złośliwości, tak?

— No...

— Niech się pan nie przejmuje, nie jest tak źle. Już wyjaśniam. Do tej pory można by rzec, że Mirkowi i mnie przypadają sprawy nierutynowe. Braliśmy też rzeczy z archiwum, zawieszone, odłożone do „lodówki". Tak nazywamy naszą przechowalnię — nie omieszkał wyjaśnić. — I w pewnym stopniu sami decydowaliśmy, czym się zajmujemy. Właściwie wszystko panu powiedziałem. Może oprócz jednego najważniejszego newsu. Właśnie przeprowadzono w komendzie kolejną reorganizację i stworzono samodzielną sekcję S-3, czy jak ona tam ma się nazywać, ze mną w roli szefa. Przypisano ją do terroru kryminalnego, bo najwyraźniej komuś przeszkadzało, że jesteśmy z Mirkiem wolnymi elektronami. A teraz ma być nas trzech. No i co pan na to?

— Bardzo to zmieni tryb pracy? — fachowo, czego nie omieszkał zauważyć Nawrocki, skomentował Pirwitz.

— Mam nadzieję, że nadal będziemy mieli pewną swobodę. Szef terroru jest fachowcem najwyższej klasy. I nie jest służbistą, na ile go znam. Ale z dawną wolnością będziemy musieli się chyba pożegnać.

Zapadło milczenie. Nawrocki uznał, że powinien je przerwać.

— Akurat w tej chwili nad niczym nie pracujemy. Właśnie skończyliśmy jedną dość skomplikowaną sprawę, złożyliśmy sprawozdania i... czekamy.

— W takim razie jakie mam rozkazy, to znaczy — co miałbym teraz robić?

— Ano nic. Albo niech pan zapozna się z danymi na temat naszej ostatniej działalności. Proszę iść do pani Irenki z archiwum, powiedzieć, że jest pan ode mnie, nowy, i że chciałby trochę poczytać o naszych akcjach.

— Rozkaz, panie ko... Znaczy, oczywiście. Zajmę się tym jutro z samego rana.

— Świetnie. Więc... — Nawrocki zawahał się przez moment — pozostaje jeszcze jedna kwestia.

— Tak?

— Panie komisarzu, powiem wprost. Zakazano mi poruszać jakiekolwiek tematy związane z pańską dotychczasową służbą. Będę się zatem starał, żeby pana nie stawiać w dwuznacznej sytuacji, ale...

— Jasne!

— A zwłaszcza jeśli nie wyjdzie Mirkowi — Nawrocki podniósł nieco głos. — Mirek uwielbia wojsko, kiedyś chciał nawet zostać snajperem...

— Naprawdę? — zainteresował się Pirwitz, patrząc Mirkowi prosto w oczy.

— Sam pewnie panu opowie, przy okazji. Wiemy, gdzie pan służył, wiemy, że odniósł pan kontuzję i... serdecznie współczujemy.

— Dziękuję!

A potem zadzwonił telefon i sekretarka ich nowego szefa powiedziała, że przełożony chce widzieć komisarza Nawrockiego u siebie. Natychmiast!

*

Naczelnik wydziału do walki z terrorem kryminalnym, inspektor Mieczysław Różycki, na którego wszyscy poza jego plecami mówili po prostu Mietek, przeszedł od razu do rzeczy.

— Cześć, Irek, siadaj! Powiem ci jak jest: jeszcześmy się nie spotkali, żeby porządnie pogadać, jak to wszystko ma wyglądać, a już jest robota dla twojej sekcji.

Nawrocki usiadł, nie bardzo wiedział, co powiedzieć. Z Różyckim spotkał się już kilkakrotnie przy różnych okazjach. Raz nawet byli za granicą na jakiejś konferencji. Mietek sprawiał wrażenie nieźle przygotowanego pod względem merytorycznym, znał też przyzwoicie angielski. Poza tym zachowywał się normalnie, bez gwiazdorskich ambicji i słomianego chamstwa.

Ale teraz miał być szefem Nawrockiego, nie kompanem na wyjeździe lub współpracownikiem wyższego szczebla z jakiejś koordynowanej na poziomie sztabu akcji. Nawrocki milczał więc.

Nie doczekawszy się reakcji, inspektor kontynuował:

— Mam tu taką zgniłą sprawę, cholera wie, z której strony ją ugryźć. Na wszelki wypadek wrzepili ją naszemu wydziałowi. À propos, słyszałem, że wszystko, co się ślimaczy, ty właśnie lubisz brać, tak?

Nawrocki potwierdził milcząco.

— Dziś rano znaleziono na Wilczej 11 ciało jakiegoś antykwariusza. Ktoś się dobijał do sklepu, było zamknięte, ale coś go zaniepokoiło, więc zaczepił przechodzący patrol prewencji. Właśnie wyszli z komisariatu naprzeciwko. Zajrzeli tam, rzeczywiście było sporo po godzinach otwarcia, a sklep niezabezpieczony. Zameldowali przełożonym, a sami sforsowali drzwi. — Szef terroru znany był ze stosowania policyjnego żargonu nawet w niepublicznych sytuacjach. — Weszli, a tam trup. Podobno poszlachtowany jak świnia. Mam tu wstępny raport. Technicy wciąż tam siedzą, roboty jest do końca dnia. Zdecydowałem, że ty weźmiesz tę sprawę.

— Dlaczego ja? A co tu śmierdzi? Przecież to świeża rzecz...

— A śmierdzi, śmierdzi, żebyś wiedział. Ten gość od nas to jedno, ale dostałem na odprawie dane z ostatnich tygodni. Wiceszef — tu Mietek podniósł wskazujący palec, mając na myśli zastępcę komendanta nadzorującego bezpośrednio bieżące dochodzenia — dał mi raporty ogólnokrajowe. I nie tylko. Wyobraź sobie, trzy tygodnie temu zamordowano antykwariusza w Krakowie. Śledztwo jest niby ich, komenda na...

— inspektor zerknął w notatki — na Szerokiej. Ale główna już sugerowała jakąś centralizację...

— Po dwóch zabójstwach? To nie za szybko? — szczerze zdziwił się Nawrocki.

— Ano, wyobraź sobie, że nie. Jest jeszcze jedna sprawa. — Mietek sapnął, jakby przygotowywał się do skoku w wodę. — Ni mniej, ni więcej, tylko z Londynu. Znów antykwariusz, Polak, stara rodzina jeszcze z wojennej emigracji. Scotland Yard od razu się do nas odezwał, wzięli to ci z naszego Interpolu, ale coś nie za bardzo mają na to ochotę...

— Ale jest jakieś powiązanie? Można te sprawy łączyć?

— A cholera wie! Wszyscy trzej to antykwariusze, Polacy, pocięci jak u rzeźnika. W odstępie kilku tygodni. Chcesz więcej?

— A prokuratura?

— Zgadza się. Im też nie bardzo pasuje babranie się w pojedynczych dochodzeniach.

— A kto prowadzi?

— Łempicki, znasz go?

— Przelotnie.

— Jest w porządku. Kazał nam sprawdzić, czy da się znaleźć wspólny mianownik dla tych trzech zdarzeń. I miesiąc, żebyśmy coś wykombinowali.

— Sporo! Co oni tacy łaskawi?

— Wakacje są, nie zauważyłeś? Szefowie na urlopach, dziennikarze w kurortach, telewizja i gazety w malinach. No i jest ten aspekt międzynarodowy, pewnie zresztą najważniejszy. Boją się dać dupy przed Anglikami.

— A czemu, przecież to teren tamtych? Ich obywatel, co z tego, że Polak z pochodzenia?

— Nie słyszałeś? Yard od razu się do nas zwrócił, okazał nam zaufanie, zaprosił do współpracy. Unia, Interpol, pierdu, pierdu. Jasne?

— Hmm... — bez entuzjazmu przytaknął Nawrocki.

— Sam widzisz! Nikt tego głośno nie chce powiedzieć, ale wszyscy myślą o jednym.

— Że mamy seryjnego? — komisarz wypalił z grubej rury.

— A wypluj to słowo! Ale sprawdzić trzeba. Ty znasz języki, sprawa jest wieloaspektowa, ktoś musi się w tym wszystkim sprawnie rozpatrzeć. Więc klepnąłem u szefów — bierzesz to.

— Ale ten Londyn...

— Nie martw się. Na razie jedź na Wilczą, zobacz, jak to u nas wygląda. Potem pojedziesz do Krakowa. A potem do Anglii. Mam już zgodę, niby że jakby było trzeba, ale moim zdaniem nie ma co zwlekać...

Jeśli według ciebie będą przesłanki uzasadniające taką decyzję, to zrobimy z tego jedną sprawę i wy się tym zajmiecie.

— Wy?

— No, twoja sekcja. Jak mówię, jest zgoda, będziesz mógł dysponować ludźmi.

— Mam wolną rękę? — upewnił się komisarz.

— Tak.

— Ale...

— Co „ale”?

— Jest ten nowy...

— Wiem. Trudno, będzie się wdrażał w akcji. Praktyka jest najlepsza, nie?

— Niby tak — bez przekonania przyznał Nawrocki.

*

— A gdzie ja tam się będę szwendał po obcych krajach, szefie! — Mirek tylko machnął ręką, gdy im obu z Pirwitzem Nawrocki zreferował nowy przydział zadań. — Przecież ja języków nie znam, po naszemu ledwie mówię. Poza tym samolotem w życiu nie leciałem! Nie, nie, ja dziękuję. Szef sobie z pewnością najlepiej sam poradzi.

Nawrocki przyglądał się sierżantowi spode łba. Z pewnością cała ta szopka, jaką przed chwilą odstawił, miała na celu kamuflaż dla rzeczywistych powodów niechęci Mirka do podróży. Jego dziewczyna, Dorota, z którą miał się niebawem ożenić po latach życia w konkubinacie, była w zaawansowanej ciąży. Mirek oszalał z radości. Wymykał się z pracy, kiedy tylko mógł, i w dodatku zanudzał wszystkich wkoło opowieściami o przyszłych planach i własnym ojcostwie. A widząc w komisarzu także autorytet w sferze życia rodzinnego — nieustannie bombardował go pytaniami i wątpliwościami w kwestii bycia dobrym mężem i ojcem.

Sprawa była beznadziejna — Mirek z pewnością znalazłby tysiąc powodów, by tylko wymigać się od wyjazdu. Komisarz z nadzieją zerknął więc na byłego komandosa. Ten zaś zaczął kręcić się niepewnie.

— Właściwie to ja się już trochę najeździłem po świecie, panie komisarzu. I to raczej nie turystycznie. Liczyłem, że ta praca będzie nieco bardziej stacjonarna od mojej poprzedniej...

— No to pięknie! Wam się, panowie, dupy nie chce nigdzie ruszyć już na starcie, zanim w ogóle jeszcze ustaliliśmy, jak zagramy w tę grę. Czyli ja mam zaiwaniać, a wy tu sobie będziecie lulki palić, tak? — Gniew Nawrockiego był trochę udawany, bo w głębi duszy oczekiwał, że jego współpracownicy nie wyrażą entuzjazmu dla podróży po Europie. — Niedoczekanie wasze! Pojadę, a jakże pojadę — zrzędził — ale wy też tu będziecie robić, aż wam się woda w tyłkach zagotuje. No dobra! — Komisarz zatarł ręce, zanurzając się jednocześnie w staroświeckim fotelu przy jeszcze bardziej staroświeckim biurku. Fotel przytargał ze swego rodzinnego domu, była to pamiątka po zmarłym ojcu, biurko zaś znalazł w magazynie i kazał wstawić do tej nędznej kanciapy nazywanej gabinetem.

— Teraz jedziemy na Wilczą zobaczyć ten antykwariat. Potem, jak już wrócimy, nawet jeśli to będzie bardzo późno — podkreślił intonacją głosu — chciałbym, Mirek, żebyś odezwał się do kolegów z Krakowa. Po pierwsze, niech nam zeskanują materiały ich śledztwa, także oficjalne akta — naciskaj na to — i wszystko mailem do nas. I to na cito.

— Zrobi się — mruknął Mirek z warszawską flegmą.

— I powiedz im, że się do nich wybieram. Jutro chcę mieć materiały, pojutrze rano jadę. Niech ktoś mnie odbierze z dworca, bo nie znam miasta. To znaczy na Rynek trafię czy na Wawel, ale to nie tym razem. Chcę rozmawiać z zespołem, który się u nich sprawą zajmował. Jakby były jakieś wąty, to idź do naczelnika, a właściwie to nie — komisarz zmienił nagle zdanie — zanim cokolwiek zrobisz, od razu idź do naczelnika, niech da pełnomocnictwa i nada priorytet naszej sprawie. Kapujesz?

— A co tu jest do kapowania, szefie? — Mirek leniwie rozciągał sylaby. — Tylko jedna uwaga, jeśli można...

— Tak?

— Kryptonim.

— Co kryptonim? — obruszył się Nawrocki.

— Musi być kryptonim sprawy, którą szef prowadzi, znaczy w kwestii tych handlarzy książkami, bo inaczej mogą być kłopoty z systemem informatycznym — raz, a dwa — łatwiej się będzie dogadywać...

— Racja, Mirek, racja. — Nawrocki się zamyślił.
— Właściwie to wszystko jedno, weź coś tam wymyśl,

tylko żeby to nie było jakiś „Nożownik" albo „Popapraniec", zarejestruj i roześlij ogólne info. Wrzuć to potem do „zsypu" i „katarynki" z opcją wyszukiwania. Poradzisz sobie?

— Spoko! — Mirkowi aż zabłysły oczy.

— A ja? — niepewnie odezwał się Pirwitz.

— Spokojnie. Dla pana mam inne zadanie, też najlepiej na dzisiaj. Pójdzie pan z Mirkiem, zobaczy, jak się u nas robi biurokrację. Mirek jest w tym niezły, a jak już zarejestrujecie się z kryptonimem w systemie, zechce pan łaskawie udać się do łączności. Tam są tacy młodzi, sympatyczni ludzie ze świeżego naboru. I wyśle pan via Interpolowe łącza zapytanie weryfikacyjne do kolegów z Unii w interesującej nas sprawie.

Pirwitz nie wyglądał na uszczęśliwionego.

— Proszę wybaczyć, ale to dla mnie nowe procedury i nadal nie wszystko rozumiem. Ten „zsyp" i „katarynka", o których pan wspominał?

— ZSIP — Zintegrowany System Informacji Policyjnej, takie interaktywne i nawet, muszę panu powiedzieć, dość poręczne archiwum elektroniczne. Działa w obrębie kraju. Natomiast „katarynką" nazywamy nasz własny program weryfikacyjny i komparatystyczny. Kojarzy odpowiednie informacje wedle zadanego mu algorytmu. „Zapytanie weryfikacyjne" to takie bardzo wstępne, ledwie hasłowe sprawdzenie — *check* — czy podobne sprawy nie zdarzyły się jeszcze gdzie indziej w Europie. Używamy do tego systemu Interpolu — SIS-a. To europejski bank danych policyjnych. Pierwszorzędna maszynka dla sprawnego funkcjonowania Europejskiego Nakazu Aresztowania, ale nie tylko. Podobnie jak nasza „katarynka" kojarzy dane, tyle że w kontynentalnym, a czasami nawet światowym wymiarze... A jak pojawią się skojarzenia śladowe, *matche*, to można przejść do bardziej wyrafinowanych poszukiwań, bo system wymaga wprowadzenia wtedy precyzyjniejszych danych. Wiemy już o Londynie, zatem Anglików może pan sobie darować. Jest na to specjalny formularz, chłopaki z łączności na pewno pomogą, a Mirek zaprowadzi i przedstawi pana. Formularz trzeba wypełnić po angielsku i dlatego właśnie pana o to proszę. Teraz jasne?

— Tak jest! — Pirwitz wyprostował się mimowolnie.

— No to ekstra! Skoro tak, to teraz lecimy na miejsce. Chciałbym tam jeszcze spotkać ekipę techniczną. Mirek! Dzwoń po wóz, ale w try miga!

Nagonka ruszyła.

IV.

Mężczyzna przygotowywał pieczołowicie zestaw do parzenia herbaty.

Swego czasu planował wybudowanie specjalnego herbacianego pawilonu, wzorowanego na tym, który istniał w klasztorze. Jednak ogródek przy domu był tak mały, że okazało się to niemożliwe. Z konieczności zatem herbatę parzył w tym samym pomieszczeniu, gdzie trzymał pamiątki i eksponaty z dawnego pobytu w Japonii. Pomieszczenie to było jednocześnie salą ćwiczeń oraz medytacji, którym oddawał się tylko wówczas, gdy był sam w domu.

Zrezygnował też z przebierania się w stosowny rytualny strój. Na czas herbaty zakładał zwykłą białą koszulę oraz proste, czarne, płócienne spodnie o szerokich nogawkach.

Zawsze żałował, że nie może zaprosić gości — ceremonia parzenia herbaty wymagała współuczestnictwa. Brakowało mu tego. Pamiętał z dawnych czasów, jak wielkim przeżyciem — i to za każdym razem — było spotkanie u mistrza, który przygotowywał napój dla garstki wybranych uczniów. Brakowało mu rozmów uwolnionych od spraw doczesnych, poświęconych poezji, malarstwie, przyrodzie. Mistrz za każdym razem wywieszał w pawilonie inny zwój z sentencją w *tokonoma* — w specjalnie na to przeznaczonej wnęce budyneczku. Honorowy gość, *shokyaku* — którego wybierali spomiędzy siebie — zgodnie ze zwyczajem (a był nim zazwyczaj najbardziej zaawansowany w sztuce uczeń) inicjował rozmowę, która charakteryzowała się lekkością i bezpretensjonalnością, a punktem wyjścia była właśnie owa sentencja zawieszona tego wieczoru przez mistrza na ścianie jego prywatnego pawilonu herbacianego.

Teraz musiał radzić sobie sam i jedynie naśladować tamte obrzędy.

Na ścianie zawsze zawieszał swój ulubiony wiersz Basho, wypisany sprawną ręką japońskiego rzemieślnika. Nie odnosił się on, jak powinien, do aktualnej pory roku lub do samej ceremonii. Był to po prostu wiersz haiku, który szczególnie sobie upodobał: „Skowronek śpiewa cały dzień, / I dnia za mało".

Postarał się za to, by pokój na czas rytuału umeblowany był zgodnie z regułą ubóstwa, prostoty, powściągliwości i pastelowych barw. Na co dzień była to sala trochę przypominająca muzeum: miecze na stojakach, dwa proste, acz stylowe obrazy na ścianach; na zwykłych dębowych półkach azjatyckie bibeloty przywiezione z dawnych wojaży.

Na czas parzenia herbaty rozkładał na zwykłej drewnianej podłodze dwie maty *tatami*, wyjęte ze schowka przypominającego rozsuwaną szafę ścienną. Obok tacki z herbacianymi utensyliami stawiał mały wazonik ze zwykłym polnym kwiatem. Zimą musiał się zadowalać kwiatem suszonym, co było trochę przykre.

Przed rozpoczęciem ceremonii zawsze wypijał czarkę sake, uprzednio lekko podgrzaną, jak każe tradycja. Do tego celu wykorzystywał kuchenkę mikrofalową i był to znak, jeden z wielu, że jego działania są tylko skąpym naśladownictwem prawdziwego rytuału.

Lubił wszakże wyobrażać sobie, że otaczają go przyjaciele. To dla nich — i dla siebie — w specjalnym naczyniu, *chagama*, zagotowywał wodę. I tu, niestety, musiał się posiłkować nowoczesną technologią: używał do tego celu mikroskopijnego gazowego palnika podłączonego do niebieskiej turystycznej butli z propanem-butanem. Potem przecierał miseczki

53

i wsypywał herbatę bambusową łyżeczką w liczbie trzech na osobę. Dawniej przygotowywał kilka czarek, ale z czasem uznał to za zwykłe marnotrawstwo i teraz parzył napój jedynie dla siebie. Używał tylko japońskiej herbaty *matcha*, specjalnie hodowanej dla ceremonii *Chanoyu*. Kupował ją, zawsze przez Internet, w sklepiku z azjatyckimi ubraniami i przyprawami. Potem zamówiony taksówkarz przywoził małą szarą torebkę, oznaczoną w sklepie jedynie numerem zamówienia, na Nygatan.

Herbata *matcha*, rzadka i droga — nawet wedle szwedzkich standardów — ma niezwykłą postać zielonego pudru pochodzącego z wysokogatunkowej herbaty *gyokuro*, który uciera się w czarkach, po zalaniu wrzątkiem, specjalną bambusową miotełką *chasen* tak, by uzyskać delikatną piankę. Taką gęstą herbatę — *koicha* — przeznaczoną do pierwszej degustacji, wypijał powoli, delektując się smakiem. Czarkę zgodnie z regułą trzymał na wyprostowanej, otwartej lewej dłoni, a podnosił delikatnie prawą. Gdyby towarzyszyli mu przyjaciele, tę gęstą herbatę piliby z jednego naczynia. To napar bogatych, znak przynależności do elit. Przygotowanie *koicha* przez gospodarza jest gestem najwyższej hojności i szacunku.

Teraz pił jednak sam, oddając się miłym wspomnieniom, dopuszczając także trochę nostalgii do swej świadomości.

Potem napój rozlewał do kilku czarek, zalewając wrzątkiem — na drugie parzenie — tylko tę przeznaczoną dla niego. Drugą herbatę — *usucha* — rozwodnioną, delikatną — wypijał małymi łyczkami, znów nie spiesząc się. W biednych domach pito tylko *usucha*, w bogatych — dolewano ją wielokrotnie, kiedy tylko któryś z gości wychylił do dna swoją czarkę.

Mistrz zawsze powtarzał, że picie herbaty to moment uwolnienia się od doczesności. To chwila przeznaczona na to, by wyciszyć się i poddać refleksji własne życie i własne postępowanie. Pozbyć się złych myśli, odegnać złą energię, nieprzyjaznych emocji żywionych do innych.

— *Remember, this is a special time to drop away your anger, ignorance and greed* — powtarzał łamaną angielszczyzną.

Odrzucić gniew, ignorancję i chciwość — cóż to za wspaniały program!

Mężczyzna był dumny z siebie. To, co robił, pozbawione było wszak elementu chciwości — w końcu bardziej wykorzystywał posiadane przez siebie dobra materialne, niż je gromadził. Ćwiczył wciąż swe ciało i umysł, by zwalczyć ignorancję, będącą często następstwem lenistwa. A gniew? Przecież to, co czynił, pozbawione było gniewu. Wykonywał tylko swoje obowiązki. Nigdy nie zadawał ciosów powodowany namiętnościami. Nie sprawiało mu ani przyjemności, ani bólu zabijanie tych wszystkich małych ludzi, którzy dążyli w swym godnym pogardy życiu do osiągnięcia konkretnych, wymiernych korzyści...

Kończąc herbatę, zaniepokoił się, że właśnie tego nie może się wyzbyć. Że nie może wyzbyć się pogardy dla swych ofiar.

Poza tym czuł się szczęśliwy i pogodzony z sobą. Zapewne były to tylko dobroczynne chwile spokoju, towarzyszące herbacianemu rytuałowi. Pożałował, że nie może już spytać mistrza, czy tak właśnie wygląda *satori*.

V.

Na Wilczą pojechali we trzech zwykłym radiowozem. Pirwitz był wyraźnie spięty, natomiast Mirek wyglądał tak, jakby jechał na piknik. Gadał bez przerwy, aż Nawrocki musiał go uciszyć.

Ta ulica źle się kojarzyła komisarzowi. Mieszkał tu gangster, który porwał niegdyś Małgorzatę i Jasia, kiedy Nawrocki prowadził śledztwo w sprawie śmierci pewnego architekta. Ale on zajmował luksusowy apartament w świeżo odremontowanym budynku, niemal na samym rogu Kruczej, natomiast pod adresem Wilcza 11 mieściła się wielka stara kamienica z początku XX wieku, która ucierpiała w powstaniu. Odbudowano ją po wojnie częściowo, bez oficyn, i przeznaczono pod komunalne zasiedlenie. Teraz stała zdewastowana, z odpadającym tynkiem.

Wejście do antykwariatu, jedynego sklepu, jaki uchował się na parterze, było ogrodzone taśmą. Nielicznych gapiów odganiało dwóch posterunkowych, którzy musieli znać komisarza z widzenia, bo nawet nie zareagowali, gdy przekroczył plastikową czerwono-białą granicę. Ale Mirek i Pirwitz już musieli pomachać swoimi legitymacjami.

Wewnątrz uwijała się ekipa zabezpieczająca ślady, z ulubionym przez Nawrockiego szefem techników, Rybickim, który zaczynał jeszcze w milicji, i wiedział wszystko. Komisarz miał do niego bezgraniczne zaufanie.

— I co tam, panie Rysiu? — rzekł na powitanie.

— A daj pan spokój, panie Irku! — Technik machnął tylko ręką z wyraźną rezygnacją. Rybicki znał wszystkich w komendzie i pozwalał sobie na poufałości, które uchodziły mu płazem, bo i tak każdy chciał, by to on „robił ich sprawy"...

— Aż tak źle?

— Dupa! Dupa blada, panie Irku! To jest zwyczajny sklep. — Technik przystąpił bez zwłoki do referowania, tyle że w swój szczególny sposób. — Mam tu tysiące odcisków. Jak to wrzucę w komputer od razu, to tylko zablokuję system. A chłopcy jeszcze nawet nie skończyli i wciąż zdejmują.

— Czyli nie mam na co liczyć?

— Niech pan w ogóle zapomni, panie Irku.

— No dobra, tymczasem darujmy sobie te odciski. Pan je sprawdzi, oczywiście, ale nie ma pośpiechu.

— Bez pośpiechu? Pierwsze słyszę! Normalnie to chcecie, żebym miał coś na wczoraj!

— A widzi pan, panie Rysiu, ja jestem inny. Dlatego dają mi takie porąbane sprawy — powiedział ze śmiechem Nawrocki.

— Co prawda, to prawda — zasępił się technik. — No to czego chce pan ode mnie w pierwszej kolejności?

— Denat, panie Rysiu. Wszystko o nim.

— Był lekarz, oglądał, a jakże. Coś tam nawypisywał, mam to tu dla pana. — Technik odwrócił się i wziął z jednego z przenośnych metalowych stołów pliczek papierów. — Ale na mój gust to jasna rzecz.

— Niech pan mówi, słucham.

— A co tu gadać! Lekarz, myślałem, że się porzyga na sam widok. Pewnie znowu jakiś praktykant, co to kroił jedynie trupy z formaliny...

— Więc?...

— No krew wszędzie. Pan przejdzie do tego drugiego pomieszczenia, to pan sam zobaczy. Gość poszlachtowany jak zwierzę w rzeźni. Najgorsza jest ta rana na szyi, tętnica musiała być przecięta. Siknęło na sam sufit, pan wie, ciśnienie... Ale pocięty jest wszędzie. To nie było małe narzędzie. Szablą go zaciukał albo maczetą? Sam nie wiem. Pierwszy raz coś takiego widziałem.

— Był pan na samym początku, zanim usunęli ciało?

— A jakże, krew z butów to dobry kwadrans wycierałem. Jucha w całym pomieszczeniu. Na podłodze, na książkach, wszędzie. Lekarz od razu założył rękawiczki, a potem to się zachowywał, jakby zdechłą rybę dotykał.

— A pan co myśli?

— Drzwi otworzono wytrychem albo czymś podobnym. Ślady żeśmy zabezpieczyli i będziemy analizować...

— A to mnie akurat interesuje. I chciałbym jak najszybciej...

— Już posłałem do analizy. Będzie jutro.

— Dziękuję. — W głosie Nawrockiego można było wyczuć wyraźną wdzięczność.

— Nie ma za co, przecież pan wie, że ja nie pierwszy lepszy...

— Wiem — skwitował Irek. — I co dalej?

— Wiadomo. Zbieramy mikroślady, ale co to da, to ja nie wiem. Może potem, kiedyś, przyda się panu.

— Rzeczywiście macie tu niezły zapieprz — przytaknął Nawrocki. — Gdzie leżał denat?

— Na zapleczu, w tym drugim pomieszczeniu. To chyba pracownia, bo mnóstwo tam różnych akcesoriów, stół jak do pracy i rozgrzebana książka na nim.

— Jaka książka?

— A skąd ja niby mam wiedzieć? Stara jak cholera. Leży na tym blacie. A ten zamordowany...

— No?

— Wygląda, jakby wyszedł do głównego pomieszczenia, do sklepu, znaczy się, a potem się cofał.

— Dlaczego pan tak myśli, panie Rysiu?

— A po układzie ciała, sam pan zobaczy, bo rozrysowaliśmy kontur.

— No to przejdźmy dalej — rzekł Nawrocki, dając znak Pirwitzowi, który stał do tej pory spokojnie, rozglądając się jedynie wokół, i Mirkowi, który już zaczął myszkować w głównym pomieszczeniu.

Na zapleczu antykwariatu mieścił się mały pokój z przyściennymi regałami pełnymi rozmaitych buteleczek, kubków, pędzli, nożyczek i noży. Na podłodze stały kartony z papierem. Centralne miejsce zajmował stół albo raczej blat, na którym spoczywała otwarta stara księga. Obok niej leżały rozmaite przyrządy. Wyglądało to tak, jakby antykwariusza coś nagle oderwało od introligatorskiej pracy.

— Oglądał to już ktoś? — zapytał Nawrocki.

— Na razie tylko my — odpowiedział technik.

— Mirek! — Komisarz odwrócił się do współpracownika, który tymczasem z zainteresowaniem przyglądał się starym księgom na półkach.

— Słucham?

— Dzwoń do Biblioteki Narodowej. Chcę tu mieć natychmiast fachowca od starodruków.

— Biblioteka Narodowa? Szefie, i koniecznie ja muszę?...

— Mirek!

— Już się robi — odpowiedział sierżant i wyciągnąwszy z kieszeni komórkę, wyszedł na zewnątrz.

Nawrocki zauważył, że Pirwitz stoi bez ruchu przy stole i tylko taksuje wzrokiem wnętrze. Było w nim w tej chwili coś z Indianina, który zastygł nad znalezionym śladem i właśnie analizuje sytuację.

— I jak pan to widzi, panie Marcinie?

— Interesujące — mruknął Pirwitz.

— Interesujące? Pierwszy raz na miejscu prawdziwej zbrodni? — zdziwił się lekko Nawrocki. — Nie mieliście praktyk?

— Mieliśmy. Ale to były udawane sytuacje. Takie *case studies*.

— *Case studies?* Ciekawe. — Irek przypomniał sobie, jak go zabrano zaraz na początku szkoły policyjnej na pobojowisko po wiejskim weselu. Jeden facet z siekierą w czaszce, drugi z nożem w szyi. Pomyślał wtedy, że ta robota jednak nie dla niego. Długo wymiotował za stodołą. Ciekawe, co Pirwitz powie w prosektorium?

— Wiem, co pan myśli. Ja już widziałem w życiu trochę trupów — usłyszał Nawrocki cichy głos podkomendnego. — Wie pan, jak wygląda ktoś, kto wszedł na minę przeciwpiechotną?

— Na szczęście nie. I nie chcę wiedzieć. Mam dosyć swoich klientów.

Mirek wpadł zziajany, jakby właśnie ukończył maraton.

— Załatwiłem rzeczoznawcę! Ale może być tu dopiero za jakiś czas, bo ma coś ważnego w bibliotece do załatwienia.

— A coś ty się tak zasapał? Pobiegłeś zanieść im tę wiadomość? — Nawrocki zerknął z niechęcią na zegarek.

— Nie, tylko szukałem fajek. Tu w pobliżu nie mieli, musiałem lecieć aż na Marszałkowską. Koło „Szanghaju" jest taki niezły kiosk. Szef wie, że coraz trudniej dostać camele? Przestali produkować, czy co? Nic tylko jakieś lighty, mentole...

— Daruj sobie. — Komisarz nie miał w tej chwili ochoty wysłuchiwać Mirkowych narracji. — Mówisz, że nasz książkowy cicerone zjedzie tu później? Okej. W takim razie lecimy do patologa.

— Wszyscy? — z obawą w głosie zapytał Mirek.

— Wszyscy. A wie pan, jak wygląda sekcja, panie kolego? — zwrócił się Nawrocki do Pirwitza.

— Nie. Ale chętnie się przyjrzę — odrzekł spokojnie były komandos.

*

Patolog z Zakładu Medycyny Sądowej nie należał do rozmownych. Był wyłysiałym starszym mężczyzną, który młodość spędził na imprezach i zabawach, a teraz słabo znosił realia wieku średniego ze wszystkimi jego dolegliwościami. Poza tym widać było, że najchętniej zajmowałby się czymś innym.

— I co pan powie o denacie? — zagaił Nawrocki po zdawkowym przywitaniu. Nie lubił patologa. Zawsze irytował go brak najmniejszych objawów empatii dla ofiary.

— Dokonałem już wstępnego rozeznania. Mężczyzna, wiek pięćdziesiąt, sześćdziesiąt lat, przy czym raczej to drugie, bo ma dość zniszczoną wątrobę. Ale to akurat może być skutkiem nadużywania alkoholu.

— Wiemy coś o tym? Mirek? — zwrócił się do podwładnego Nawrocki. — Sprawdź to jakoś. Rodzina, sąsiedzi, znani współpracownicy. Zabierz się do tego od razu. I możesz już iść, będziesz potrzebował na to trochę czasu.

— Dzięki, szefie, już zmykam — odparł Mirek rozradowany, że nie musi uczestniczyć w dalszych procedurach.

— A pan, panie podkomisarzu — zwrócił się do Pirwitza — zechce dotrzymać mi towarzystwa?

— Nie powiem, że z chęcią, ale owszem. Chciałbym poszerzyć moją dotychczasową wiedzę.

— To dobrze. Doktorze! — Nawrocki zwrócił się teraz bezpośrednio do patologa. — Proszę procedować.

Patolog włączył dyktafon zawieszony ponad stołem na sprężynowym wysięgniku i pochylił się nad ciałem.

— Zapis dla komendy stołecznej. Trzynasty lipca dwa tysiące siódmego roku. Nagrywający: doktor Stefan Jasiński, numer identyfikacyjny cztery, pięć, trzy, siedem. Denat: biały mężczyzna, bez znaków szczególnych. Metr siedemdziesiąt osiem centymetrów wzrostu. Otyły. Liczne rany cięte tułowia. Wyróżnia się głębokie cięcie przez lewe przedramię oraz podobne, niemal symetryczne, przez prawe przedramię. Śmiertelny cios: sztych w krtań. Klinga dość wąska, długa, dobrze naostrzona. Prawdopodobnie coś w rodzaju miecza lub pałasza. Uszkodzenia tchawicy i okolicy krtaniowo-szyjnej. Przecięta tętnica. Duży ogólny upływ krwi. Naruszony rdzeń kręgosłupa...

— Pałasz albo miecz? Pan żartuje, doktorze? — Nawrocki wpadł patologowi w słowo.

— Nie, nie żartuję — Jasiński gwałtownym ruchem wyłączył dyktafon. — I wolałbym, żeby pan mi nie przerywał. Czeka mnie jeszcze sporo pracy...

— Mnie też. Dlaczego twierdzi pan, że to jakaś średniowieczna broń?

— Pałasz nie jest średniowieczną bronią, drogi panie komisarzu! Mamy tu szerokie wejście, to nie mógł być po prostu nóż albo coś w tym rodzaju. No i za długa klinga. Poza tym układ innych ran na korpusie przypomina trochę cięcia szablą, ale to nie była szabla. Morderca nie mógłby nią zadać tego pchnięcia w szyję, bo szabla nie nadaje się do bezpośrednich sztychów. A znów pałaszem nie zdołałby pociąć tak korpusu. Wykluczam też maczetę albo coś podobnego. Dziwne... Znam się trochę na białej broni, ale takie rany widzę po raz pierwszy.

— Czyli co? Jakieś egzotyczne narzędzie? A może używał dwóch? Jednym ciął po ciele, a drugim przebił krtań?

— Dwóch? Mało prawdopodobne. Rany są za głębokie. Musiał trzymać to coś obiema rękami. To musi wyglądać jak zakrzywiony krótki miecz, raczej mieczyk. Ale nie wiem, co to jest.

— Pięknie! — mruknął Nawrocki. Jednak był zadowolony. Oryginalne narzędzie zbrodni to już było coś. Trop. Poczuł lekkie mrowienie na karku.

— Panie komisarzu — odezwał się półgłosem Pirwitz. — Mogę?

— Tak? Ma pan jakieś sugestie?

— Raczej propozycję. Nie chciałbym komplikować, ale czy nie zgodziłby się pan na dodatkowe konsultacje w tej sprawie?

— Konsultacje?

— Chciałbym, żeby te rany zobaczył jeszcze ktoś.

— A szybko ten ktoś może tu wpaść?

— Mam nadzieję, że tak. Muszę tylko zadzwonić.

— Proszę bardzo, zresztą i tak nic tu po nas. Dziękuję, doktorze — Nawrocki zwrócił się do patologa i nie czekawszy na odpowiedź, ruszył ku wyjściu.

Na ulicy Pirwitz odszedł na parę kroków i rozmawiał chwilę z komórki, potem wrócił do komisarza.

— Wszystko gra. Jeżeli pan pozwoli, to zostanę i poczekam. Inaczej go tam nie wpuszczą.

— A cóż to za tajemniczy ekspert, panie Marcinie? — Nawrocki znów przekornie użył familiarnego zwrotu.

— Mój kolega, powiedzmy, z dawnej pracy. Proszę mi zaufać. Jeśli nic z tego nie wyniknie, nie będę zawracał panu głowy.

— Dobrze. Ja w każdym razie wracam do antykwariatu. — Nawrocki zerknął na zegarek. — Mam nadzieję, że ekspert z Narodowej już tam dotarł. Umówmy się tak jak pan, jak panowie — poprawił się — skończą, to proszę przyjechać na Wilczą.

— Rozkaz! — wymsknęło się Pirwitzowi.

— Spocznij, panie majorze — mrugnął Nawrocki i zostawił zaskoczonego komandosa przed wejściem do kostnicy.

*

Rzeczoznawcy jeszcze nie było. Nawrocki zaklął pod nosem i zaczął rozglądać się po ulicy w poszukiwaniu jakiejś knajpki. Dostrzegł taką jakieś sto metrów dalej, w kierunku Marszałkowskiej.

— Idę na kawę. Jak przyjedzie człowiek z Biblioteki Narodowej, dajcie mi znać — rzucił w kierunku mundurowych i nie czekając na ewentualną odpowiedź, ruszył żwawo przed siebie.

Kawa była niczego sobie. A dobra kawa zawsze pozwala z większym optymizmem spojrzeć w przyszłość. W niezłym humorze zajął się więc gazetą. Gdy już dojechał do gospodarki, którą zamierzał szybko przerzucić i odnaleźć strony sportowe, do knajpki zajrzał jeden z policjantów pilnujących antykwariatu.

U wejścia do sklepu rzeczywiście czekał już, nieco zniecierpliwiony, rzeczoznawca. Policjanci nie wpuścili go oczywiście do środka.

— Dzień dobry. Nazywam się Ireneusz Nawrocki, komisarz z komendy stołecznej — i prowadzę tę sprawę — rzucił na powitanie.

— Witam pana! Doktor Marek Krajewski z Biblioteki Narodowej, specjalista od starodruków. Przybywa pan, że tak powiem, w samą porę, bo sterczę tu bezczynnie już od pewnego czasu! — Bibliotekarz, wysoki, mocno zbudowany blondyn w doskonale skrojonym garniturze, odwzajemnił uścisk dłoni doprawdy żelaznym chwytem.

Chyba nie od noszenia książek ma taką krzepę, pomyślał komisarz.

— Proszę wybaczyć — uciął komisarz. — Tędy — wskazał Krajewskiemu drzwi.

— No, no. Morderstwo w antykwariacie. — Ekspert był najwyraźniej podekscytowany sytuacją, w jakiej się znalazł. — Wszyscy koledzy z pracy są bardzo poruszeni i od razu zaczęli mnie wypytywać. Wie pan, w naszym środowisku takie rzeczy nie zdarzają się zbyt często...

— Zapewniam pana, że w żadnym przyzwoitym środowisku nie zdarzają się zbyt często. Ale, niestety, zdarzają się.

— No tak, przepraszam. Pan ma inny ode mnie ogląd rzeczywistości — zreflektował się rzeczoznawca.

Weszli do środka. Nawrocki przeszedł od razu na zaplecze, choć bibliotekarz łakomym wzrokiem rozglądał się po sklepowych półkach. Gdy zobaczył pracownię, podniecił się jeszcze bardziej.

— Co my tu mamy?! Chryste!

— Tak?

— Istna pracownia alchemika! Co oni tu robili z książkami?

— Tego właśnie chcę się od pana dowiedzieć — komisarz kuł żelazo, póki gorące. — Proszę się rozejrzeć, mamy trochę czasu. Ale interesuje nas zwłaszcza ta książka na pulpicie. Denat, chciałem powiedzieć zmarły, coś przy niej ewidentnie majstrował. Będę panu wdzięczny za wszelkie informacje. Panie Rysiu! — zawołał do szefa techników. — Czy pan doktor z biblioteki może się swobodnie poruszać?

— Proszę bardzo, my już w zasadzie skończyliśmy. Tylko spakujemy nasze rzeczy. Niech pan sobie nie przeszkadza — odpowiedział Rybicki, pochylony nad potężną metalową walizką z odczynnikami i rozmaitymi przyrządami.

— No to zostawię pana. Potrzebuje pan czegoś? — zapytał Nawrocki rzeczoznawcę.

— Kawa by się przydała. Jeśli to nie kłopot, oczywiście — odpowiedział zaaferowany bibliotekarz, który już przewracał niecierpliwie karty księgi leżącej na stole, założywszy wcześniej na dłonie cienkie, chyba jedwabne rękawiczki.

Nawrocki wyszedł na zewnątrz, przywołał skinieniem ręki jednego z policjantów zabezpieczających teren i kazał mu iść po kawę do baru, z którego właśnie wyszedł. Dał mundurowemu banknot dziesięciozłotowy i polecił przynieść resztę. Po czym sam usiadł na kamieniu leżącym na skraju małego skweru zaraz przy budynku, wydobył fajkę, nabił i zapalił.

Czekania nie znosił najbardziej, choć tak wiele w jego pracy zależało od tego właśnie. I od cierpliwości. Gdyby miał w życiu rodzinnym choć ułamek tej zawodowej cierpliwości — pozwalającej mu w momentach kluczowych zastygać jak kameleon — byłby lepszym ojcem i mężem! Dopóki Jaś był kosmitą, którego należało przewijać, karmić, kąpać i układać do snu, udawało się jakoś kontrolować rodzinne życie w małym mieszkanku zawieszonym na siódmym piętrze mokotowskiego wieżowca. Ale od kiedy syn zaczął najpierw pełzać, potem raczkować, a wreszcie wstał i ruszył podbijać świat — demolując po drodze wszystko, co napotkał, a co mu zawadzało — nie bardzo sobie radzili.

Dlatego z ulgą myślał o swoich najbliższych, najpewniej pławiących się teraz w ciepłych wodach wokół Krety. Na ten wyjazd poszły wszystkie pieniądze, które dostał w ramach nagrody jubileuszowej, jesienią ubiegłego roku. Liczył, że rozłąka pozwoli im odbudować relacje, a także odpocząć od siebie. Zostały mu niemal trzy tygodnie samotności — wykupił rodzinie pobyt nieopodal Hersonissos, w całkiem przyzwoitym hotelu. Małgorzata zabrała swoją mamę, która zresztą współfinansowała pobyt.

Potem, pod koniec lata, mieli wyjechać wspólnie do pewnej leśniczówki na Mazurach. Jezioro, głusza, brak zasięgu komórkowego. Już o tym marzył. Kiedy Jaś szalał po domu, a Małgorzata suszyła mu głowę z jakiegoś błahego powodu — myślał z utęsknieniem o samotności. Kiedy zostawał sam — tęsknił do bliskich. Z sarkazmem pomyślał, że kochać z odległości zawsze łatwiej niż w codziennej mitrędze.

Zadzwoni wieczorem, pogadają jak zwykle. Załagodzi tamtą wpadkę, gdy za dużo wypił i zapomniał zadzwonić. Małgorzata nie oddzwoniła wtedy, bo ceny połączeń w roamingu były horrendalnie wysokie, krótkie międzynarodowe pogawędki mieli realizować ze służbowej komórki komisarza, za którą płacił niski ryczałt. Zadzwoni więc, dowie się, co na słonecznej wyspie, rzuci kilka zdawkowych uwag, opowie, co u niego. I żadnych szczegółów z pracy — taką od dawna mieli umowę.

A wyglądało na to, że będzie intensywnie zajęty przez najbliższe dni.

Wystukał zawartość fajki o podeszwę buta, spojrzał na zegarek. Późno. Czas kończyć urzędowanie. A tu jeszcze ten gość z biblioteki i Pirwitz ze swoim tajemniczym znajomym. No i Mirek z ustaleniami o antykwariuszu.

Nawrocki przemógł się i wstał. Najchętniej poszedłby prosto do domu, otworzył butelkę białego wina czekającą w lodówce i nastawił telewizor na Eurosport.

Tymczasem wszedł do antykwariatu. Rzeczoznawca robił właśnie notatki w małym czarnym kajeciku.

— No i co, znalazł pan kamień filozoficzny antykwariuszy? Jest pan gotów zdradzić mi wielką tajemnicę? — zapytał, nie odmawiając sobie lekkiej drwiny.

— A i owszem! — W głosie bibliotekarza dało się słyszeć nienaturalne podekscytowanie.

— Słucham, widzę, że nie zmarnował pan czasu?

— Ani trochę. — Krajewski podniósł wzrok znad blatu. — To doprawdy zadziwiające, doprawdy — wymamrotał z nieumiejętnie hamowaną egzaltacją.

— Proszę mówić, umieram z ciekawości.

— A zatem, panie komisarzu, tak? Nie pomyliłem szarży? — upewnił się. — To naprawdę niesłychane. Mamy tu *Etymologiae* Izydora z Sewilli. Bardzo rzadka rzecz, średniowieczna. Egzemplarz, jak śmiem twierdzić, wyniesiony z biblioteki w Krakowie. Mam oczywiście na myśli tę księgę, która leży na pulpicie.

— Chce pan powiedzieć: skradziony? — skonstatował Nawrocki.

— Jako żywo! Skradziony! Nie może być inaczej.

— Jest pan pewien?

— A jakże! Tego typu dzieła są rzadko spotykane, zwłaszcza w Polsce. Najazdy, rozbiory, wreszcie druga wojna światowa. To uszczupliło zasoby naszych księgozbiorów. Prywatni kolekcjonerzy właściwie nie posiadają skarbów podobnej klasy. Może jedynie doktor Niewodniczański w Niemczech. Ale on raczej specjalizuje się w kartografii i epistolografii. Czyli w mapach oraz listach różnych słynnych ludzi

— uznał za stosowne wyjaśnić. — No i zdarza się, że kupuje ciekawe autografy. A wie pan, że on nawet ma ten słynny notes Mickiewicza z jego podróży na Krym? Z *Sonetami krymskimi* i odeskimi? Zresztą, nawet mu go skradziono, ale właścicielowi udało się odzyskać od bandziorów ten niezwykły artefakt. To cała historia jak z powieści sensacyjnej...

— Panie doktorze! A ten Izydor? — Nawrocki postanowił interweniować.

— A tak, tak. O czym to ja mówiłem? Ach! Rzadkie książki. Nie mamy ich zbyt wiele. Stąd taka troska. Zresztą wszędzie na świecie tak jest. A już zwłaszcza inkunabuły są zewidencjonowane, stanowią główny korpus zawartości oddziałów starych druków i są specjalnie chronione. Trzyma się je w wyizolowanych, odpowiednio klimatyzowanych i zazwyczaj doskonale zabezpieczonych pomieszczeniach. Mówię zazwyczaj, bo wyszło na jaw, że akurat w Bibliotece Krakowskiej dopuszczono się haniebnych zaniedbań. A specjaliści takie pozycje znają doskonale. To białe kruki do drugiej potęgi.

— Inkunabuły?

— Tak, czyli księgi powstałe przed 1501 rokiem.

— Ale skąd pan może wiedzieć, że ta właśnie pochodzi z Krakowa?

— Cóż. Dwa argumenty. Po pierwsze Izydor jest na liście strat. I nagle znajdujemy go w prywatnym, niezbyt znanym antykwariacie. Dziwny zbieg okoliczności, prawda? Po drugie, przeróbki, jakich na tym egzemplarzu dokonano, maskują znaki przynależności do danej biblioteki oraz miejsca szczególne, pozwalające zidentyfikować konkretny tekst.

— Czyli mamy tu pana zdaniem skradzioną księgę z Biblioteki Krakowskiej, a przeróbki, o których pan mówi, miały ułatwić jej nielegalną sprzedaż, tak? — upewnił się, na wszelki wypadek, komisarz.

— Na sto procent! Ten antykwariusz to zwykły rzezimieszek. Ewidentnie przygotowywał dzieło do przemytu na Zachód. Powycinał sygnatury, o tu i tu — wskazał palcem — a na ich miejsce powklejał stary papier, imitujący ten z epoki. Fachowiec rozpozna to w mgnieniu oka, ale domy aukcyjne, zwłaszcza jeśli księga wystawiana jest przez renomowanego sprzedawcę, w ogóle nie bawią się w takie sprawdzanie. Chyba że napłyną jakieś doniesienia z wątpliwościami. Ale rynek antykwaryczny jest tak bogaty i różnorodny, że trudno monitorować wszystko.

— Więc nikt nie sprawdza aukcji?

— No nie, staramy się mieć większość z nich na oku. Zwłaszcza przedsięwzięcia na dużą skalę. I służby biblioteczne innych krajów, przede wszystkim unijnych, także. Wie pan, chodzi głównie o to, że czasami wypływają rzeczy zaginione podczas ostatniej wojny, skradzione, zazwyczaj przez nazistów, ze znanych kolekcji publicznych lub prywatnych. A takie akurat są nieźle udokumentowane. Wtedy łatwo o identyfikację. Jeśli idzie o kradzieże współczesne, to z tym jest trochę gorzej. Niekiedy muzeum czy — rzadziej — biblioteka nawet nie wie, że coś z niej wyniesiono. Tak zresztą było właśnie w przypadku Biblioteki Krakowskiej. To efekt zaniedbań, bałaganu w archiwach, a w polskich placówkach także braku powierzchni wystawienniczej. Dzieła leżą w magazynach, zdarza się, że nikt do nich latami nie zagląda, no i nieszczęście gotowe. Okazja czyni złodzieja. A potem jest jakaś aukcja, ktoś ze znawców przeczyta opis i tak po nitce do kłębka... Wtedy jest często za późno, bo jeśli rzecz nabędzie anonimowy prywatny kolekcjoner, a prawo broni kupca działającego w dobrej wierze, nie wiedzącego, że wchodzi w posiadanie książki uprzednio skradzionej, no to... — doktor Krajewski zawiesił dramatycznie głos. — A jeśli jeszcze księga pojawia się w jakimś peryferyjnym, choćby i szanowanym na lokalnym rynku domu aukcyjnym, nie ma szans. Trzeba by siedzieć non stop przed komputerem i analizować. A na to nie mamy ani czasu, ani pieniędzy, ani odpowiednio przeszkolonych ludzi. *Nec Hercules contra plures.* Prywatne transakcje dokonywane przez kolekcjonerów, albo z udziałem kolekcjonerów, znajdują się w szarej strefie. Nie da się tego monitorować. Może przez służby skarbowe, jakby się ktoś bardzo uparł, ale i tak nie bardzo. Na tym rynku chętniej płaci się gotówką, ewentualnie czekiem, bardzo rzadko przelewem — by manipulować potem zeznaniami podatkowymi — a niektóre transakcje, i to często, w ogóle nie są odnotowywane.

— I tylko tego Izydora skradziono w Krakowie?

— No jak to? — Na twarzy rzeczoznawcy pojawiło się bezbrzeżne zdziwienie. — Nie słyszał pan o masowej kradzieży inkunabułów z Biblioteki Krakowskiej kilka lat temu? Skandal, drogi panie, afera, może największa w naszych czasach! Toż nawet codzienna prasa o tym pisała!

Nawrocki oczywiście słyszał doskonale, co więcej, przez jakiś czas był nawet zaangażowany w śledztwo, jakie w tej sprawie prowadzono, bo niektóre ze skradzionych w Krakowie książek miały pojawić się w warszawskiej Desie. Ale to był tylko fałszywy alarm, choć i tak odnieśli mały sukces, gdyż okazało się, że inkryminowane pozycje wyniesiono z biblioteki jednego z seminariów duchownych na południu Polski. Chłopcy z Krakowa ustalili później, że złodziejem był szanowany profesor z Uniwersytetu Jagiellońskiego, który w tym seminarium prowadził zajęcia z klerykami. Na ironię, był też uznanym ekspertem od starodruków, z którego usług korzystała incydentalnie również policja.

Więc komisarz słyszał i nawet nieźle, jak na czas, który upłynął, orientował się w tamtej sprawie. Ale przed Krajewskim postanowił grać kompletnego ignoranta. Miał w głowie słowa Generała: „Pamiętaj, Irek. Udawana ignorancja potrafi być potężną bronią. Zagraj idiotę, a zlekceważą cię i rozluźnią się, poczują się pewniej. Zadawaj naiwne, a nawet głupie pytania. W pewnych sytuacjach osiągniesz wtedy więcej niż krzykiem, wymachiwaniem bronią i — tu Generał zawahał się na moment — torturami".

— Nie słyszałem. Jakoś pobieżnie czytam gazety. Poza tym to nie moja działka. Jak pan widzi, zajmuję się zbrodniami na ludziach, nie książkach.

— Wprost nie mogę uwierzyć, że pan nic o tym nie wie — po twarzy rzeczoznawcy wciąż błąkało się zdumienie. — To nadzwyczaj bulwersująca historia. Wyniesiono z Biblioteki Krakowskiej kilkadziesiąt ksiąg. Co jedna to wartościowsza. Zaginęło na przykład kilka egzemplarzy z rozmaitych wydań *Cosmographii* Ptolemeusza, albo unikatowe *Concilium zu Constanz* Ulricusa de Reichentala z 1483 roku... Nawet dziennikarze zabrali się za śledztwo, jeździli do Niemiec, tropili...

— Proszę wybaczyć, miałem mnóstwo innych spraw na głowie. A wyjaśniono już coś?

— A gdzie tam! Dochodzenie ślimaczy się w niemieckiej prokuraturze. Przyłapany przez naszych dziennikarzy jeden z domniemanych pośredników to wielce szanowany na tamtym rynku antykwariusz. Pan wie, płaci wysokie podatki, ma dobrą renomę... Śledztwo chyba cały czas jest w toku...

— Sprawdzę. Teraz chciałbym tylko uzyskać pana opinię na temat tego, co pan tu znalazł...

— Proszę pana, to niebywałe. Przeglądałem też trochę półki w tej jaskini przestępców. Tu się musiało odbywać przestępstwo na wielką skalę. Ten antykwariusz po prostu zajmował się poza zwykłymi obowiązkami bardzo niecnym procederem. Świadczy o tym zawartość tych półek — bibliotekarz szerokim ruchem zatoczył ręką krąg wokół pracowni zamordowanego. — Odczynniki, narzędzia, papier. Nie mam co do tego zbrodniczego procederu żadnych wątpliwości. I jeszcze jedno! — Bibliotekarz podniósł nieco głos. — Ledwie zerknąłem na księgi na zapleczu, ale i tak jestem wstrząśnięty!

— Tak?

— Nie tylko Izydor mógł się tu znaleźć drogą przestępstwa. Jest jeszcze co najmniej kilka ksiąg, które musimy sprawdzić. Co prawda *habent sua fata libelli*, ale...

— To trochę skomplikowane. Antykwariat jest miejscem zbrodni i musi jakiś czas pozostać zabezpieczony. Poza tym oprócz morderstwa mamy do czynienia z kilkoma innymi paragrafami: możliwą kradzieżą, paserstwem, dewastacją dóbr kultury... To domena przynajmniej dwóch różnych wydziałów komendy. A pan pewnie chciałby tu przyjść ze swoją ekipą?

— Oczywiście! I to natychmiast!

— Natychmiast się nie da. Musi pan porozmawiać z prokuratorem, on wydaje zgodę na takie rzeczy.

— Ależ drogi panie komisarzu! Te księgi nie mogą czekać.

— Mogą, mogą. Przeleżały tu spokojnie jakiś czas, to dzień czy dwa zwłoki im nie zaszkodzi. Powtarzam — powiedział z naciskiem Nawrocki, uprzedzając już szykującego się do wygłoszenia kolejnej mowy bibliotekarza — prokurator! Proszę jutro zadzwonić do naszej sekretarki, oto telefon — wręczył Krajewskiemu kartkę. — Ja jej wszystko wyjaśnię, a ona już panu dalej pomoże.

Pozbywszy się rzeczoznawcy, uprzednio wylewnie dziękując mu za błyskawiczną i wszechstronną ekspertyzę, Nawrocki odetchnął i już zaczął myśleć, że może przełoży dalszą część pracy na jutro, kiedy uprzedził go Pirwitz.

— Komisarzu, nie zechciałby pan przyjechać do kostnicy? — usłyszał, jak tylko odebrał komórkę.

— Pański tajemniczy kolega ma coś dla mnie?

— Tak jest!

— Tak, cóż robić, bardzo się cieszę — odparł Nawrocki ponuro, cytując swojego ojca, który identycznego zwrotu używał w sytuacjach, gdy zmuszony był czynić coś, co akurat nie było mu na rękę. — Już lecę.

*

Tym razem wziął taksówkę, bo nie chciało mu się czekać na radiowóz. Od pewnego czasu przysługiwał mu ryczałt na drobne wydatki związane z prowadzonymi śledztwami. Jeszcze jeden mały przywilej, który zdobył dzięki protekcji Generała.

Taksówkarz okazał się gadułą i koniecznie chciał wyciągnąć pasażera na pogawędkę o polityce. Nawrocki nie miał ochoty słuchać kolejnych banalnych narzekań na rząd, prawo, system podatkowy oraz ogólnie złą sytuację na świecie, zbył więc pytania wymówką, że boli go głowa i nie chce mu się rozmawiać.

Pirwitz czekał na niego przed wejściem.

Zeszli długimi schodami. Owionął ich chłód, relaksujący po gorącu, jakie panowało na zewnątrz, ale też specyficzny, lekko słodkawy zapach, który co wrażliwszych przyprawiał o pierwsze mdłości, zanim jeszcze przekroczyli obite metalem drzwi.

Przy stole, na którym leżało ciało antykwariusza, już zszyte po sekcji, stał mężczyzna o wyraźnie orientalnych rysach twarzy. Miał na sobie zwyczajny czarny T-shirt i dżinsy.

— Gdzie doktor? — zapytał Nawrocki.

— Poszedł pisać raport. Powiedział, że nie będzie tu ślęczeć do wieczora. A raport ma pan dostać jutro rano — wyrecytował szybko Pirwitz.

— I zostawił was samych w swoim królestwie? — Nawrocki pokiwał głową z niedowierzaniem. — Musiał pan być bardzo przekonujący.

— To jest właśnie mój kolega. — Były komandos enigmatycznie przedstawił mężczyznę, który wciąż spokojnie stał przy stole sekcyjnym. — Niestety, nie może pan poznać go z imienia i nazwiska. On jest wciąż w czynnej służbie.

— Nie wiedziałem, że w GROM-ie służą też obcokrajowcy — odpalił Nawrocki.

— Mój ojciec był Japończykiem, ale wychowaliśmy się z bratem w Polsce — odrzekł spokojnym głosem mężczyzna. Posługiwał się czystą polszczyzną, bez żadnych naleciałości. W porównaniu z jego egzotycznym wyglądem sprawiało to dziwne wrażenie. — Mieszkamy tu od dzieciństwa — doprecyzował.

— Miło mi, Nawrocki — przedstawił się policjant. — Prowadzę tę sprawę.

— Wiem — odparł żołnierz. — Jest pan komisarzem. Marcin już mi powiedział.

Uścisnęli sobie ręce.

— Jak więc mam się do pana zwracać? — spytał Nawrocki.

— Jestem Karol. Proszę wybaczyć, ale tylko tyle.

— Wystarczy. Co więc macie dla mnie, panowie? — przeszedł do rzeczy.

— Poprosiłem Karola, żeby obejrzał naszego zmarłego, to jest denata — poprawił się Pirwitz, a Nawrocki pomyślał, że jego nowy podkomendny szybko odrabia pracę domową. — Szczęśliwie był w Warszawie i mógł się stawić natychmiast. Karolu?

— Marcin miał pewne podejrzenie i poprosił mnie o konsultację — podjął przybysz. — Chodziło o rany zadane temu zabitemu.

— Zamordowanemu — uściślił Nawrocki.

— Tak, zamordowanemu. Marcin mówił, że to była broń biała i układ ran coś mu przypomina. Wasz lekarz...

— Patolog.

— Tak, patolog. On twierdził, że to coś w rodzaju miecza czy szabli, ale że te cięcia są jednak trochę inne.

— Słyszałem, co mówił — Nawrocki zniecierpliwił się tym powolnym wywodem.

— Właśnie — odrzekł Karol, niewzruszony, z typowo wschodnim spokojem.

— I?

— Mnie się wydaje, że Marcin miał rację i że to nie była żadna europejska broń, tylko *katana*.

— Słucham? — nie zrozumiał komisarz.

— *Katana*. Jeden z mieczy, których używali samuraje. Służył do walki. Drugi, krótszy, *wakizashi*, był czymś w rodzaju sztyletu. To nim popełniano rytualne samobójstwa, *seppuku*, bardziej znane w kulturach Zachodu jako harakiri.

— Chce pan powiedzieć, panie Karolu, że antykwariusza zamordowano samurajskim mieczem? Tutaj, w Polsce, w środku miasta? — Nawrocki nie mógł ochłonąć ze zdziwienia.

— Wydaje mi się, że tak. Co więcej, cięcia, które tu widzę — Karol wskazał rany na ciele leżącego na stole mężczyzny — wyglądają tak, jakby napastnik wierny był sztuce *kenjutsu*.

— *Katana, kenjutsu!*? — Komisarz uniósł brwi.

— *Kenjutsu* to tradycyjna sztuka szermierki japońskiej. Wywodzi się z prawdziwych zmagań na polu walki i była czymś w rodzaju wstępnego szkolenia, suchej zaprawy — spokojnym głosem kontynuował Karol. — Dziś przeciwnicy są odpowiednio ubrani i zabezpieczeni. Walczy się drewnianymi mieczami. Teraz to trochę sport, kendo, jeśli miałbym użyć zachodnich porównań, choć towarzyszy mu, jak zresztą innym japońskim dyscyplinom, cała otoczka tradycji. Mówiąc w skrócie, *kenjutsu* określa wiele ściśle przestrzeganych przez zawodników reguł, a ciosy należą do znanego repertuaru. To, co tu widzę, to standardowy zestaw ataku. Rozmaite poprzeczne cięcia na korpus ciała i wreszcie uderzenie w szyję. Sztych. Tak to chyba nazywacie? Właściwie jedyny w repertuarze ciosów, bo *kataną* w zasadzie tylko się cięło, nie pchało. Ten sztych był zawsze śmiertelny, jeśli tylko dawny samuraj był dobrze wyszkolony i właściwie trafił. To znaczy w przerwę między chronionym przez zbroję ciałem a górną częścią napierśnika. I jeśli oczywiście przeciwnicy walczyli prawdziwą bronią, nie *shinai* — bambusowymi mieczami używanymi tylko w sali ćwiczeń. Znakiem charakterystycznym jest to, że uderzenie wyprowadzone zostało z dołu, by trafić ponad obojczykiem. Układ rany, jak ją widzę, potwierdza moje przypuszczenia. I jeszcze jedno...

— Tak? — Nawrocki wciąż słuchał, nie mogąc do końca uwierzyć.

— W samurajskiej sztuce szermierki największym wyczynem było powalenie przeciwnika jednym zwinnym a niespodziewanym uderzeniem. Z tego właśnie słynął Musashi, japoński narodowy bohater, zwykły walczyć *bokkenem*, drewnianym mieczem, przeciwko wykutym z metalu *katanom*. I zawsze wygrywał, bo nie dawał przeciwnikom szans na reakcję... A ten, który zabił tego człowieka — Karol mimowolnie znów wskazał na zwłoki leżące na stole — uderzył kilka razy, ale tak, aby on nie zginął od razu. Dopiero to pchnięcie w gardło było ostateczne. Jakby to miało coś znaczyć — zamyślił się.

— A co na przykład?

— Nie jestem do końca pewien. Według *Bushido*...

— *Bushido*?

— Kodeksu samurajów, czegoś w rodzaju kodeksu rycerskiego.

— Tak?

— Więc według reguł *Bushido* można by to odczytać jako znak lekceważenia albo jako egzekucję kogoś, kto zhańbiony nie jest godzien, by popełnić *seppuku*. Bo musi pan wiedzieć — teraz Karol zwrócił się wprost do komisarza — że na popełnienie rytualnego samobójstwa trzeba było w dawnej Japonii zasłużyć.

— Nie wątpię — odparł Nawrocki, marząc o tym, by mieć już to wszystko z głowy.

— Wasz napastnik z pewnością znał sztukę walki *kataną* — kontynuował Karol niewzruszony — i jestem pewien, że uderzał tak, by nie zabić za pierwszym razem, tylko dotkliwie ranić. Jak powiedziałem, wedle starodawnego rytuału to wyraz najwyższej pogardy dla przeciwnika. Wielka obraza w obliczu końca. Upodlenie, jeśli mógłbym się tak wyrazić. Ale jest jeszcze coś...

— Proszę mówić — zachęcał komisarz, choć i tak miał już dosyć.

— Takie działanie jak to, które opisałem, było niemal niespotykane wśród samurajów. Oni pogardę woleli okazywać inaczej, choćby bezczeszcząc szczątki albo kompromitując reputację zabitego. Teoretyczne pisma autorytetów, na przykład słynna *Hagakure* — *Sekretna Księga Samurajów*, napisana przez Tsunemoto Yamamoto, daje delikatne sugestie co do podobnych zachowań, ale w sumie to niespotykane. Tak spostponować przeciwnika... Bo na przykład musi pan wiedzieć, że kodeks zabraniał zabicia kogoś, kto był wyraźnie słabszy. To jedna z naprawdę żelaznych reguł. A ten biedak nawet nie miał się czym bronić — dokończył Karol, mając na myśli antykwariusza.

— I jaki z tego wniosek?

— Skłonny byłbym uznać, że napastnik nie jest człowiekiem Wschodu, tylko raczej kimś stąd, wywodzącym się z kręgu kultury okcydentalnej. Jego postępowanie to klasyczna zemsta. Bardzo zachodnia, jakby szekspirowska. Dokonana na modłę samurajską, ale obca tej mentalności — zakończył komandos.

— Zreasumujmy. Nasz denat zamordowany został samurajskim mieczem, a na dodatek jakoś tam specjalnie? Może nawet rytualnie, ale tak naprawdę wbrew waszej, przepraszam, japońskiej sztuce walki i jej zasadom?

— Tak jest! Gotów byłbym obronić tę hipotezę. A co do samego narzędzia można to bardzo łatwo sprawdzić. Wystarczy wypożyczyć *katanę* z ambasady japońskiej — jestem pewien, że mają egzemplarz — by wasz patolog dokonał weryfikacji ran na ciele zabitego. I poprosić ich także o konsultację.

Kolejne czasochłonne działania, pomyślał Nawrocki.

— Dobrze, na wszelki wypadek zrobimy to. Nie żebym panu nie ufał, ale musimy mieć na to wszystko jakąś urzędową podkładkę. A pan pewnie wolałby w tej całej historii pozostać w cieniu...

— Absolutnie — potwierdził komandos.

Nawrocki nie bez satysfakcji wyobraził sobie irytację patologa, kiedy nawiedzi go jego gadatliwy i nie znoszący atmosfery prosektorium współpracownik.

— Jutro z samego rana zlecę dodatkowe konsultacje. Tak... A panu bardzo dziękuję, panie Karolu.

— Do usług. To zawsze jakieś nowe doświadczenie — żołnierz skinął głową, znów nieco, jak się wydało Nawrockiemu, na wschodnią modłę.

— I panu też dziękuję, panie Marcinie, za inicjatywę — zwrócił się do Pirwitza. — No to już coś jest. Poczekamy jeszcze na to, co zdobędzie Mirek o naszym antykwariuszu. Życie osobiste, rodzina i tak dalej. Na dziś wystarczy. Jutro spotykamy się we trójkę w komendzie o dziewiątej.

— Jak pan sobie życzy — odpowiedział Pirwitz, a Nawrocki znów pomyślał, że jego podwładny pomału wyzbywa się wojskowych nawyków.

— No, jeszcze raz dzięki. I do zobaczenia, panie Karolu. Chociaż nie chciałbym konfrontować się z panem w walce — Nawrocki pozwolił sobie na poufałość.

— A to już zależy wyłącznie od pana komisarza — Karol zgiął się w płytkim ukłonie

Wyszli na zewnątrz. Nawrocki z ulgą odetchnął, choć powietrze zastygło. Duchota pod koniec dnia zdawała się trzymać miasto w żelaznym uścisku.

Karol, pożegnawszy się jeszcze raz, odszedł szybkim krokiem ku Kruczej. Pirwitz i Nawrocki zostali sami.

— Komisarzu?

— Tak?

— Pan wybaczy, ale muszę o to zapytać. — Pan mnie sprawdzał, prawda? Inaczej nie mógłby pan wiedzieć, że w poprzednim życiu byłem majorem.

— A i owszem, wypytywałem. Nie ma pan do mnie o to pretensji? W końcu to normalna reakcja szefa, prawda?

— Pretensji nie mam — odrzekł Pirwitz nieco spięty — ale prosiłbym o dyskrecję.

— No pewnie. Nikomu nie zamierzam opowiadać pańskiego życiorysu. Ale w ogóle to miło mi, że pracuję z bohaterem.

Pirwitz machnął lekceważąco ręką.

— Niech pan da spokój, komisarzu. Jestem mocno kontuzjowany i musiałem odejść z tamtej roboty. Nie miałem zbyt wielkiego pola manewru. Wymagania są nieubłagane. Nie zdałbym żadnego z istotnych testów fizycznych po rekonwalescencji.

— I dlatego wstąpił pan do policji? U nas nie trzeba być tak sprawnym?

— Bez ironii, komisarzu. Nie o to chodzi.

— To o co?

— Trudno powiedzieć — zamyślił się znów były komandos. — Może dlatego, że nie wyobrażałem sobie bycia poza akcją?

— Ale mówiłem już panu, że nasza robota to właśnie siedzenie za biurkiem. Myślenie, kombinowanie, mozolne gromadzenie informacji.

Pirwitz potrząsnął tylko głową.

— Ja też zrobiłem mały *research*, zanim mnie przydzielono do pana sekcji. I sam poprosiłem o skierowanie właśnie tu.

— To ciekawe — odparł komisarz. — A można wiedzieć czemu?

— Rozmawiałem z Generałem....

— Jednym słowem, zostałem — jakby to powiedzieć — polecony?

Zapadła cisza. Komandos stał lekko pochylony i wpatrywał się w Nawrockiego.

— No ładnie. Skoro tak, to mam propozycję — mówił Nawrocki pod wpływem impulsu. — Mówmy sobie na ty. Będzie prościej.

— To dla mnie zaszczyt — odparł Pirwitz, a Nawrockiemu zazgrzytało sloganami typowymi dla amerykańskich filmów wojennych.

— Irek.

— Marcin.

— Świetnie. No to grę wstępną mamy za sobą. Dalej już tylko zwykła praca. Jutro spotykamy się rano w komendzie i zobaczymy, co ustalił Mirek.

— Tak jest. A z nim, znaczy z Mirkiem, mogę przejść na ty? Ułatwiłoby mi to życie. Pan rozumie? Rozumiesz? — poprawił się Pirwitz. — Przyzwyczajenia ze starego wcielenia.

— A to już twoja albo raczej wasza decyzja — odpowiedział Nawrocki.

I tak się rozstali.

*

Na zebranie u komisarza wszyscy stawili się punktualnie. Nawrocki był w znakomitym nastroju, bo poprzedniego wieczoru odbył miłą rozmowę telefoniczną z Małgorzatą. Żona nie robiła mu wyrzutów. Zdołał ją przekonać, że nie zadzwonił poprzednim razem w umówionym terminie, gdyż właśnie wynikła nowa sprawa służbowa i musiał siedzieć w komendzie po godzinach. Uprzedził ją też, że czekają go zagraniczne podróże — krótkie — jak zaznaczył.

Małgorzata wydawała się zrelaksowana. Poznała na plaży miłe małżeństwo z dwiema córkami, z którymi ich syn zakolegował się natychmiast i wciąż żądał, żeby się z nimi bawić. Rodzice dziewczynek byli wykształconymi ludźmi na poziomie. Wspólne rozmowy okazały się zadziwiająco interesujące, a dzieciaki potrafiły razem spędzać czas bez zbytniego nagabywania rodziców. Rozmowa skończyła się czułościami, jakich od dawna sobie nie prawili. Nawrocki długo jeszcze myślał o sile tęsknoty, która potrafi naprawiać nadszarpnięte relacje. Był nawet skłonny zrewidować swoje dotychczasowe rozpoznanie dotyczące kryzysu ich związku małżeńskiego. Może rzeczywiście krótkie rozstania dokonują czegoś w rodzaju zresetowania złych emocji i uczuć? Może są niezbędne, by sprawy powróciły na swoje miejsce? Jakkolwiek brzmiało to banalnie i stereotypowo — w jego przypadku zdawało się prawdą. Przynajmniej w tym momencie.

Poza tym wypite wieczorem wino wchłonęło się nadzwyczaj dobrze i komisarz, gdy zerwał się z łóżka, z zaskoczeniem odnotował, że nie pozostawiło po sobie żadnych nieprzyjemnych reperkusji.

— Zanim spróbujemy cokolwiek zebrać do kupy, chciałbym się dowiedzieć czegoś o antykwariuszu — rozpoczął naradę. — Mirek, słuchamy!

Sierżant poprawił się w krześle, otworzył notes, potoczył wzrokiem po pokoju Nawrockiego, jakby to była sala wykładowa i rozpoczął:

— Nazywał się Aleksander Opaczyński. Sześćdziesiąt trzy lata. Rozwiedziony, dwoje dzieci. Mieszkał sam na — Mirek zerknął w notatki — Miączyńskiej. Mała, ładna uliczka, Górny Mokotów. Niewielki, samodzielny dom. Wysłałem tam z rana pana Rysia z ekipą. Mają się rozejrzeć i może jeszcze dziś coś od nich dostaniemy. Co do byłej żony i rodziny — podobno nie utrzymywali bliższych kontaktów.

— Podobno? — zapytał Nawrocki.

— Tyle wiem na razie, jeszcze popytam.

— Dobrze. Dalej?

— No więc wszystko wygląda ładnie. Opaczyński spotykał się regularnie z dziećmi, kurator sądowy nie miał w tej sprawie żadnych skarg.

— Kto rozmawiał z wdową? — przerwał Irek.

— Ja sam. Niezbyt się przejęła. Chyba nic tam między nimi nie było po latach. Zresztą ona z kimś mieszka.

— Tak?

— Sławomir Głowacki. Jest jakąś szychą, dyrektorem czy kimś tam, w polskim oddziale Procter &Gamble. Wygląda na dzianego gościa. Sądząc w każdym razie po ciuchach, umeblowaniu mieszkania i furze. Oboje mają solidne alibi — byli cały feralny wieczór na imprezie u znajomych pod Warszawą. Dzwoniłem tam — potwierdzają.

— Mówiłeś z nim?

— Tylko kilka zdań. Ale widzi mi się, że to udana rodzina. Nie wyczułem, żeby grali przede mną.

— Mimo wszystko sprawdź dogłębniej tego faceta. Gdzie do tej pory pracował, jak się poznali z wdową po Opaczyńskim? Jak ona ma właściwie na imię?

— Irena.

— A on?

— Leszek. Leszek Idziak.

— Popytaj o niego. Chciałbym przede wszystkim wiedzieć, czy pracował gdzieś na Wschodzie. No wiesz — Azja, Chiny, Japonia?

— A właściwie to czemu, szefie?

— Mirek! Daj spokój i po prostu sprawdź. Jak się spotkamy dziś wieczorem, to ci wszystko powiem.

— Zaplanowałeś wieczorną naradę? — zapytał, dotychczas milczący, Pirwitz, a Nawrocki nie omieszkał zauważyć, że fakt, iż obaj oficerowie są już po imieniu, nie uszedł uwadze Mirka.

— A i owszem. Mirek zajmie się swoimi sprawami, a my tymczasem zajmiemy się innymi — odrzekł nieco tajemniczo Nawrocki. — Wal dalej, co z antykwariuszem? — zwrócił się do sierżanta.

— Na dzieciaki płacił alimenty regularnie, bez opóźnień. Nie ma się co dziwić, dochody miał niezłe.

— Skąd wiesz? — zainteresował się Nawrocki.

— A z urzędu skarbowego. Wysłałem tam takiego jednego cwaniaka z dochodzeniówki, mojego kumpla, Włodka de Levaux.

Włodek był powszechnie lubiany, choć cierpiał niezmiernie z powodu nazwiska, spadku po jakimś jurnym napoleońskim żołnierzu.

— I co, zgodził się tak bez problemu?

— Miał chwilę wolnego, to poszedł. On zresztą, ten Włodek znaczy, chętnie by się do nas przeniósł, jak tylko usłyszał o nowej sekcji w komendzie.

— Dobra, dobra, zobaczymy — pojednawczo odpowiedział Nawrocki. — Coś jeszcze?

— Niewiele więcej, szefie. Sąsiedzi powiadają, że spokojny człowiek był ten Opaczyński. Żadnych imprez czy podejrzanych odwiedzin, mieszkał, jakby go nie było.

— Znaczy dziwki, orgie i tak dalej wykreślamy, tak?

— Chyba tak.

— A antykwariat? Jak posłałeś do skarbówki tego swojego kumpla, to w tej kwestii też mu coś zleciłeś?

— A jakże, szefie, ma mnie pan za frajera?

— Nigdy w życiu, Mirek.

— Dzięki. Już mówię. Z antykwariatu rejestrowane dochody całkiem, całkiem. Ale inspektorzy powiedzieli Włodkowi, że wszystko legalne i nie ma się do czego przyczepić.

— No to mamy jakąś jasność na początek. Jeśli antykwariusz Opaczewski współpracował z przestępcami, to bardzo umiejętnie. Sklep służył za przykrywkę, a może nawet był po prostu zwyczajnym, legalnie działającym antykwariatem. Rodzinny wątek raczej nic nam nie da. Chyba że Mirek dowie się czegoś więcej. Na razie wygląda na to, że mamy gościa, który żył podwójnym życiem. Też tak to widzicie?

Mirek taktownie zmilczał, a Pirwitz zdawkowo przytaknął.

— Czyli trop rodzinny raczej *out*. Przyjmijmy, że zabójstwo nie miało powiązania z sytuacją osobistą Opaczyńskiego. Zgadzacie się?

Obaj podkomendni Irka skinęli tylko głowami.

— No to git. Jedźmy więc dalej. Teraz musimy założyć, że śmierć Opaczyńskiego związana jest z ciemną stroną jego antykwarycznej działalności.

— To nawet dość oczywiste — odezwał się Pirwitz.

— Właśnie. A teraz ważne pytanie. Opaczyński został zamordowany, gdy preparował dzieło Izydora z Sewilli. Myślicie, że to o nie chodziło?

— Z tego, co mówił Karol, to chyba jednak zupełnie inna bajka — odrzekł przytomnie Pirwitz.

— Jaki Karol? Jaki Izydor? Inna bajka? O co chodzi? — nie mógł się powstrzymać Mirek.

Nawrocki westchnął. Wychodziło na to, że trzeba będzie wprowadzić Mirka we wszystko wcześniej, niż planował. Zebrał się w sobie i w możliwie najkrótszych słowach, temperując przy tym Mirkowe zapędy, by zadać tysiąc dodatkowych pytań, opowiedział mu, co ustalili do tej pory z Pirwitzem.

— Antykwariusz zamordowany w Warszawie samurajskim mieczem? Niemal naprzeciwko komisariatu? I jakoś tak po ichniemu? I do tego prawdziwy Japończyk w GROM-ie!? Ale czad! — okazało się, że akurat ten wątek najbardziej się Mirkowi spodobał.

— Nie Japończyk! Mirek, w ogóle mnie nie słuchałeś! Ale w porządku, jak cię to tak rajcuje, to zajmiesz się dalej tą sprawą. Chyba że dzisiaj coś jeszcze wypłynie. Zrobimy tak: jak skończysz sprawdzać rodzinę Opaczyńskiego, to skontaktujesz się z ambasadą Japonii...

— Mogę? — Pirwitz podniósł rękę do góry jak w szkole. I nie czekając wcale na pozwolenie, mówił dalej. — Jeśli nìc nie stałoby na przeszkodzie, to ja chciałbym zająć się tą kwestią. Mirek mógłby mieć, przepraszam, pewne kłopoty komunikacyjne z Japończykami. Myślę, że tutaj akurat poradzę sobie niezgorzej.

— W porządku, niech tak będzie. Zdążycie na wieczór? — zapytał współpracowników. A ponieważ nie usłyszał sprzeciwu, jednocześnie zarządził: — To widzimy się tutaj, o siódmej.

Mirek i Pirwitz taktownie nie zapytali, co przez ten czas będzie robił szef sekcji specjalnej S-3, komisarz Ireneusz Nawrocki.

A ten postanowił po prostu trochę pomyśleć. Miał już sporo materiału, a to, czym zajęli się obaj jego podkomendni, było czysto rutynową weryfikacją; bo że Mirek niczego się nie dokopie u rodziny zamordowanego antykwariusza oraz że Pirwitz uzyska od Japończyków i patologa potwierdzenie Karolowej koncepcji, było jasne jak słońce.

Teraz trzeba było zaplanować działania tak, żeby jednocześnie ująć dwa wątki, które rysowały się klarownie w tej sprawie. W tym momencie już zdawał sobie sprawę, że nie uda się tego wszystkiego załatwić siłami sekcji. I to go najbardziej niepokoiło. Tyle śledztw prowadził, główkując w swoim gabinecie i korzystając z pomocy Mirka, na którego zrzucał to, czego samemu nie chciało mu się robić. Ale najmilsze wspomnienia, jeśli w ogóle można mieć miłe wspomnienia z takiej pracy — Małgorzata z pewnością powiedziałaby, że mi odpala, pomyślał mimochodem — wiązały się z tymi dochodzeniami, gdzie wzywany był do pomocy, do konsultacji. Gdzie nie musiał dowodzić i kierować, bo oczekiwano od niego błyskotliwych pomysłów i podpowiedzi. A teraz, już to widział oczyma wyobraźni, rozkręcała się powoli i nieubłaganie cała maszyneria. I wyglądało na to, że właśnie on — lubiący pozostawać w cieniu — będzie zmuszony stanąć ostatecznie u jej sterów.

Rozpoczął od zaparzenia kawy. A czekając na wodę, nabił fajkę. Był pewien, że na siódmą zdąży.

VI.

To był dzień zwykłych interesów. Mężczyzna wybrał się z samego rana do banku w swoim znanym powszechnie w Visby wcieleniu. Zaraz po śniadaniu zamówił taksówkę — busa, zaznaczając, że samochód powinien być dostosowany do przewozu osób niepełnosprawnych.

Był cenionym i respektowanym klientem — zarówno lokalnych korporacji taksówkowych, jak i miejskiego oddziału Handelsbanken, w którym zdeponował całkiem przyzwoitą kwotę na koncie, a także wynajmował VIP-owską skrytkę w skarbcu. Jako niepełnosprawnemu okazywano mu szacunek oraz traktowano z nadzwyczajną uprzejmością.

W oddziale banku pobrał pokaźną sumę pieniędzy w gotówce, prosząc, by od razu przeliczono mu korony na euro i w takiej postaci wypłacono. Zrealizował też kilka zagranicznych oraz krajowych przelewów. Wolał to robić osobiście, niż otworzyć stałe zlecenie.

Swego czasu przejął spadek po niezłej, nawet jak na zachodnioeuropejskie standardy, fortunie. Kosztowało go to trochę wysiłku — ale per saldo opłaciło się. Potem — ku zdziwieniu zarządu firmy — zgłosił całkowity *désintéressement* biznesem. Ustanowił tylko fundusz powierniczy, z którego dochodów miał się utrzymywać, a także fundację wspomagającą rozmaite charytatywne akcje w Europie i na całym świecie. Zastrzegł wszakże, że bardzo skromna część aktywów fundacji ma podlegać jego dyspozycjom. Mocą nadaną mu przez testament ojca zmienił też strukturę własności firmy, nadając jej kształt spółki akcyjnej, i zlecił zarządowi wprowadzenie jej na giełdę. Wybrał frankfurcką, choć doradcy namawiali go na Wall Street albo jeden z tych wschodzących rynków azjatyckich, bo miał zaufanie do europejskiej kultury biznesu.

Ojciec był konserwatystą w tych sprawach — nie dowierzał giełdom i wolał rozwiązania bliższe strukturze spółek cywilnych. Do ostatnich swych dni zarządzał firmą, sprawując twardą ręką funkcję prezesa. Jego to kompletnie nie interesowało. Dochody przedsiębiorstwa, całkiem nieźle radzącego sobie na wolnym rynku, dawały mu możliwość zostania rentierem i teraz, kiedy ojciec już nie żył, a wszystkie decyzje należały do niego, postanowił z tej możliwości skorzystać.

Zadbał też o to, by nie pojawiać się osobiście w siedzibie firmy. Po pierwsze, nie miał ochoty kontaktować się z tymi wszystkimi nudnymi i snobistycznymi biznesmenami, dla których był pracodawcą, po drugie zaś — i ważniejsze — chciał pozostać w cieniu.

Przedsiębiorstwo działało więc szczęśliwie, kierowane przez zarząd, którego członków, przy wprowadzaniu akcjonariatu i debiucie giełdowym uczynił współwłaścicielami, a co za tym idzie, sprawiając, że bezpośrednio i osobiście byli zainteresowanymi pozytywnymi wynikami firmy na rynku. Pozostawił sobie kilka istotnych, przynajmniej z jego punktu widzenia, plenipotencji i ostatecznie wycofał się, by skryć się za fasadą funduszu powierniczego. Wiedział, że wśród członków zarządu uchodzi za dziwaka i ekscentryka, domyślał się także, że rasowi menedżerowie z kierownictwa jego własnej firmy plotkują o nim z lekceważeniem i pobłażaniem. Nie miało to znaczenia. Liczyło się tylko to, że dysponował władzą, jaką dają duże pieniądze, i że czuł się niezależny. Oficjalnie był dla firmy nikim, znaczna część szeregowych pracowników nawet pewnie nie zdawała sobie sprawy z jego istnienia. O takiej wolności, która dałaby mu swobodę nieograniczonych działań, marzył od dzieciństwa.

Taksówkarz czekał pod bankiem, tak jak mu polecił. Kazał się zawieźć na Stora Torget. Tam zwolnił kierowcę i poturlał się wózkiem do „Bakfickan”, najbardziej ekskluzywnej, rybnej knajpy w Visby. Tu też był rozpoznawany i szanowany (napiwki!). Zamówił ulubioną zupę rybną, przypominającą nieco rosyjską uchę, a potem „pokusę Janssona” jako główne danie. Ta pospolita zapiekanka z ziemniaków, cebuli

i anchois akurat w tym lokalu za każdym razem smakowała wybornie. Może ze względu na zestaw przy-
praw?, domyślał się. Na koniec zaordynował deskę
serów, składającą się z dojrzałych Västerbotten i La-
grad Svecia oraz Kryddost z przyprawami. Kazał też
podać sobie sławne wytrawne włoskie wino orvieto
classico, które pijał zawsze tylko do obiadu i to tylko
wówczas, gdy na stole gościła ryba.

A jednak nawet doskonały posiłek nie wprawił go
w lepszy humor. W końcu przecież, mimo tylu wysił-
ków i tylu podjętych ryzykownych działań, wciąż nie
znalazł tego, czego szukał z taką determinacją.

Siedział więc nad kieliszkiem legendarnego orvieto pochmurny, nie bardzo wiedząc, co mógłby jeszcze
uczynić. Niepewność i — miał nadzieję, że tylko tym-
czasowy — brak pomysłów kompletnie go rozbijały.
Był człowiekiem czynu i dlatego chwilowa bezrad-
ność bardzo działała mu na nerwy.

VII.

Nawrocki postawił kubek z kawą na stole, usiadł w fotelu i zapalił fajkę. Przed sobą rozłożył kilka czystych
kartek. Po chwili zaczął notować.

Pierwsza sprawa — co jeszcze trzeba sprawdzić
na tym etapie? Pewnie Japończyków odwiedzających
Polskę podczas wakacyjnych wojaży oraz tych, którzy
pracują w stolicy. A właściwie dlaczego tylko tych,
którzy mieszkają w Warszawie i okolicach? A jeśli
któryś z nich przyjechał po prostu na chwilę, wyko-

nał swoje i wrócił do siebie — do Włocławka, gdzie były jakieś zakłady elektroniczne, czy Łodzi, gdzie mieściło się jakieś centrum rozliczeniowe jednego ze znanych koncernów rodem z kraju kwitnącej wiśni? A właściwie dlaczego miałby to być Japończyk?

Bez sensu. Trzeba by uruchomić urząd imigracyjny, lokalne urzędy meldunkowe w dzielnicach, zapytać służby celne i straż graniczną, nie mówiąc już o urzędach pracy. Jezu, ile roboty, jaka skala działań!

Intuicyjnie Nawrocki nie wierzył, żeby te wszystkie ruchy przyniosły jakiekolwiek efekty. A któż to wszystko przeanalizuje, nawet jeśli da się w miarę szybko zgromadzić informacje?

Zostawił te kwestie na później.

O wiele bardziej do wyobraźni przemawiało mu to, co powiedział tajemniczy kumpel Pirwitza, Karol.

Jego zdaniem to nie był nikt stamtąd. „Stamtąd", czyli z Azji. Raczej ktoś z „okcydentalnego kręgu kulturowego", jak się wyraził GROM-owiec. Jakoś wierzył Karolowi, bo to, co tamten mówił, potwierdzało jego własne, niejasne intuicje.

Dobra.

Machinę organizacyjną można ruszyć w każdej chwili. Rozpętać piekło, uruchomić komputery, spuścić z łańcucha funkcjonariuszy wszystkich służb.

Tymczasem trzeba zacząć od spraw podstawowych.

Jest zamordowany antykwariusz w Warszawie i są niejasne poszlaki, że ma to jakiś związek z dawną kradzieżą bezcennych książek w krakowskiej bibliotece. Jest trup antykwariusza w Krakowie — ale czy z tego samego rozdania? A może to ofiara zwykłego napadu rabunkowego? A ten gość w Londynie, Polak z pochodzenia?

Nawrocki skonstatował, że jego nowy przełożony miał chyba rację i to nie dysponując nawet szczyptą tej wiedzy, którą on teraz posiada. Od razu zarządził podróże studyjne komisarza. Dobry glina! Wie, że nie ma to jak powąchanie własnym nosem miejsca zbrodni, jak bezpośrednie rozmowy z tymi, którzy zajmowali się śledztwem osobiście.

Komisarz mógł zarządzić wielkie łowy już teraz, ale nie podjął takiej decyzji. Trzeba wiedzieć, na co się poluje, a tej pewności właśnie jeszcze nie miał.

Na razie nagonka odbywała się na ślepo.

Kiedy znów spotkali się wszyscy wieczorem w jego kanciapie, od razu wyczuł jakieś napięcie, ale nie dał nic po sobie poznać. Kazał referować po kolei.

Zaczął Mirek. Potwierdził, że antykwariusz nie utrzymywał bliższych kontaktów z żoną. Spotykał się tylko z dzieciakami, jak to już zostało wcześniej ustalone, ściśle wedle grafiku narzuconego wyrokiem sądu rodzinnego. Żadnych problemów w tej materii. Obecny mąż Ireny Opaczyńskiej pracował wcześniej za granicą, w centrali swej firmy, nie podróżował do Azji. Nie było go w kraju dobrych parę lat. Dochrapał się stanowiska menedżerskiego na wysokim szczeblu. Gdy firma wzmocniła się w Polsce, został skierowany na ten odcinek. Znał język i realia, był oczywistym kandydatem na to stanowisko. Z Opaczyńską poznali się na jednym z firmowych rautów — przyszła tam z koleżanką, ewidentnie w celu przełamania nudy samotnego życia. Typowa historia obyczajowa z kręgów biznesowych. Tyle o tym.

Potem Pirwitz zrelacjonował swoje kontakty z ambasadą Japonii. Wypożyczyli *katanę*, którą oczywiście mieli na stanie. Patolog wziął ją, wściekły — nie omieszkał zaznaczyć komandos — i obiecał ekspertyzę na jutro. Ponadto Japończycy przysłali przedstawiciela, sekretarza prasowego, oczywiście pracownika ichnich służb. Był w kostnicy, nieśmiało, pełen zastrzeżeń, potwierdził jednak diagnozę Karola, uprzedzając, że to jedynie m o g ł a być samurajska broń biała. Ale mocno się zastrzegał, że nie zna się tak dobrze na sztukach walki (akurat! — pomyśleli jednocześnie komisarz z Mirkiem) i to tylko domniemania. Poza tym wyraził zaniepokojenie, że polska policja bierze pod uwagę prawdopodobieństwo, iż w kręgu podejrzeń znajduje się jakiś jego krajan i bardzo prosił o dalsze informacje. Bredził coś o współpracy na szczeblu ministerialnym oraz o tradycyjnej przyjaźni polsko-japońskiej.

Nawrocki podsumował pracę swych kolegów dość obcesowo.

— Dzięki za wykonaną robotę, ale okazuje się, zresztą zgodnie z naszymi wcześniejszymi założeniami, że to wszystko ślepe uliczki. Tak?

Pirwitz i Mirek milczeli.

— Macie coś jeszcze? — dopytał komisarz, przeczuwając, że podwładni zostawili na koniec jakąś ładną pointę.

Pirwitz zdecydował się odpowiedzieć.

— To wszystko, cośmy przynieśli, to były tylko michałki, zgoda. Ale jest jeszcze jedna sprawa...

— Prawdziwa bomba, komisarzu, bez dwóch zdań — wypalił Mirek, nie mogąc się powstrzymać.

Nawrocki nagle walnął pięścią w biurko.

— No to dawać mi to od razu, a nie urządzać show, kurwa mać!

— Na rozkaz! Już referuję — odpowiedział natychmiast lekko speszony komandos. — Jest odzew z tego europejskiego systemu...

— Podobne morderstwo? Gdzie? — wychrypiał Nawrocki.

— No tak, a skąd szef wie? — zdziwił się Mirek.

— Kobieca intuicja — odparł zimno komisarz. — Gdzie? — powtórzył.

— W Szwecji. A ściślej na Gotlandii, to taka wyspa na Bałtyku...

— Wiem!

— Więc zabity antykwariusz w jakiejś prowincjonalnej dziurze, choć cała ta wyspa, to zdaje się, jedna wielka prowincja. W każdym razie, jeśli tylko wnioskować z opisów, podobne okoliczności i podobne rany. Szwedzi wrzucili to w system, bo taka zbrodnia na ich terenie to rzadkość. Zwłaszcza tam, na tej wyspie, podobno uchodzącej za oazę spokoju...

— Pięknie, kurwa, pięknie! I wy mi o tym mówicie na końcu!

— Chcieliśmy to, co najważniejsze zostawić na...

— Akurat! Jeszcze jedno podobne morderstwo. Ludzie!

— Nam też się to wydawało istotne... — zaczął Mirek.

— Istotne!? — krzyknął Nawrocki. — Mamy cztery podobne zbrodnie, a to już, przyznacie, panowie śledczy, cała seria! To zmienia postać rzeczy, więc muszę tam jechać. Najpierw Kraków, bo najbliżej, potem lecę za granicę. A wy — popatrzył na współpracowników zdegustowany — lepiej zejdźcie mi teraz z oczu. Powiem wam później, co macie robić.

Mirek i Pirwitz wstali niemal równocześnie.

*

Ochłonąwszy, co zajęło mu trochę czasu, Nawrocki zasiadł za biurkiem, by zaplanować dalsze ruchy.

Jego nowy przełożony miał rację. Trzeba na własne oczy zobaczyć miejsca zdarzeń, powąchać zapachy, porozmawiać twarzą w twarz z policjantami bezpośrednio prowadzącymi sprawę. Gdyby wszystko bazowało tylko na czystej, aseptycznej logice i zwykłym kojarzeniu faktów, to komputery, nie ludzie, mogłyby prowadzić dochodzenia. Na szczęście lub na nieszczęście — jak kto woli — tak jednak nie było.

Z mściwą satysfakcją wybrał numer komórki Pirwitza i zlecił mu zaaranżowanie swoich wyjazdów zagranicznych. Nowy współpracownik nie tylko dostał zlecenie, by skontaktować się z odpowiednimi oficerami łącznikowymi w Yardzie i w szwedzkiej policji państwowej i dogadać kwestię przyjazdu komisarza, ale został też poproszony, by załatwił również bilety lotnicze. Nie trzeba chyba dodawać, że formuła prośby była wyraźnym eufemizmem: Nawrocki nie pozostawił komandosowi żadnego miejsca na dyskusję. Ale trzeba też przyznać, że Pirwitz zachował twarz i przyjął polecenie bez komentarza.

Mirkowi, wbrew wcześniejszym planom, zlecił jednak nawiązanie kontaktu ze strażą graniczną i sprawdzenie w bazie danych przekroczeń polskiej granicy przez indywidualnych turystów oraz biznesmenów rodem z Japonii w ostatnich trzech miesiącach. Przypomniał mu też, że wybiera się do Krakowa i oczekuje, iż Mirek dogra z tamtejszą komendą wszystkie sprawy dotyczące jego przyjazdu.

Sam udał się czym prędzej na Dworzec Centralny, by wykupić bilet na InterCity do Krakowa. Chciał mieć dobre miejsce — przy oknie lub przy drzwiach. Mógł to oczywiście zrobić przez Internet, ale jako człowiek starej daty nie miał aż takiego zaufania do wynalazków współczesności.

Zadowolony z siebie spakował manatki i pojechał do domu.

Tego wieczora jednak starał się miarkować: rano trzeba będzie wstać o wczesnej porze i na dodatek dobrze by było nie wyglądać na zbyt zmaltretowanego przy spotkaniu z kolegami spod Wawelu.

Ograniczył się więc tym razem do jednej butelki pacific coast.

VIII.

Wiele lat wcześniej chłopiec, który niedługo miał się stać mężczyzną, bacznie przyglądał się znakom, które właśnie nakreślił. Jak każe obyczaj, odłożył pędzelek obok karty papieru, zamknął i odsunął pudełeczko z tuszem i z podniesioną głową, siedząc na złożonych nogach, czekał na mistrza. Ten zaś przechadzał się po sali, obserwując uważnie wysiłki innych młodzieńców. Czasami schylał się i chwytając dłoń ucznia, poprawiał go w trudnej sztuce kaligrafii.

Kiedy doszedł do chłopca, zastygł w milczeniu. Po chwili, wciąż nic nie mówiąc, poszedł dalej. Chłopiec odczuł to jako pochwałę. Mistrz nigdy nie wypowiadał swojej aprobaty wprost. Już brak krytyki mówił sam za siebie.

Po skończonej lekcji pisania, odprawiwszy pozostałych wychowanków, przywołał go gestem ręki. Każdy indywidualny kontakt z mistrzem stanowił wyróżnienie, chłopiec podbiegł więc szybko, z radością w sercu.

— Widzę, że zrozumiałeś, na czym polega prawdziwa wartość skupienia. Nie wszyscy twoi koledzy jeszcze to pojęli. — Mistrz poprowadził chłopca do ogrodu, wypełniającego przestrzeń pomiędzy budynkami klasztoru tworzącymi czworokąt.

O tej porze nikogo tam nie było. Chłopiec pochylił głowę w geście pełnego szacunku podziękowania. Czuł się szczęśliwy. Milczał, bo tak nakazywała reguła. Mistrz powiódł go do mostku zawieszonego nad stawem. W wodzie błyskały kolorowe rybki.

— Rzeczy są takimi, jakimi są. To, co robisz w danej chwili, jest dokładnie tym, co robisz. Niczym innym. Jesteś tylko czynem, który czynisz, tak jak wiatr jest tylko wiatrem, a obłok — obłokiem.

Mistrz chwycił patyk leżący przy brzegu i zamącił nim wodę. Rybki natychmiast rozpierzchły się w odmętach.

— Strach jest złem, wynika z niepewności. Trzeba umieć spojrzeć jej w oczy. Niepewność ma twarz, może być twoim wrogiem, ale też przyjacielem, jeśli umiesz znieść jej wzrok.

Chłopiec patrzył na mistrza, który przykucnąwszy nad wodą, wciąż bełtał jej toń. Czuł, że to tylko wstęp, że za chwilę usłyszy coś ważnego. Czuł się doceniony.

— Wyrzekaj się niepotrzebnej dumy. Powtarzaj sobie: zostałem wybrany, czyż nie było lepszych? Złudzenie lubi przebierać się w rozmaite szaty — ambicji, powagi, namiętności. Nas nie ma tak naprawdę, są tylko miraże. Ale ty to już wiesz, prawda?

Chłopiec pochylił się w głębokim ukłonie. Mistrz wstał i ruszył dalej, ku kępie ozdobnych krzewów okalających mały placyk, na którym adepci zazwyczaj ćwiczyli sypanie mandali.

— Myślę, że nadszedł już czas, byś spróbował napisać swój własny wiersz. Kiedy zaczniesz pisać, zapomnij o tym, czegoś się tutaj nauczył. Obserwuj przyrodę — kwiaty, drzewa, ptaki, toń wody, niebo nad głową. I zajrzyj w głąb. Tam jest cały świat. A jak będziesz już pewien, przynieś mi to.

Mistrz odwrócił się nagle i ruszył szybkim krokiem ku sali ćwiczeń, gdzie oczekiwała go grupa. Chłopiec został sam. Po chwili zdecydował się i wrócił na swoje zwykłe miejsce. Wziął nową kartę papieru i przybory do pisania. Usiadł ze skrzyżowanymi nogami tyłem do zabudowań, a twarzą do ogrodu. Z sali ćwiczeń dochodziły go okrzyki kolegów. Zamknął oczy, by odizolować się od świata. Potem chwycił pędzel i nakreślił pierwszy znak.

Pisanie haiku zajęło mu czas do wieczora. Stracił kolację, ale zupełnie się tym nie przejmował. Wiersz uznał za gotowy wtedy, gdy jego koledzy dawno już spali. Zaniósł go mistrzowi i położył pod drzwiami jego celi. Wtedy dopiero udał się na spoczynek.

Stary nauczyciel siedział do późna w nocy, przyglądając się tekstowi swego ucznia. Na jego twarzy błąkał się uśmiech, gdy czytał:

„Opadły kwiat
Wrócił na gałąź?
To był motyl".

CZĘŚĆ DRUGA

I.

Ledwie zdążył na ekspres o ósmej rano. Choć ograniczył się poprzedniego wieczora do jednej butelki wina, to męczył go lekki, acz irytujący kac, a godzinna drzemka w podróży niewiele pomogła. Kiedy więc wytoczył się ociężale z wagonu w Krakowie, musiał wyglądać nieszczególnie. Ale ten, który go oczekiwał, również nie prezentował się najlepiej.

— Konkowski. Witamy — powiedział jedynie, ściskając dłoń Nawrockiego. Poznali się bez pudła, bo po kilkunastu minutach byli jedynymi, którzy pozostali na peronie po przyjeździe warszawskiego pociągu.

Komisarz Konkowski był słynnym alkoholikiem, znanym powszechnie w całym resorcie. Robił niegdyś za gwiazdora, miał sporo sukcesów na koncie. Ze dwa jego śledztwa, jeszcze z czasów PRL-u, analizował Nawrocki podczas studiów w szkole w Szczytnie. A potem coś się z nim stało i dziś był już, co najwyżej, tematem anegdot. Jednak wciąż trzymano go w służbie, pewnie za dawne zasługi. Sporo legend i opowieści kursowało o jego obecnych ekscesach. Himilsbach, taka, zdaje się, była jego zawodowa ksywa — i to nie tylko z powodu chrapliwego, zmęczonego głosu. Nawrocki poczuł się jakoś wdzięczny losowi za to, że właśnie ten wymięty, rozczochrany i nieprzyjemnie pachnący policjant przywitał go na dworcu. Na jego tle on sam wyglądał całkiem przyzwoicie.

Rozklekotanym radiowozem pojechali od razu na komendę.

Był to obdrapany budynek przy ulicy przypominającej prostokątny rynek.

Nawrocki rozglądał się, ciekawy.

— Jesteśmy na Kazimierzu, tak? A to ulica Szeroka? To u was kręcili *Vinci* Machulskiego?

Konkowski skrzywił się niemiłosiernie.

— Oglądasz takie filmy? — spytał z nieukrywaną dezaprobatą. Ale za chwilę niechętnie potwierdził.

— Tak, tu kręcili. Znów zrobili z nas wałów. I po co góra zgodziła się na ten cyrk? Ja to bym tych artystów popędził, aż... — Zamachał gwałtownie rękami.

Tak mogę wyglądać za kilka lat, pomyślał Nawrocki. Sfrustrowany, bezbronny i całkiem żałosny. Jeszcze jeden *broken hero*.

W pokoju narad czekało na nich dwóch innych policjantów. Byli młodzi i ewidentnie entuzjastycznie nastawieni. Konkowski robił za gospodarza.

— To aspirant Lisicki — wskazał na łysiejącego osiłka — i podkomisarz Chorubała. Ten drugi, przystojny brunet w tandetnej skórze, uśmiechnął się i lekko skłonił głowę. — Obaj zajmowali się tym antykwariuszem z Łobzowskiej. Chłopaki — zwrócił się do kolegów — opowiedzcie wszystko komisarzowi. Ja pójdę, bo... — nie dokończył i wyszedł bez pożegnania.

— Zmęczony jest — Chorubała uznał, że powinien wytłumaczyć zachowanie kolegi. I od razu przeszedł do rzeczy. — Chce pan najpierw raport czy woli posłuchać, co mamy do powiedzenia?

— Raport to ja znam, wolę posłuchać.

Mirek sprężył się i dostarczył Nawrockiemu materiały przez umyślnego, bezpośrednio na dworzec. Komisarz, mimo nieszczególnego samopoczucia, zdążył do nich zerknąć podczas podróży.

— Antykwariat mieści się na ulicy Łobzowskiej 10 c — rozpoczął Chorubała. — Nazywa się „Tradycja". Okolica jest lekko szemrana, choć to dość blisko Plant. Nie wiem, jak pan komisarz jest zorientowany w topografii Krakowa...

— Trochę kojarzę, ale w razie czego zapytam...

— Dobrze. Zamordowany antykwariusz był właścicielem i jednocześnie jedynym pracownikiem. To dość sędziwy gość, miał na karku siedemdziesiątkę. Znana postać, trochę oryginał. Zresztą u nas sporo jest oryginałów...

— Domyślam się. Zawsze za to lubiłem Kraków.

— Nazywał się Antoni Giełgud — kontynuował policjant — ponoć daleki krewny znanego angielskiego aktora... Znaleziono go przed południem dwudziestego trzeciego czerwca...

— Kto go znalazł?

— A taki jeden, ma ksywkę Dzidzia.

— Znacie go?

— Pewnie. To alfons, prowadzi interes zaraz nieopodal. Dopóki istniał klub „Miasto Krakoff", dość modny w swoim czasie, zwykł pracować właśnie tam. Teraz siedzi niemal cały czas w agencji towarzyskiej — to brama obok antykwariatu.

— Alfons? To co on robił rano w antykwariacie?

Chorubała uśmiechnął się promiennie.

— A to takie nasze krakowskie klimaty. Dzidzia był niegdyś krytykiem literackim, podobno dość wziętym. Pisywał w prasie, potem w Internecie. Zdaje się, że na jakimś portalu zajmującym się literaturą kryminalną. Ale stoczył się. Jednak do „Tradycji" zachodził regularnie. Pewnie przez stare sentymenty. Jak się dowiedzieliśmy, zwykł z właścicielem wypijać poranną herbatę. Rzecz jasna, wzmocnioną prądem — mrugnął porozumiewawczo. — Przesiadywał tam często do południa, sporo osób to potwierdziło. Zdarzało się, że służył klientom radą przy zakupie książek, pan Antoni najwyraźniej to tolerował, a może nawet korzystał z jego pomocy.

— Ma alibi?

— Ma. Sprawdziliśmy, niepodważalne.

— A kto potwierdził, kurwy?

Chorubała zawahał się.

— No nie, bywalcy agencji. Musieliśmy ich zresztą mocno przyciskać, bo Dzidzia zajmuje się chłopcami. Komisarz rozumie?

— Rozumiem. A ta cała agencja?

— W porządku. Niby legalna, jak zwykle, choć obyczajówka ma na nią oczywiście oko.

— Dobra, to nie nasza broszka. Więc jak to było? Przyszedł rano do antykwariatu na herbatę i co, włamał się?

— Nie musiał. Drzwi były uchylone. To go, jak przyznał, mocno zaniepokoiło. Wszedł do środka i zobaczył pana Antoniego na podłodze, we krwi. Wezwał nas przez komórkę.

— A wyniki oględzin?

— Cały antykwariat rozbebeszony. Giełgud nie prowadził rejestrów, co stanowi istotne uchybienie, ale nikt go wcześniej nie kontrolował w tym zakresie. Jeśli coś zginęło, to jest nie do stwierdzenia. A on sam pocięty jak zwierzę.

— A jaką przyjęliście hipotezę?

— To trudna kwestia — Chorubała zawahał się. — Nie odnaleźliśmy żadnych odcisków ani tym bardziej mikrośladów. To nas trochę niepokoiło, przyznam się. Tam było za czysto, komisarzu. Dzidzia co wiedział, to powiedział. Pracowaliśmy trochę nad nim, ale nie uzyskaliśmy niczego istotnego. Żadnych innych świadków nie odnaleźliśmy, choć i tu można mówić o intensywnych działaniach z naszej strony. Przez moment to był nasz priorytet. W końcu przyjęliśmy motyw rabunkowy, trochę z braku laku, a ponieważ nie udało się nic konkretniejszego ustalić, śledztwo poszło do zamrażarki. Teraz czekamy, może coś się jeszcze pojawi.

— Pamięta pan, podkomisarzu, treść raportu patologicznego? — Nawrocki sięgnął pamięcią do materiałów.

— Jako tako. Trochę czasu minęło. A co ma pan na myśli?

— Ofierze zadano kilka ciętych ciosów przez korpus, ale śmiertelne było uderzenie w krtań, tak?

— Eee, chyba tak. Znaczy się, dokładnie, skoro pan komisarz tak twierdzi. Ja tam nie bardzo pamiętam, to jednak ze dwa miesiące, a myśmy mieli tu trochę innej pracy. — Chorubała nie umiał powściągnąć zaskoczenia. Lisicki tymczasem stał nieporuszony. Najwyraźniej był tylko asystentem, którego umiejętności ujawniały się jedynie podczas przesłuchań. Nawrocki od razu zdecydował, że nie ma go o co pytać.

— To teraz pokażcie mi ten antykwariat.

Pojechali więc.

Wnętrze było ciasne, ponure i lekko śmierdzące. Kurz, nieusuwany od lat, kwaśny knajpiany odór oraz stęchlizna, typowa dla zagrzybionych pomieszczeń.

— Czyli co, nie wiecie, czy cokolwiek skradziono? — Nawrocki rozglądał się po ścianach bez zbytniego zainteresowania. — Tu pachnie bardziej zatęchłym barem niż antykwariatem...

— Zgadza się, wydaje nam się, że bardziej tu pili niż handlowali — niepewnie zareagował Chorubała. — Jak powiedziałem, pan Antoni był na bakier z biurokracją. Chaos w kwitach, cała dokumentacja w strzępkach. Najwyraźniej nie miał do tego głowy...

— Ale do gazowania miał?! — Nawrocki nagle stał się stanowczy. — Muszę wiedzieć, co stwierdziliście przy oględzinach! Były jakieś widoczne braki na półkach, bo w raporcie niczego o tym nie ma? Jak w ogóle wyglądał antykwariat? Napastnik czy napastnicy zrobili bałagan? Szukali czegoś, przetrząsali książki?

111

— No, trochę bałaganu było, zresztą jest opis w raporcie — odparł niepewnie Chorubała. Lisicki wciąż milczał. Widać weszło mu w krew bycie fizycznym.

— A jaką opinię miał ten antykwariat? Był jakoś powiązany z kradzieżą w Bibliotece Krakowskiej? — spytał wprost Nawrocki.

— Eee, tego, sprawdzaliśmy rutynowo...

— Przestań mi tu pierdolić, tylko powiedz wprost! Były jakieś powiązania, podejrzenia? — wybuchnął komisarz.

Chorubała westchnął.

— „Tradycja" nie cieszyła się dobrą opinią. Pan Antoni zresztą też. Tak, były doniesienia, może raczej pogłoski, że coś z tego, co wyciekło z Biblioteki Krakowskiej, trafiło tutaj. Ale to nic pewnego — zastrzegł się podkomisarz.

— Nareszcie konkret! Sprawdziliście to?

— A co tu sprawdzać? Przeglądaliśmy książki, ale były ich setki. Stare, nowe. Na półkach bałagan. Kurz i pajęczyny. A pogłoski typowe. Ktoś gdzieś coś tam szepnął, jakiś informator podsłuchał, jakiś naprany gość coś tam mówił po piwie. Nikt się tym nie przejął. Po ujawnieniu kradzieży z Biblioteki Krakowskiej byliśmy tu, ale niczego konkretnego nie udało nam się stwierdzić — Chorubała obronnie przeszedł na policyjną nowomowę.

— Może szkoda — Nawrocki zajrzał do notesu. — Konsultowaliście się ze specjalistami?

— Znaczy z uniwersytetu? — Podkomisarz pokręcił przecząco głową. — Nie, nie widzieliśmy potrzeby. Śledztwo poszło w innym kierunku. Porachunki lokalne, rozróba podczas libacji i tak dalej...

— Ale nie wykluczaliście związków z kradzieżą z Biblioteki Krakowskiej?

— Nie wykluczaliśmy, ale tylko wstępnie. Kiedy wyszła na jaw sprawa Biblioteki Krakowskiej, dokonaliśmy rutynowego sprawdzenia wszystkich antykwariatów w mieście. Akurat u pana Antoniego na nic specjalnego nie natrafiono wtedy... Ale ja myślę, że on tu mógł handlować czymkolwiek. Bo CBŚ nawet się swego czasu zaktywizowało pod kątem narkotyków — Chorubała kontynuował w zawodowym żargonie.

— I co?

— I nic. Powęszyli, poczytali nasze sprawozdania i dali sobie w końcu spokój.

— Dobra! — Nawrocki gwałtownie zamknął notes. — Pogadajmy poważnie. Były wcześniej donosy na tego waszego antykwariusza? Toczyły się jakieś sprawy? I tak mogę się tego dowiedzieć, ale wolałbym usłyszeć to od was.

Chorubała spuścił wzrok.

— Jak powiedziałem, antykwariat nie cieszył się najlepszą opinią. Dwa, może trzy razy było posądzenie o handel kradzionymi przedmiotami. Książkami znaczy się...

— Paserstwo?

— No nie, aż tak nie. Zresztą Giełguda nie przyłapano. No wie pan — plotki, te rzeczy.

— Ale jak przyszło do morderstwa, toście się zbytnio nie przejęli, tak? Okolica nienajlepsza, jakieś dawne ciemnawe interesy, alkoholowe libacje w ciągu dnia i po oficjalnym zamknięciu sklepu. Jednym słowem — nikomu nie chciało się ruszyć dupy, żeby podrążyć. Mam rację?

Chorubała był całkiem przybity.

— Wie pan, jak to jest. Nie mieliśmy żadnego twardego śladu. W środku burdel. Może coś skradziono, a może nie. Może tylko ktoś go machnął, bo wszyscy za dużo wypili, ktoś coś powiedział nie tak i wie komisarz, jak to dalej leci.

— Wiem i nie wiem — fuknął Nawrocki. Ale tak naprawdę odczuwał satysfakcję, że przyłapał kolegów na fuszerce. — To jednak był pewnie paser, jakby na to nie patrzeć. Może to nie było jego główne zajęcie, ale nawet z tego, co słyszę, średnio inteligentny uczeń podstawówki wywnioskowałby, że coś tu mocno śmierdzi. A wy poszliście po linii najmniejszego oporu. Trup? Pijany lump z kumplami, awanturka, no i cześć!

— A właściwie czego pan szuka, komisarzu? — Chorubała zdobył się na odwagę.

— Ten wasz Giełgud coś tu musiał mieć albo temu, kto zabił, wydawało się, że miał. I tyle. To nie był żaden domorosły nożownik po kilku browarach, urażony czy obrażony. A wy przesraliście sprawę, bo sprowadziliście rzecz do lumpowskich porachunków.

— Pan komisarz coś wie? — zainteresował się wreszcie Lisicki.

— Wiem, ale nie powiem, jak powiada stara ludowa mądrość. Dziękuję za pomoc — odpowiedział Nawrocki sarkastycznie i energicznym krokiem opuścił antykwariat.

Lisicki stał spięty. Wyglądało to tak, jakby był już gotowy, by w końcu przysunąć temu zadufanemu bubkowi ze stolicy.

A Nawrocki stracił ochotę na dalsze rozmowy. Pożegnał się więc zdawkowo, także z Lisickim, odmówił odwiezienia na dworzec i poszedł piechotą na Rynek. Miał trochę czasu do odjazdu pociągu. W Sukiennicach kupił drewnianego smoka dla Jasia i tanie — rękodzielne, jak zapewniała sprzedawczyni — kolczyki dla Małgorzaty (trzydzieści osiem złotych). Trochę powałęsał się po okolicy, wreszcie przysiadł na piwo w jednej ze szpanerskich knajp zaludnionych głównie przez głośnych przybyszy z Wysp Brytyjskich.

Przeglądał notatki, popijał żywca i jednym uchem łowił dialogi wokoło. Podsłuchiwanie podpitych angoli sprawiało mu perwersyjną przyjemność. Nad Rynkiem unosiły się dźwięki muzyki: trochę staromodnego rocka, jakaś klasyka polskiego popu z lat osiemdziesiątych, rytmiczne pobrzękiwania raperów.

Na dworzec wyruszył pół godziny przed odjazdem pociągu. Z Rynku wydostał się na Planty i starą, znajomą jeszcze z czasów studenckich drogą (spotykał się niegdyś z dziewczyną z Krakowa), szedł trochę chwiejnie (trzy piwa!) pełen radości, typowej dla podróżnych oderwanych od swych zwyczajnych, monotonnych zajęć.

Ekspres „Tatry" był zatłoczony do granic możliwości, turyści — głównie studenci — właśnie wracali z wakacji. Nawrocki błogosławił własną decyzję, by bilet powrotny nabyć jeszcze w Warszawie.

*

A Warszawa powitała go paskudną, lepką mżawką. Nie chciał wydawać pieniędzy na taksówkę, mimo dość późnej pory, więc zginając się pod naporem wiatru i wody z nieba oraz ściskając kurczowo ręce na połach kurtki, poszedł piechotą do Marszałkowskiej, by złapać tramwaj. Trzydzieści sześć przyjechało zgodnie z rozkładem. Usiadł na samym końcu pierwszego wagonu.

Ten, kto przyszedł do „Tradycji", musiał orientować się doskonale w okolicznościach. Wybrał odpowiedni moment, kiedy nikogo w antykwariacie nie było, oprócz właściciela. A ten znów dlaczego siedział tam po godzinach? Z lektury dostarczonych mu przez Mirka materiałów wiedział, że sklep był czymś w rodzaju hobby dla Antoniego Giełguda. Nieco podobnie, jak w przypadku warszawskiego antykwariusza. A że Giełgud był umoczony w jakieś nie do końca legalne rzeczy, rozumiało się samo przez się.

Chłopaki z Krakowa skrewili sprawę. Chcieli po prostu ukręcić jej łeb; to co mówił Chorubała, jednoznacznie potwierdzało tę teorię. W sumie nie ma się czemu dziwić. Rutyna dnia codziennego i niechęć do komplikowania sobie życia. Standard.

Dla Nawrockigo najważniejsze było to, że jakoś tam zabójstwo krakowskiego antykwariusza wiązało się jednak z kradzieżą z Biblioteki Krakowskiej. Krakusy przeczuwali pismo nosem, inaczej nie sprawdzaliby antykwariatu pod tym kątem. Ostatecznie wybrali najłatwiejsze wyjście. Zabójstwo na zwykłym tle rabunkowym, menelskie konteksty — to wszystko było tylko działaniem na rzecz ułatwienia sobie pracy. Jak on to dobrze znał! Nie miał nawet zbytnich pretensji.

Ktoś jednak ostro myszkował w sklepie Giełguda. Czegoś szukał.

Czego szukałeś, co chciałeś sprawdzić? Nawrocki zadawał pytania tajemniczemu przeciwnikowi, kiedy tramwaj toczył się tymczasem, kołysząc, po torowisku ulicy Puławskiej.

Osiedle przy Żywnego było ciche i spokojne o tej porze. Normalnie, jak w środku tygodnia. Ludzie następnego dnia muszą wstać do pracy. Dopiero w weekend pójdą na całego. Znów będzie hałaśliwie i rozrywkowo. Pijacy w krzakach na skarpie, tętniące balangowym życiem mieszkania w bloku. Pewnie interwencja patrolu straży miejskiej — której, notabene, nikt w mieście nie lubił ani nie poważał — wezwanego przez rozsierdzonych emerytów. Normalka.

Nawrocki był tak zmęczony, że nie miał nawet ochoty na łyk wina. Rozebrał się, dobrnął do łóżka i padł, zasypiając natychmiast kamiennym snem.

II.

Wiele lat temu chłopiec, który miał już niedługo stać się mężczyzną, zgodnie z zaleceniami mistrza, pisywał od dłuższego czasu haiku raz w tygodniu. Wiedział, że tylko najbardziej zaawansowanym w naukach uczniom przysługuje taki przywilej, i czuł się prawdziwie wyróżniony.

Mistrz zawsze czytał jego wiersze, a czasami wzywał go na rozmowę, by, zazwyczaj przy herbacie, którą parzył specjalnie dla siebie i wychowanka, przedyskutować ostatnio powstały tekst. W istocie były to indywidualne lekcje, które chłopiec bardzo sobie cenił. Zdążył zauważyć zazdrosne spojrzenia kolegów, kiedy tylko dyżurny ich grupy wywoływał go wieczorami, by udał się do celi mistrza.

Pewnego razu na zakończenie spotkania chłopiec otrzymał od swego preceptora książeczkę wierszy Moritake, legendarnego samuraja poety, tworzącego na przełomie XV i XVI wieku. Do tej pory studiowali w grupie głównie haiku Issy i Bashō, starając się uczyć na powszechnie uznanych najlepszych wzorcach. Chłopiec dostał zadanie, by zapoznać się z nieznanymi wierszami klasyka i być gotowym do dyskusji nad nimi po tygodniu.

Z tego zadania, jak myślał, wywiązał się dobrze. Kiedy znów spotkał się z mistrzem, odpowiadał na jego pytania zwięźle i treściwie, ale miał wrażenie, że nauczyciel — słuchając go — błądzi myślami gdzie indziej, co było o tyle dziwne, że umiejętność skupienia na jednym celu i dar koncentracji były przez niego widziane jako naczelne w procesie właściwego odnajdywania się człowieka w świecie.

Kiedy już herbata została wypita, a chłopiec powiedział wszystko, co miał do powiedzenia, mistrz zamiast odesłać go do dormitorium, ruchem ręki nakazał mu pozostanie na miejscu.

— Czy często patrzysz w gwiazdy, mój uczniu? — zapytał wreszcie po dłuższej chwili ciszy, która zapadła pod koniec ich konwersacji.

— Jeśli tylko mam po temu okazję, mistrzu — odparł chłopiec. Nauczył się już dawno, że swemu przewodnikowi powinien mówić tylko prawdę.

— To dobrze. Patrzenie w gwiazdy przypomina o naszym miejscu na ziemi. One nam przypominają, że mamy cieszyć się powodzeniem innych, płakać z tymi, co cierpią i...

— ...walczyć ze sobą, by nie sprawiać bólu. A także zapominać o sobie — wyrecytował chłopiec.

Mistrz pokiwał głową z aprobatą. Po czym wstał i podszedłszy do stojaka w rogu celi, zdjął z niego swój miecz. Wyciągnął klingę z pochwy i — trzymając ją w dłoni — kontynuował naukę.

— Miecz jest drogą człowieka godnego, podążamy drogą miecza. On stanowi znak tego, co w twoim świecie nazywają honorem. Czytałem różne pisma z waszego świata i w pamięci utkwiła mi zwłaszcza ta opowieść opisująca bój i śmierć pewnego szlachetnie urodzonego, który zaryzykował własne życie — a także życie swych podkomendnych — tylko po to, by nie stracić dobrego imienia. Dowodził ariergardą wojsk swego suwerena, a gdy podstępni napastnicy, za sprawą zdrady, zaatakowali, zwlekał z powiadomieniem swego pana, by nikt nie zarzucił mu potem tchórzostwa. Poległ, ale zachował dobre imię. A kiedy walczył, był samą walką, niczym innym. To dobra opowieść, przypomina mi niejedną legendę z naszej historii.

Nauczyciel zamilkł na chwilę. Odłożył wreszcie obnażony miecz na ascetyczne posłanie w rogu pokoju, a pochwę rzucił gwałtownym ruchem tuż przed siedzącego chłopca, który poruszył się nieznacznie.

— Ta pochwa to tylko forma, pusta w środku. Jak nasze ciała — kontynuował mistrz. — Treść jest w ostrzu, którym stajemy się podczas ćwiczeń i walki. Kto o tym zapomni, przegrywa. Ale jest też taka opowieść o roninie, który zmierzył się podczas zawodów z niepokonanym wirtuozem sztuk walki. Nie zamierzał tak naprawdę skrzyżować z nim klingi. Już podjęcie samego wyzwania było czynem godnym szacunku, bo nikt nie chciał stanąć w szranki z tym, który nigdy dotąd nie przegrał. Ronin chciał tylko rzucić wyzwanie, a potem od razu odłożyć miecz i przeprosić za swą śmiałość. Za samo podjęcie rękawicy oczekiwała bowiem nagroda pieniężna, a ronin był biedny i nie miał co jeść. Jednak mistrz ku zaskoczeniu widzów sam pierwszy poddał walkę, zanim jeszcze doszło do pierwszego starcia. Zdziwionym widzom wyjaśnił, że nie wyczuł w swym przeciwniku człowieka, któremu zależało na wygranej, i to go przeraziło. Zwycięstwo nie musi być celem.

Mistrz usiadł przed chłopcem i spojrzał mu prosto w oczy.

— Kto za bardzo czegoś pragnie, jest kimś mniejszym niż ten, który czyni swoje bez konkretnego celu.

W twoim świecie nie ma na to dobrego określenia. Nazywacie to bezinteresownością lub altruizmem, ale to nie są właściwe pojęcia. Ronin wystraszył swego przeciwnika tym, że nie respektował reguł. Szedł własną drogą, drogą uśpionego miecza.

— Czy chcesz mi powiedzieć, mistrzu, że czasami dobrą metodą walki jest niespodzianka, złamanie reguł? — zapytał naiwnie chłopiec.

Nauczyciel uśmiechnął się nieznacznie.

— Tak i nie. Zaskoczenie przeciwnika bywa — czasami — kluczem do zwycięstwa. Ale to się udaje zazwyczaj na prawach wyjątku. Kto wierzy tylko w zaskoczenie, może się przeliczyć.

— Czy chcesz mi zatem powiedzieć, mistrzu, że bardziej cenisz rutynę i metodę?

Nauczyciel spojrzał na ucznia przenikliwie.

— Właśnie to pochwalam w tobie najbardziej. Zrozumienie. Rozmowa z tobą ma sens, ponieważ potrafisz wejść na moją ścieżkę i podążać dalej. A skoro tak jest, słuchaj. Zaskoczenie jest jedną z metod taktyki, służącą wygraniu konkretnego boju. Strategia, podporządkowana innym celom, rozpatruje plan szerszy — wojny. Należysz do naszego świata i chwali ci się, że potrafiłeś znaleźć doń odpowiednie drzwi. Tacy jak ty, a jest ich doprawdy niewielu, są naszą ostatnią szansą. Widzisz, co się dzieje wokół, bo nie mieszkasz stale w klasztorze. Stare zwyczaje odchodzą w niepamięć. Nie protestuj, ja dość dobrze zdaję sobie sprawę z tego, dokąd zmierza świat. Młodzież odwraca się od tradycji, zachodnie mody upowszechniają się i już za kilka lat tacy jak my staną się eksponatami w skansenie. Będzie się nas oglądać, ale nasza droga przestanie być rozumiana. Nie będziesz mógł tego zatrzymać, ale będziesz mógł dać świadectwo. Więc żyj na przekór światu, idź, dokąd poszli tamci, dawni bohaterowie. Tak właśnie zdobędziesz dobro, którego nie zdobędziesz. Zmian nie zatrzymasz, możesz tylko mówić dobitnie swoje „nie". Ale nie słowami, tylko działaniem. Kiedy opuścisz to miejsce, a opuścisz je niechybnie, dawaj świadectwo — w ostatecznym rachunku tylko to będzie się liczyć. Zaświadczaj o swojej drodze, niech będzie obroną wartości. Poza tym nie ma wybaczenia.

— Będę się starać, mój mistrzu — odpowiedział chłopiec.

III.

Telefon od Mirka zbudził Nawrockiego bladym świtem. Wieczorem poprzedniego dnia okazało się, że były kłopoty z biletem do Anglii. Mirek obiecywał, że zrobi co może, a Pirwitz coś tam dopowiadał w tle. Widać chłopcy wzięli sobie do serca robotę i działali już od wschodu słońca. Nawrocki nie miał ochoty na puste pogawędki i zbył Mirka burkliwie.

Ten dzień postanowił wykorzystać na przypomnienie sobie sprawy kradzieży z Biblioteki Krakowskiej. Część materiałów miał u siebie w pracy, z czasów gdy zaangażowany był w tę sprawę, część zapewne spoczywała w archiwum. Zadzwonił więc do Zbyszka

Iwickiego, znajomego archiwisty z komendy i sprecyzował dokładnie, o co mu chodzi. Poprosił o przygotowanie wszystkiego na wczesne popołudnie. Liczył się bowiem z tym, że Mirek i Pirwitz odniosą jednak sukces i zarezerwują mu lot na wieczór.

Potem zadzwonił do redakcji wielkiej opiniotwórczej gazety. To jej dziennikarz brał swego czasu udział w poszukiwaniu zaginionych książek z Biblioteki Krakowskiej w Niemczech. Ten wszakże przebywał akurat na urlopie i nie było z nim kontaktu. Nawrocki umówił się zatem z jego szefem, kierownikiem działu zagranicznego, Marcinem Bosackim.

Po niespełna dwóch godzinach wkraczał do redakcji gazety. Wzniesiony przed kilku laty budynek na Dolnym Mokotowie miał w sobie coś z ultranowoczesnej fabryki. W środku dawała się wyczuć atmosfera nerwowości. W otwartej przestrzeni, pełnej przestronnych korytarzy i zawieszonych fantazyjnie klatek schodowych, siedzieli dziennikarze przy biurkach, zawalonych tonami papieru, i albo bębnili zaciekle w klawiaturę, albo rozmawiali głośno przez telefon, wyraziście przy tym gestykulując. Wciąż ktoś przebiegał, inny ktoś krzyczał, jakaś grupka naradzała się przy okrągłym stole stojącym w cieniu wielkiej rośliny zasadzonej w równie wielkiej, glinianej donicy. Nawrocki, trochę oszołomiony, dotarł — po sforsowaniu recepcji i dwukrotnym zaczepieniu jakichś autochtonów pytaniem o drogę — do działu zagranicznego. W wielkim oszklonym boksie przypominającym akwarium siedział człowiek rozmawiający przez dwa telefony jednocześnie. Wedle słów sekretarki, to był właśnie kierownik prowadzący akurat nader istotną dyskusję na temat tekstów, które jutro miały się ukazać. Nawrocki poczuł się trochę jak przybysz z prowincji. Atmosfera zaciekłej pracy, tempo, jakaś nerwowa energia unosząca się w powietrzu onieśmielały go.

Redaktor Bosacki, szczupły, wysoki i nadzwyczaj rzeczowy, wyglądał na zmęczonego.

— Zgadza się, Włodek Kownacki, nasza gwiazdka, zajmował się sprawą kradzieży starodruków z Biblioteki Krakowskiej. Opublikowaliśmy cykl artykułów jego autorstwa na ten temat i jeżeli tylko życzy pan sobie, mogę zamówić w archiwum wydruk wszystkich tekstów, które zapewne interesowałyby pana.

Nawrocki życzył sobie. Bosacki sięgnął z westchnieniem po telefon, który przed chwilą z wyraźną ulgą odłożył, wystukał numer i zdecydowanym głosem zlecił wydruk tekstów Kownackiego. Komisarz był pod wrażeniem dyscypliny panującej w redakcji. To wygląda lepiej niż u nas, pomyślał. Oto żelazne prawa kapitalizmu w akcji!

— Pyta pan, jak w ogóle doszło do tego wszystkiego? — Bosacki odchylił się w skórzanym fotelu i założył ręce za głowę. — Zwyczajnie, jak to u nas bywa. Włodek zajmuje się także aukcjami sztuki, to jego hobby, by tak rzec. Pisuje o nich zresztą w dodatku stołecznym, pewnie pan czytał?

Nawrocki kiwnął potakująco głową, choć wszystkie teksty o kulturze w stołecznym dodatku do gazety zwykł programowo pomijać. W przeciwieństwie do kolumn sportowych na ostatniej stronie oraz komiksowych dowcipów o Hagarze i Garfieldzie na przedostatniej.

— Włodek interesuje się też międzynarodowym rynkiem sztuki i któregoś dnia przyszedł do mnie z informacją, że jeden z renomowanych prywatnych domów aukcyjnych w Niemczech wystawia na aukcję dzieła, które mogą pochodzić ze zbiorów krakowskich. Wieść o kradzieży w Bibliotece Krakowskiej była już dość powszechnie znana w kręgu ludzi zainteresowanych, a Włodek był jakoś wyczulony w tej kwestii. Zorganizowaliśmy więc prowokację dziennikarską. Włodek i pewien ekspert z Biblioteki Narodowej — ten nie życzył sobie, żeby upubliczniać jego dane osobowe, pozwoli pan więc, że pominę akurat te szczegóły — pojechali zatem do Niemiec, poszli do tego domu aukcyjnego, przedstawili się jako potencjalni kupcy i — ponieważ zyskali zaufanie właściciela — dano im możliwość bliższego zaznajomienia się z tymi konkretnymi starodrukami. Ekspert z Narodowej orzekł potem, że przeznaczone na aukcję księgi zapewne pochodzą z Biblioteki Krakowskiej i zostały uprzednio odpowiednio spreparowane. Coś tam powycinano i wklejono jednocześnie, żeby zatrzeć pochodzenie dzieł i akt własności. Niemiecki antykwariusz nie zdradził, jak wszedł w posiadanie starodruków, zasłaniał się tajemnicą handlową, a także niepamięcią, i kluczył nawet podczas procesu, który ostatecznie — za naszą sprawą — wytoczono mu w jego kraju. Z tego, co wiem, sprawa wciąż trwa i nie doszło na razie do żadnej konkluzji. Szczęśliwie, niemiecka prokuratura, korzystając zresztą z naszych informacji i współpracująca z naszą prokuraturą, która tymczasem ocknęła się i przystąpiła do sprawy, uniemożliwiła wystawienie inkryminowanych starodruków na aukcji. Bodajże chodziło o ekskluzywne wydanie słynnego dzieła Kopernika i o jeszcze inne książki. Nie wiem, jak to wygląda dziś, ale Włodek niedawno wspominał, że jest spora szansa, żeby te dzieła wróciły jednak do kraju. To wszystko, co wiem, pan wybaczy. O, są pańskie materiały — skwitował nadejście atrakcyjnej blondynki z plikiem wydruków w garści.

Nawrocki podziękował, ale jedna rzecz wciąż nie dawała mu spokoju.

— Przepraszam najmocniej, ale czy nie jest pan spokrewniony z Bartoszem Bosackim, tym znanym piłkarzem z Lecha Poznań? — przemógł się w końcu i zapytał na odchodnym.

Redaktor rozpromienił się.

— A i owszem, tak się składa, że to mój bliski kuzyn. Bo ja jestem z Poznania, wie pan? Kibicuje pan może Lechowi?

— Legia górą — mruknął w odpowiedzi komisarz, zabierając z sobą papiery i żegnając się prędko.

IV.

Wydruki z gazety musiały tymczasem poczekać, zresztą razem z plikiem podesłanych mu przez Zbyszka Iwickiego z archiwum materiałów o Bibliotece

Krakowskiej, bo okazało się, że żadnych porządnych połączeń lotniczych z Anglią już nie ma. Wszystko bowiem zaczęto załatwiać na chybcika i z dnia na dzień. Mirek z Pirwitzem wychodzili ze skóry, żeby znaleźć jakieś wolne miejsce w odlatujących z Okęcia samolotach. Sprawa otarła się przez chwilę o samego komendanta — zastanawiano się bowiem, czy nie wysłać Nawrockiego, wykorzystując miejsca rezerwowane na pokładach maszyn LOT-u dla dyplomatów, członków rządu, kurierów z pocztą specjalną czy rozmaitych ważnych przedstawicieli tajnych służb. Szybko jednak okazało się, że tak się jednak nie da. Zostały więc tanie linie i komisarza zabukowano w końcu na lot WizzAirem do Luton.

Odprawa w ponurym blaszanym baraku „Etiuda" była koszmarem. Kolejka na chodniku, siąpiący deszcz, wreszcie nieklimatyzowana duszna sala, gdzie kłębiła się ciżba czekająca na kilka lotów w rozmaitych kierunkach.

Zdesperowany Nawrocki wyjął legitymację. Pozwoliło mu to ominąć kolejkę, ale i tak musiał odsiedzieć swoje w głównej sali. Był spocony i zirytowany.

Lot nie poprawił mu nastroju. Alkohol na pokładzie był płatny i drogi. Poza tym bujało i trzęsło, a to już — bojący się latania komisarz — zniósł na granicy paniki.

Na szczęście lotnisko w Luton okazało się miejscem przyjaznym. Z hali przylotów do londyńskiego pociągu przewiózł pasażerów darmowy autobus. Pociąg zaś okazał się nowoczesny, zadbany i — co najważniejsze — szybki. Na Victoria Station dotarł w jakieś dwadzieścia pięć minut. A na peronie oczekiwał go już skromny komitet powitalny.

Dwóch gości w prochowcach, jakby żywcem wyjętych z filmowego angielskiego kryminału. Czegoś w rodzaju *Morderstwa w Midsomer* na Hallmarku, który to serial Nawrocki lubił oglądać, jeśli tylko miał po temu okazję.

Angielscy policjanci nie mieli wątpliwości, rozpoznali go pewnie ze zdjęcia.

— *Mr. Ayriik Nałroki, I presume?* — Starszy z dwójki mężczyzn wyciągnął rękę na powitanie.

— Ireneusz Nawrocki — komisarz skrzywił się. — Ale mówcie mi po prostu Irek. Cześć!

— *Right* — angielski policjant odetchnął z ulgą. — Jak się masz? Jak lot? Wybacz, że nikt po ciebie nie przyjechał do Luton, ale mamy teraz cięcia, no, oszczędności... i w ogóle — zamachał ręką w nieokreślonym geście.

— Nie ma sprawy, rozumiem. My też oszczędzamy, jak możemy.

Funkcjonariusze Scotland Yardu poprowadzili go do samochodu. Nie był to radiowóz, tylko mocno wysłużony cywilny vauxhall, który już niejedno przeszedł. Oj, nie bardzo mają tu w poważaniu kolegę ze wschodniej Europy, pomyślał Nawrocki, pakując się do ciasnego i zaniedbanego wnętrza.

Jechali w milczeniu. Komisarz spotkał się już nieraz z niemal przysłowiową wstrzemięźliwością Anglików, nie zagajał więc rozmowy. Po prostu patrzył na

zatłoczone ulice, fasady mijanych domów i tłum prze-
lewający się po chodnikach. Im bardziej zagłębiali się
w miasto, tym bardziej miał wrażenie, że zanurza się
w wielkim organizmie nieprzyjaznej metropolii. Był
kilka razy w Londynie i nawet trochę poznał to miasto, ale pierwsze chwile kontaktu z tym molochem
zawsze napełniały go niepewnością.

Budynek nowego Scotland Yardu był nowoczesny
i przestronny. Szkło i dużo metalu. Industrial w wy-
daniu funkcjonalnym.

Od razu zaprowadzono go do obszernego gabinetu. Jak się domyślał, jego przewodnicy grali tu po-
ślednią rolę. Usiedli na krzesłach pod ścianą, nawet
nie zdejmując płaszczy. Jemu zaś wskazali fotel przy
obszernym biurku. Nawrocki usiadł, rozglądając się
po ścianach. Dyplomy, grupowe zdjęcia policjantów
w mundurach, jakieś dwie reprodukcje obrazów, zdaje się, że impresjonistycznych. Pewnie standard jak na
tutejsze warunki. Przypomniał sobie macierzystą komendę. Szare, lekko przybrudzone i obdrapane ściany.
Godło w centralnym miejscu. No i ten jego, pożal się
Boże, gabinet. Grzyb w rogu pod sufitem, kołyszące
się biurko i ten stary fotel, jeszcze z rodzinnego domu.
Drukarkę do komputera też kupił sam, co spotkało się
z gniewną reakcją Małgorzaty. Ale mimo wszystko było coś w klimacie tego angielskiego urzędu, co budziło
natychmiastowe skojarzenia z warszawską komendą.
Tak jakby istniał uniwersalny wzorzec dla wszystkich
posterunków na świecie. Ciekawe, jak wyglądają japońskie komisariaty?, przemknęło przez myśl Na-

wrockiemu, nim bocznymi drzwiami wszedł do pomieszczenia dystyngowany człowiek w szarym, lekko prążkowanym garniturze. Obaj towarzysze Nawrockiego wstali, komisarz więc także zerwał się z fotela.

— Nie trzeba, nie trzeba. Nazywam się James Hatfield, dowodzę tu jednostką w wydziale kryminalnym. Inspektorów Jonesa — wskazał na starszego policjanta — i Merilla poznał pan już wcześniej, prawda?

Nawrocki przytaknął, choć żaden z angielskich policjantów nie przedstawił mu się do tej pory.

— Witam pana w Anglii, miał pan dobry lot? — I nim komisarz zdążył zareagować, James Hatfield przeszedł od razu do rzeczy. — Jones i Merill prowadzili to śledztwo. Zostało tymczasowo umorzone z braku rokowań. Cieszę się, że nasi polscy koledzy znaleźli ślad, który pozwoli je reaktywować — to ostatnie zdanie zabrzmiało dość nieszczerze.

— Rzeczywiście — Nawrocki poruszył się nerwowo w fotelu. — Mamy sporo wątpliwości i kilka tropów — skłamał — dlatego więc zdecydowaliśmy się was niepokoić.

— Świetnie! — Hatfield zdawał się eksplodować sztucznym, zupełnie nie anglosaskim entuzjazmem. — W takim razie oddaję pana w ręce moich ludzi i życzę sukcesów — mówiąc to, wstał zza swego monumentalnego biurka. — *Have a good hunt!*

Uścisk dłoni, zdawkowe pożegnanie. I to wszystko? To po co ten cały cyrk?

Jones i Merill powiedli go długimi, krętymi korytarzami. Ostre światło raziło Nawrockiego, nawet nie zwracał więc uwagi na otoczenie. Po prostu szedł przez ten labirynt, aż wreszcie znalazł się w ciemnawym pokoju, pełnym starych sprzętów, zadziwiająco podobnych do tych w pałacu Mostowskich. Podrzędne psy żyją wszędzie w takich samych warunkach.

Nawrocki postanowił przejść do ofensywy.

— Słuchajcie, wiem, że traktujecie mnie jak czyrak na dupie, a to całe show z udziałem waszego szefa było naprawdę żenujące.

Angielscy policjanci zamarli na chwilę, aż wreszcie Merill odezwał się po raz pierwszy.

— On po prostu lubi robić wrażenie.

— Wyobrażam sobie — ciągnął komisarz. — Ale mam w nosie waszego szefa, chciałbym tylko dowiedzieć się wszystkiego o antykwariuszu.

Jones uśmiechnął się zdawkowo. Jak na tradycyjne wyspiarskie normy, a Jones, sądząc po wieku, należał do starej szkoły angielskiej kindersztuby, musiała to być i tak wyrazista reakcja.

— Zła sprawa, nie lubimy jej — powiedział.

— Domyślam się. Ale pocieszę was. I tak my to poprowadzimy, wszystko na to wskazuje. Mamy dwa trupy w Polsce, tego gościa u was i jednego jeszcze w Szwecji. Interpol sypnął groszem, dlatego tu jestem. Pewnie niepotrzebnie, ale mamy u nas w kraju kłopoty z racjonalnym wykorzystaniem funduszy. Pewnie dlatego mnie tu wysłali. Jakbyśmy nie poradzili sobie z wydaniem tych pieniędzy, to byłaby zapewne większa chryja, niż gdybyśmy sobie nie poradzili ze śledztwem. Kapujecie?

Nawrocki wyczuł, że jego angielskich kolegów od-blokowała ta przemowa. Wreszcie zdjęli prochowce i rozluźnieni usiedli na krzesłach przy zdezelowanym biurku.

— Nasze szefostwo ma niezłe gabinety, a my gnieź-dzimy się w takich norach, wybacz — powiedział Jones.

— Nie martw się. U nas jest tak samo. Jakbyś zo-baczył miejsce, w którym pracuję, poczułbyś się jak sułtan Brunei — odpowiedział Nawrocki.

Lody zostały przełamane ostatecznie. Jones przy-stąpił do referowania sprawy, a Merill nastawił czaj-nik. Komisarz zażyczył sobie kawy, co wywołało lekki popłoch. Ale mieli jakieś resztki w szafie.

— Wezwała nas sprzątaczka — opowiadał Jones. — Przyszła rano do antykwariatu, jak to czyniła co dzień. Od kilkunastu lat pracowała każdego dnia u te-go Lisowskiego. Antykwariat założył jego ojciec, za-raz po zakończeniu wojny. To stara polska emigracja. Lisowski senior był żołnierzem w jednej z polskich formacji wojskowych. — Jones zerknął w notatki. — Pierwsza dywizja pancerna. Mówi ci to coś?

— Jasne. Pancerniacy generała Maczka. Brali udział w walkach drugiego frontu, w drugim rzucie desantu sprzymierzonych sił na kontynent. U nas to teraz bo-haterowie. Za komunistów natomiast nie bardzo się o nich mówiło, pojmujecie?

Jones potwierdził, choć Nawrocki nie był pewien, czy rzeczywiście rozumie.

— W każdym razie Lisowski senior został po woj-nie w Brytanii. Otrzymał pozwolenie na osiedlenie się, a wkrótce przyjął nasze obywatelstwo. To było na początku lat pięćdziesiątych.

— Najgorsze czasy u nas. Stalinizm, te rzeczy — przytaknął Nawrocki.

— Lisowski założył mały antykwariat w Hammersmith — Jones kontynuował niezrażony. — To trochę taka polska dzielnica w Londynie...

— Wiem — komisarz wpadł mu w słowo. — Jest tam polski ośrodek kultury. Bywałem u was w przeszłości jako turysta, a także na rozmaitych szkoleniach i konferencjach. Zachodziłem tam, żeby poczytać gazety i tak ogólnie, poczuć atmosferę starego kraju... Poza tym kojarzę Hammersmith chociażby z koncertów Motorhead.

— Słuchasz takiej muzyki? — zainteresował się Merill.

— A i owszem — odpowiedział komisarz. — Wychowałem się na Led Zeppelin i Deep Purple. Do dziś słucham takich kapel. Teraz jeszcze doszło Pearl Jam i Red Hot Chilli Peppers...

— Wracając do rzeczy — chrząknął Jones. — Lisowski senior zmarł w 1989 roku i pozostawił interes synowi. I wtedy zaczęły się kłopoty... — zawiesił głos.

— Tak? — Nawrocki nadstawił uszu.

— Lisowski senior prowadził interes rzetelnie. Nie było z nim żadnych kłopotów. Większość klientów stanowiła polska emigracja — handlował głównie polskimi książkami. Przeglądaliśmy papiery skarbowe, wyniki wyrywkowych kontroli. Żadnych zastrzeżeń, natomiast synek...

— Wiesz, ja też słucham głównie rocka — Merill uaktywnił się znienacka. — Ale raczej grounge'a. Pearl Jam może być, ale nie ma to jak stara dobra Nirvana!

— Przestań mi tu pierdolić! — wybuchnął Jones.

— Potem sobie z Yrkiem pogadacie o tych szarpidrutach. Daj mi skończyć!

— *Sorry!* — Merill położył uszy po sobie i zajął się przyrządzaniem dwóch herbat i jednej kawy, bo elektryczny czajnik właśnie wyłączył się, dając znak głośnym pstryknięciem.

— O czym to ja... — Jones zagłębił się znów w papiery. — No więc z Lisowskim juniorem było trochę problemów. Dwa podejrzenia o paserstwo, machlojki podatkowe. W końcu grzywna i nawet wyrok sądowy w zawieszeniu.

— Kiedy to było? — Nawrocki pochylił się nad notatnikiem.

— Grzywna w 1998, wyrok w 2003.

— Mieliście go na oku cały czas?

— My nie, raczej skarbówka. Z tego co widzę, nie złapano go na dalszych przekrętach.

— Ale to nie znaczy, że zakończył romans z przestępczym procederem?

— Absolutnie nie. Za rękę go jednak nie złapano, choć sklep nie cieszył się dobrą renomą.

— Ja myślę — potwierdził Nawrocki. — A co z morderstwem? Jak to wyglądało?

— Jak mówiłem, zadzwoniła sprzątaczka. Przyszła rano, jak zwykle, przed otwarciem, żeby wszystko ogarnąć. Znalazła Lisowskiego juniora, całego we krwi, w głównym pomieszczeniu. Zarżniętego jak świnię.

Znów to słyszę, pomyślał Nawrocki.

— Zanim powiecie mi więcej, mogę zobaczyć miejsce zbrodni?

— *Sure!* Chcesz pojechać tam teraz czy zaaranżujemy to później?

— A jakbyśmy pojechali tam od razu, to nie przeszkodzi wam w pracy?

— Bynajmniej. Zostaliśmy tymczasem oddelegowani do zajmowania się tobą.

— Dzięki. Jeszcze raz powtarzam — nie przejmujcie się. Ja chcę tylko popatrzeć, posłuchać i zaraz zniknę.

— Nie ma sprawy — westchnął Jones.

Merill tymczasem podał Nawrockiemu kubek z kawą.

— Macie śmietankę albo mleko?

— *Sorry!* — Angielski policjant wyszczerzył zęby w sztucznym uśmiechu.

Czarna kawa. Ohyda. A jednak komisarz skosztował gorącego napoju. Lura. Wyjął z kieszeni spodni pojemnik ze słodzikiem, wrzucił cztery małe pastylki i zamieszał. Teraz smakowała lepiej, ale i tak krzywił się po każdym łyku. Na jego angielskich kolegach nie wywarło to najmniejszego wrażenia.

Antykwariat był niewielki, ale gustownie urządzony. Składał się z dwóch pomieszczeń. Na parterze mieścił się pokój przyjęć — ze stoliczkiem i krzesłami oraz sporym kontuarem, za którym wznosiły się wysokie do sufitu półki pełne książek. Kilka obrazów na ścianach, najwyraźniej reprodukcji, jakiś oprawiony w ramki plakat i dyplomy. Na górę prowadziły wąskie schody. Pokój na piętrze przypominał bardziej buduar niż wnętrze sklepu. Utrzymane w stonowanych kolorach tapety, wyściełane, głębokie fotele, nieco podniszczone, biurko zawalone papierami, telefon, faks, komputer, porządny sejf i oczywiście znów książki na półkach.

— Znaleziono go na dole, tak? — zapytał Nawrocki, jak tylko rozejrzał się po tym przybytku.

— Zgadza się — odpowiedział Jones. — Leżał przed kontuarem. Wyglądało to tak, jakby wyszedł do klienta.

— A godzina śmierci?

— No właśnie, to ciekawe. Patolog twierdzi, że to były późne godziny wieczorne, niemal noc. Zaraz — Jones zerknął w notatki. — No właśnie. Około dwudziestej trzeciej, trochę wcześniej, może trochę później. Powinien już dawno zamknąć interes i iść na drinka do pubu.

— Czyli musiał specjalnie czekać na interesanta? Pewnie był z nim umówiony... — Nawrocki zamyślił się.

— Nam też tak się zdaje.

— Przesłuchaliście nagrania z sekretarki automatycznej? Obejrzeliście notatki w kalendarzyku denata?

— Oczywiście. Było tego trochę, ale żadnej wizyty specjalnej na ten dzień. Raczej zwykłe interesy. Rozmawialiśmy zresztą z tymi, których namierzyliśmy. Zwyczajnie — jakichś dwóch kupców, którzy już wcześniej tu byli i tylko obstalowali transakcję, a potem przyszli odebrać książki. Stolarz, który miał wykonać kilka prac i przyszedł dobić interesu. Trzech sprzedających, ale nic poważnego, jakieś nasze powieścidła z dziewiętnastego wieku. Żaden cymes.

— E-maile?

— Też zwyczajne. Buchalteria, rozliczenia, kilka negocjacji w toku. I — uwaga — wejścia na strony pornograficzne.

— Jakieś charakterystyczne? — zainteresował się Nawrocki.

— Niestety, nic z tych rzeczy. Żadnej pedofilii ani innych zboczeń. Zwykłe strony hetero, dostępne powszechnie w sieci.

— Lisowski miał rodzinę?

— Był rozwiedziony — odpowiedział tym razem Merill. — Żona wyszła po raz kolejny za mąż, mieszka w Szkocji. W Albukerki. Córka z mężem natomiast na Ionie — prowadzą tam agroturystykę.

— Gdzie? — Nawrockiemu nic to nie mówiło.

— To taka wyspa, też u wybrzeży Szkocji. Znane miejsce turystyczne. Jest tam średniowieczny cmentarz szkockich królów, wiesz — szekspirowskie klimaty: Duncan, Makbet...

— Samotny gość... — skomentował cicho komisarz.

— Ano samotny. Jakbyś się pytał, sprawdziliśmy też dalszą rodzinę i krąg znajomych. Starzy kumple, żadnych nowych ekscytujących znajomości. Rodzina tylko dalsza, głównie jakieś wiekowe polskie ciocie potrafiące gadać tylko o dawnych dobrych czasach. Z całym szacunkiem.

— Opowiedzcie mi teraz o tym, jak go znaleziono — zdecydował Nawrocki.

Inicjatywę przejął Jones.

— Jak już mówiłem, leżał na dole, porżnięty. Krew na całej podłodze, ale żadnych charakterystycznych śladów obuwia. Sprawca musiał założyć ochraniacze, zapewne takie, jakie zakłada się w szpitalach.

— Przyszedł, żeby zabić — mruknął komisarz.

— Albo liczył się z przemocą. Nasza pierwotna hipoteza to rabunek. Wszędzie był kipisz, jakby czegoś szukał.

— Lub szukali! Myśleliście, że było ich kilku?

— Być może, ale po zwykłych śladach niczego nie można wyrokować. Natomiast mikroślady zupełnie peryferyjne i wciąż je zresztą badamy. To żmudna robota, a to morderstwo nie ma akurat priorytetu...

— Nie szkodzi. Jak go zabito?

— Ciosy ostrym narzędziem przez korpus i rozpruta krtań. Też pewnie tym samym narzędziem.

— Jaką hipotezę przyjęliście?

— Napad rabunkowy ze skutkiem śmiertelnym.

— Myślicie, że stawiał opór?

Jones zawahał się.

— To jest to, co nie dawało mi spokoju. Nie wygląda na to, żeby się bronił. Wygląda natomiast na to, że wyszedł zza kontuaru, żeby gościa przywitać. Mógłby go znać albo być z nim umówiony, w końcu siedział tu po nocy.

— A może po prostu pracował, a ktoś zadzwonił i Lisowski otworzył mu, myśląc, że to późny klient?

Jones pokręcił przecząco głową.

— Tak to u nas nie wygląda. Nie handluje się po godzinach i za wszelką cenę.

— To skąd hipoteza robocza?

— A wiesz, jak to jest. Mało domysłów, nacisk szefów. Poszliśmy w końcu na skróty i zakwalifikowaliśmy to rutynowo — odpowiedział Jones jakby lekko zawstydzony.

— Taaak. Wiem, jak to jest — westchnął Nawrocki. Znów wszystko przypominało mu Kraków. A potem zmienił temat. — Domyślam się, że to pewnie jest w dokumentach, ale powiedz mi, czy coś konkretnego skradziono?

Jones znów zerknął do swoich notatek.

— I to kolejna ciekawa rzecz. Niczego nie ruszono na półkach. Jest tak, jak antykwariat wyglądał po naszym wejściu, nikt tu nie sprzątał. Sprawca od razu musiał zająć się sejfem. Ale nie wiemy, co dokładnie skradziono. Zawartość sejfu nie była wyodrębniona w dokumentacji sklepu.

— Czy to normalne?

— Nie. Nasze służby celne i nadzór antykwaryczny wymaga specjalnej rejestracji druków wartościowych. Lisowski najwyraźniej nie prowadził takiej dokumentacji.

— Nie ma się co dziwić, skoro zdarzało mu się prowadzić lewe interesy. To, co było w sejfie, zapewne stanowi klucz do sprawy — podsumował Nawrocki.

Anglicy nie protestowali. Czuli się najpewniej trochę winni, bo ich dochodzenie było dość pobieżne. Komisarz postanowił nie dręczyć ich i nie drążyć tematu. I tak już wiele wiedział.

Umówili się, że następnego dnia Nawrocki odbierze kopie dokumentów śledztwa. Zdjęcia i inne niestandardowe materiały będą przesłane do komendy stołecznej.

Samolot miał o piętnastej następnego dnia, tym razem z Heathrow, bo Mirek z Pirwitzem załatwili, że od razu poleci do Szwecji, żeby nie wracać — bez sensu — do Polski. Tym razem miał to być przyzwoity, rejsowy lot Lufthansą, nie żadne tanie linie. Merill zaoferował, że go podrzucą na lotnisko, ale komisarz grzecznie odmówił. Pojedzie metrem. Merill naciskał więc, że chociaż do hotelu go teraz podwiozą, tę propozycję Nawrocki przyjął z ochotą. Miał nadzieję na małą, relaksującą rozrywkę tego wieczora. Ale angielscy koledzy niczego więcej nie zaproponowali. Żadne wspólne piwo w pubie, nic z tych rzeczy. Anglosaska wstrzemięźliwość i dystans. Nawet ze strony Merilla, który, zdawało się Nawrockiemu, nie miał nic przeciwko pogadaniu o muzyce.

V.

Mężczyzna siedział przy oknie i obserwował morze, które tego dnia miało barwę jasnoniebieską. Starał się wyciszyć, a może raczej obłaskawić narastającą niecierpliwość. Już od wielu dni czekał na wiadomości.

Brak odpowiedzi irytował go, choć przecież nie żałował pieniędzy, żeby pozyskać najlepszych informatorów. A jego praca jak dotąd nie przyniosła spodzie-
wanych rezultatów. Ale też niczego nie było mu żal:
ani tych żałosnych handlarzy, ani odbytych podróży
w poniżającym kamuflażu niepełnosprawnego, ani
kosztów, jakie poniósł. Nieraz przeszła mu już przez
głowę myśl, że może się mylił. Jednak list Feliksa Jasieńskiego, przechowywany niczym relikwia, w sejfie bankowym, nie pozostawiał wątpliwości. „Niczego
nie zmieniając, zmienia wszystko". Nieprzypadkowo
w końcu uczynił Jasieński ciotecznego dziadka mężczyzny strażnikiem tej tajemnicy i kuratorem zbiorów przekazanych bibliotece. Potem zajmował się
tym ojciec, a teraz przyszedł czas na niego. Wieść
o kradzieży w dziale starodruków, w którym zdepo-
nowano ongiś bezcenne prohibita, wstrząsnęła nim.
Zrobił wszystko, by prześledzić drogę skradzionych
ksiąg, dotarł do każdego z antykwariuszy, który mógł
poznać tajemnicę, a co gorsza — zbezcześcić pamięć
bohaterów, dowiadując się tego, co nie było przeznaczone dla jego oczu. I wszystko na nic — ani śladu
księgi, którą przyrzekł się opiekować. A że zniknęła
z biblioteki, wiedział na pewno — ta informacja była
w końcu najistotniejsza ze wszystkich. Opłacał przecież sowicie informatora, który po ujawnieniu kradzieży zrobił — jak sam zaznaczał — bardzo solidną
kwerendę, porównując zawartość katalogów z listą
straconych dzieł, a później jeszcze upewnił się, prze-
glądając półki i zerkając nawet, co — jak powtarzał

— kosztowało go niemało trudu, do sejfu. I nigdzie nie znalazł książki. Zapewne złodzieje wynieśli ją przy okazji, bo jej rzeczywistej wartości znać przecież nie mogli.

A jeśli później odkryli, że nie jest tym, na czym im zależało, i gdzieś ją po prostu porzucili albo, nie daj Bóg, zniszczyli dla zatarcia śladów?

Mężczyzna poczuł, jak przyspiesza mu tętno. Od dawna posiadł sztukę wsłuchiwania się w swój organizm. I nagle zamarzył o papierosie. Nie palił już od dawna, od kiedy na poważnie postanowił kroczyć drogą, na jaką wprowadził go mistrz. Zganił się więc szybko za tę chwilę słabości i w zastępstwie postanowił zaparzyć sobie zielonej herbaty. Tym razem już zwyczajnie, bez reguł obrzędu. Kiedy nastawiał wodę w czajniku elektrycznym, usłyszał delikatne brzęknięcie dochodzące z laptopa. Nowa wiadomość.

Mail był treściwy, acz niepokojący: „Zdaje się, że powiązali zdarzenia. Pracują nad tym. Jest człowiek, który się tym zajmuje. Uruchomili całą maszynerię. Pytają w innych krajach. Ten człowiek właśnie sprawdza znane Ci miejsca. Zalecam uwagę i ostrożność, zdaje się, że traktują to jako priorytet". Mężczyzna uśmiechnął się. A więc ma już myśliwych na karku. Jeszcze pewnie zdezorientowanych, chaotycznie zbierających informacje i dopiero badających tropy. Ale był spokojny. W końcu stało się tylko to, czego się spodziewał. Czas był wciąż po jego stronie.

Zalał liście wrzątkiem i delektował się zapachem rozchodzącym się z wolna po całej kuchni. A później, stawiając na biurku porcelanową filiżankę, na której wrażliwa ręka namalowała niegdyś kwiat wiśni, usiadł przy komputerze, by napisać kilka maili.

VI.

Hotel Nawrockiego okazał się czymś pośrednim pomiędzy pensjonatem a zwyczajnym, może tylko nieco bardziej luksusowym, Bed&Breakfast. Na szczęście mieścił się w samym centrum miasta, przy ruchliwej Shaftesbury Avenue, niedaleko słynnego Trafalgar Square. Zażywna właścicielka, wyglądająca jakby ją właśnie wyjęto z filmu o czasach wiktoriańskich, wskazała komisarzowi pokój i ulotniła się dyskretnie, informując, że śniadanie — angielskie! podkreśliła — serwowane jest między siódmą a dziewiątą.

Nawrocki rozpakował manele. Nie miał wiele rzeczy — przybory toaletowe i własny ręcznik, bo brzydził się hotelowymi, bielizna na zmianę. Kurtka na wszelki wypadek i drugie buty, które zawsze zabierał, chociaż rzadko z nich korzystał w podróży. Kurtkę, wraz z zapasowym T-shirtem — nie uznawał tradycyjnych podkoszulków — oraz świeżą pomarańczową koszulą powiesił w szafie. Będzie jak znalazł w Szwecji. Nie lubił się przebierać, nosił się niedbale — Małgorzata zresztą suszyła mu wciąż głowę w tej kwestii — ale postanowił, że następnego dnia wystąpi w nowej kreacji. Tylko ulubiona szara marynarka miała pozostać ta sama. Nawrocki zdawał sobie sprawę z tego, że jest abnegatem i niespecjalnie dba o swój wygląd. Gdyby nie żona, łaziłby wciąż w tych samych ciuchach. Do stroju miał ten sam stosunek co do samochodu. Rzeczy miały być użyteczne oraz wygodne. I tyle. Było mu wszystko jedno, co nosi, byleby odzienie nie krępowało ruchów. A przebrać się na następny dzień postanowił głównie dlatego, żeby jego angielscy koledzy po fachu nie myśleli, że mają do czynienia z jeszcze jednym brudnym Polaczkiem nie umiejącym zadbać o własny wygląd.

Nawrocki pogodził się już dawno z własną hipokryzją. Także tą związaną z alkoholem.

Kiedy więc tylko zagospodarował się w nowym miejscu, natychmiast ruszył na poszukiwanie jakiegoś przytulnego pubu, w którym mógłby napić się piwa. Na co dzień pijał wino, zwłaszcza w domu, ale na czas wyjazdów zmieniał przyzwyczajenia. Być w Anglii i nie napić się piwa to tak, jakby być w Rzymie i nie zobaczyć papieża.

Po krótkiej wędrówce znalazł przyjemny lokal na rogu Saint Martin's Lane i Long Acre. Poprosił o lokalne piwo i dostał jakieś ale, które w ogóle mu nie smakowało. Zero gazu i jakieś mydlane nuty. Nie ma to jak porządny, mocny lager. Okazało się, że tradycyjne jasne pełne co prawda serwują w pubie, ale i ono nie za bardzo smakowało komisarzowi.

Nawrocki spojrzał na zegarek. Była niemal dziewiętnasta. Nabił fajkę i spokojnie przyglądał się klientom pubu, którzy z minuty na minutę zaludniali wnętrze. Ssał cybuch, bo nie chciało mu się wychodzić na zewnątrz. Wszędzie widniały bowiem anonse o zakazie palenia.

Jeden z klientów, wytatuowany osiłek przypominający kibica jednej ze stołecznych drużyn, zainteresował się nim i postanowił nawiązać kontakt.

— Fajka? Hej, to rzadko teraz spotykane!

— Lubię fajkę, nie znoszę papierosów — odburknął Nawrocki.

— Cudzoziemiec? Skąd jesteś? Podoba ci się u nas? — zainteresował się autochton, słysząc w angielszczyźnie komisarza obce dźwięki.

— Jestem Polakiem, w podróży służbowej. — Nawrocki nie chciał, by wzięto go za gastarbeitera. — Lubię tu przyjeżdżać. Fantastyczna atmosfera w Londynie — ograniczył się do ogólników.

— Prawda? To niezwykłe miejsce. Szkoda tylko, że nie można już palić w pubach. Szlag by to! Przeklęta Unia z jej pomysłami. A byłeś w sklepie Smitha?

Nawrocki niechętnie podtrzymywał rozmowę.

— Nie, nie byłem. A co to jest?

— Smith's? Chłopie, to niedaleko stąd. Fajki, tytoń, cygara, mówię ci, raj. Najstarszy sklep z tytoniem w Londynie, chyba z czasów Szekspira, poważnie! — A potem zwrócił się do swej kompanii — Hej, ludzie! Mamy tu gościa z Polski, fajczarza. Mówi, że nie zna Smitha, dalibyście wiarę?

Ekipa towarzysząca wytatuowanemu osiłkowi ożywiła się. Wszyscy nagle zwrócili się do Nawrockiego i zaczęli coś mówić, przekrzykując się nawzajem. Komisarz uśmiechnął się pojednawczo, coś tam odbąknął, po czym szybko rzucił banknot na ladę i ulotnił się. Nie lubił barowego braterstwa.

Ulica przywitała go tłumem mimo późnej pory i ożywczym wiatrem znad rzeki. Nawrocki nie wiedział, co z sobą począć. Postanowił zatem zajrzeć do sklepu tytoniowego, który polecił mu przygodny towarzysz.

Znalazł go bez problemu. Poszedł w dół Saint Martin's Lane ku dworcowi Charing Cross i Tamizie. Starszy facet ubrany w tweedy, którego spytał o drogę, upewnił go co do marszruty. Po kilku minutach był już u Smitha.

Wytatuowany jegomość z pubu miał rację. To był raj dla palaczy. Cygaretki wszelkich rodzajów, poważne cygara, opakowane w celofan i zamieszkujące aluminiowe tuby, zamknięte w specjalnie klimatyzowanym pomieszczeniu. Dziesiątki fajek, różnych wzorów. Czego tam nie było! Grusza, śliwa, jałowiec, a nawet coś, co przypominało kość słoniową, choć przecież handel wyrobami z tego surowca był bezwzględnie zabroniony na terenie Unii. Wreszcie tytonie fajkowe, zamknięte w puszkach przypominających te od kawy. A mimo to w pomieszczeniu unosił się jakby ziołowy, silny aromat.

Oszołomiony Nawrocki, po kilkunastu minutach bezradnego wpatrywania się w tak bogatą ofertę, nagabywany uprzejmie acz stanowczo przez sprzedawcę, otrząsnął się w końcu ze zdziwienia i zamówił mieszankę wschodnioazjatycką. Nawet nie wiedział, co to jest, ale ekscytowała go nazwa i zapowiedź egzotycznych smaków. A otrzymawszy tytoń, zapakowany w szczelnie zamykaną foliową torebeczkę, wyskoczył czym prędzej na ulicę. Wciąż była zatłoczona autami, a po chodnikach przelewały się tłumy.

Komisarz stał nieporuszony przed wejściem do tytoniowej arkadii, mimo że potrącali go przechodnie, i gapił się, jak przyjezdny ze wsi, który nagle znalazł się w centrum świata.

Poniżej miejsca, w którym stał — ulica opadała nieznacznie ku rzece — po drugiej stronie jezdni, zamajaczył mu szyld antykwariatu. Nawrocki zawahał się przez moment, ale potem pchany nagłym intuicyjnym przeczuciem wsadził opakowanie z tytoniem do tylnej kieszeni spodni i — nieco chwiejnym krokiem — ruszył w dół ulicy.

Sklep nosił nazwę Howard's Books&Antiques, więc komisarz spodziewał się znaleźć tam także rozmaite starocie, meble, bibeloty sprzed lat.

Jakież było jego zdziwienie, gdy w witrynie sklepu zobaczył jedynie książki. Przez dwie wielkie szyby wystawowe nie mógł dojrzeć, co jest w środku — refleksy ulicznych świateł utrudniały obserwację — postanowił więc przekonać się osobiście. Pchnął drzwi wejściowe, zakładając, że skoro wewnątrz jest jasno, to interes nadal — mimo doprawdy późnej pory — działa.

Niemal na progu wpadł na niskiego i zaokrąglonego człowieczka w jasnym, letnim garniturze. Mężczyzna był ciemnej karnacji, przy tym lekko szpakowaty. Komisarzowi od razu rzuciła się w oczy jego złota biżuteria — masywny zegarek — Omega? Rolex? — na lewej oraz ciężki łańcuch na prawej ręce. No i dziwna brosza, zupełnie niemęska, wpięta w klapę marynarki.

— *Welcome, sir.* Jak mogę panu pomóc? Szuka pan czegoś konkretnego? — wyrzucił szybko z siebie człowieczek z dziwnym, nieco jakby szczekającym akcentem.

Hindus albo Pakistańczyk, stwierdził Nawrocki. Znał tę azjatycką melodię angielszczyzny. Zawsze go nieco zaskakiwała, ale i bawiła swym brzmieniem.

— Eee, zobaczyłem słowo „antyki" w nazwie pańskiego sklepu, więc wszedłem. Ale widzę tu tylko książki...

Mężczyzna machnął ręką, zniecierpliwiony albo poirytowany.

— Wszyscy o to pytają. Chyba tylko stare meble interesują teraz ludzi — odrzekł zgryźliwie. — A ja mam tu całkiem niezły wybór angielskiej literatury. Ale pan jest cudzoziemcem, prawda?

Nawrocki zawahał się, ale postanowił grać w otwarte karty.

— Tak, jestem Polakiem. Przyjechałem tu służbowo i jutro odlatuję.

Pakistańczyk, a może Hindus klasnął radośnie w dłonie.

— Polak? Naprawdę? Miejscowi Polacy tu nie zachodzą, choć sporo się ich tu kręci. A ja miałem u was w kraju dziewczynę. Eh, dawne dzieje. W takim brzydkim mieście, pełnym kopalni... *Kachowitzce, isn't it?*

— Tak, Katowice — przytaknął komisarz, zdziwiony. — A co pan tam robił?

— A tam, nic szczególnego. Pojechaliśmy z kolegą do wschodniej Europy na wakacje. Wie pan, tramping, włóczęga, autostop. Plecak i namiot na grzbiecie. To było na początku lat siedemdziesiątych. Mój kumpel trochę słyszał o Polsce i wyciągnął mnie. Przyznam, że z początku nieco się bałem. Komuniści i tak dalej.

— Rozumiem. Myśmy wtedy też trochę się bali — Nawrocki uśmiechnął się. — I co z tą pana dziewczyną? — zapytał dla podtrzymania konwersacji.

— No nic, nie wyszło w końcu. Za dużo kulturowych różnic. Dla jej rodziny musiałem wyglądać nieco egzotycznie... *But we had a good time together, oh yes!*

Komisarz wyobraził sobie od razu tradycyjną śląską rodzinę sprzed trzydziestu lat, która spotyka się na niedzielnym obiedzie ze smagłym młodzieńcem, który okazuje się chłopakiem ich ukochanej córki i wnusi.

— Nie wątpię. Młodość ma swoje przywileje A ma pan z nią jeszcze jakiś kontakt?

— O nie, urwało się. Tyle lat... Nie było jeszcze komórek ani maili. Poza tym żelazna kurtyna, wizy...

— A ten pański kolega?

— Shakur? Ach, proszę sobie wyobrazić, że się ożenił u was w kraju i osiadł tam. Ma dwójkę dzieci i prowadzi jakiś drobny biznes gastronomiczny. Korespondujemy od czasu do czasu, a i on przyjeżdża do starej ojczyzny *from time to time.*

Stara Ojczyzna. Mówi, jakby był tu zasiedziały od pokoleń, pomyślał Nawrocki i natychmiast zganił siebie za coś, co uznał za w gruncie rasistowską myśl.

— A pan gdzie mieszka? — zainteresował się antykwariusz.

— *Warsaw*. Stolica, urodziłem się tam — powiedział Nawrocki, jakby miało to cokolwiek wyjaśnić.

— *Warsaw?!* — zadumał się antykwariusz. — Byłem tam, raz czy dwa. Dziwne miasto. Ten Pałac Kultury i Nauki, jeśli dobrze pamiętam. Bardzo brzydki i bardzo interesujący zarazem. Ale już Stare Miasto — byłem zauroczony. Jakie piękne!

— Tak, my też jesteśmy dumni ze Starówki. Wie pan, że była całkowicie zniszczona podczas drugiej wojny światowej, a potem ją pieczołowicie zrekonstruowano?

— *Yes, I've heard*. Ale, mimo wszystko, dziwne to pańskie miasto. Takie piękne na wiosnę, gdy jest zielono i takie brzydkie zimą. Przepraszam, że to mówię.

— Nie szkodzi. My to też tak postrzegamy — zgodził się Nawrocki kulturalnie.

Obaj zamilkli, nie bardzo wiedząc, jak dalej poprowadzić rozmowę. Wreszcie u gospodarza wzięła górę natura handlowca.

— Czym mogę zatem służyć? Mam tu bogatą ofertę...

— Dlaczego w nazwie sklepu znajdują się „antyki", skoro handluje pan tylko książkami, jak widzę? — wpadł mu w słowo Nawrocki, kierując pogawędkę na inne, bardziej interesujące go tory...

Antykwariusz, szczęśliwie, okazał się przyjacielskim gadułą.

— A, to dawne dzieje. Kupiłem ten sklep, gdy był w likwidacji. Pan rozumie, kryzys. Poprzednik, pan Howard, rzeczywiście handlował tu także antykami. Interes jednak przestał iść jak trzeba, stara klientela odeszła, więc ja skupiłem się na książkach, ale też rozszerzyłem asortyment na meble i takie tam... Ukończyłem bibliotekoznawstwo i filologię angielską w Cambridge — odrzekł z dumą antykwariusz.

— Dzięki stypendium. A zachowałem nazwę sklepu, bo jednak pozostali klienci byli przyzwyczajeni. Tradycja u nas to wielka rzecz, wie pan... No i jakoś sobie radzę przez te lata. Więc ma pan na oku coś szczególnego, jakiś souvenir z Wysp?

Nawrocki nie odpowiedział od razu, zastanawiając się nad dalszą strategią. Wreszcie postanowił, że wciąż będzie szczery.

— Prawdę powiedziawszy, przyszedłem tutaj nie dlatego, że chcę coś kupić... Właściwie to zdziwiłem się, że ma pan otwarte o tej porze.

— Ależ to samo centrum miasta, drogi panie! Ludzie łażą po tej okolicy do późnej pory. Miejscowi i turyści, całe tłumy! Mam otwarte do dziesiątej, a czasem, na przykład w weekendy, nawet do jedenastej. Zawsze może się napatoczyć jakiś dobry nabywca. Taka praca. Inni koledzy z branży zamykają najwyżej o siódmej i idą do domu. Ale ja lubię mój sklep, nawet jak nikt specjalnie nie zagląda. Dobrze się tu czuję, to niemal mój drugi dom.

— Rodzina się nie buntuje? — zainteresował się Nawrocki, przypominając sobie protesty Małgorzaty, gdy zdarzało mu się wrócić nocą ze służby, mimo iż zastrzegał się, że nie ma żadnych dodatkowych zajęć.

— Nie mam rodziny — odpowiedział hardo antykwariusz.

— *I'm sorry...*

— *Never mind.*

Nawrocki nabrał powietrza w płuca, mając nadzieję, że niczego nie schrzani. Piwo już dawno wyparowało, czuł się teraz trzeźwy jak skowronek. Kontynuował więc rozgrywkę.

— Powiem prosto z mostu, tylko proszę się od razu nie denerwować. Jestem polskim policjantem. Oto moja legitymacja — wyjął dokument z kieszeni marynarki i pokazał antykwariuszowi. — Zapewne nic to panu nie powie, ale gdyby chciał pan mnie sprawdzić, mam tu wizytówki dwóch funkcjonariuszy Scotland Yardu, z którymi współpracuję — rzucił karteczki na stół. Właściciel sklepu słuchał nieporuszony i nawet nie tknął kartoników. — Prowadzę śledztwo w sprawie zabójstwa dwóch antykwariuszy w moim kraju oraz podobnego morderstwa u was i w Szwecji, gdzie też się zresztą wybieram.

Smagły właściciel sklepu przekrzywił głowę i w tej chwili przypominał naburmuszonego ptaka, siedzącego na gałęzi drzewa. Przez moment znów zaległa cisza, ale antykwariusz przerwał ją szybko. Wyglądał na skoncentrowanego i pewnego siebie.

— Wierzę panu. Nie musi się pan legitymować. Co do tej sprawy, o której pan mówi... Słyszałem o tym, w naszym środowisku było przez chwilę o tym głośno

— odrzekł, kręcąc zegarkiem na przegubie. — Tkwimy tu w dość zamkniętym kręgu, jeśli pan wie, co mam na myśli... No tak. Ale co ja mogę mieć z tym wszystkim wspólnego?

— Nic. Zupełnie nic. Byłem obok, w sklepie nikotynowym Smith'sa, kupowałem tytoń. — Nawrocki pomachał wydobytą z kieszeni fajką. — U nas nie ma takich przybytków, potraktowałem wyprawę tam jako rodzaj atrakcji. A potem zobaczyłem szyld pańskiego antykwariatu i przyszło mi na myśl, że mogę tu znaleźć pomoc...

— Ale u mnie? Przecież ja nie mam nic wspólnego z!...

— Zgoda, proszę się nie niepokoić — odparł szybko Nawrocki. — Jestem trochę zagubiony. Miałbym tylko kilka pytań, dość ogólnych, zechce pan na nie odpowiedzieć? To żadne przesłuchanie, zresztą nie mam po temu odpowiednich plenipotencji...

Antykwariusz niespokojnie poruszył się, jakby nagle fotel, na którym siedział, okazał się zbyt ciasny. Wreszcie, po chwili, rozluźnił się nieco.

— Ma pan ochotę na kieliszek sherry? Trzymam tu taką jedną butelczynę...

— Sherry? — odparł niepewnie Nawrocki. — Chętnie, nigdy nie piłem...

— Naprawdę? To musi pan spróbować. Być w Anglii i nie wypić kieliszka sherry... Doprawdy, to nie do wiary.

Kiedy antykwariusz stał przy barku, komisarz dyskretnie włączył funkcję nagrywania w swojej komórce. A sherry była mocno wytrawna i przypominała Nawrockiemu smorodinówkę — nalewkę z czarnych porzeczek, którą zwykł nastawiać latem. Małgorzata komentowała tę wytwórczą działalność męża z ironią, twierdząc, że gdy mężczyzna bierze się do robienia nalewek, świadczy to bezapelacyjnie o jego starości. Nawrocki puszczał mimo uszu te uwagi, choć sprawiały mu lekką przykrość.

— Doskonała. Smakuje trochę podobnie do pewnych domowych napitków z mojego kraju — skomplementował komisarz.

— Cieszę się. Ja też ją lubię i popijam w długie, samotne wieczory — uśmiechnął się melancholijnie antykwariusz. — Ale chciał mnie pan przepytać — zauważył, poważniejąc.

— To nie tak — żachnął się komisarz. — Proszę nie myśleć, że pana wykorzystuję. Po prostu potrzebuję pomocy. Konsultacji — poprawił się.

— Więc jestem do usług — odpowiedział właściciel sklepu, choć jego mowa ciała mówiła co innego. Nie wyglądał na skłonnego do bezinteresownej współpracy.

Wciąż mi nie ufa, skonstatował Nawrocki. Wyczuł jednak szansę i okazję, drążył więc dalej.

— Jak panu powiedziałem, prowadzę śledztwo w sprawie zabójstw czterech antykwariuszy. Podejrzewamy, że handlowali rozmaitą kontrabandą...

— Ja jestem czysty — odpowiedział szybko londyński antykwariusz, ale w jego głosie dało się słyszeć mocno brzmiącą nutę niepokoju.

— W to nie wątpię — odpowiedział Nawrocki, choć nieco zaintrygował go niepokój gospodarza. Ale miał to w nosie. Lokalne machlojki zupełnie go nie interesowały. — Pomoże mi pan? Bardzo na to liczę.

— Spróbuję — niepewnie odpowiedział Hindus, który równie dobrze mógł być Pakistańczykiem.

— *That's great!* Przejdę zatem od razu do meritum. Rzecz wygląda tak: proszę sobie wyobrazić, że chce pan przehandlować książkę, bardzo cenną, która pochodzi z mocno niepewnego źródła. To oczywiście czysto hipotetyczna sytuacja. Ale zna pan realia i pewnie wie, jak można w takiej sytuacji postąpić. To znaczy, by tak rzec, jakie są w takim przypadku procedury...

— Właściwie to czego pan chce? — odpowiedział antykwariusz. — Ja niczym takim nigdy nie handlowałem... — zawiesił głos, wciąż się zastrzegając.

— Wierzę. Proszę zrozumieć, pana własne transakcje zupełnie mnie nie interesują. Chcę tylko podpowiedzi. Więc jeszcze raz. Proszę wyobrazić sobie, że ma pan do sprzedania coś gorącego, jeśli pan wie, co mam na myśli. Jakby pan to zrobił? Albo może: jak to się robi?

— Nie wiem, jak to się robi, jak pan to ujął — powiedział z uśmiechem antykwariusz, nieco rozluźniony, ale i speszony jednocześnie. — Mógłbym nakreślić panu możliwy scenariusz...

— No to jesteśmy w domu, o niczym innym nie marzę — odpowiedział Nawrocki.

— A więc przyjmijmy, że handluję rzeczami nie do końca legalnymi, tak? Podstawowa sprawa to dyskrecja. Żadnej listownej korespondencji, żadnych rozmów o konkretach i szczegółach ze stacjonarnych telefonów, żadnych maili. Niczego, co by zostawiało ślad. Pozostają oczywiście komórki, drogi panie, i to te w systemie pre-paid. Znaczy się na kartę — dodał, nie będąc pewny, czy cudzoziemiec go dobrze zrozumiał.

W S-3 już na samym początku śledztwa rozważali tę kwestię. Do zażądania billingów — czy to z telefonów stacjonarnych, czy też komórek abonamentowych i innych — musieli mieć jednak jakieś podstawy. To zresztą była piekielnie skomplikowana maszyneria. Trzeba by było prosić o pomoc także służby szwedzkie i angielskie — tym razem już oficjalnie, drogą koszmarnie biurokratyczną. Poza tym nie wiedzieli, czego szukać, jakich koneksji pomiędzy numerami czy też danymi wydobytymi z kart telefonicznych. Zostawili więc tę kwestię na czas, gdy Nawrocki wróci z zagranicy, przywożąc być może nowe dane. Ich przewidywania zaczynały się teraz spełniać w przyspieszonym tempie.

— Tak po prostu? — Nawrocki postanowił udawać naiwnego. Kolejny raz.

— Myślę, że to jednak dość złożony proces. Klient musiałby przedstawić jakieś referencje, poddać się weryfikacji. Wydaje mi się, że nie skończyłoby się na jednym połączeniu. To musiałyby być co najmniej dwa kontakty.

— Czyli co, potencjalny nabywca dzwoni z komórki i... — komisarz brnął, z wyraźnym wysiłkiem, drogą uwłaczającą jego inteligencji.

— Och nie, zbyt prosto pan to sobie wyobraża — uśmiechnął się antykwariusz.

— Więc jak?

— Nie wiem. Ja nigdy w takiej sytuacji nie byłem.

— Pulchny człowieczek wciąż się nieśmiało uśmiechał i po raz kolejny starał się wycofać. Ale Nawrocki był uparty.

— To jasne. Już to przerabialiśmy.

— A właściwie dlaczego — antykwariusz z wyraźną lubością zanurzył usta w sherry — miałbym panu pomagać?

— Dlaczego? — Nawrocki odchylił się w fotelu. I nie od razu znalazł odpowiedź. Ale już wyczuł szansę, już zaczęła działać adrenalina. — Z dwóch powodów. Argument pierwszy — z sentymentu za dawną pańską dziewczyną. Ja jestem jej rodakiem, jutro wyjeżdżam z Londynu i nie mam zamiaru tu wracać w sprawie mojego śledztwa. Wierzę, że rozwiązanie jest gdzie indziej, ale muszę, do cholery, poznać mechanizm! Więc zaręczam panu — nigdy się nie spotkamy drugi raz. Argument drugi. Proszę wybaczyć moją prostolinijność, obaj jesteśmy tu obcy. Pan, chociaż przeżył w Londynie pół swego życia, wciąż pewnie doświadcza ostracyzmu ze strony angielskich kolegów z profesji, prawda? Tolerują pana, ale nie akceptują. Wciąż czuje się pan jedynie rezydentem, mimo że pewnie ma pan od dawna prawo stałego pobytu, albo nawet obywatelstwo.

Zapadło milczenie. Nawrocki już zaczął się niepokoić, czy aby nie przeszarżował.

— Tak jest w istocie, nie myli się pan — ostrożnie odrzekł smagły antykwariusz znacznie poważniejszym tonem.

Nawrocki atakował dalej.

— Właśnie, widzi pan? Mnie też Scotland Yard traktuje jak intruza. Choć starają się być mili i usłużni. Ale jestem jedynie ubogim przybyszem z dziwnego kraju, który samym swym pojawieniem się mąci ich porządek, a co więcej, ingeruje w ich procedury i narusza funkcjonujące zwyczaje.

Antykwariusz znów pochylił się nad kieliszkiem. Wyglądał teraz na zrezygnowanego.

— Rzeczywiście, ma pan rację. Jestem nuworyszem z podbitej niegdyś ziemi, kimś z innego, gorszego świata, nie przeczę. Nawet lokalna izba cechowa nie chciała mnie przyjąć — wciąż odrzucają moje podania o członkostwo, motywując, że jestem tu nowy i nie dysponuję odpowiednim poparciem ze strony szanowanych członków. Mimo tych wszystkich lat ciężkiej, solidnej pracy.

Nawrocki postanowił kuć żelazo, póki gorące.

— Więc niech mi pan powie, co wie. Nikogo pan nie zdradzi, nie naruszy żadnych zasad.

Antykwariusz westchnął ciężko, sięgnął po kieliszek i dopił resztkę sherry jednym haustem. Komisarz już wiedział, że wygrał.

Antykwariusz jakby zebrał się nagle w sobie i zaczął wreszcie opowiadać.

— Sprzedawca dzwoni bezpośrednio do sklepu, na telefon stacjonarny, nie przedstawiając się oczywiście. Rozmowa jest zdawkowa i ogólna. Wreszcie pada ze strony klienta propozycja, ale bardzo zawoalowana. Ma jakieś ciekawe książki, ale musi jeszcze sprawę przemyśleć i tak dalej. Prosi antykwariusza o numer telefonu komórkowego, tak na wszelki wypadek. To jest sygnał, znak. Dalsze kontakty będą miały już charakter wybitnie osobisty. Antykwariusz podaje mu numer, ale takiej komórki na kartę, która jeszcze nie została aktywowana. Podobno ci, którzy w ten sposób handlują, zawsze trzymają kilka takich telefonów do własnej dyspozycji. Handlarz aktywuje wtedy komórkę i czeka. Zazwyczaj do kontaktu dochodzi po kilku dniach. Sprzedawca też dzwoni z komórki nieabonamentowej, kupionej specjalnie w tym celu. Podczas rozmowy obaj jakoś się wzajemnie sprawdzają. Podobno kończy się na dwóch, góra trzech kontaktach. Podczas ostatniego umawiają się na bezpośrednie spotkanie. Jeśli robili już razem interesy wcześniej, to spotkanie będzie najpewniej finalne — towar zostanie przekazany, jeśli strony dojdą do zgody w kwestiach finansowych. Jeśli jest to dopiero nawiązywanie relacji, zapewne trwa to jakoś dłużej i zbliżanie się do sfinalizowania transakcji ma jeszcze jakieś formy pośrednie...

— Ale przecież w systemie pre-paid wystarczy tylko wymienić kartę, aparat może przecież zostać ten sam? — drążył Nawrocki.

Antykwariusz rozłożył ręce bezradnie.

— Mówię, co zasłyszałem. Tylko tyle. Ale podobno sam aparat też można namierzyć, jak się chce.

Znaczy, że każdy w charakterystyczny sposób zniekształca głos, czy też, że może parametry sygnału są jakieś osobliwe... To wyższa technika, ja się na tym kompletnie nie znam, ale tak mówią...

Nawrocki postanowił nagle zmienić wątek.

— A formy płatności?

— Najlepiej gotówka, czasami czek — ale to na wyższym poziomie zaufania. Nigdy przelew czy karta kredytowa.

— Oczywiście! — Nawrocki przeciągnął się, udając rozluźnienie. — Ale co dalej? Jak znajduje się kupca?

Antykwariusz nie odpowiedział od razu. Dolał sherry do obu kieliszków, wyciągnął z wewnętrznej kieszeni marynarki paczkę lucky strike'ów i uśmiechnął się przepraszająco.

— Normalnie nie palę, wie pan... Ale kusi mnie od czasu do czasu.

Komisarz milczał, obserwując, jak jego smagły gospodarz z lubością przypala papierosa.

— To zależy od oferty — podjął wątek antykwariusz. — Decyzję podejmuje pośrednik, czyli nabywca. Niektóre rzeczy da się wstawić na aukcję, oczywiście po sprawdzeniu, czy są w miarę bezpieczne, no i po uprzedniej preparacji.

— Preparacji?

— No tak, czyli usunięciu sygnatur, zatarciu znaków charakterystycznych, które mogłyby pomóc w identyfikacji pozycji bukinistycznej...

— A co pan miał na myśli, mówiąc, że trzeba sprawdzić, czy towar jest bezpieczny?

— W zależności od kraju pochodzenia książki antykwariusz przegląda strony internetowe właściwych agend rządowych zajmujących się ściganiem handlu dobrami kultury. Przegląda też aktualne katalogi wydawane przez służby muzealnicze i antykwaryczne kraju źródłowego. Jeśli dana rzecz nie figuruje na listach kontrabandy, można wstawić ją dość bezpiecznie na aukcję, choć to zawsze jakieś, ale w takiej sytuacji drobne ryzyko, bo domy aukcyjne mają też swoich fachowców. Często bywa tak, że zanim odpowiednie służby się zorientują co do kradzieży na własnym terytorium i wyślą w świat informację, aukcja już się odbędzie. A jeśli kupiec docelowy zadba o właściwą ochronę swoich danych osobowych — na przykład wynajmie kilku pośredników do transakcji aukcyjnej — namierzenie go później jest prawie niemożliwe.

Coś za dobrze się w tym wszystkim orientujesz, mój przyjacielu, pomyślał Nawrocki. To nie przypadek, że tyle wiesz. I nie ma się co dziwić, że lokalna gildia antykwariuszy ma wątpliwości, by przyjąć cię do własnego grona.

— A jeśli towar jest naprawdę gorący? To znaczy, jeśli już podlega ściganiu? — zapytał, powstrzymując wątpliwości.

Pakistański lub może hinduski antykwariusz rozłożył ręce.

— Różnie bywa. Z tego, co wiem, czasami strona sprzedająca podejmuje jednak ryzyko i wystawia książki na aukcji, mając nadzieję, że w zalewie rozmaitych danych i newsów fakt ten przemknie niezauważony... Rynek sztuki jest tak bogaty i dynamiczny. Nie sposób wszystkiego kontrolować.

Fakt, pomyślał komisarz, przypominając sobie to, co mówił mu doktor Krajewski. Same uroki i mroki wolnego rynku oraz swobodnego przepływu informacji.

— A jeśli aukcja nie wchodzi w rachubę, to co?

Właściciel antykwariatu ponownie rozłożył ręce, tym razem w geście bezradności.

— Pewnie wtedy znów działa jakiś system poufnego kontaktu. Informacja o książce musi jakoś dotrzeć w sposób dyskrecjonalny do potencjalnych nabywców. Ale to już działania całkowicie nielegalne. Myślę, że w tym procederze uczestniczy półświatek — jacyś paserzy, szemrani pośrednicy z marginesu... Tu kończy się moja i tak mocno powierzchowna wiedza...

Nawrocki zrozumiał, że więcej już nie usłyszy. Ale i tak miał wrażenie, że wycisnął z antykwariusza wystarczająco wiele.

— Jestem panu nadzwyczaj wdzięczny, bardzo mi pan pomógł — powiedział, zbierając się do wyjścia.

— Naprawdę? Cieszę się. I miło mi, że sherry panu smakowało. — Antykwariusz wstał, by pożegnać gościa. On też najwyraźniej uznał, że rozmowa doszła już do finału.

— O tak, było świetne. Postaram się je kupić u siebie. Kto jest producentem?

— Ach, nic specjalnego — sumitował się antykwariusz. — Osbourne, taki tam masowy, światowy wytwórca. Tylko niech pan pyta o wytrawne, bo inne są naprawdę okropne.

— Będę pamiętał. Obiecuję. Jeszcze raz bardzo dziękuję.

Na odchodnym nie obyło się jednak bez sentymentalnej sceny.

— Nie ma za co — odpowiedział konwencjonalnie antykwariusz. — A wie pan, że jeszcze trochę pamiętam polskich idiomów? Nauczyli mnie koledzy mojej dawnej dziewczyny.

— Tak? — spytał Nawrocki, choć był jak najgorszych myśli.

— Trudny ten wasz język — odrzekł dumnie śniady antykwariusz. — Ale na przykład pamiętam: maś piekną dupe, kurwa twoja macz, kocham tsiebie.

— Gratuluję pamięci — odrzekł komisarz, zadumawszy się jednocześnie nad mentalnością rodaków.

*

Nawrocki wyciągnął prywatną komórkę z kieszeni marynarki i rozejrzał się nerwowo w poszukiwaniu jakiejś ustronnej bramy albo zaułka. Najpierw sprawdził, czy rozmowa się dobrze nagrała, a potem spojrzał na zegarek. Było dość późno, a w Polsce jeszcze bardziej, ze względu na różnicę czasu. Postanowił jednak zadzwonić. Numer Mirka miał wpisany na stałe w książce adresowej, połączenie zajęło mu raptem kilkadziesiąt sekund.

— Mirek? Nawrocki z tej strony. Możesz rozmawiać?... Co, w komendzie jesteś, o tej porze? Dyżur?

Jaki dyżur, przecież robimy teraz w niezależnej sekcji?!... Dobra, pogadamy po powrocie... Nie, żadnych spotkań jak wrócę, chcę trochę odsapnąć... Tak, będę w robocie. Co?... Dobra, umówmy się na, powiedzmy, dziewiątą trzydzieści. I zawiadom koniecznie Pirwitza!... Dobra, Mirek, nie mów mi teraz, coś ustalił w straży granicznej! Później, później! Teraz słuchaj. I zapisz sobie, to ważne... Dobra, czekam, ale streszczaj się, bo dzwonię z prywatnego... Masz długopis? To pisz! Chcę mieć wykaz połączeń z wszystkimi naszymi czterema antykwariatami na stacjonarny telefon z tygodnia... Nie! Z dziesięciu dni przed każdym morderstwem. Sprawdź, jakie telefony komórkowe znaleźli w sklepach... Co? Słabo słyszę... Tak jest! Wszystkie telefony komórkowe. I czy były jakieś nieaktywowane u tych naszych z Polski... Tak, dokładnie tak jak mówię, także te, które nigdy jeszcze nie były w użyciu. Czy takie znaleziono podczas przeszukań po zdarzeniu... Tak, kurwa, to niezwykle ważne, może najważniejsze! Posłuchaj! Uderz do prokuratury, niech załatwią papiery u sędziego... Tak jest! Na tym druku międzynarodowym. Wyślij faks do Londynu, w Szwecji sam ich zapytam, pewnie będzie prędzej... Słucham?... Dobra, dobra — poradzisz sobie. Poproś tę młodą Elę z sekretariatu szefa albo Pirwitza w razie czego. Ktoś ci napisze wiadomość... Co? Nie przeginaj! Muszę to mieć za trzy dni, rozumiesz? Trzy dni! Jak się spotkamy. Nadaj najwyższą klauzulę, priorytet!... Tak!... Teraz jeszcze jedna rzecz, słuchaj mnie! Weźcie się z Pirwitzem razem do roboty i wybębnijcie listę książek utraconych z Biblioteki Krakowskiej. Tak jest. Wraz z opisami sygnatur oraz cech identyfikacyjnych charakterystycznych dla każdej książki. Kurwa, nie przerywaj mi, bo zapłacę ze dwieście złotych za to połączenie, słuchaj! Sygnatury i cechy identyfikacyjne! Jak to jak? Weźcie w obroty specjalistów, niech sporządzą operacyjne opisy. Musicie to zrobić jak najszybciej, zrozumiałeś? Jak dotrę na Gotlandię, musicie już to mieć. Co? Nie denerwuj mnie, Mirek! Odezwij się do tego Krajewskiego, on się ewidentnie zapalił do tej sprawy, na pewno ci pomoże. Musi mieć znajomości. Jakby co, to wal do naczelnika. Tak, powiedz, że to ja... Absolutne pierwszeństwo... Nie, Mirek, poradzisz sobie. Czekaj na wiadomość ze Szwecji. Jutro lecę, pojutrze pewnie się odezwę i chcę mieć wszystko na bieżąco, jasne? No to fajnie. Tyle na teraz, cześć! — skończył szybko rozmowę, myśląc wciąż o rachunku. Jak Małgorzata się dowie...

— *Hi mate! Spare some change!* — przybrudzony kloszard wyciągał rękę, trzęsąc się lekko w alkoholowym transie. Nawrocki sięgnął bez wahania do kieszeni spodni i wysypał garść monet na ciemną dłoń wędrowca.

— *Thank's. God bless ya'.*

Kloszard oddalił się chwiejnym krokiem.

Przyda się małe błogosławieństwo, pomyślał komisarz. Wierzył w obrotność Mirka. Jakoś sobie poradzi... Czuł, że sprawa wreszcie ruszyła. Napawało go to optymizmem.

Rozejrzał się za otwartym pubem i zobaczył oświetlony szyld w dole ulicy.

Zamówił duże piwo i wypił je duszkiem przy barze. Potem jeszcze jedno. Z trzecim usiadł przy wolnym stoliku. Zapragnął wypróbować tytoń, który kupił u Smitha, ale czujna kelnerka zwróciła mu natychmiast uwagę, że we wnętrzu się nie pali. Cholera! Wyszedł z piwem na ulicę. Noc była pogodna. Lekki wiatr od rzeki przyjemnie smagał włosy. U wrót pubu stała całkiem spora ekipa ćmiąca papierosy. Jakieś żule i goście w garniturach. Pełna integracja. Komisarz poczuł się wolny i swobodny. Popijał piwo i delektował się aromatem fajki. Było mu dobrze. Zawsze tak było, gdy poczuł wreszcie wyraźny trop.

VII.

Lufthansa oferowała luksus i wygodę, o której niemal zapomniał, podróżując do Londynu tanimi liniami. Młody steward Manfred (metalowa blaszka identyfikacyjna wpięta w kieszeń na piersi białej służbowej koszuli) dolewał mu ochoczo wina.

Angielskie materiały, odebrane przed południem w siedzibie Yardu — Jones i Merill byli zarówno mili, jak i nieco chłodni — spakował po prostu do podręcznej torby, obiecując sobie, że przejrzy wszystko po powrocie. Albo na Gotlandii, jeśli tylko znajdzie wolną chwilę.

Pożegnanie na stacji metra było stonowane i utrzymane w normach anglosaskiego savoir-vivre'u. Nawrocki nie mógł pozbyć się wrażenia, że jego angielscy koledzy wsadzają go do pociągu z ulgą. Odpłacił im tym samym — zdawkową uprzejmością i nic nie znaczącymi podziękowaniami.

W kolejce pędzącej ciemnymi tunelami i chybocączej się na licznych zakrętach wystukał jeszcze SMS-a do Małgorzaty, powiadamiając, że właśnie leci do Szwecji bezpośrednio z Londynu i że jeszcze przez co najmniej dwa dni nie będzie go w domu. W podziemiach nie było oczywiście zasięgu, więc wiadomość wysłał dopiero wtedy, gdy znalazł się w naziemnym labiryncie lotniska Heathrow.

Odprawa go trochę zdenerwowała. Jedna bramka magnetyczna, druga; jedno prześwietlenie bagażu, za chwilę następne. Musiał za każdym razem wyjmować wszystko z kieszeni, odpinać pasek z mosiężną klamrą, zdejmować buty. A i tak obmacywano go oraz sprawdzano przenośnym wykrywaczem metalu przypominającym policyjną pałkę. Przejrzano mu nawet paszport, choć był przecież obywatelem kraju, który należy do Unii i przystąpił do układu z Schengen.

Dlatego, zirytowany, na czas lotu postanowił zrobić sobie przerwę od służbowych zajęć i miast przeglądać materiały, które dźwigał jeszcze z Polski, postanowił poczytać kryminał, który odłożył sobie na lepsze czasy jeszcze w domu, a teraz właśnie uznał, że można go napocząć. Kompletnie nie rozumiał tych, którzy w samolocie otwierali beznamiętnie laptopy i coś tam wstukiwali, nie reagując zupełnie na wydarzenia w świecie zewnętrznym. On sam w podróży, zwłaszcza samolotowej, nie umiał aż tak się skupić i odseparować.

Książka, którą wyciągnął, była autorstwa znanego w Polsce poety średniego pokolenia, który postanowił spróbować swych sił w pisaniu kryminałów i — jeśli tylko wierzyć recenzjom — nawet mu się to udało. Ledwo zaczął lekturę i zdołał się wciągnąć w akcję, steward Manfred pojawił się z winem i bacznie zerkał na to, co też Nawrocki czyta. Po chwili wrócił i nachylając się ku komisarzowi, konfidencjonalnie wyszeptał:

— Zień dobri!

— Skąd pan wie, że jestem Polakiem? — spytał Nawrocki, nie mogąc opanować zdziwienia. — Mówi pan po polsku?

— Och, nie! Nie znam pańskiego języka, ale umiem go rozpoznać — odrzekł steward z nieukrywaną dumą.

— Dlaczego? — z głupia frant zapytał komisarz.

— Dlaczego? — powtórzył pytanie Manfred z dziwną miękkością w głosie. — Bo kocham Edytę Górniak, co za głos! Jestem jej fanem. Zna pan ją, jej piosenki?

Niemal udławił się łykiem wina. Boże, co za nonsens. O tak, Nawrocki znał twórczość piosenkarską Edyty Górniak, ale nie ujawnił się ze swymi poglądami na jej temat.

Pogadali jeszcze przez chwilę, a cały zysk Nawrockiego z odbytej konwersacji polegał na tym, że Manfred nader chętnie dopełniał później plastikową szklaneczkę komisarza.

Jednak Nawrocki nie mógł się nie uśmiechnąć w skrytości ducha. Edyta Górniak, jego rodaczka, królową niemieckich gejów. Już nie Marlena Dietrich, tylko ta cygańsko-polska piękność, o której wciąż rozpisują się tabloidy...

Na lotnisku Arlanda, niczym nie wyróżniającym się spośród podobnych, średniej wielkości lotnisk w Europie, przesiadł się z odrzutowego, komfortowego Lufthansowego airbusa do śmigłowego samolociku, którym lokalna linia Gotlandway miała go przerzucić na wyspę.

Ponieważ pozostawało mu niewiele czasu na przesiadkę, a formalności zawsze zabierały chwilę, nawet nie zdążył ochłonąć, a już kolebał się w powietrzu. Samolocikiem rzucało w lewo i prawo, a Nawrocki błogosławił w duchu niegdysiejszy pomysł Małgorzaty, by przelewać białe wino do dwóch półlitrowych plastikowych butelek po wodzie mineralnej. W obliczu antyterrorystycznej histerii sprawdzano teraz podróżnych, także tych tranzytowych, nader skrupulatnie, ale przepuszczano dość swobodnie tych z butelkami rozmaitych napitków, jeśli zakupione zostały w sklepach wolnocłowych (trzeba się było wylegitymować paragonami dokonanych transakcji lub po prostu trzymać zakupy w firmowych torebkach) na samym lotnisku. Wystarczyło nabyć więc butelkę wody oraz wino już w strefie zamkniętej, a potem po prostu w toalecie przelać jedno do drugiego. Z braku korkociągu przydawały się umiejętności nabyte za studenckich czasów, gdy korek wciskało się do środka butelki kciukiem lub — w razie mocniejszego oporu — długopisem. A potem już tylko woda do zlewu, wino do plastiku. Rzecz byłaby oczywiście znacznie prostsza, gdyby Nawrocki pijał wódkę lub brandy. Komisarz widywał już takich gości, którzy bez żadnych oporów opróżniali zakupione buteleczki wprost na pokładzie samolotu i to zazwyczaj — z gwinta.

Nawrocki jedną swoją przysposobioną butelczynę zużył już nad Bałtykiem, lecąc do Szwecji, choć i tak skorzystał z drinków serwowanych przez miłego Manfreda, a później, niemal w ekspresowym tempie rozpracował drugą, zanim wylądowali na wyspie. Dzięki temu zdołał zabić strach, który paraliżował go jeszcze w przeddzień wyprawy. Sama myśl, że będzie leciał nad morzem czymś w rodzaju większej awionetki, wywoływała w nim panikę.

Na szczęście przelot do Visby trwał ledwie kilkadziesiąt minut. Kiedy samolocik dotoczył się wreszcie do swego miejsca na lotnisku i stanął, Nawrocki był pierwszym z pasażerów, który wyszedł maleńkimi schodami wprost na betonową płytę. Okazało się, że do pawilonu przylotów ma raptem kilka kroków. Taszcząc z jękiem walizeczkę, która imitowała bagaż podręczny — tam miał wszystkie wydruki z Londynu i Warszawy — wszedł do środka. Lotnisko w Visby było niewielkie, schludne i przypominało nieco zadbany dworzec kolejowy gdzieś na kontynencie.

Komisarz, lekko zdezorientowany — a w osiągnięciu tego stanu spory udział miała ilość wina wlana w siebie podczas obu lotów — przystanął zaraz przy taśmociągu, mającym za moment wyrzucić bagaże pasażerów ze Sztokholmu.

— *Mr. Nawrocki from Poland, yes?* — usłyszał nagle i zobaczył uśmiechniętego, szczupłego blondyna wyciągającego dłoń na powitanie.

— Tak, jestem Nawrocki. A jak pan mnie rozpoznał? — odpowiedział w płynnej angielszczyźnie, ściskając rękę nieznajomego. Przynajmniej znajomości tego języka nie musiał się wstydzić.

— Wyglądał pan na nieco zagubionego. A tu raczej wszyscy czują się jak w domu. Poza tym rozglądał się pan badawczo. Mogę wziąć pańską walizkę? Jestem Anders — odpowiedział Szwed. — My tu mówimy sobie po imieniu. Nie będzie to panu przeszkadzało?

— Zupełnie. Jestem Irek.

— Irek — powtórzył bez błędu Anders. — *OK. Welcome to Gotland Island.*

Wyszli na zewnątrz i zapakowali się do stojącego na parkingu dość wiekowego volkswagena passata.

— Myślałem, że Szwedzi preferują raczej samochody własnej produkcji — zagadnął dyplomatycznie Nawrocki.

— Masz rację. Ale nie wszystkich na nie stać. Nasza policja, jak pewnie wszystkie policje świata, jest też trochę niedoinwestowana.

— A ja myślałem, że tylko my, na dzikim wschodzie Europy, wciąż narzekamy.

— O nie, zaręczam, szwedzcy policjanci są takimi samymi malkontentami, jak wszyscy inni. Zobaczysz!

— zaśmiał się Anders, a Irek mimowolnie zawtórował mu.

Sympatyczny gość, przebiegło mu przez myśl.

Anders, prowadząc, opowiedział tymczasem Nawrockiemu skróconą historię miasta. Hanzeatycki port, czasy świetności, najazdy obcych ludów. A teraz zwyczajny kurort, oblegany w wakacje przez turystów. A także miejsce politycznych mityngów, które odbywają się na początku lipca.

— Dlatego, wybacz, zakwaterowaliśmy cię w Almedalens Hotel. Trudno było znaleźć inne miejsce. To taki uroczy mały domek przy samej promenadzie, zaraz obok plaży i głównego parku, ze dwieście metrów od murów miejskich.

— Brzmi świetnie. Dlaczego przepraszasz?

— A bo ciągle tam głośno. Wiesz, młodzież się bawi niemal do późnej nocy. Koncerty na plaży, a potem balangi, krzyki, rozbijane butelki. Ale wszystkie cichsze hotele były już zajęte.

Almedalens Hotel okazał się dokładnie taki, jak z opowieści Andersa. Do morza kilka kroków, a na promenadzie tłumy. Pokój maleńki, ale urządzony ze smakiem. Nawrocki był zadowolony.

— Pewnie wolałbyś, żeby powitał cię komisarz Wallander zamiast mnie — powiedział Anders na pożegnanie. — Jest w końcu kimś w rodzaju naszego narodowego bohatera.

— Ale skoro nie przyjechał tutaj z Ystad, to pewnie przebywa teraz gdzieś w Mozambiku — zrewanżował się Irek aluzją i z zadowoleniem dostrzegł, że jego szwedzki partner uśmiechnął się szeroko. Czuł do niego coraz więcej sympatii.

Ponieważ przyleciał wieczornym rejsem, nie spodziewał się, żeby jeszcze tego samego dnia czekały go jakieś obowiązki. I nie mylił się. Anders zapowiedział, że przyjedzie po niego z samego rana, czyli według tutejszych standardów, około dziewiątej. Śniadanie w hotelu serwowano od siódmej trzydzieści. Szwedzki policjant zostawił jeszcze swemu polskiemu znajomemu mapkę starego miasta, udzielił kilku niezbędnych informacji i pożegnał się.

Po jego wyjściu Nawrocki zszedł do hotelowego baru, gdzie wypił przed snem dwa piwa, zresztą koszmarnie drogie. Słyszał wcześniej coś o zaporowych cenach alkoholu w rodzinnym kraju Bergmana i Abby, ale i tak był zszokowany rachunkiem, który zabrał mu niemal całą dzienną dietę pobytową. A jednak wszystko na nic, bo choć był solidnie zmęczony, a po piwie przyjemnie szumiało mu w głowie, nie mógł zasnąć.

Anders miał rację, balanga na promenadzie i nabrzeżach trwała nieustannie. Kapela ze sceny wzniesionej nieopodal hotelu łomotała jakieś skoczne popowe kawałki, publika wrzeszczała, a pod oknami wciąż przechodziły grupy rozochoconej, rozbawionej i krzykliwie gadającej przez komórki młodzieży. Na dodatek mimo późnej godziny wciąż było dość jasno.

Nawrocki poprzewracał się trochę w łóżku, próbując różnorodnych, a wypróbowanych wcześniej technik zaśnięcia, a wreszcie rozsierdzony wstał, ubrał się

173

pospiesznie i poszedł na nocny spacer ulicami miasta. Na wszelki wypadek zabrał ze sobą plan, ale szybko zorientował się, że nie sposób zgubić się w tym przyjaznym, podświetlonym i w sumie niewielkim starym mieście.

Stare miasto Visby otaczały surowe, a jednocześnie malownicze mury. Ze swojego hotelu do bramy przy maleńkim placyku Fiskarplan miał dosłownie kilka kroków. Przebił się przez tłum przewalający się mimo środka nocy przez promenadę, wyminął grupki młokosów i ubranych w spódniczki mini dziewcząt. Nie jest im zimno?, zdążył pomyśleć i już znalazł się w wąskich uliczkach samego centrum. Wszystkie były doskonale oświetlone i przeraźliwie puste. Ludzi napotykał właściwie tylko obok otwartych na oścież knajp, z których dobywała się głośna, rytmiczna i jakoś przez to niepokojąca muzyka.

Łaził bez celu, tak tylko, by poczuć prawdziwe, zniewalające zmęczenie. Mijał małe domki, jak z bajki, wszystkie drewniane, pastelowe, stonowane w kolorystyce, udające zgrzebność i skromność. Wiele z nich miało dachy, a nawet ściany impregnowane smołą albo czymś podobnym, więc wokół unosiły się zapachy, które Nawrocki do tej pory kojarzył z wodą: przystaniami, pomostami, morzem i łódkami. Czuł się jak na wakacjach, jak w jakimś mazursko-warmińskim kurorcie, do którego zawozili go w dzieciństwie rodzice. Łażąc tak po ulicach, nie mógł się powstrzymać przed zaglądaniem w okna, zazwyczaj odsłonięte albo wręcz pozbawione firanek.

Spokój, ukojenie, łagodna noc. Jakże mu brakowało takiego wyciszenia w jego własnym życiu. Szwendał się po wąskich uliczkach Visby i coraz bardziej pogrążał się w pesymistycznych rozważaniach nad swym rodzinnym krajem. Nad dziwnym a niezdrowym podekscytowaniem, które zwłaszcza ciepłą porą nawiedza nocą blokowiska Warszawy. Nad strachem, jaki towarzyszy tym, którzy wieczorami przemykają się z przystanków do domu.

Miał także ruiny kościołów, świadectwa statusu tego miasta w dawnych czasach. Nie bardzo rozumiał, dlaczego nie zostały odbudowane. Czy to znak praktycznego myślenia — lepiej poświęcić się budowie dróg i przedszkoli, niż marnować pieniądze na ruiny, które i tak są wystarczająco przyciągające — czy może więcej — dowód na materialistyczną, pozbawioną duchowego sentymentalizmu postawę mieszkańców tej surowej wyspy? A może te zniszczone, pozostawione sobie kościoły to jakiś uniwersalny znak dzisiejszych czasów?

Gdy tak filozofując, przechodził obok jednej ze zrujnowanych świątyń, zauważył zakapturzoną postać majstrującą przy drzwiach wejściowych prowadzących do wnętrza budowli. Ten ktoś ewidentnie zmagał się z kłódką, a otworzywszy ją w końcu, zniknął w ciemnościach okrywających pozbawioną dachu główną nawę dawnej świątyni.

Gdyby to było w kraju, w domu, Nawrocki zapewne podjąłby interwencję — jak to się mówi w oficjalnym, policyjnym języku. Ale tu był tylko przejazdem, był kimś obcym, z zupełnie innym zadaniem do wykonania.

Przereklamowana ta Szwecja, pomyślał tylko. W całym mieście jedna wielka impreza na cztery fajery, której nie powstydziłyby się najbardziej rozrywkowe rejony Sopotu, Mielna czy Łeby. Goście leżą pijani na ulicach i nikt ich nawet nie rusza, muza daje czadu, mimo że jest środek nocy, a jacyś wandale albo narkomani buszują po ruinach.

I ruszył dalej z nadzieją, że gdy dotrze z powrotem do hotelu, będzie już całkiem gotowy, by zasnąć.

*

Poranek był nadzwyczaj rześki. Znad wody wiała ożywcza bryza, choć więc słońce świeciło intensywnie na bezchmurnym niebie, letni upał nie dawał się we znaki. Pożywny szwedzki stół pozwolił komisarzowi zaspokoić pierwszy głód, a doskonała kawa — słyszał już, że Skandynawowie piją ją hektolitrami, a co najistotniejsze, potrafią ją właściwie przyrządzać — podkreśliła tylko dobry nastrój, z jakim wstał z łóżka.

— Dokąd jedziemy? — zapytał Nawrocki, sadowiąc się wygodnie na przednim siedzeniu saaba na cywilnych numerach, z wyrafinowaną elektroniczną aparaturą w środku, i zapinając pasy. Postanowił nie drażnić gospodarzy niezdyscyplinowaniem.

— W okolice Burgsvik. To na południu wyspy — odpowiedział szwedzki policjant, wrzucając jedynkę. — W latach sześćdziesiątych pojawili się tam literaci z kontynentu. Anders używał słowa „mainland" na określenie Szwecji właściwej, ale tak właśnie przetłumaczył sobie rzecz Nawrocki. — Wtenczas to była całkiem dziewicza okolica. Artyści zaczęli kupować domy, często bez prądu, gazu i kanalizacji. Taki ruch alternatywny, ucieczka od cywilizacji, te rzeczy...

— Uhmm — przytaknął Nawrocki. — U nas też tak było, przy zachowaniu wszystkich proporcji. Ale nasi artyści uciekali od władzy, polityki. Chcieli żyć w komunach albo w jakichś samotniach zagubionych w trudno dostępnych górach na południowym wschodzie kraju. To był taki znak niezależności wobec rządzących komunistów.

Anders uśmiechnął się zdawkowo znad kierownicy.

— Podejrzewam, że naszym też chodziło o ucieczkę od systemu. Wiesz — przyroda, niespieszne życie na łonie natury, brak tych wszystkich pokus, jakie oferuje miasto... Na Fårö, to taka wyspa na północ od Gotlandii, można tam dojechać samochodem, ale trzeba się przeprawić promem przez cieśninę, zamieszkał Bergman. Wcześniej kręcił tam filmy. *Personę* na przykład. Widziałeś?

— Widziałem. Strasznie mroczny. Ale lubię *Siódmą pieczęć*, oglądałem ją na studiach.

— I co? Uważasz Bergmana za wielkiego artystę?

Nawrocki zasępił się.

— Czy ja wiem? To na ogół takie filmy, gdzie w słabo oświetlonych pomieszczeniach dwoje ludzi mówi sobie przez dwie godziny przykre rzeczy. Nie jestem fanem...

177

— To tak jak większość Szwedów — roześmiał się Anders. — My też mamy z nim kłopoty, ale jakoś go tam szanujemy.

Dalej jechali już w ciszy. Mijany krajobraz z początku przypominał trochę mazowieckie równiny, tylko lasów było nieco więcej. Od czasu do czasu, po prawej stronie, wyłaniała się morska toń, z lekka malachitowa. Nawrocki kontemplował widoki i zatopił się w myślach. Zawsze brakowało mu na Mazowszu większej wody: jakiegoś rozleglejszego jeziora czy rozlewnej rzeki. Teraz — na Gotlandii — odnajdywał utracone krajobrazy. I ta woda. Morze, morze na skraju horyzontu. To było to.

— A tam, zobacz, takie dwie wyspy — wskazał nagle Anders. Z malachitowej toni wyłaniało się coś, co Nawrockiemu bardzo przypominało fragmenty Gór Stołowych, tyle że zanurzone w wodzie. — To Lilla i Stora Karlsö. Pierwsze rezerwaty przyrody w naszym kraju. Siedliska ptaków, unikatowa flora. Na jednej z nich można nawet przenocować w starej latarni, która teraz jest schroniskiem. Spędziłem tam jedną noc z żoną. Wiesz, w romantycznych czasach... — Anders wciąż uśmiechał się życzliwie.

Nawrocki znał fanatyczny stosunek Skandynawów do dzikiej przyrody, bo już się z nim wcześniej zetknął podczas podróży służbowych. Pokiwał więc tylko głową, udając zaciekawienie i natychmiast zmienił temat.

— I co z tym Burgsvik? — podjął zaniechany wątek.

— Normalnie, doprowadzili w końcu media, cena nieruchomości wzrosła i dziś jest to teren atrakcyjny.

Można powiedzieć, że nawet modny. Ma opinię kolonii artystycznej, wszyscy chcieliby tu mieszkać albo choćby mieć domek wypoczynkowy. Co najmniej tak jak na sztokholmskim archipelagu.

— A ty masz gdzieś letni dom? — spytał Nawrocki. Anders żachnął się nieco.

— Mam, ale w okolicach Marienholmu, na kontynencie. Taka tam drewniana rudera. Wokół pełno letników ze stolicy, takich, co to ich nie stać na lepszą lokalizację. Zupełne jak mnie, nie ma o czym mówić.

Kiedy dojeżdżali już do Burgsvik, Anders dokończył niepytany.

— Za artystami nadciągnęli antykwariusze, krytycy sztuki, dekoratorzy wnętrz i restauratorzy. To dość ekskluzywna i nieco ekscentryczna okolica dzisiaj.

— I nasz antykwariusz też tu działał?

— Ba, był jednym z pionierów. Przyjechał pod koniec lat sześćdziesiątych i założył antykwariat. Ryzykant! Ale z czasem wyszedł na swoje. Miał klientów, rozbudował swój interes, był znany nie tylko w okolicy, ale również w Sztokholmie. Podobno niektórzy klienci przyjeżdżali do niego specjalnie z najodleglejszych miejsc w kraju. To był znany facet, lokalnie oczywiście.

— A jego śmierć była głośna?

— No pewnie! Pisały o tym najważniejsze gazety. News pojawił się nawet w ogólnonarodowym dzienniku telewizyjnym. Ale pamiętaj: Szwecja to niewielki kraj. U nas każda taka rzecz odbija się szerokim echem.

Burgsvik okazał się senną mieściną. Dom i zarazem sklep antykwariusza przypominał pruskie domostwa z okolic Fromborka. Był zadbany i wydawał się świeżo po remoncie. Nawrocki rozglądał się zaintrygowany po wnętrzu. Antykwariat był czysty i posprzątany.

— Ktoś tu robił porządki po... wszystkim? — zapytał swego przewodnika.

— Nic nie zostało zmienione, z tego co wiem. Tak to wyglądało, gdy weszła ekipa dochodzeniowa. Tylko sejf był wypruty i rzeczy z niego wywalone.

— Zadziwiający ład... — skonstatował Nawrocki. Anders zajrzał w notatki.

— Mam tu ustalenia i zapis wizji lokalnej. Trochę tego jest. Przetłumaczyliśmy materiał na angielski po wiadomości, że przybędziesz.

— Dzięki, ale miałbym kilka pytań mimo wszystko.

— Wal! — Anders usiadł na kolonialnym krześle, stojącym przy rozległym stole zajmującym większą część przestrzeni głównego pomieszczenia antykwariatu.

— Przede wszystkim chciałbym się dowiedzieć, jak zginął.

— Cios w krtań, ostre narzędzie.

— Był poharatany?

— Słucham?

— Czy były jakieś rany na ciele?

— Tak. Trzy cięcia przez korpus. Nie były śmiertelne, choć gdyby go pozostawiono na dłużej, pewnie by się wykrwawił.

— Czy coś zginęło?

— Pytasz, czy coś ukradziono? No tak. Edward Hakanson, nasz antykwariusz, prowadził dokumentację jak się patrzy. Zresztą u nas nie można inaczej, bo działalność antykwariuszy podlega stałej kontroli urzędu skarbowego oraz specjalnego wydziału Ministerstwa Kultury.

— Pożytki państwa opiekuńczego — mruknął Nawrocki.

— Słucham? — powtórzył Anders.

— Nic, nic. I co?

— Z porównania rejestrów sklepu oraz raportu ekipy dochodzeniowej po morderstwie wynika, że zniknło kilka książek odnotowanych przez Hakansona w dokumentach sklepu.

— Jakich książek? Udało się ustalić?

— Oczywiście, Hakanson był dość skrupulatny. Mam tu zresztą listę, zaraz... Czekaj, zerknę. — Anders zagłębił się w dokumentację. Ale Nawrocki już wiedział, co usłyszy.

Rozglądał się tymczasem po antykwariacie. Mnóstwo półek z książkami, biurko z komputerem, kilka krzeseł. Na zapleczu zaś drugi wielki stół, bardzo przypominający te, które widział w warszawskim i krakowskim sklepie. Scena morderstwa była dziwnie znajoma. Być może tak właśnie wyglądają w ogóle wszystkie antykwariaty w porządnym zachodnim świecie.

— I co? — zapytał, bo Anders wciąż przeglądał papiery.

— Sporo książek z Polski, chyba dość starych. Wszystkie z sejfu... — niepewnie odpowiedział Anders.

— Kto robił kwerendę?

— Zgodnie z procedurą miejscowi policjanci po stwierdzeniu morderstwa wezwali rzeczoznawcę. To on sporządził wykaz.

— Kto to jest ten rzeczoznawca?

— Ekspert ze stolicy. Specjalnie tu przyleciał. Siedział, jak czytam, ze cztery dni. Przeglądał rejestry, papiery oraz księgowość.

— Taki wszechstronny?

— U nas to normalne — żachnął się Anders. — Służby skarbowe zatrudniają rozmaitych ludzi.

— Podoba mi się wasz porządek, ale też trochę mnie przeraża.

— Że można być tak zorganizowanym, tak? — Anders wyszczerzył zęby w uśmiechu. — Jesteśmy z tego trochę dumni, wiesz, *Swedish way of life.*

— Tak, tak — Nawrocki mruknął zaczytany w papierach, które Anders podał mu tymczasem.

Sprawozdanie policyjne było perfekcyjne. Opis ran ofiary, opis miejsca zbrodni, opis zasobów antykwariatu i ubytków stwierdzonych na podstawie porównania dokumentacji właściciela sklepu z brakami stwierdzonymi już na miejscu przestępstwa.

— Słuchaj, muszę przefaksować natychmiast wiadomość do Polski. Da się to jakoś szybko zrobić?

— Nie ma sprawy, możemy użyć komputera i telefonu w radiowozie.

— Wyśle faks? — Nawrocki nie mógł uwierzyć.

— Oczywiście! — Anders już przywoływał lokalnego policjanta, którego radiowóz stał tymczasem na poboczu.

Transmisja danych trwała kilka minut. Na odpowiedź musieli poczekać. Poszli więc do lokalnej kafejki, mieszczącej się w malowniczym domku zbudowanym z bali.

Faks z Polski nadszedł niespodziewanie szybko. Nawrocki stwierdził z zadowoleniem, że Mirek z Pirwitzem sprawili się akuratnie.

— No i co? — spytał Anders. Obserwował przy tym Nawrockiego czytającego wiadomość.

— Jest potwierdzenie! Kilka książek, które tu były, to te same, które zniknęły z Biblioteki Krakowskiej.

— To może być jedynie przypadek... — odrzekł Szwed ostrożnie.

— Nie tym razem! Przeskanowałem im także opisy z rejestru antykwariatu, w tym opis sygnatur. Przed moim wyjazdem zgromadziliśmy odpowiednie materiały przygotowane przez rzeczoznawcę. Nasz specjalista pozostawił bardzo dokładny opis znaków identyfikacyjnych, jakie znajdowały się na skradzionych książkach. Myślę więc, że o pomyłce nie może być mowy! Swoją drogą — trochę się dziwię, że moja centrala tak szybko dała odpowiedź...

— Z tego, co słyszałem, twoje śledztwo nadzoruje i funduje Interpol, zgadza się?

— No tak... — przyznał niechętnie Nawrocki.

— A widzisz! Ale nie martw się. U nas jest tak samo. Jak Interopol wchodzi, to wszyscy nagle dostają dodatkowego *speeda* — powiedział z uśmiechem Anders.

Nawrocki wciąż z niedowierzaniem przeglądał nadesłane papiery.

— Powiedz mi jeszcze coś o antykwariuszu. Czy był samotny?

— W jakim sensie? — nie zrozumiał Anders.

— No wiesz, rodzina, znajomi, lokalna społeczność...

— Był kawalerem. Znany w lokalnej społeczności, ale chyba nie miał bliskich przyjaciół. W każdym razie wywiad środowiskowy tak twierdzi. Szanowany odludek — wyrecytował Anders, patrząc w dokumenty.

— Przejrzeliście jego notatki osobiste, e-maile? Był z kimś na ten dzień specjalnie umówiony?

— Pewnie, że przejrzeliśmy. Niemal same interesy, trochę notatek o miejscowych imprezach kulturalnych, kilka zapisków prywatnych, ale nieistotnych. Głównie dotyczących domu — planowane spotkania z rzemieślnikami, wizyta u lekarza. To wszystko.

— *Right!* — Nawrocki odłożył energicznie cały plik papierów na stół. — Wybacz, ale muszę cię prosić o dodatkowe informacje. Potrzebuję billingów z jego stacjonarnego telefonu w biurze. Da się to załatwić?

— Raczej tak. — W głosie Andersa dało się słyszeć lekkie wahanie. Nie wyglądał na zbyt zadowolonego.

— Świetnie! I jeszcze jedna rzecz. Chciałbym, żebyście sprawdzili, czy w antykwariacie odnaleziono jakieś telefony komórkowe jeszcze nie aktywowane. Świeżutkie. Zapewne na kartę, nieabonamentowe. Albo czy chociaż nie odnaleziono samych kart, wiesz, takich z systemu pre-paid.

— No dobrze — Anders wciąż nie był pewien. — To da się zrobić. Ale mógłbyś mi wyjaśnić, dlaczego....

184

— Powiem ci wszystko w drodze powrotnej — odparł Nawrocki, zbierając ze stołu papiery.

*

Dowództwo gotlandzkiej policji mieściło się w ogromnym, mało przytulnym budynku przy Solbergatan. Ledwie kilkaset metrów za murami starego miasta, a jednak jakby w innym świecie. Już nie wśród malowniczych domków starówki, tylko zwyczajnych, prostych, utrzymanych w praktycznym, modernistycznym stylu pudełek mieszkalnych.

Szli szybko przestronnymi korytarzami, które musiał projektować architekt mający na uwadze funkcjonalność publicznej instytucji. Mijali po drodze maszyny z kawą, umundurowane postacie, przemykających funkcjonariuszy po cywilnemu, smutnie wyglądające ławki dla interesantów. Korytarze były pomalowane podobnymi, szarymi kolorami, co w komendzie stołecznej. Lepsza wersja mojego własnego miejsca pracy, pomyślał Nawrocki.

Gdy weszli do sali konferencyjnej, wszyscy już na nich czekali. Na oko tak ze trzydzieści osób. Sporo kobiet, zauważył Nawrocki. Uczestnicy narady pili na ogół kawę z szarych bądź czarnych kubków, a na środku wielkiego stołu stały nienaruszone buteleczki z wodą mineralną. U jego szczytu siedział wielki, siwy facet.

— Nasz komendant — szepnął Anders.

Powitanie było krótkie i treściwe. Komendant Lars Lagaerbäck przedstawił po angielsku kolegę z Polski, komisarza Nawrockiego (nie podejmując się wymówić jego imienia) i od razu oddał gościowi głos.

— Czy będzie tłumaczenie na szwedzki? — zapytał Nawrocki.

— Nie ma potrzeby, my tu wszyscy znamy angielski — usłyszał.

Szczęśliwcy!

— Panie i panowie! — komisarz zauważył od razu, że to staroświeckie powitanie wywołało lekkie poruszenie na sali. Zarazem dostosował się do praktycyzmu swoich gospodarzy i od razu przeszedł do rzeczy. — Wracam właśnie z Burgsvik, gdzie obejrzałem miejsce zbrodni. To czwarty antykwariusz zabity w podobnych okolicznościach. W Polsce mieliśmy dwa morderstwa, w Londynie trzecie, no i to u was... Wszędzie ofiary zamordowano pchnięciem ostrym narzędziem w krtań i wszędzie były one pocięte, najprawdopodobniej tą samą bronią. W Polsce podejrzewamy, a w zasadzie to już robocza hipoteza — że zabito ich wszystkich japońską *kataną*, czyli mieczem bojowym samurajów. Wskazuje na to charakterystyka ran, mniemam, że zostanie to także ostatecznie ustalone co do szwedzkiego denata, jak tylko otrzymamy od was niezbędne dokumenty z sekcji — do weryfikacji. Rany cięte na tułowiu powinny zapewne, mogę to powiedzieć ze sporą pewnością co do wyników analizy, przypominać rytualne ciosy zadawane w starojapońskiej sztuce *kenjutsu*.

Po sali przeszedł niepokojący szmer.

— Jest jeden istotny trop. Naszym zdaniem zabójstwa antykwariuszy łączy także kradzież starodruków

w Bibliotece Krakowskiej. W antykwariacie londyń-
skim, a także w tym w Burgsvik są ślady w dokumentacji i księgach, że handlowano tam starodrukami
polskiego pochodzenia, właśnie z tego krakowskiego źródła. Będziemy jeszcze to badać, ale już teraz
mogę powiedzieć, że poszlaki wskazują na obecność
niektórych ze skradzionych starodruków z Krakowa
zarówno w Anglii, jak i u was. I, byłbym zapomniał,
angielski antykwariusz to potomek przedstawiciela dawnej polskiej emigracji politycznej z czasów
drugiej wojny światowej. Więzów ze starą ojczyzną
nie zerwał i zdarzało się, że pośredniczył w rozmaitych transakcjach międzynarodowych, także polsko-
-angielskich i angielsko-polskich.

I znów rozszedł się szmer po sali, tym razem wyraźnie głośniejszy.

— W Polsce to bardzo silny ślad. Poza tym obaj
zamordowani polscy antykwariusze nie cieszyli się
zbyt dobrą opinią, a ich sklepy nasze służby do walki z nielegalnym handlem zabronionymi towarami,
przemytem i obrotem dobrami narodowymi miały
już od dawna na oku. — W tym miejscu zdecydował
się na lekką konfabulację, by jego przemówienie zabrzmiało bardziej przekonująco. — Od razu zaznaczę,
że mamy dość restrykcyjne prawo regulujące handel
i wywóz dóbr narodowych, a za takie uznajemy dzieła
artystyczne, które powstały przed 1945 rokiem. Państwo rozumieją, mam nadzieję, że w kraju tak spusto-
szonym w przeszłości przez wojny staramy się bardzo pilnować tych kwestii. Nie pozostaje w naszych

rękach zbyt wiele skarbów, w tym bibliofilskich. Tak przy okazji, słyszałem, podobno całkiem bogaty zbiór rękopisów i innych wartościowych książek pozostaje w gestii uniwersytetu w Uppsali, co jest związane z niegdysiejszą wizytą wojsk waszego króla Karola Gustawa na terytorium Rzeczypospolitej... — zawiesił głos.

Żart był ryzykowny, ale audytorium poznało się na nim. W sali konferencyjnej rozległy się dyskretne chichoty. Nawrocki kontynuował.

— Chronologicznie pierwsze jest zabójstwo krakowskie. Czasowo również związane blisko z ujawnieniem kradzieży w Bibliotece Krakowskiej. Niepokojąco niestandardowy jednakże jest motyw czynu. Wiem, że zarówno w Londynie, jak i u was, przyjęte zostały pierwotnie hipotezy czysto rabunkowe, a rodzaj ran specjaliści byli skłonni wiązać raczej z walką pomiędzy antykwariuszami a sprawcą bądź sprawcami. Przyznałbym jednak, że trop, nazwijmy go roboczo „japońskim", jest bardziej prawdopodobny. Jak powiedziałem, są dość mocne przesłanki. — Tu znów zdecydował się na prezentację bardziej swoich domysłeń niż rzeczywistych hipotez.

W tym momencie szwedzki komendant uznał, że czas na pytania.

— Jakie z tego wszystkiego wnioski dla nas, komisarzu?

Nawrocki skłonił lekko głowę.

— Przede wszystkim dziękuję za fantastyczną robotę. Anders — tu odwrócił się nieznacznie do swego cicerone — przekazał mi wszystkie wasze materiały i po ich, co prawda powierzchownej, na ile było mnie stać, lekturze konstatuję, że moja wizyta tutaj nie była niezbędna. Koszta należą do nas. Nie będziemy was już zanadto męczyć. Chyba że trzeba będzie coś na bieżąco konsultować...

Znów rozległ się w sali pomruk, wyraźnie popierający praktyczne stanowisko Nawrockiego. Sam komendant wyspiarskiego komisariatu skinął głową ze zrozumieniem.

— A zatem wnioski? — powtórzył.

Nawrocki zerknął szybko w notatki.

— Przyjmujemy, że te cztery morderstwa mają jakiś związek z wykrytą kradzieżą w Bibliotece Krakowskiej. To raz. Dwa: że wszyscy antykwariusze mieli powiązania, trudno jeszcze w tej chwili powiedzieć jakie i jak głębokie, z obrotem książek wywiezionych z Polski, być może także innych niż te, które skradziono z Biblioteki Krakowskiej. W świetle polskiego prawa w każdym razie wszystko ocierało się o przemyt. Prosiłbym w tym miejscu, żeby mediom za dużo nie powiedzieć, gdyby pytały oczywiście, na tym etapie dochodzenia — zastrzegł się asekuracyjnie Nawrocki, myśląc o własnym tyłku. — Zależy nam na dyskrecji tak długo, jak tylko uda się ją zachować. W końcu możemy się mylić i nie chcemy urazić niczyjej godności ani zszargać niczyjej reputacji. Zwłaszcza pośmiertnej.

Kilka osób uczestniczących w naradzie spojrzało na siebie znacząco.

— Po trzecie — polskie ślady są tu nadzwyczaj intensywne, będę zatem wnioskował do moich przełożonych, żebyśmy to właśnie my przejęli śledztwo we wszystkich czterech przypadkach, a tym samym zwolnili was oraz Scotland Yard z bezpośredniego zajmowania się tymi sprawami. Interpol, z tego co wiem, jest zresztą za centralizacją śledztwa — dodał. — Tak będzie też wyglądał nasz wniosek do nich i mam nadzieję, że go zaakceptują. Bierzemy to jednym słowem na siebie. Oczekujemy oczywiście współpracy i bardzo na nią liczymy.

Komendant Lars zręcznie wszedł komisarzowi w słowo.

— To oczywiste. Może pan liczyć na nasze wsparcie w każdej formie. Dziękujemy za tę prezentację. A teraz — jakie są pana ostateczne ustalenia?

Zna się na rzeczy, pomyślał Nawrocki.

— Niestety, drodzy państwo, podejrzewam, że mamy do czynienia z niestandardową sprawą. Wszystko na to wskazuje. Przede wszystkim ten japoński ryt morderstw, niecodzienne okoliczności, no i ta cała zagadka związana z kradzieżą dzieł literackich z przeszłości, z którą na naszym terenie męczymy się już od pewnego czasu. Ta ostatnia kwestia to wciąż moja hipoteza, ale, muszę o tym powiedzieć wprost, dość silnie umotywowana. — Nawrocki nabrał powietrza w płuca, bo nadchodził krytyczny moment jego wypowiedzi. — Mówiąc krótko, moim zdaniem mamy do czynienia z seryjnym zabójcą, powodowanym niejasnymi, jak zwykle w takich sprawach, motywami, i perspektywą nadzwyczaj pogmatwanego dochodzenia. Potrzebujemy jeszcze konsultacji z psychologami, ale na dziś tak to właśnie wygląda.

Komendant wypowiedział kilka dziwnie syczących, szwedzkich słów. Cała sala zawtórowała mu głośnym harmidrem.

— Co powiedział? — zapytał Nawrocki Andersa.

— *You know: fuck, shit, et caetera* — Andres wzruszył ramionami.

Nawrocki pokiwał głową ze zrozumieniem.

Seryjny. Koszmar każdego stróża prawa.

— To tyle. Na razie nie mam nic więcej do powiedzenia — wydusił komisarz.

I taki był koniec narady. Szwedzcy policjanci, wychodząc, poklepywali Nawrockiego po plecach i powtarzali: *good job, nice work.*

Są szczęśliwi, że my to weźmiemy — komisarz, przyjmując wyrazy uznania, nie miał wątpliwości. Ale czuł się też, jak nigdy dotychczas, członkiem międzynarodówki strażników sprawiedliwości. On, niegdyś adept odchodzącej w niesławę Milicji Obywatelskiej, teraz jest normalnym kolegą prawdziwych policjantów, psów gończych, nieustraszonych tropicieli zbrodni i występku.

Po krótkiej naradzie ze swymi zastępcami, którzy siedzieli, cały czas milcząc, u jego boku, komendant poprosił Nawrockiego i Andersa o pozostanie.

— Ajrineusch, tak masz na imię, prawda? My tu wszyscy mówimy do siebie bezpośrednio, taki zwyczaj.

— Tak, wiem. Ale mów mi Yrek, to krócej — odpowiedział Nawrocki.

— OK. Yrek. Wiedz, że zgadzam się z tobą i popieram twoje ustalenia. Przyjęte przez ciebie założenia mają ręce i nogi. Cieszę się, że chcesz zdjąć z nas sprawę. To rzeczywiście chyba wy, w Polsce, powinniście wszystko prowadzić i koordynować. Chciałbym, żebyś wiedział, że nie powoduje mną chęć ułatwienia sobie życia. Dlatego zapewniam cię, że możesz liczyć na naszą współpracę w całej rozciągłości. Zrobimy wszystko, co w naszej mocy. I co w granicach prawa. Z całego serca życzę ci powodzenia. Trzeba tego skurwiela dorwać jak najprędzej. *We have a manhunt.*

Polowanie na człowieka. Nawrocki wzruszył ramionami.

— Wiedziałem o tym niemal od początku. Te wszystkie moje podróże...

— Nie przejmuj się — odpowiedział Lars. — Interpol to czasami zwykła biurokracja. Przeklinamy ją, jak pewnie i wy. Ale chodzi o fundusze.

— Tyle że to wszystko zabiera tyle czasu!

— Wiem — Lars położył rękę na ramieniu komisarza. — Ale tak to już jest. Trochę pojeździłeś po Europie, trochę zabałaganiłeś, ale teraz masz nieograniczone możliwości. W tych okolicznościach Interpol da ci wszystko, a i my — nie mówiąc już o Anglikach, niech ich Bóg błogosławi — dodał lekko ironicznie.

— Zastosujemy się do twoich decyzji. Bądźmy dobrej myśli: twoje eskapady przyniosą skutek.

Nawrocki milczał. Zaczynał powoli pojmować skalę całego przedsięwzięcia.

CZĘŚĆ TRZECIA

I.

Nawrocki opuszczał Visby z żalem. Kiedyś, dawno temu, kiedy zaczął więcej jeździć po świecie — wysyłany przez kolejnych komendantów na rozmaite sympozja, szkolenia i międzynarodowe zjazdy policjantów — miał zwyczaj wyobrażać sobie, w którym z odwiedzanych miejsc, a zazwyczaj były to duże miasta, mógłby żyć. Lista nie była długa. Figurował na niej z pewnością Londyn, szwajcarskie Berno, pewnie jeszcze kreteńska Chania. A teraz, po tej krótkiej wizycie na Gotlandii, dołączył jeszcze do swego zestawu małe Visby.

Było coś nadzwyczaj sympatycznego w tym niewielkim kurorcie, jakiś optymistyczny spokój i zarazem poczucie bezpieczeństwa, mimo tych wszystkich wakacyjnych czy nawet weekendowych rozrób, jakie wywoływali turyści.

Anders odwiózł go na lotnisko i dopilnował, by polski kolega przeszedł całą procedurę przed odlotem. Korzystając z uprawnień, wszedł nawet na plac manewrowy przed budynkiem i machał Nawrockiemu, gdy maleńki odrzutowiec lokalnych linii kołował na pasie startowym.

Siedząc przy oknie i spoglądając na malejącą figurkę Andersa, komisarz zastanawiał się nad różnicą w sposobie traktowania zagranicznych współpracowników w dwóch różnych krajach. Anglicy kompletnie go zlekceważyli. Tyle że udostępnili wyniki śledztwa i umożliwili wizję lokalną miejsca przestępstwa. Nawet do Londynu z Luton musiał dostać się sam, nie mówiąc już o dotarciu na Heathrow. Metro! Zgodzili się na to, by jechał metrem. Który z polskich policjantów wsadziłby angielskiego kolegę w autobus sto siedemdziesiąt pięć jadący na Okęcie i po prostu życzył mu miłej podróży?! A Szwedzi, proszę jacy mili. Ale najważniejsze, że naprawdę zainteresowali się dochodzeniem. Nawrocki nie przypuszczał z początku, że będzie musiał referować sprawę na zebraniu gotlandzkiej komendy. I że spotka się z taką uwagą. Ta przygoda potwierdziła jego wcześniejsze kontakty ze Skandynawami i jednocześnie utwierdziła go w przekonaniu o wrodzonej arogancji Brytyjczyków, pozostających na służbie dawno upadłego imperium. A może raczej Anglików, bo ze spotkań ze Szkotami czy Walijczykami miał całkiem odmienne wspomnienia. Zdawał sobie sprawę, że ulega stereotypom, ale jednak było coś na rzeczy. Angielscy koledzy dali mu odczuć, że jest, po pierwsze, intruzem, który narusza swym przybyciem i pytaniami ustalony porządek ich świata, a po drugie, nie objawili żadnego pozarutynowego zainteresowania jego — ale też przecież ich — dochodzeniem.

A Szwedzi znów — całkiem przeciwnie. Brak dystansu, myślenie pragmatyczne, nastawienie na celowość działania, chęć współpracy — oczywiście w granicach obowiązujących przepisów, nie przesadzajmy w końcu — i wreszcie ta opiekuńczość. I co najważniejsze — bez widocznych uprzedzeń wobec kolegi z zagranicy. To mu się spodobało.

Znów czekała go przesiadka na Arlandzie i niemal półtoragodzinny lot do Warszawy przez Bałtyk. Tym razem nie zaopatrzył się w wino, bo na lotnisku w Visby nie było sklepu wolnocłowego, a na Arlandzie nie miał zwyczajnie czasu. Leciał więc o suchym pysku i źle to znosił. A te trzy małe wina, które wybębnił na pokładzie boeinga SAS-u do Warszawy, nic mu nie pomogły. Jakby były wodą sodową.

W samolocie do Polski przejrzał wydruki zabrane z Anglii i ze Szwecji. Było tego sporo, przebiegał więc tylko wzrokiem po dokumentach, notując ciekawsze spostrzeżenia. Dogłębne studiowanie pozostawił sobie na wieczór.

Jeszcze będąc na Gotlandii, zadzwonił do Mirka, znów z prywatnej komórki, bo nie chciał wyjść na kutwę przed gospodarzami, i zarządził małą naradę po południu u siebie w gabinecie. Na Okęciu lądował o trzynastej piętnaście, potem taksówką do domu — na koszt komendy oczywiście, taksówkarz nie był uszczęśliwiony, gdy usłyszał, że pasażer żąda rachunku — szybki prysznic, zmiana koszuli — resztę sobie darował — i sprint do przystanku, by zdążyć na tramwaj. Nie spóźnił się.

Ale i tak Mirek z Pirwitzem stali u drzwi jego kanciapy, żądni nowin.

— Nic wam teraz nie opowiem. — Rozczarował ich od razu. — Najpierw was przepytam. Co z tymi billingami, o które prosiłem?

Mirek skrzywił się teatralnie.

— No, tego, zrobiliśmy, jak szef kazał. Ale jest kłopot. Anglicy odpowiedzieli od razu, że prześlą, nie ma sprawy, tylko żeby dać im chwilę, a ci Szwedzi to... To oni nie bardzo...

— Co „nie bardzo"? Mirek, mówże po ludzku!

— No, dostaliśmy oficjalną odpowiedź na jakimś firmowym papierze na dodatek i Marcin przetłumaczył — tu spojrzał wymownie na Pirwitza, który siedział nieporuszony i z kamienną twarzą — że im jakaś tam ichnia ustawa o ochronie danych osobowych, kontroli obywateli i w ogóle teges zabrania takiej inwigilacji i że trzeba mieć jakieś specjalne pozwolenia...

— Nie chcą dać? — zacietrzewił się Nawrocki, natychmiast podając w myślach w wątpliwość swoją dotychczasową sympatię dla Skandynawów.

— Ano nie bardzo. Miałem iść z tym do komendanta, jak szef przykazał, ale żem się wstrzymał, bo nie bardzo w końcu wiedziałem, co mam powiedzieć — odrzekł Mirek, wyraźnie zafrasowany.

— A to kutasy! — mruknął pod nosem Nawrocki.

— Słuchajcie, te billingi to w tej chwili jedyne, na czym możemy się oprzeć, jedyny ślad. Wszystko, co zostało zgromadzone na razie — u nas, w Szwecji i w Londynie — to jedno wielkie gówno, same szczegóły, duperele. I nie widać żadnego powiązania. No żeż kurwa mać! — Komisarz rąbnął dłonią w biurko.

— Mam propozycję. I pomysł, jak to obejść — odezwał się Pirwitz spokojnym, opanowanym głosem. — Można jeszcze działać po linii oficjalnej, pewnie macie, to znaczy mamy tu odpowiednie procedury. Jednak sugeruję działania niekonwencjonalne. Mam pewne prywatne kontakty z ludźmi z SAPO, jeszcze z dawnych czasów...

— SAPO? — tym razem Mirek nie wytrzymał.

— Szwedzka abwehra — Nawrocki machnął ręką na poły lekceważąco. — Ale to przecież wywiad, inna bajka! Zarówno jeśli idzie o to, co my robimy, jak i co pan, przepraszam, ty robiłeś w GROM-ie! — Nawrocki wciąż funkcjonował na najwyższych obrotach.

— A jednak — Pirwitz uśmiechnął się wyrozumiale. — Proszę dać mi spróbować.

Komisarz przez chwilę mełł bezgłośnie przekleństwa. Ale szybko ochłonął.

— Zrobimy tak: ja uderzę do komendanta i postaram się, by uruchomiono rutynową ścieżkę działań, a ty zrobisz swoje, okej?

Pirwitz potakująco kiwnął głową.

— A my tymczasem z Mirkiem pójdziemy do Oksany, bo trzeba jej wreszcie przedstawić całą rzecz. Mirek! Jest protokół z oględzin zwłok i konsultacji z przedstawicielem ambasady japońskiej?

— No jest. Ten Karol, kumpel Marcina, miał chyba rację. Goście z ambasady, choć niechętnie, potwierdzili jego rozpoznanie.

— Dlaczego niechętnie? — zainteresował się Nawrocki.

— A coś tam ględzili, że jeśli jakiś obywatel cesarstwa Japonii — tę kwestię Mirek wygłosił z wyraźnym sarkazmem — jest ewentualnie brany pod uwagę jako podejrzany i tak dalej, to oni uniżenie proszą o informowanie ich, tego tam, zwyczajowe ple-ple.

— A chuj im w dupę! — wybuchnął Nawrocki.

— Daruj sobie, normalna gadka dyplomatów. Nie będziemy się nimi przejmować. Zostawimy to MSZ-etowi w razie czego. Ja potrzebuję tylko ich ekspertyzy w tym momencie.

— Szefie... — zagaił sierżant niepewnie.

— I co tam znów? — Nawrocki odzyskiwał pomału dobry humor.

— Komendant pytał, jak stoi nasza sprawa. Chce zwołać naradę i prosił o podanie terminu...

— Zawsze to samo! Już chcą debatować, pewnie Interpol ich ciśnie! — Przypływ lepszego nastroju od razu diabli wzięli. — A co ja mam im niby powiedzieć? Dopiero wróciłem, jeszcze nie zdążyłem dobrze się namyśleć...

— Komendant chciałby spotkać się jutro — nieśmiało wtrącił Mirek.

— Jutro? A niech to! To tym bardziej lecimy do Oksany — zafrasował się Nawrocki. — Ona musi być na tym spotkaniu, żeby nie wiem co. Kurczę, sam nie wiem, czy trzeba wzywać posiłki, czy nasza psycholożka poradzi sobie...

— Posiłki? — zapytał milczący od dłuższego czasu Pirwitz.

— Profesjonalnego profilera, to mam na myśli. Ale to większa afera, więc pewnie trzeba by go ściągać.

Najlepiej ze Śląska. Tam jest taki jeden, Heinz się nazywa. Współpracował już z nami.

— Profiler? — dopytywał Pirwitz.

— Twórca psychologicznych portretów seryjnych. Mamy ich w kraju kilku, ale żadnego akurat w Warszawie. Boże, co za burdel! — Nawrocki złapał się za głowę. Ale zanim ruszyli do akcji, zdążył im zwięźle opowiedzieć o swoich podróżach.

*

Nawrocki dotarł do domu wykończony.

Po spotkaniu sekcji poszli do Oksany, bo okazało się, że może porozmawiać z nimi od razu, zabierając wszystkie najważniejsze papiery oraz własne notatki.

Spędzili z Mirkiem w jej gabinecie dobre dwie godziny, referując krok po kroku całą sprawę. Oksana wiedziała już, że czeka ją wystąpienie na zwołanym na następny dzień zebraniu, i była wdzięczna komisarzowi, że ten pofatygował się do niej z własnej woli.

W trakcie rozmowy skoncentrowana i uważna — jak to zwykle ona — zadawała precyzyjne pytania, by wreszcie poprosić o pozostawienie jej całej dokumentacji. Obiecała, że się z nią zapozna przez noc. Nawrocki wiedział, co to znaczy. Psycholożka miała dwójkę małych dzieci, które zapewne zaniedba tego wieczoru, by wgryźć się w kilogramy papieru i być jutro perfekcyjnie przygotowana. Przewidując to, zrobił dla niej ksero wszystkiego, co posiadał, a teraz, westchnąwszy, po prostu wręczył jej opasłą tekturową teczkę, z której mimo pieczołowicie zawiązanego węzełka dwóch tasiemek wylewały się pojedyncze arkusze papieru.

Był więc już wieczór, kiedy wygramolił się z tramwaju i zakupiwszy w „Lagunie" jakiegoś cienkusza z Australii, gorąco polecanego zresztą przez ekspedientkę — że niby cena doskonała, bo w promocji — doczłapał do swej betonowej wieży nad wiślaną skarpą.

A potem popijał małymi łykami wino, pilnując się, by nie zmuliło go za wcześnie.

Zamierzał nie zapomnieć o terminie telefonicznej rozmowy z Małgorzatą, który uprzednio uzgodnili SMS-ami.

Małgorzata, tym razem w niezłym humorze, bo Jaś akurat tego dnia nie dał jej popalić, jak miał to w zwyczaju, solennie zrelacjonowała przebieg mijających dni urlopu. Była wraz z synkiem w naturalnej łaźni, położonej nad brzegiem morza, a zbudowanej bezpośrednio nad źródłem geotermalnym, wybijającym gorącą solankę wprost w fale. Na wybrzeżu zbudowano coś na kształt domu zdrojowego, by wszyscy ci, którzy nie chcą moczyć się w powszechnie dostępnym basenie nawadnianym naturalnie gorącą wodą, przemieszaną z zimną wodą morską — co podobno dawało zupełnie niesamowity efekt — mogli skorzystać z łazienek, gdzie do bijącego z wnętrza ziemi solankowego roztworu można dolać zwyczajnej, zimnej wody, tak by wyregulować sobie temperaturę wedle życzenia. Cała kąpiel, czy raczej zwyczajne moczenie się w wyłożonej kafelkami, wielkiej wannie, stawała się wówczas bardziej znośna.

Nawrocki przysłuchiwał się tym opowieściom jednym uchem i potakiwał z grzeczności, mając się jednocześnie na baczności, by jego zdawkowe odpowiedzi nie zostały odczytane przez Małgorzatę jako przejaw lekceważenia.

Sam zrelacjonował pobieżnie swoje zawodowe wojaże, nie wdając się w szczegóły.

Pożegnali się w każdym razie z żoną dość czule, tęsknota w rozłące znów okazała swą siłę. Jakkolwiek Nawrocki był usatysfakcjonowany, to nie mógł zapomnieć, że jego małżeństwo od pewnego czasu trwało w dziwnej fazie. Oboje z Małgorzatą skupieni byli ostatnio na zwyczajnym obsługiwaniu życia: załatwianiu spraw, zajmowaniu się domem, odprowadzaniu i przyprowadzaniu Jasia z przedszkola, zakupach, porządkach, rytualnych spotkaniach rodzinnych, na których, nawet przy wódeczce, wypowiadano jakieś stereotypowe tezy o otaczającej rzeczywistości.

Jednocześnie, jakby kompensując własną wstrzemięźliwość, ze szczerym zainteresowaniem kibicował przygodom Krzyśka Lepieja, podinspektora od przestępstw gospodarczych, który właśnie niedawno ożenił się po raz trzeci. A może zręczniej powiedzieć, że z zainteresowaniem obserwował dzieje jego kolejnych małżeństw. Tak się bowiem składało, że znał dwie poprzednie żony Krzyśka — pierwsza była ich koleżanką jeszcze ze studiów prawniczych (rzuciła go po trzech latach dla pewnego artysty malarza), drugą zaś Marzena — też oficer w komendzie (po rozwodzie przeniosła się do innego miasta). Trzeciej nie znał i — prawdę powiedziawszy — wcale nie miał ochoty jej poznawać, choć Krzysiek wciąż nagabywał go w korytarzach firmy, by wreszcie zorganizować spotkanie. W każdy z rozwodów był jakoś tam zaangażowany — trochę emocjonalnie, a trochę też przez kontekst wspólnych znajomości i wspólnej pracy. I źle to znosił. Namiętności, które najwyraźniej miotały kumplem, były mu obce, ale starał się jakoś zrozumieć wybory kolegi. Przyjąć do wiadomości i zaakceptować. Krzysiek nie był bowiem płytkim facetem. Grały w nim emocje, stanowiąc przeciwwagę dla żywego intelektu i zimnej logiki, którymi tak dobrze potrafił posługiwać się w sprawach zawodowych. Widział więc w Krzyśku swoje przeciwieństwo: człowieka, który potrafi zaryzykować, zanegować wygodne, acz jakoś tam uwierające status quo, na rzecz zupełnie nowego rozwiązania. Choćby na pierwszy rzut oka podjęte decyzje graniczyły z czystym szaleństwem. I oczywiście można rzec, wybitnie teoretycznie, ale w napięciu, zazdrościł mu w życiu tych namiętności, których sam nie doświadczał.

Tymczasem australijczyk skończył się nieodwołalnie i mimo późnej już pory Nawrocki poczuł pokusę, by dopić jeszcze jakiegoś whiskacza czy stocka stojących w barku. Nie lubił mocnych perfumowanych alkoholi i pijał je właściwie w dwóch przypadkach: albo dla towarzystwa, albo gdy chciał się dobić ostatecznie; a wina już pod ręką nie było.

Postanowił sobie jednak zrobić wieczór silnej woli i nie sięgać po nic zgubnego w swych skutkach w dniu następnym. Bo wino utwardzone whisky, koniakiem czy brandy zawsze go poniewierało.

A przecież czekała go jutro narada i wszyscy święci z komendy zapowiedzieli swój udział. Musiał być w formie.

II.

Nie przygotowywał się specjalnie. Ufał swym umiejętnościom przystępnego, a jednocześnie skonkretyzowanego opowiadania. Robił to już zresztą wiele razy — po polsku, angielsku i po niemiecku. Znajomość języków była jego niezbywalnym atutem i z czasem upewniał się coraz bardziej, że swoją pozycję w firmie zawdzięcza właśnie temu — na równi z zakulisowym wsparciem Generała oraz swymi śledczymi talentami, których posiadania niejednokrotnie dał dowód.

Naradę prowadził na szczęście zastępca komendanta — inspektor Robert Bobrowski. Wyróżniała go siwa grzywa włosów, wysoki wzrost i to, że chodził w mundurze. W dawnych czasach był sprawnym oficerem śledczym, zawsze w pionie kryminalnym. Nie miał na koncie żadnych spektakularnych sukcesów, nie był legendą. Ale też nie wlokły się za nim żadne szare i ciemne sprawy z epoki milicyjnej. Awansował za rzetelność i zwykły, codzienny profesjonalizm, który po upadku komuny w 1989 roku i zamianie milicji na policję zaczęto — mimo wszystko, bo z konieczności — coraz bardziej cenić.

Miejsca w głównej sali obrad zajęli naczelnicy wydziałów i sekcji, których sprawa prowadzona przez

Nawrockiego mogła choćby nawet śladowo dotyczyć. Poza tym były obecne zwykłe płotki, dworzanie, których niepewni siebie szefowie przyprowadzili ze sobą. Im bardziej niepewni — tym większą zabrali asystę.

Bobrowski wygłosił kilka zdań zdawkowego powitania, szybko oddając głos Nawrockiemu.

W pomieszczeniu nie wolno było palić — zgodnie z obowiązującą modą, która wymusiła na dowództwie zakaz, opublikowany w oficjalnym biuletynie komendy — ale i tak duszący dym papierosowy unosił się, niczym ciężka mgła. Pierwszym, który sięgnął po papierosa, był oczywiście sam zastępca komendanta, znany ze swego nałogu. A za nim, odczytując zachowanie szefa jako przyzwolenie, poszła reszta.

Nawrocki mówił szybko i sprawnie. Starał się być bardzo konkretny. Nie improwizował i nie sprzedawał żadnych teorii, po prostu ograniczył się do streszczenia faktów. Właściwie powtórzył swój wczorajszy *speech* wygłoszony na użytek psycholożki, w wersji mocno okrojonej. Takie zwyczajne „sprawozdanie pauperum", jak je sobie nazwał. Nikt nie miał pytań, bo najwyraźniej nie chciano się wychylać, a poza tym nikt nie wiedział, jakie są intencje Bobrowskiego.

A ten, podziękowawszy komisarzowi, wywołał do tablicy Oksanę.

Oksana wstała, przewracając nerwowo papiery, które leżały przed nią.

Niezły plik — Nawrocki zauważył, że to, co zostawił u niej poprzedniego dnia, wzbogaciło się o sporą

kolumnę odręcznych notatek. Dobrze się przygoto-
wała. A teraz będzie mały teatr — pomyślał. Po czym
trochę ostentacyjnie wyciągnął z kieszeni marynarki
fajkę i tytoń, nabił ją i przypalił, wydmuchując gęste
obłoki dymu. Miał wrażenie, że w przeciwieństwie
do większości jako jeden z nielicznych jest zaintere-
sowany tym, co powie Oksana. Współpracował już
z nią wcześniej i ufał jej. Miała to „coś", co na własny
użytek nazywał „nosem" — wyczucie, intuicję? Ale
spora część oficerów lekceważyła ją. Raz — że była
z pochodzenia Rosjanką, dwa, że nie wierzono zanadto w skuteczność psychologii stosowanej dla potrzeb
śledztwa.

Oksana była wyraźnie zdenerwowana, co dało się
poznać po silniejszym niż zwykle akcentowaniu wy-
razów na modłę wschodnią, tym melodycznym za-
śpiewie tak charakterystycznym dla Polaków z kre-
sów i obcokrajowców zza Buga. Oksana, zamężna
z polskim architektem i mieszkająca w kraju już od
wielu lat, zwykle panowała nad językiem, co najwyżej
sprawiając wrażenie, że pochodzi gdzieś z białostoc-
czyzny, ale w chwilach napięcia zdarzały się jej nawet
gramatyczne czy leksykalne potknięcia.

— Po pierwsze — zaczęła — podług mnie to jest
ewidentnie jeden człowiek, nie żadna *komanda*. Znaczy się — grupa.

I od razu podniósł się rejwach.

A skąd niby wiadomo, dlaczego takie założenie,
gdzie dowody? — przekrzykiwali się uczestnicy narady.

Oksana wytrzymała pierwszy atak i wciąż lekko się trzęsąc, mimo wszystko, twardo odpowiadała. Jej polszczyzna była teraz bez zarzutu.

Świetnie się trzyma, poradzi sobie, Nawrocki patrzył na nią z podziwem.

— Z doświadczenia empirycznego i badań naukowych wiemy, że pojedynczy sprawca raczej nie zajmuje się ukryciem ciała, natomiast grupa, choćby i dwuosobowa — niemal zawsze. Jeden boi się drugiego. Ukrycie dowodów zbrodni stanowi alibi, oczywiście pozorne. Ale też to jakby pakt zatwierdzający współuczestnictwo, wspólnictwo. Rodzaj inicjacji w specyficznym ponadjednostkowym doświadczeniu. Jakby ktoś się chciał zapoznać z odpowiednią literaturą w tej materii — dysponuję bibliografią dla zainteresowanych.

I znów Nawrocki miał wrażenie, że tylko on odczytał nutę ironii ukrytą w tym stwierdzeniu. Ignorancja wobec najnowszych ustaleń kryminalistyki była powszechnie skrywaną cechą policjantów dowierzających butnie tylko własnej intuicji i starym wypróbowanym metodom śledczym. Niemal wszyscy byli na bakier z lekturą — nawet bieżących materiałów szkoleniowych. Merytoryczna dyskusja nie była ich mocną stroną.

Oksana, coraz pewniejsza swego, kontynuowała.

— Po drugie, myślę, że nie mamy do czynienia z typowym przypadkiem seryjnego. Co chcę powiedzieć — dodała szybko — że nie jest to chyba typowy maniak. Używam słowa „maniak", choć nie jest to rzecz jasna zgodne z terminologią — zastrzegła od razu. — Robię tak dla waszej wygody, trochę, przyznaję, niestety, kosztem precyzji. Teraz do rzeczy. Więc nie sądzę, byśmy mieli tu do czynienia z seryjnym, działającym na gruncie jakiejś oczywistej patologii psychopatycznej, choć jego czyny niosą w sobie znamiona manii, albo lepiej — transgresji i dysfunkcji, które bylibyście skłonni interpretować jako działania osoby chorej...

— Chorej? Toż to zwykły pojebaniec — nie wytrzymał naczelnik dochodzeniówki, znany z dość prostackich, nawet jak na policyjne standardy, ocen rzeczywistości.

— Proszę nam przybliżyć to rozpoznanie, bo nie wszyscy jesteśmy tego... — zastępca komendanta zwrócił się bezpośrednio do Oksany, ignorując tym samym wyskok podwładnego. Wokół stołu tymczasem dało się niemal usłyszeć westchnienie ulgi. W tym gronie nikt nie lubił zbytniego komplikowania rzeczywistości.

Wszyscy jesteśmy ignorantami, pomyślał z rezygnacją komisarz, patrząc na pełne napięcia twarze Mirka i Pirwitza. Tamci byli przynajmniej usprawiedliwieni, ale ja?...

Psycholożka, już całkiem spokojna, kontynuowała wykład.

— Typowy seryjny, jeśli w ogóle możemy mówić tu o typowości, to znów tylko takie uproszczenie na nasz chwilowy użytek — dodała — jest obsesjonatem na gruncie seksualnym albo religijnym. Na Zachodzie wyodrębnia się też obsesjonatów politycznych — traktuje o tym jeden interesujący biuletyn autorstwa behawiorystów z FBI w Quantico. Ale nasza praktyka takich przypadków jeszcze nie zarejestrowała... Zresztą dzięki Bogu! — Oksana pozwoliła sobie na osobistą uwagę.

— A ten nasz — zastępca komendanta na chwilę zawiesił głos — mógłby być tak traktowany? Jako polityczny, znaczy? Pytam na wszelki wypadek, żeby wykluczyć tę opcję — usprawiedliwił się od razu.

— Raczej nie. Właściwie — z pewnością nie. Polityczni są jak terroryści — chcą wywołać popłoch. Ich celem jest chaos. Nie kryją, wręcz ujawniają swoje motywy, które zresztą są klarowne w chwili popełnienia czynu. A tu akurat nie ma żadnej politycznej demonstracji...

— Ale w ogóle jakaś demonstracja jednak jest! — Teraz znów podniesionym, lekko histerycznym tonem wyrwał się inspektor Plotz, karierowicz, o którym mówiło się po korytarzach, że jego marzeniem jest zostanie pupilkiem komendanta. Był zresztą na najlepszej drodze do tego, dzięki czemu powszechnie nie lubiano go i lekceważono.

Oksana nie dała zbić się z tropu.

— No właśnie, demonstracyjność tych zabójstw ma oczywiście w sobie ukryte przesłanie, ale — jej głos stwardniał nagle — jest ono aseksualne oraz areligijne. O tym jestem przekonana. — I wyprzedzając ewentualne głosy sprzeciwu bądź zwątpienia, mówiła szybko dalej. — Ofiary były heteroseksualne, wiodły

na ogół spokojne życie prywatne, choć nie bezproble-
mowe, ale nie znaleziono żadnych śladów patologii.
Co ważniejsze, sceny zabójstwa pozbawione były ele-
mentów inscenizacji, która podpowiadałaby ślad, że
mordercy chodzi na przykład o napiętnowanie zdrady
czy najogólniej mówiąc grzechu — homoseksualnego
lub nie, a także o motywy erotyczne i tym podobne.
Czyny obiektu — Nawrocki aż wzdrygnął się na ten
ślad policyjnego żargonu, którego się akurat w ustach
Oksany nie spodziewał — nie noszą żadnych znamion
sugestii, że idzie o obsesje z tego rejestru... Ofiar nie
molestowano i nie bezczeszczono ani przed, ani po —
dodała eufemistycznie. — Nie modelowano też post
factum kształtu ułożenia ciała czy wyglądu przestrzeni.
I nie pozostawiono żadnych artefaktów o asocjacyjnym
czy dystynktywnym kształcie, co mogłoby wskazy-
wać na znaną z literatury i empirii maniakalno-poza-
normatywną ścieżkę czynów... Podobnie, jeśli idzie
o motywy religijne. Żadnych wskazań w tej materii.

. — A więc? — Zastępca komendanta najwyraźniej
czuł, że to on powinien, choćby z racji funkcji, przeja-
wiać inicjatywę w imieniu sali. Nawrocki wydmuchał
tymczasem wielki kłąb dymu, starając się uformować
zeń kółka. Ciekaw był, co słuchający tak naprawdę
zrozumieli z wywodu Oksany. On sam zaczynał rozumieć, do czego to wszystko zmierza i nie czuł się
z tą wiedzą zbyt dobrze.

— A więc, moim zdaniem, mamy seryjnego, zgoda, ale niekonwencjonalnego — kontynuowała nie-
zrażona Oksana. I by uprzedzić wybuch, od razu do-

dała: — Za jego działaniem czai się jakaś metoda, to jasne. Ale nie obsesyjna w tradycyjnym znaczeniu. To dysfunkcjonalista opętany jakąś ideą wyraźnie oryginalnego typu...

— Dysfunkcjonalista? Oryginalna metoda? Kurwa, zwykły świr! — usłyszał Nawrocki kpiący szept sąsiada po lewej.

Oksana najwyraźniej także go usłyszała.

— Jeśli naprawdę wolicie dosłowność, zgoda. To wariat, obłąkany, chory psychicznie, mówiąc waszym językiem. — Wyglądała na bardzo zdenerwowaną. Nawrocki współczuł jej, bo zdawał sobie sprawę, z jakim oporem musi się właśnie w tej chwili mierzyć.

Oksana tymczasem kontynuowała.

— Ale to tylko źródła jego działania. Fundament, podstawa. Poza tym jest metodyczny, kieruje się logiką pragmatyzmu i kiedy przychodzi do działania, staje się bezwzględnie konsekwentny w realizacji swych planów. Na poziomie samego działania to prakseolog, to oczywiste.

Zuch dziewczyna! Nawrocki złapał się na tym, że w gruncie rzeczy solidaryzuje się z nią i że podoba mu się, że Oksana nic sobie nie robi ze stosunku większości zebranych do referowanego zagadnienia, tylko bezkompromisowo wali swoje.

— A co to, kurwa jest, ten prakseolog? — Sąsiad komisarza, prymitywny typek z wydziału kryminalnego, z którym Nawrocki miał zresztą jakiś czas temu spięcie, nie dawał za wygraną. Pytanie wydyszał mu niemal wprost w ucho.

— To takie zwierzątko, które nie ma pod brzuszkiem puszku — syknął komisarz.

— Ale co to znaczy dla nas? — dramatycznie zapytał zastępca komendanta w powszechnej ciszy. Najwyraźniej wszedł w rolę rzecznika wszystkich zdezorientowanych i niepewnych. A tych najwyraźniej była większość.

— To znaczy, panie komendancie, że nie powinniśmy koncentrować się na jego motywach, bo te są — przynajmniej w tej chwili — całkowicie nieznane i zapewne całkowicie niezrozumiałe, ale na przejawach jego czynów. Myślę, że tu właśnie tkwi klucz do sprawy...

— Przyjmijmy zatem perspektywę behawioralną. — Nawrocki zdecydował się zabrać ponownie głos, a wszystkie twarze zwróciły się teraz ku niemu.

Oksana także spojrzała na komisarza.

— Właśnie tak, to bym postulowała.

— Dobrze, przyjmijmy na moment taki wariant — łaskawie zgodził się zastępca komendanta, choć wyglądało na to, że nie do końca rozumie. — I co wtedy uzyskamy?

Oksana najwyraźniej była przygotowana i na taką opcję.

— Po prostu zbierzmy fakty i zobaczmy, czym dysponujemy...

— Zatem proszę, zamieniamy się wszyscy w słuch. — Bobrowski energicznie zgasił papierosa w przepełnionym petami metalowym pojemniku wyciętym z puszki po piwie, który ktoś z uczestników spotkania przyniósł i postawił na stole.

— Robocza hipoteza, którą przedstawił mi już komisarz Nawrocki, zakłada, że sprawca — i będę się upierała, że jednak sprawca, nie sprawcy — raczej nie jest Azjatą. Choć styl działania, cała ta samurajska otoczka, potwierdzona w znacznej mierze przez odpowiednie konsultacje, może pozornie stwarzać takie wrażenie. Jakby ktoś chciał sprawdzić ten tok rozumowania, to komisarz — tu skinęła głową na Nawrockiego — dysponuje odpowiednimi ekspertyzami i pewnie chętnie państwa z nimi zapozna.

Szef S-3 przytaknął.

— Dlatego myślę, że rutynowe działania sprawdzające azjatyckich turystów, a także mieszkających bądź pracujących w Polsce Japończyków czy innych Azjatów nie mają sensu. To zresztą benedyktyńska praca, zajmie nam miesiące, odciągnie całą masę ludzi od innych zajęć, a pewnie żadnych konkretów nie przyniesie. Nie bardzo przecież wiemy, czego tu szukać...

— Twierdzi pani, że sprawca jest Polakiem? — walnął Bobrowski, głośno wypowiadając ukryte domniemania znacznej części osób zgromadzonych na sali.

— Niekoniecznie Polakiem, raczej po prostu Europejczykiem. Pamiętajmy, że swobodnie poruszał się i w Anglii, i w Szwecji. Poza tym nie ja tak twierdzę, tylko komisarz Nawrocki, który już się trochę rozeznał w tej sprawie. Ze swej strony chcę tylko powiedzieć, że zgadzam się z jego tokiem rozumowania. I powtórzę: motywy działania sprawcy, jakkolwiek zawikłane i zapewne zrodzone z transgresywnych pobudek, w tym momencie są kompletnie nieprzejrzyste. Zwykły psycholog, taki jak ja, na razie nie ma tu więcej do roboty. Chyba że wezwiemy profilera, poprosimy o sporządzenie portretu i porównamy z tym, czym dysponujemy.

— Możemy wezwać kogokolwiek. Mam zapewnienie samego komendanta, że dysponujemy jak na nasze warunki nieograniczonymi możliwościami. Zresztą dzięki międzynarodowemu charakterowi dochodzenia i zaangażowaniu się samego Interpolu — nie omieszkał podkreślić Bobrowski.

A to znaczy, że cisną i chcą naprawdę szybkich wyników, przemknęło Nawrockiemu przez myśl.

— Jeśli można... — komisarz zdecydował się zabrać głos po raz kolejny. — Myślę, że na razie nie ma takiej potrzeby. Profilera możemy zaangażować w każdej chwili. A oni i tak mają huk roboty bez naszego kłopotu... Tymczasem przyjęliśmy z panią Oksaną perspektywę behawioralną, bez tego całego psychologicznego hokus-pokus bazującego na introspekcyjnych rekonstrukcjach i psychoanalitycznych zaklęciach. — Nawrocki czasem miał taką potrzebę, by przypomnieć reszcie stołecznej policyjnej ekipy, że jest z innego rozdania i trochę innej bajki. — Na tym etapie mamy na tyle danych, że spróbujemy dobrać się do niego po linii tradycyjnych działań — zakończył już jednak po policyjnemu.

— Czy mam rozumieć, że jest już coś na sprawcę? — Zastępca komendanta był nieustępliwy i bezwzględnie konkretny.

— Nie chciałbym wszystkich zanudzać szczegółami — zawahał się Nawrocki. — Ale mamy dość obiecujący trop związany z analizą billingów telefonicznych, międzynarodowych rzecz jasna. Czekam tylko na dane ze Szwecji, bo angielskie przyjdą lada dzień, a polskie już mamy. Tak? — zwrócił się do Mirka.

— Tak jest! — wysapał sierżant, przełykając głośno ślinę.

Zastępca komendanta zamyślił się. Kiedy zaczął mówić, było jasne, że podjął decyzję.

— Billingi billingami, analiza porównawcza śladów też w porządku, no i wsparcie pani Oksany to jedno, ale myślę, że profilera jednak trzeba zaangażować.

Masz ci los!, Nawrocki z niechęcią pomyślał o konsekwencjach.

— Zrobimy tak. Ja zwrócę się do Katowic, żeby przysłali Heinza, pamiętacie jak nam pomógł z tym dochodzeniem w sprawie zabójstwa dwóch kleryków z seminarium na Żoliborzu? — zapytał retorycznie Bobrowski. — A komisarz Nawrocki, przy wsparciu pani Oksany i swojej sekcji, będzie działał nadal metodami, które uzna za stosowne. Nie chcę nawet słyszeć o problemach. Ta sprawa ma w tej chwili najwyższy priorytet. Oczekuję konkretnych rezultatów. I to szybko! Wszystko jasne? — Bobrowski potoczył wzrokiem po zebranych. Odpowiedział mu głuchy pomruk, który przy dobrych intencjach można by było uznać za zgodę. Ludzie zaczęli wstawać z miejsc, zrobił się ogólny harmider. Zebranie było zakończone.

— A właściwie to jaki nadaliście kryptonim temu dochodzeniu, bo nie dosłyszałem? — Stojąc niemal w drzwiach, zastępca komendanta zadał jeszcze ostatnie pytanie.

Nie dosłyszał, bo nie powiedziałem, pomyślał komisarz i natychmiast obrócił głowę ku Mirkowi.

— „Samuraj", panie inspektorze — odparł Mirek nieco chrapliwie.

— To rzeczywiście oryginalnie, nie powiem — skwitował Bobrowski i wyszedł.

Nawrocki mimo złości na Mirka uśmiechnął się bezwiednie. A jednak dar ironii nie był zastępcy komendanta tak zupełnie obcy.

III.

Mężczyzna ubrany w *bogu*, tradycyjną zbroję do walk kendo, właśnie wykonywał zestaw ćwiczebnych ruchów, zwanych *kata*, domagających się najwyższego skupienia i koncentracji ze względu na ich skomplikowaną choreografię oraz medytacyjny charakter, kiedy zadzwonił telefon. Z niechęcią przerwał trening, odłożył *bokuto*, drewniany ćwiczebny miecz i zdjął *men*, osłonę głowy przypominającą szermiercze hełmy, a wreszcie rękawice *kote*, bo w nich trudno by mu było operować przyciskami, po czym, wciąż nie spiesząc się, odebrał telefon. Jeśli informacja była naprawdę ważna, dzwoniący i tak czekałby cierpliwie na respons. Tak właśnie było.

— To ja, twój ulubiony głos.

— Mów.

— Bardzo intensywnie badają ślad, o który pytałeś. Niemal przed chwilą było tu u nas spotkanie, naradzali się dość długo, chyba wszystkie główne szychy tam były. Na spotkaniu była też psycholog, mówi się, że przenikliwa. Miała niezłe gadane, ale i tak postanowili wezwać profilera ze Śląska. Wszystkim ma kierować, jak do tej pory, komisarz Ireneusz Nawrocki, specyficzny gość od nietypowych zleceń i rozmaitych zapomnianych zdarzeń. Ostatnio został szefem sekcji. A co do śladu — to jednak nie zdecydowali się na powołanie żadnej międzywydziałowej specgrupy. Koordynatorem, jak powiedziałem, jest ten Nawrocki i trzyma wszystkie sznurki. Tak zdecydował zastępca komendanta, który prowadził naradę. Ta psycholożka, Oksana Tatarczuk, ma mu pomagać. Już wcześniej współpracowali i mają zresztą niezłe wyniki. Profiler dołączy pod koniec tygodnia, bo teraz ma jakąś pilną robotę gdzie indziej. Dowództwo jest trochę przestraszone ze względu na międzynarodowe konteksty sprawy i zainteresowanie Interpolu. Dali Nawrockiemu priorytet, a to w praktyce oznacza, że może niemal wszystko. Więc ciesz się lub martw — to, o co pytałeś, jest teraz u nas *numero uno*. Zadowolony?

Mężczyzna nie powiedział swemu rozmówcy, że podobne telefony otrzymał już z Londynu i ze Szwecji. I że stamtąd również dostał wiadomości o wizycie polskiego policjanta, który koordynował śledztwo.

Zawsze bardzo dokładnie zwykł planować swoje przedsięwzięcia, a informacja stanowiła w strategii działania czynnik podstawowy. Tak nauczał Zen-tzu, znawca sztuki wojennej, którego starożytny podręcznik czytano i omawiano w dzisiejszych czasach na zajęciach we wszystkich liczących się uczelniach prowadzących kursy MBA.

Spodziewał się, że rzeczy przybiorą taki właśnie obrót, nie był więc zaniepokojony. Nawet dziwił się nieco, że dopiero teraz policja powiązała te cztery przypadki w łańcuch zależności i podobieństw. W dobie komputerów, programów weryfikacyjnych, czujnego, jak zapewniano, Interpolu! Doprawdy, zadziwiająca zwłoka. Ale to dobrze. Oznaczało to, że wciąż miał czas, by zrealizować swój plan i zdobyć to, co nigdy nie powinno ujrzeć światła dziennego. To, co nie zmieniając niczego, zmienia wszystko.

Spokojny, powrócił do ćwiczeń.

IV.

— I na chuj nam ten brojler, czy jak mu tam, tylko będzie jeszcze jeden kłopot! — wybuchnął Mirek, kiedy szli do pokoju Nawrockiego.

Komisarz milczał. On także nie był do końca zadowolony z ustaleń narady. Irytowała go nerwowość dowództwa, przejawiająca się w niepewności Bobrowskiego.

— I co teraz będzie? — dopytywał się dalej Mirek.

— A ty, co o tym sądzisz? — Komisarz zwrócił się znienacka do milczącego Pirwitza.

Komandos ważył słowa.

— Sporo tu rozmaitych uwikłań i jak dla mnie, za dużo spekulacji. Ale to pewnie przyzwyczajenie z poprzedniej roboty. Byłem szkolony, by myśleć pragmatycznie i szybko. A tu widziałem sporo hamletyzowania....

Mirek z pytającym wyrazem twarzy popatrzył na Nawrockiego. Komisarz machnął tylko ręką, gestem wyrażającym dezaprobatę.

— Ale tak to już jest. To my mamy decydować i brać odpowiedzialność, a na koniec ewentualnie dostać po głowie za niepowodzenia. A oni mają prawo piętrzyć wątpliwości...

— Oni? — Tym razem to Pirwitz nie do końca zrozumiał.

Nawrocki wykonał kolejny, tym razem mocno nieokreślony ruch ręką w powietrzu.

— Naczelnicy, najwyższe szefostwo, wszyscy ci dobrzy wujkowie pełni racjonalizatorskich pomysłów i mądrych rad. Trzęsą się o własną dupę, gdybyśmy mieli dać ciała, i stąd tyle gadania... Najbardziej wkurza mnie to, że jak sprawa ma charakter międzynarodowy, jak trzeba współpracować z obcymi i nie daj Bóg z Interpolem, to od razu wszyscy dostają sraczki. Kompleksy i tyle. I powiem ci więcej — zwrócił się teraz wprost do Pirwitza. — Najgorsze jest dla nich to, że my, Polacy, to prowadzimy. A Szwedzi i angole patrzą nam na ręce. Wyobrażasz sobie, jak oni się boją kompromitacji?

— A ty się nie boisz? — spytał poważnie Pirwitz. Mirek niemal zastrzygł uszami. On nigdy nie pozwalał sobie na takie rozmowy z komisarzem.

— Chromolę to. No co może się stać, jak damy ciała? Obetną mi premię? Przydzielą jakieś peryferyjne zadania za karę? Trudno. Nie zakładam z góry naszej porażki, ale wiem, że przegrana też nas często dotyka i wszyscy ci prawdziwi policjanci szwedzcy, angielscy czy inni, z którymi współpracujemy, też to wiedzą. Oni również przeżyli swoje Waterloo i to pewnie niejeden raz. Ale nikt z tego tam nie robi od razu afery. A u nas owszem. I wiesz, co ci powiem jeszcze? Że to spadek po milicyjnej mentalności. Milicja zawsze i wszędzie musiała mieć same sukcesy. A jak nie było szans na sukces, to się manipulowało, żeby statystyki fajnie wyglądały i propaganda mogła robić swoje. Sprawa Marchwickiego — to najlepszy przykład!

— Szef uważa, że Marchwicki nie był tym sławnym wampirem? — Mirek, zaintrygowany, wtrącił natychmiast swoje trzy grosze.

— Nie sądzę. To przecież najważniejsze chyba śledztwo w PRL-u, a nie omawia się go podczas szkoleń. Miałeś o tym jakieś zajęcia? — Nawrocki spytał Pirwitza.

— Nie.

— Właśnie. Jakby to był taki sukces, jak się o tym oficjalnie mówiło i wciąż mówi, tobyśmy wałkowali to dochodzenie na lewo i prawo. A tu cisza. Dziwne, prawda?

Szli dalej w milczeniu.

Gdy już zasiedli w gabinecie, komisarz postanowił nie kontynuować wątku i zająć się bieżącymi sprawami.

— Profiler, Mirek, zapamiętaj — wymawia się profajler — przeszkadzać nam nie będzie. Ja już miałem do czynienia z tym Heinzem i wiem, że to porządny gość. I może dostrzeże coś, cośmy przegapili. Więc jak w końcu przyjedzie, dajmy mu spokojnie pracować. A dla nas w tej chwili najważniejsze są billingi. Bez tego nie ruszymy dalej. Jak tam twoi kumple ze Szwecji, wiesz już coś? — zwrócił się do Pirwitza.

— Na razie udało mi się uruchomić moje dawne kontakty i jest nadzieja, że jutro coś będziemy mieli — odpowiedział podkomisarz asekuracyjnie.

— No to ekstra! Jak Szwedzi podrzucą nam dane, to trzeba będzie ich materiały i to, co obiecali Anglicy... À propos, Mirek. Londyn przesłał nam dokumentację?

— Przesłał. Mam to.

— Świetnie. Jeśli Szwedzi zrobią swoje, a wierzmy, że zrobią — tu popatrzył wymownie na Pirwitza, który pozostał nieporuszony — trzeba to będzie wszystko razem wrzucić znów w SIS-a, a po drugie w katarynkę... Przy SIS-ie skorzystamy ze ściągi na stronie pomocowej i tym razem wrzucimy te dodatkowe dane. Zrobisz to, Mirek, dobrze? Tylko teraz trzeba będzie wybrać inną opcję niż poprzednio, wiesz, tę szukającą dystynktywności... — Nie był pewien, czy współpracownik podąża za tokiem jego myślenia.

— Rozumiem, rozumiem — sierżant uprzedził pytanie przełożonego. — Ja tam się nie znam na tym całym uczonym nazewnictwie, ale będę umiał sobie poradzić. Tylko żeby pan podkomisarz, znaczy się Marcin, zechciał mi pomóc w angielskim...

— Pomogę, nie ma problemu — odpowiedział Pirwitz, patrząc na Nawrockiego.

Komisarz przytaknął.

— A szef sądzi, że da nam to jakiś konkretny wynik? — wyraził wątpliwość Mirek.

— Więcej, chłopie, więcej. Czuję, że to właściwa droga i nasza główna szansa. Podpowiada mi to moja kobieca intuicja. Poza tym powiedzmy sobie szczerze, niczego więcej nie mamy. Więc zaciskajcie kciuki.

To był sygnał do rozejścia się. Jednak Mirek ewidentnie zwlekał. Kiedy Pirwitz zniknął za rogiem, sierżant wyciągnął z kieszeni zmiętą kartkę i z grymasem na twarzy podetknął ją komisarzowi.

— Dorota naoglądała się jakichś programów o świadomym rodzicielstwie na TVN Style i teraz każe mi zdobyć te książki o tym, jak być dobrym ojcem. Ma może szef coś z tego w domu?

Nawrocki zdębiał.

— Będziesz to teraz czytał? Naprawdę? — odrzekł, rzucając okiem na listę lektur.

— No muszę, bo mi kobieta dziurę w brzuchu wywierci... Więc ma coś szef z tego, co mógłbym pożyczyć?

Nawrocki pokręcił głową.

— Nawet nie wiem. Jak Małgosia wróci z urlopu, to się zapytam.

— A szef nic z tego nie czytał przed narodzinami Jasia? — W głosie brzmiało niedowierzanie.

— A wiesz, że nie — skonstatował ze zdziwieniem Nawrocki. — Jakoś tak nie było okazji, a może się nie interesowałem? Już nie pamiętam.

Mirek spojrzał na przełożonego z wyraźną dezaprobatą.

*

Nawrockiego wciąż niepokoiła jedna myśl. Nie dawała mu spokoju już od dłuższego czasu, ale dopiero tego dnia po powrocie do domu, gdy z ulgą otworzył sobie wino, włączył Eurosport i korzystając z samotności, zapalił fajkę, objawiła mu się w całej swej intensywności.

Wbrew temu, co mówił na naradzie, wciąż nurtowała go kwestia motywu. Ale nie psychologicznego, bo nie przyznając się za bardzo przed nikim, a zwłaszcza przed Oksaną, nie wierzył, że w tym stadium pracy da się cokolwiek w tej materii rzetelnego skonstruować.

Miał tak naprawdę dwie hipotezy, którymi dotychczas z nikim się nie podzielił. Pierwsza zakładała, że morderstwa rzeczywiście mają źródło w wariactwie sprawcy. Obawiał się tej opcji, bo zdawał sobie sprawę, że z dotychczas zgromadzonymi materiałami nie ruszyliby dalej. Trzeba by było czekać na kolejne zabójstwa i modlić się — Boże, jak to okropnie brzmi, pomyślał — że sprawca zrobi wtedy jakiś błąd, który pozwoli popchnąć dochodzenie naprzód. Jakąś nadzieją na dziś był więc profiler. Nawrocki wolał sam nie wychodzić na zebraniu z inicjatywą zaangażowania kogoś z zewnątrz, i to kogoś, kogo praca z taką nieufnością była wciąż traktowana przez znaczną część myślącego konserwatywnie korpusu oficerskiego komendy. Stąd teksty o perspektywie behawioralnej. Zdał się na niepokoje Bobrowskiego i dobrze na tym wyszedł. Profiler z błogosławieństwem szefostwa — to jest to! I od razu zamknięte gęby wszystkich ignorantów. Ale jeśli profiler nic nie wymyśli? To będzie wtedy impas i to na całego. A jeśli zabójca nie uderzy już więcej? Dochodzenie pójdzie nieuchronnie do zamrażarki, Interpol, niezbyt zachwycony, albo zaakceptuje tę decyzję, albo przeniesie sprawę do innego kraju — choć to mało prawdopodobne. Szefostwo natychmiast uzna całą imprezę za blamaż i ratując siebie, dokopie świeżo powołanej sekcji S-3.

Druga hipoteza zakładała, że zabójstwa miały mniej złożony podtekst. Chodziło o zwyczajną zemstę, która bywa czasami rozliczeniem pomiędzy tymi, którzy zaangażowani byli w nielegalny handel starymi książkami. Ktoś złożył zamówienie, ktoś wykradł białe kruki z Biblioteki Krakowskiej, ktoś potem gdzieś nawalił, oszukał, nie dotrzymał zobowiązania. I ruszyła maszyna... Dlatego Nawrocki tak niecierpliwie czekał na billingi. Wierzył bowiem w ludzką niedoskonałość. Być może ktoś zapomniał się i popełnił błąd, który będzie dla nich szansą. Tak, billingi dawały jakąś szansę, by można było działać twardymi metodami — porównując, kojarząc, łącząc.

Oczywiście Nawrocki był zbyt doświadczonym policjantem, żeby nie brać pod uwagę rozmaitych wariantów pośrednich. Ta cała zabawa w samuraja mogła być tylko mającą przykryć zwykłe interesy zmyłką, której celem było pchnąć pościg na manowce śledztwa o charakterze seryjnym, czyli patologicznym. Nie wariat więc, tylko ktoś, kto wariata bardzo udatnie zgrywa. Ale mógłby to też być jakiś prawdziwy świr, którego zwyczajnie wynajęto, właśnie dla kamuflażu. To mogły być też porachunki, inicjatywa jednego skrzywdzonego, który — znów — albo z powodów własnego popaprania, albo dla zwykłego zmylenia śladów, tak właśnie dochodził swych naruszonych jakoś tam bandyckich praw.

Męczył się więc komisarz tego wieczoru, rozpatrując wte i wewte rozmaite warianty zdarzeń. Nie pomagało mu kiepskie wino nowozelandzkie, którego postanowił, nagabywany przez ekspedientkę w „Lagunie", spróbować. Wreszcie stało się dlań jasne, co też go tak bardzo niepokoiło.

W ferworze walki, w tym całym zabieganiu i ciągłym pośpiechu, na co jeszcze nałożyły się szybkie podróże Nawrockiego, zupełnie zabrakło im wszystkim zdystansowanego spojrzenia na całość. A ta aż wołała o przypatrzenie się temu, co pierwsze, co było początkiem całego łańcucha zdarzeń.

— Kurwa mać! Biblioteka Krakowska! — wykrzyknął komisarz, podrywając się z fotela i przewracając przy okazji kieliszek pełen kwaskowatego nowozelandzkiego merlota.

Dlaczego w ogóle nie zajęli się Biblioteką Krakowską? Dlaczego od razu podjęli trop w samym jego środku, zapominając o początku. Skradziono starodruki, dobrze. Ale jakie konkretnie, ile? Co mu tak naprawdę wiadomo? Tyle, co Nawrocki usłyszał od Krajewskiego i co powiedział mu ten dziennikarz z gazety, i co wyczytał w materiałach prasowych udostępnionych mu z archiwum redakcji, i co sam jeszcze zapamiętał z własnego w tamtą sprawę zaangażowania. Ale on wtedy zajmował się tylko warszawskim odpryskiem śledztwa, zresztą, jak się okazało, zupełnie nierozwojowym.

Jakież niedopatrzenie, Jezu! A przecież prowadzone jest wciąż dochodzenie, muszą więc być jakieś ustalenia, coś tam już leży w prokuraturze i ktoś się tym całym bardakiem w końcu zajmuje. Na jakim etapie są przygotowania procesowe, jeśli zabawa weszła już w tę zaawansowaną fazę? I w ogóle — z drugiej mańki — co ci krakowscy bibliotekarze trzymają w tych cymeliach, w tym niby ściśle chronionym dziale starodruków, do którego można wejść, jak się okazało, niemal z ulicy?

Wycierając energicznie rozlane wino, by nie wsiąkło w dywan, Nawrocki jednocześnie przeprowadzał przyśpieszony rachunek sumienia. Uległ mechanice śledztwa, zanurzył się w rutynie standardowej metodologii. Poszedł po linii najmniejszego oporu, zachował się jak jakiś marny, prowincjonalny glina. To nie był ani błąd Mirka, który nie ogarniał całości, ani Pirwitza, który zapewne trafiłby każdy widoczny cel pierwszym strzałem, ale o nowej robocie nie miał jeszcze zielonego pojęcia, tylko właśnie jego. Doświadczonego, łebskiego policjanta, którego przeznaczeniem podobno nie były pospolite, nudne sprawy, tylko prawdziwe hity, z jakimi nie radziły sobie zwykłe psy. A on, rasowy tropiciel, a nie żaden tam kundel, po prostu olał to, od czego w zasadzie powinien zacząć, choćby go czekała podróż dookoła świata, a nie tylko drobne wypady do Londynu czy na Gotlandię.

I już wiedział, co zrobi z samego rana, jak tylko znajdzie się znów w swym zagrzybionym służbowym pokoju.

*

Komisarz przyszedł do pracy kilka minut po siódmej. Dyżurny w portierce aż rozdziawił gębę ze zdziwienia, bo zobaczenie Nawrockiego o takiej porze w komendzie to była prawdziwa rzadkość.

Najpierw zaparzył sobie kawę w pamiętającym przełom wieków i stękającym z wysiłku prymitywnym ekspresie, potem odpalił komputer i zaczął przeglądać strony. Co chwilę odrywał się od ekranu, by coś zanotować, gdyż bardziej ufał słowu pisanemu niż elektronicznej informacji, która w każdej chwili mogła raptem zniknąć.

Około dziewiątej zadzwonił na komórki Pirwitza i Mirka; zarządził spotkanie na jedenastą u siebie. A potem rozpoczął rundę rozmów telefonicznych. Zadzwonił do prokuratury rejonowej Warszawa Śródmieście, do Zbyszka, kolegi z wydziału kryminalnego, który niegdyś nadzorował warszawski odprysk krakowskiego dochodzenia w sprawie kradzieży w Bibliotece Krakowskiej. Potem dwa razy do Krakowa, za każdym razem ucinając sobie dłuższą pogawędkę z rozmówcami po drugiej stronie linii. Wreszcie, by nadrobić zaległości, skontaktował się telefonicznie z rzeczoznawcą Biblioteki Narodowej, doktorem Markiem Krajewskim.

Ten niezbyt mu pomógł. I wyglądało na to, że ma więcej pytań do komisarza, niż mógłby udzielić odpowiedzi. Interesował go postęp w śledztwie w sprawie zabójstwa warszawskiego antykwariusza, podobno cała Biblioteka Narodowa wciąż ekscytowała się tym faktem. Pytał poza tym, kiedy fachowcy z biblioteki mogliby wejść wreszcie do antykwariatu, żeby poczynić niezbędne rozeznanie w sprawie tam obecnych zasobów książkowych. Nawrocki zbył Krajewskiego jakimiś ogólnikami, by zadać wreszcie interesujące go pytania. Ale Krajewski przyznał, że nie ma zielonego pojęcia o pełnym stanie zbiorów działu starodruków w Bibliotece Krakowskiej. Wyjaśnił, że oczywiście orientuje się w generaliach, ale w kwestiach drobiazgowych doradził kontakt z fachowcami na miejscu, bo jego pole działania wiąże się raczej z warszawskimi placówkami.

Czyli kółko się zamknęło.

Nawrocki, lekko zniechęcony, zadzwonił jeszcze do redakcji gazety i poprosił o połączenie z redaktorem Bosackim. Ten znów przebywał za granicą, bo — jak mu wyjaśniono — przygotowywał się do objęcia stanowiska korespondenta w Stanach Zjednoczonych. Ale w zamian skontaktowano go z dziennikarzem, który jeździł do Niemiec, kiedy kradzież z Biblioteki Krakowskiej wyszła na jaw, a skradzione starodruki pojawiły się w ofercie rozmaitych zachodnich domów aukcyjnych. Rozmawiali z pół godziny, ale Nawrocki dowiedział się jedynie, że od kiedy prokuratura wszczęła śledztwo, poproszono dziennikarzy o niemieszanie się więcej w tę sprawę. Obecnego stanu prokuratorskich prac dziennikarz nie znał, bo skupił się w ostatnim czasie na relacjonowaniu działalności aukcyjnej w kraju, co było zresztą zgodne z jego właściwymi zainteresowaniami. Eskapadę do Niemiec i dziennikarskie dochodzenie w kwestii skradzionych starodruków określił jako swoistą przygodę w jego życiu zawodowym, zaznaczając jednocześnie, że to już dla niego sprawa przebrzmiała i jedyne, co go teraz interesuje, to ustalenia prokuratury i ewentualny proces. Bo to dopiero będzie news.

Nawrocki zaklął siarczyście, odkładając słuchawkę. News, kurwa mać! Słuchając wywodów dziennikarza przez chwilę miał ochotę powiedzieć mu o morderstwach antykwariuszy. To byś dopiero miał news, chłopie, nie to, co te relacje z aukcji dla bogatych snobów! Ale się powstrzymał.

Przeglądał przecież dość wnikliwie codzienną prasę, zwłaszcza stołeczną, i zauważył, że brać dziennikarska — na szczęście! — jeszcze niczego nie skojarzyła. Adnotacja o zabójstwie warszawskiego antykwariusza o arystokratycznie brzmiącym nazwisku Opaczyński pojawiła się raptem jako skromna notka na stronicach lokalnych dodatków do głównych gazet. Także tabloidy niczego nie wyśledziły, ale tego akurat się spodziewał. Przeglądał je jedynie z obowiązku i już dawno wyrobił sobie o nich jak najgorsze zdanie.

W sumie był jednak zadowolony z dziennikarskiej indolencji. Ostatnie, czego pragnął, to presja ze strony prasy na jego śledztwo. Ale miał też świadomość, że to nie może trwać długo. Ktoś wreszcie na coś wpadnie albo, co wydawało mu się bardziej prawdopodobne, ktoś z komendy sprzeda całą rzecz za kilka nędznych srebrników. A wtedy rozpęta się piekło i będzie musiał wreszcie stanąć w świetle jupiterów i reporterskich fleszów.

Mały ścienny zegar klikał głośno jedenastą i przy drzwiach rozległo się pukanie. Nadchodziła kawaleria z odsieczą w postaci uśmiechniętych od ucha do ucha Mirka i Pirwitza.

— Ha, szefie! Jest, mamy! — Mirek od progu powiewał nad głową plikiem papierów i opakowaniem, w jakim zwykle nosi się CD-ROM-y. I nim Nawrocki zdołał zapytać, sam udzielił odpowiedzi: — Szwedzi jednak pękli i przysłali. Żyjemy, co nie? Legia rulez!

— Nie tyle pękli, co Marcin załatwił — spostponował go komisarz. — Powiedz, jak to zrobiłeś? Z czystej ciekawości pytam. Znajomości, dług czy... — urwał Nawrocki, ale i tak wszyscy rozumieli.

— Nie, nie. Nic z tych rzeczy. Zwykła przysługa koleżeńska. Kiedyś brałem udział... — Pirwitz zawahał się nagle i zamilkł. Przedłużającą się ciszę przerwał wreszcie Nawrocki.

— Nie ma sprawy, pamiętamy o tajemnicach.

Podkomisarz milczał

— Mniejsza o to. Ważniejszy jest rezultat. Czyli co właściwie macie?

— Jak to co? Jak to co?! — zaperzył się Mirek.

— Wszystko, szefie, wszyściusieńko! Billingi jak się patrzy. Wersja papierowa, wersja elektroniczna. Do wyboru, do koloru!

— Dobra, Mirek, nie przesadzaj. Nie handlujesz pornosami na stadionie. — Ale był wyraźnie zadowolony. — No to świetnie! — Zatarł ręce w podekscytowaniu. — Skoro mamy już teraz wszystkie dane, to możemy wrzucić cały ten majdan w komputery. Mirek! Jak tylko tu skończymy, pójdziecie z Marcinem do łączności. Po drodze zajdźcie do informatyków i powiedzcie im, co jest grane. Niech was wesprą, jak tylko i jeśli tylko mogą. Najlepiej, jakbyś porozmawiał z Kubą, wiesz, tym gościem z długimi włosami. On tam jest najbardziej do rzeczy, reszta to zwykli odklejeńcy albo fanatycy o mentalności hakerów. I nie dajcie się wydymać — teraz jest lato, urlopy, remonty, przestoje i pewnie kolejka do SIS-u i do katarynki. Ale my mamy priorytet, pamiętajcie! Śmiało powołujcie się na zastępcę komendanta, a w razie czego — ale jakby już naprawdę było źle — odsyłajcie do mnie. Jasne?

— Jasne! — potwierdził Mirek.

— Uhm! — bez entuzjazmu mruknął Pirwitz.

— Marcin, nie dąsaj się. Właśnie taka jest nasza robota. Specjalnie chcę, żebyś poszedł z Mirkiem i przyglądał się, jak ta nasza betoniara się kręci. Mirek jest w końcu mistrzem negocjacji i perswazji, nie?

— Sie wie! — Sierżant podjął natychmiast rolę typowego warszawskiego cwaniaczka, którym zresztą poniekąd był.

— Poza tym chciałbym, żebyś nadzorował wypełnianie tych wszystkich wirtualnych formularzy i aplikacji. Ze względu na angielski, kapujesz?

— Oczywiście! — Pirwitz wyglądał na nieco pocieszonego.

— No to ekstra! A teraz, skoro byliście tacy grzeczni, a przede wszystkim tacy produktywni, należy wam się nagroda w postaci bajeczki opowiedzianej przez wujka Irka. Kto chce posłuchać?

I Nawrocki opowiedział im o swoich wczorajszych przemyśleniach. A także o wszystkim, co do tej pory ustalił i co było jego udziałem w ostatnich dniach. O Bibliotece Krakowskiej, kradzieżach, o własnych hipotezach i domniemaniach. O wątpliwościach i planach. Opowiedział im wszystko, jak na spowiedzi. Po to, by poczuli się całkowicie wtajemniczeni. Żeby czuli się odtąd partnerami, a nie tylko pomagierami.

Mówił ze dwie godziny, a jego wywód Pirwitz z Mirkiem decydowali się przerywać pytaniami tylko wtedy, gdy naprawdę uznali, że coś domaga się uściślenia.

Miał nadzieję, że docenią jego gest. Docenili: nie było żadnych komentarzy na koniec. Ani zbędnych pytań, ani niepotrzebnych podziękowań.

— My do komputerów, a szef teraz dokąd? — spytał Mirek przy rozstaniu.

— A ja jeszcze raz do Krakowa. Muszę pogadać z gośćmi, którzy zajmują się wciąż sprawą Biblioteki Krakowskiej. Nie jestem zadowolony ani z pierwszej rozmowy z nimi, ani z dokumentacji, którą mi przesłano i którą dysponuję. Chcę pogadać twarzą w twarz, taki oldskulowy nawyk.

— To czym szef pojedzie do Krakowa? Powozem? — Mirek zdobył się na dobrotliwy sarkazm.

— O nie, kochanieńki. W kwestii transportu jestem fanem nowoczesnych metod przemieszczania się i — korzystając z uprawnień danych mi przez zastępcę komendanta — zamierzam odbyć podróż z Warszawy do Krakowa i z powrotem na pokładzie samolotu krajowych linii lotniczych — powiedział ku zdziwieniu Mirka. — Już zarezerwowałem wylot na jutro rano, wracam około osiemnastej. A teraz zmykajcie, bo chcę jeszcze przejrzeć mój dzisiejszy urobek.

Był pewien, że resztę dnia spędzą przy komputerach. Tylko w filmach sensacyjnych wyszukiwanie i kojarzenie danych elektronicznych wygląda widowiskowo. W rzeczywistości trwa to długo i jest nudną, mozolną czynnością. Jeszcze porównanie numerów telefonicznych z billingów pewnie zrobi się prędko, ale już przelot przez dane SIS-u, gdzie wszystkie numery telefonów miały być skonfrontowane z ogromną bazą danych, trochę potrwa. A jak pojawią się jakieś proceduralne kłopoty — europejska biurokracja policyjna była niby o niebo sprawniejsza od polskiej, ale też cechowała ją inercja — to cała zabawa może zająć nawet kilka dni.

Nawrocki zagłębił się więc w lekturę notatek poczynionych podczas porannej sesji przy komputerze i telefonie. Potem zaparzył kolejną kawę, zapalił fajkę i zaczął rozmyślać nad strategią działania w Krakowie. Co chwila musiał walczyć z pokusą snucia możliwych scenariuszy działania w przyszłości — w zależności od tego, co przyniesie komputerowy *research* i jego krakowski rekonesans. To byłoby czyste gdybanie, całkiem bezproduktywne. Kiedy zdarzało mu się prowadzić czasem zajęcia dla młodych adeptów policyjnej roboty — a zapraszano go chętnie, bo miał smykałkę pedagoga i nieźle sobie radził ze studentami — zawsze przestrzegał przed budowaniem „scenariuszy antycypujących". Oczywiście śledczy musi myśleć wyprzedzająco i zakładać rozmaite hipotetyczne warianty, ale nigdy tak, by tworzyć sobie zbyt ostry obraz. Wtedy grozi niebezpieczeństwo dopasowywania zdobytych danych do założonej teorii oraz „zakleszczenie" się śledczego w założonych wariantach. Tak naprawdę istotę policyjnej roboty stanowiła indukcja, a nie jak chciał twórca postaci Sherlocka Holmesa — dedukcja.

Poczuł nagle umysłowe zmęczenie i nabrał ochoty, by wyjść z budynku i przejść się trochę w drodze do domu. Jeszcze tylko machnął w komputerze krótką służbową notatkę z postępu robót — jak w myślach nazywał prowadzone dochodzenie — wysłał ją mailem do sekretariatu nadinspektora Bobrowskiego, który z wysokości (i to w sensie dosłownym, komendanckie gabinety znajdowały się niemal na samej górze pałacu Mostowskich) nadzorował jego robotę i już właściwie był wolny.

Wczesne popołudnie w letniej Warszawie, jeśli tylko dopisywała pogoda, to była naprawdę dobra pora na przechadzkę.

Ruszył więc swą ulubioną trasą, którą niestety dość rzadko ostatnio chadzał. Po wyjściu z komendy od razu przeszedł przejściem podziemnym przy stacji metra Arsenał na drugą stronę ulicy, przeciął plac Bankowy, mijając po drodze niebieski wieżowiec oraz pałac Błękitny, pozostający, mimo zapowiedzi zmian, wciąż we władaniu Zarządu Transportu Miejskiego. A potem był już tylko park Saski z emerytami i bawiącymi się dziećmi. Lubił to spokojne miejsce w samym centrum miasta. Wydawało mu się najbardziej naturalne spośród wszystkich warszawskich parków, może obok Skaryszewskiego. Ale tam nie był już całe lata, od kiedy przeniósł się ostatecznie z Pragi na lewobrzeżną — bardziej szlachetną część stolicy. Zmierzał ku Krakowskiemu Przedmieściu, na którym właśnie trwały „intensywne prace rewitalizacyjne" — jak donosiła prasa — bo już dawno korciło go, by przyjrzeć się, jak to wszystko wygląda. Ale zaraz za placem Piłsudskiego wpadł w wir budowy: rozkopana jezdnia, rozwalone chodniki, huk maszyn, sporo błota — mimo że od dobrych kilku dni nie padało.

Poczuł rozczarowanie, bo patrząc na roboty na jego ukochanej ulicy (jeszcze jako student uwielbiał włóczyć się po trakcie), zupełnie nie mógł sobie wyobrazić ostatecznego kształtu tej historycznej arterii miejskiej. Miejskie władze szumnie i dumnie donosiły o niebywałej skali prac, które miały nadać Krakowskiemu sznyt godny wizytówki miasta, prawdziwie europejski wygląd głównej ulicy, ale Nawrocki przeżył już tyle rozczarowań wszystkimi tymi megalomańskimi zamierzeniami Ratusza, że pozbył się złudnych nadziei. Oby tylko nie spieprzyli za bardzo tego, co już było.

Poczłapał, mijając slalomem wykopaliska, sterty zgromadzonej kostki i kamiennych krawężników, ku Nowemu Światu. Tam zamierzał złapać autobus na Mokotów, do siebie. Ale przy „Amatorskiej" dopadła go nagła nostalgia za tym miejscem. Postanowił zatem wstąpić na kawę, by przypomnieć sobie knajpkę, w której niegdyś, jeszcze w czasach studenckich, spędzał godziny. Czytając książki, gadając z kumplami lub nie do końca niewinnie flirtując z dziewczynami. Wiele się tu zmieniło od tamtych lat, ale jakiś czar zaklęty w tym wciąż niezbyt zadbanym, a przeto swojskim lokalu, pozostał. Jedna z ostatnich enklaw starych, dobrych czasów — pomyślał, siedząc na wysokim stołku i wpatrując się we własne odbicie w ściennym lustrze. I od razu pożałował tego taniego sentymentalizmu. Tamte czasy przecież wcale nie były dobre, to tylko wspomnienie młodości usprawiedliwiało je. Za czym właściwie tęsknił? Za brakiem zobowiązań i swoistą beztroską, będącą udziałem żaków dopiero pomału planujących swoją przyszłość? Za poczuciem siły i szczeniacką pewnością, że kto jak kto, ale on na pewno poradzi sobie w starciu ze światem i własnym, dopiero rozpoczętym życiem? Ale przyszłość właśnie nadeszła i oto trwa. A on jest już ustawiony, już się unieruchomił: wybrał zawód, ma rodzinę. Co tu się jeszcze mogło zmienić? Przypomniał sobie, jak kiedyś, niedawno, ale gdy jeszcze mieli samochód, odwoził koleżankę Jasia z przedszkola do domu po jakimś męczącym *kinderparty* u nich na Żywnego. To była rezolutna, nieco przemądrzała dziewczynka, której się buzia nie zamykała. Trajkotała więc, a on słuchał, coraz bardziej rozbawiony. „No tak — paplała — teraz chodzimy do przedszkola. Potem pójdziemy do jednej i drugiej szkoły i na uniwersytet. Moi rodzice mówią, że trzeba się uczyć. A później to już tylko praca, rodzina, dzieci, życie".

I wreszcie śmierć, moja droga panno wszystkowiedząca — dopowiedział dziś za nią, choć wtedy niemal krztusił się ze śmiechu, słysząc w jej mądrościach ewidentne odbicie rodzicielskich pogawędek i nauczań.

A teraz siedzi w „Amatorskiej" i rozkleja się niczym kapitan Willard z *Czasu Apokalipsy* w swoim mieszkaniu w Sajgonie.

Dopił kawę i energicznie wyszedł, jakby chciał pozostawić za sobą wszystkie duchy przeszłości.

Niebo tymczasem zachmurzyło się lekko. Narastający wiatr zapowiadał najwyraźniej zmianę pogody. „Wietrzne miasto", zwykł mawiać o Warszawie jeden z jego krakowskich kumpli. Starając się już nie myśleć za wiele, Nawrocki ruszył ku przystankowi autobusowemu.

V.

Komisarz dawno już nie korzystał z usług LOT-u na liniach krajowych. Ostatnio ze trzy lata temu leciał do Gdańska na jakąś, jak się okazało, zupełnie poronioną naradę policyjnych służb z krajów bałtyckich. Dużo bicia piany i wielkie pijaństwo na koniec.

Na Okęciu oczywiście pogubił się, bo i tu dotarł duch wielkiej przebudowy. Wznoszono właśnie dwa nowe terminale. Część przejść dla pasażerów była tymczasowo zamknięta, tłum ludzi z walizkami przewalał się w zdezorientowaniu przed wejściem do hali odlotów, a w środku panował nieprawdopodobny ścisk. Informacja była oczywiście fatalna i musiał pytać o drogę umundurowanych ochroniarzy, a w końcu — pomachał im służbową legitymacją. To wystarczyło, by dotransportowali go bokiem, omijając kontrolę, wprost do samego autobusu stojącego na płycie. Nawet nie chciało mu się rozważać prawdopodobieństwa dostania się w ten sposób do samolotu jakiegoś terrorysty, który dysponowałby dobrze podrobioną legitymacją policyjną.

Jak się okazało, mieli lecieć turbośmigłowym ATR-em. Samolot był niemal pełen, co Nawrocki przyjął z pewnym zdziwieniem. Wydawało mu się bowiem, zupełnie nie wiedzieć czemu, że naród nie przemieszcza się tak ochoczo via LOT po kraju. Najgorsze było to, że nie mógł się napić. Zaraz po wylądowaniu czekała go praca, spotkania z cywilami, nie chciał więc wyjść na degenerata zionącego przetrawionym alkoholem już w godzinach przedpołudniowych.

Na szczęście podczas rejsu nie telepało zanadto i po godzinie znalazł się na Balicach, gdzie odebrali go nieumundurowani policjanci z krakowskiej komendy. Do miasta dotarli wozem na cywilnych numerach, szczęśliwie dzięki niebieskiemu kogutowi i syrenie omijając korki. A na Szerokiej spotkał się znów z Chorubałą i Lisickim.

Nie wyglądali na zachwyconych.

Nawrocki miał w dupie ich humory. Postanowił jednak zachować maniery.

— Znów was trochę pomęczę. No, nie ma wyjścia — rozpoczął naradę. — Mam jeszcze kilka pytań o powiązania tego gościa z Łobzowskiej, jak mu tam?

— Udał, że nie pamięta.

— Antoni Giełgud — wycedził Chorubała.

— No właśnie, Giełguda, z tymi słynnymi kradzieżami w Bibliotece Krakowskiej.

— Ale już podczas poprzedniej wizyty pana komisarza mówiliśmy — Nawrocki zauważył, że Chorubała najwyraźniej postanowił, iż będzie starał się zachować pozory oficjalności — że właściciel „Tradycji" nie cieszył się zbyt dobrą opinią i...

— Niezbyt dobrą opinią?! A co to za mowa trawa? — komisarz zaatakował. — Ja chcę wiedzieć i to teraz, już, czy był u was wcześniej notowany jako paser. Pytałem was o to wstępnie w czasie pierwszej wizyty. A teraz chcę wiedzieć, czegoście mi wtedy nie powiedzieli. Jednoznacznie!

Chorubała spojrzał na swego partnera, ale ten wyglądał tak, jakby właśnie pogrążył się w medytacji.

— No dobrze, był. Czy to jakoś panu komisarzowi pomoże? — Chorubała niechętnie podjął rozmowę.

— A żebyś wiedział, że tak! Czemu to za poprzednim razem przemilczeliście? To ja wam powiem czemu! Boście najzwyczajniej tę sprawę olali i tyle! A jak się rozkręcił ten cały pierdolnik, toście się przestraszyli, że będzie jeszcze większa chryja. Mam rację?

Chorubała z Lisickim nie odpowiedzieli.

— Jezu! Macie pod bokiem rozgrzebane śledztwo z aferą Biblioteki Krakowskiej w tle, macie antykwariusza o nieczystej reputacji, macie dziwaczne zabójstwo i nie chciało wam się dupy ruszyć, żeby choć podrążyć trochę? Od razu kwalifikujecie rzecz w kategoriach rabunku i przemocy ze skutkiem śmiertelnym? Tylko dlatego, że to specyficzna okolica, a antykwariusz sam miał menelskie inklinacje i na dodatek jakiś popieprzony żul od męskich prostytutek był świadkiem? — Nawrocki nie umiał pohamować furii.

— To nie do końca tak. Były naciski — zabełkotał Chorubała.

— Naciski? Zawsze są, kurwa, naciski! Zawsze jest ta jebana, kurewska sprawozdawczość. I zawsze są pierdoleni szefowie z ich filozofią szybkiej i bezbolesnej wykrywalności albo umorzeniem — pieklił się komisarz. — Prokuratura łyknęła tę waszą wersję?

— Eee, no tak. — Chorubała mówił teraz niemal szeptem.

— Pewnie! Im też było z tym po drodze. Co za syf! W pokoju zaległa ciężka cisza. Wszyscy milczeli.

Nawrocki pomału się uspokajał. W głębi serca nie winił zanadto tych biednych sukinsynów. To są tylko ofiary systemu, powtarzał sobie, biedni, słabi wyrobnicy. Chociaż ten Lisicki wygląda na niezłego sadystę, pewnie sprawia mu przyjemność dociskanie przesłuchiwanych...

— Mniejsza z tym. Weźcie dupy w troki i zróbcie mi wykaz, możliwie najdokładniejszy, tego, co znaleziono u Giełguda w sklepie. Chodzi oczywiście o książki, nie o przybory piśmienne czy zastawę stołową. I chcę to mieć najpóźniej jutro po południu, najdalej pojutrze rano. Wydruk na biurku w moim pokoju na Mostowskich.

Wstał, wyszedł, nie dbając o pożegnanie, trzasnął drzwiami, zbiegł ze schodów i już był na zewnątrz, na Szerokiej. Do następnego spotkania miał trochę czasu. Postanowił się przejść, by ukoić nerwy. Wkurwili go ci badziewiarze, psy od siedmiu boleści. Poszedł w lewo ku dawnej żydowskiej mykwie, dziś przerobionej na jeszcze jedną restaurację i, wciąż zacietrzewiony, ruszył dalej ku Poczcie Głównej i Plantom. Chciał znaleźć się na Rynku, wtopić w tłum i chwilę pomyśleć — w tej samotności wśród innych ludzi — zanim spotka się z umówionymi pracownikami Biblioteki Krakowskiej.

*

Nawrocki nie znał zbyt dobrze Krakowa, dlatego z bibliotekarzami umówił się, dzwoniąc z Warszawy, w kawiarni w Sukiennicach. Chciał, by czuli się swobodnie, wszak to ich teren, ale jednocześnie wolał, by rozmowa odbyła się poza siedzibą biblioteki, gdzie musiałby, chcąc nie chcąc, odgrywać rolę gościa albo lepiej powiedzieć: intruza.

Spacer z Kazimierza zajął mu mniej czasu, niż przewidywał, to pewnie podekscytowanie nadało mu energii i szwungu. Na Rynku znalazł się więc dobrą godzinę przed umówionym spotkaniem u Noworolskiego.

Postanowił zatem, że wykorzysta ten czas na niespieszną przechadzkę. Po pierwsze, wlazł pomiędzy cepeliowskie stoiska mieszczące się wewnątrz Sukiennic. A tam, w tym mrocznym tunelu ogarnęła go ludzka ciżba. Zewsząd dochodziły go zawołania i dialogi w obcych językach. Łaził tak i odbywał niezobowiązujące *window shopping*. Prezenty dla Małgorzaty i Jasia nabył wszak, gdy był poprzednio w Krakowie. Teraz tylko pragnął jakoś dociągnąć do umówionej godziny spotkania.

Domyślał się, taksując wzrokiem stragany, że Małgorzata przywiezie mu coś z urlopu. Dałby sobie rękę uciąć, że będzie to jakieś lokalne, dobre wino, a także — zapewne — T-shirt z orientalnym, charakterystycznym wzorkiem, koniecznie w rozmiarze XXL, bo ten był bezpieczny, to znaczy można było przyjąć, że będzie na niego pasował.

Wyszedł w końcu z inferna Sukiennic, wyciągnął jeszcze dwieście złotych z bankomatu PKO BP mieszczącego się w kamienicy naprzeciwko — tak na wszelki wypadek — i spojrzawszy na zegarek, udał się do

Noworola, jak podobno tę kawiarnię zwali autochtoni oraz wszyscy ci pozerzy, którzy chcieli za krakusów uchodzić.

Kawiarnia wyglądała na dość wyludnioną, raptem trzy, cztery towarzystwa, mocno zresztą geriatryczne. Nawrocki usiadł zaraz przy wejściu i rozłożył na stoliku papiery, by zostać łatwo rozpoznanym. Nie dogadali się co do wzajemnej identyfikacji, rozmowa telefoniczna potoczyła się zbyt szybko. Miał zapisany numer komórki jednego z bibliotekarzy, ale ani myślał korzystać z telefonu w tym niemal pustym lokalu.

Na szczęście nie musiał. Kiedy dwaj mężczyźni weszli z impetem do kawiarni, wiedział od razu, że są oni po właściwej stronie. Wyglądali na pozór zupełnie zwyczajnie, ale Nawrocki dość szybko doszedł do wniosku, że wyróżniają się dyskretną elegancją przejawiającą się w jakości strojów. Mimo wzrastającego upału, mieli na sobie garnitury, ewidentnie szyte na miarę. Obaj byli pod krawatami. I mieli bardzo czyste, wręcz lśniące buty.

Ach te urzędnicze tradycje galicyjskie, przemknęło Nawrockiemu przez myśl, kiedy witali się, przedstawiając sobie nawzajem.

Adam Nowicki pełnił obecnie funkcję kierownika Sekcji Inkunabułów i Druków Obcych Biblioteki Krakowskiej. Był to postawny gość — z wyglądu mniej więcej w wieku komisarza. Bartłomiej Bieńczyk natomiast, specjalista w owej sekcji, miał się specjalizować w zbiorach orientalnych. Szczupły, przystojny blondyn w okolicach trzydziestki, na początku kariery profesjonalnej. Tak właśnie opisał ich sobie Nawrocki na własny użytek.

Kiedy już wymienili powitalne uprzejmości i złożyli nader skromne zamówienie u zblazowanego kelnera (kawa czarna, kawa biała, herbata), rozmowę podjął Nowicki.

— To dziwne, panie komisarzu, muszę się przyznać. Ostatnio po kawiarniach ciągała mnie — jeszcze za komuny — esbecja. Koniecznie chcieli ode mnie wyrwać ploty i skandale z naszej instytucji. Ale ich pogoniłem. A teraz — proszę! Państwowa policja znów zaprasza mnie do lokalu.

Nie wyglądało to na miły początek. Przez chwilę Nawrocki miał ochotę obrazić się, ale dał spokój. Nie był w nastroju do przepychanek.

— A wie pan, że mnie też ciągała esbecja na takie spotkania? Po tym, jak mnie zwinęli z nielegalną bibułą w plecaku. Na szczęście nie miałem ulotek, tylko Gombrowicza i Czapskiego. Wypuścili po czterdziestu ośmiu, dostałem kolegium, dość zresztą łagodne — jakieś prace społeczne i tak dalej, ale potem trochę nękali. Ale ja także ich popędziłem. A te czterdzieści osiem przesiedziałem na dołku na Mostowskich. Niewiele się tam zmieniło w piwnicach od tamtej pory. Wiem, bo zajrzałem raz czy dwa do tej samej celi, w której siedziałem za studenckich czasów. Swoją drogą, to trochę dla mnie frajda pracować w budynku, w którym się niegdyś siedziało, przyzna pan? — Nawrocki postawił na ironię.

Nowicki zmieszał się.

— Pan wybaczy, trochę przeszarżowałem.

— Nie ma sprawy — komisarz zbył temat. — Zajmijmy się teraz tym, co naprawdę ważne, dobrze?

Obaj bibliotekarze potaknęli niemal równocześnie. Chrząknąwszy, inicjatywę w rozmowie przejął Bieńczyk.

— Mamy dla pana te zestawienia, o które pan prosił telefonicznie — powiedział, wyjmując z solidnej skórzanej torby plik dokumentów.

— A co tam znajdę? — Nawrocki uśmiechnął się pytająco.

— No... bibliografię korpusu tekstów japońskich, rycin i tak dalej — wraz z ogólnym tłumaczeniem zawartości. Tak na wszelki wypadek, żeby ułatwić panu pracę — odparł niepewnie Bieńczyk. — Bo o to chodziło, prawda?

— Prawda, prawda. Ale ja chciałbym od panów uzyskać jednoznaczną odpowiedź, zanim zagłębię się w lekturę.

— Tak?

— Otóż chciałbym się dowiedzieć, czy w wyniku powszechnie znanych kradzieży dokonanych w Bibliotece Krakowskiej wasze zbiory, jak to nazwać — dalekowschodnie — poniosły jakieś straty? Bo jeśli idzie o starodruki europejskie — to i owszem. Udało mi się uzyskać zestawienie. — Nawrocki wyciągnął z teczki listę utraconych książek z Biblioteki Krakowskiej, którą zdobył dla niego Mirek, a także drugi plik papierów, już z samej prokuratury prowadzącej sprawę, który udało mu się wyrwać, mimo jawnej niechęci zaangażowanych w dochodzenie prokuratorów. Nie ma to jednak jak siła międzynarodowego śledztwa pod auspicjami Interpolu. — Wyobrażenie o stratach w waszym głównym księgozbiorze mam zatem całkiem niezłe.

Bibliotekarze spojrzeli na siebie wymownie. Wyglądali na lekko spłoszonych.

— To nie jest takie proste... — pokiwał głową Nowicki.

— Co nie jest proste? Proszę to wytłumaczyć tępemu glinie.

Nowicki westchnął.

— Wie pan, biblioteki przypominają trochę labirynty. Zbiory gromadzi się latami, książki narastają ilościowo, zajmują się nimi rozmaici ludzie... Poza tym o jakimś zintegrowanym systemie porządkowania pozycji bibliotecznych możemy mówić tak naprawdę dopiero od czasów współczesnych, powiedzmy od końca XIX wieku. Wcześniej wyglądało to trochę tak, jak przekazywanie wiedzy tajemnej. Poszczególni bibliotekarze byli doskonale zorientowani w układzie i zawartości zbiorów, przekazywali te informacje asystentom, swoim następcom...

— Chce pan powiedzieć, że wyglądało to tak jak w *Imieniu róży*? Tylko wtajemniczeni pracownicy biblioteki wiedzieli, jaka jest jej pełna zawartość i gdzie co leży na półkach?

— No tak, właściwie tak. Ma pan trochę racji. Z grubsza — odparł Nowicki niepewnie.

Nawrocki rozłożył ręce w geście tyle zgody, co niedowierzania.

— A to znaczy, że skontrum, ale też oficjalnie dostępny katalog nie musi, powtarzam: nie musi odzwierciedlać stanu faktycznego, tak? A już układ ksiąg w magazynie, o przepraszam, w panów sekcji, stanowi porządek sam w sobie?

— Nie do końca — żachnął się Nowicki, a Bieńczyk spuścił wzrok. — Zbiory współczesne są daleko bardziej uporządkowane. Co innego ze starodrukami. Dawniej — z rozmaitych przyczyn, także oszczędnościowych — łączono księgi, a czasami wręcz zapisywano nowy tekst na odwrocie starszego. No i mamy niby trzy pozycje, ale materialnie — tylko jeden inkunabuł na przykład.

— Ale mnie interesują nie inkunabuły, tylko zbiory orientalne albo w ogóle ta cała wasza egzotyka...

— Jeśli dobrze rozumiem, to co pan nazywa egzotyką, sprowadza się głównie do zawartości donacji Feliksa Jasieńskiego, a także późniejszych jej uzupełnień i wzbogaceń — odparował ponuro Nowicki.

Komisarz był w kropce. Pierwsze słyszał o Jasieńskim i kompletnie nie rozumiał, o czym mówi bibliotekarz.

— Czyli? — postanowił brnąć dalej.

— Czyli tego, co zasłużony kolekcjoner oddał bibliotece i nakazał oznaczyć jako cymelia oraz — co jeszcze bardziej interesujące — prohibita. O to pan pyta? Czy i tu odnotowaliście straty w czasie śledztwa, wskazujące na Bibliotekę Krakowską?

— Uhm — mruknął niepewnie Nawrocki.

— Więc raczej nie — ożywił się Bieńczyk. — Te godne pożałowania kradzieże dotyczyły, jak wykazały inwentaryzacje, głównie najstarszych obiektów i to spoza naszego działu. Wygląda więc na to, że kolekcje dalekowschodnie, w tym korpus Jasieńskiego, pozostały nienaruszone.

— „Wygląda na to"? — Nawrocki uniósł brwi w teatralnym zdziwieniu.

— Owszem. Zrobiliśmy przegląd po tym... po tym wszystkim — zacukał się Bieńczyk.

Po tej aferze, sarkastycznie dopowiedział sobie w myślach komisarz.

— I najwyraźniej — włączył się Nowicki — teksty, nad którymi pieczę sprawuje magister Bieńczyk, zostawili w spokoju. Ale — uprzedzając Nawrockiego, który już otwierał usta — nie możemy dać na to gwarancji. Przejrzeliśmy oczywiście zawartość półek przy sporządzaniu pokradzieżowego skontrum, ale z oczywistych przyczyn zrobiliśmy to pobieżnie. Tak dla ogólnej orientacji... Na wnikliwe badania musielibyśmy mieć o wiele więcej czasu, ludzi, no i... pieniędzy.

— Rozumiem — odparł pojednawczo Nawrocki. — A teraz najważniejsze pytanie. Ja wiem, że toczy się wciąż śledztwo w tamtej sprawie, wiem, że panowie macie na karku upierdliwych prokuratorów i pewnie nie mniej upierdliwych od nich moich kolegów, ale to są kwestie, które akurat dla mnie są kompletnie peryferyjne...

Obaj bibliotekarze spojrzeli na komisarza z wyraźnym zdziwieniem.

— Ja chciałbym wiedzieć, a to jest naprawdę ważne, proszę pamiętać, że zajmuję się nie książkami, tylko zabójstwami, więc ja chciałbym uzyskać od was odpowiedź na takie pytanie: czy jeśli wy, najbliżsi rzeczy fachowcy, nie jesteście w stanie w stu procentach potwierdzić, czy coś z działu, czy jak to tam zwiecie, w każdym razie z tej kolekcji dalekowschodniej zginęło — tu podniósł rękę ostrzegawczym gestem, bo Nowicki uczynił ruch, jakby chciał wejść mu w słowo — to, czy taką wiedzę mógłby posiąść ktoś z zewnątrz? Na przykład ten lub ci, którzy zlecali kradzieże?

Nowicki energicznie potrząsnął głową, zaprzeczając.

— Niemożliwie. Ktoś z zewnątrz — na pewno nie. Ale...

— Tak?

— Ktoś z wewnątrz — tak.

— Wspólnik albo wręcz organizator kradzieży. To chciał mi pan powiedzieć?

— Tak — westchnął z ulgą Nowicki. — Ale nie bardzo to sobie wyobrażam — dopowiedział od razu.

— Słucham?

— Powiem panu tak, panie komisarzu. My z kolegą Bieńczykiem orientujemy się najlepiej w zawartości zbiorów. Fakt, są one nieco zabałaganione i sami mamy czasem kłopot z orientacją... To znaczy, chciałem powiedzieć... Zdarza się, że zapisy w katalogu nie przekładają się tak prosto na natychmiastową identyfikację danego tekstu na półkach. Znaczy się, że nie jest wcale tak łatwo znaleźć to, co figuruje na fiszkach. Niektóre teksty też zostały zblokowane, to jest połączone, zintegrowane w jednej książce, która nie wyróżnia się zatem homogenicznym porządkiem, tylko jest czymś w rodzaju zbioru heterogenicznego... — Nowicki zagubił się w wyjaśnieniach.

— Chce mi pan powiedzieć, że jedna książka może być tak naprawdę zestawem rozmaitych, całkiem od siebie odrębnych tekstów, tak?

— Dokładnie! — z ulgą potwierdził Nowicki. — A więc doprawdy trudno jest się w tym wszystkim zorientować. My z kolegą Bieńczykiem pracujemy tu już dobrych kilka lat, a wciąż mamy wątpliwości i wciąż czujemy się nieco zdezorientowani, jak pan widzi.

— Zatem kradzież ze wskazaniem na konkretne dzieło z waszego działu jest nadzwyczaj mało prawdopodobna? To chcecie mi panowie powiedzieć? — Nawrocki postawił kropkę nad i.

— Właśnie tak. Dokładnie! — Nowicki odchylił się, rozluźniony i sięgnął łapczywie po filiżankę.

*

Nawrocki był zadowolony, że udało mu się ukryć całkowitą niewiedzę na temat postaci Jasieńskiego. Nie chciał ich pytać o niego, bo wyszedłby na całkowitego ignoranta. Ale coś z tym trzeba było zrobić.

Przydałby się teraz jakiś niezależny ekspert, by można było dokonać konsultacji.

Komisarz czuł, że nie ma już czasu na własne poszukiwania, szperanie po książkach, encyklopediach, mozolne wyciskanie informacji z mało wiarygodnych, czego już wcześniej doświadczył, witryn internetowych. Potrzebował wiedzy, której nie byłby już zmuszony weryfikować i sprawdzać.

Nawrocki znał tylko jedną osobę, o której pomyślał, że może mu w tej sytuacji pomóc. Ale wcale nie miał ochoty sięgać po tę możliwość.

Rozpatrzywszy rozmaite za i przeciw oraz wypiwszy jeszcze dwie kawy i wypaliwszy w tym czasie fajkę, zdecydował się jednak, choć z najwyższą niechęcią, uczynić ten krok.

Jako szef sekcji S-3 dysponował teraz służbowym laptopem Della, zakupionym ostatnio przez komendę stołeczną w ramach doposażania kluczowych pracowników.

Szczęśliwie zabrał go ze sobą do Krakowa.

Bibliotekarze już dawno sobie poszli, a on wciąż odwlekał, jak mógł, wcielenie w życie własnego postanowienia. Dobrą godzinę melancholijnie obserwował przez wielkie i nieco przybrudzone szyby kawiarni tłumy przewalające się przez Rynek. Jak zwykle, gdy odrywał się od zwykłego codziennego zaganiania, zwracał uwagę przede wszystkim na piękne kobiety i odniósł wrażenie, że w Krakowie jest ich więcej niż w Warszawie. Niesamowite stężenie urody i młodości, beztroska emanująca z tak wielu postaci przecinających pustą przestrzeń pomiędzy Sukiennicami a kościołem Mariackim. Jakaś niesprecyzowana obietnica wisząca w powietrzu...

Nawrocki westchnął, pomyślał o Jasiu i Małgorzacie smażących się pewnie w tej chwili w gorącym śródziemnomorskim słońcu, o sobie, jak zwykle zmęczonym, choć przecież — mimo całej tej pogmatwanej sprawy, którą prowadził — nie przepracowywał się znowu tak bardzo, wreszcie, co nieuchronne, o swoich czterdziestu pięciu latach na karku. Wcale nie chciał się rozkleić, choć była to kusząca perspektywa. Zamówił więc jeszcze wodę gazowaną i odpalił laptopa.

Najpierw postanowił jednak popróbować własnych sił i wstukał w Google'a nazwisko Jasieńskiego. Jak się spodziewał — sporo informacji w Wikipedii, ale nic, co by go tak naprawdę interesowało. Skrócony życiorys, jakieś anegdoty. Oraz linki, które oczywiście przejrzał. Zniechęcony, zrobił więc wreszcie to, nad czym przez tyle czasu deliberował.

Odnalazł w książce adresowej konto doktora Jarosława Klejnockiego i zaczął pisać maila.

Klejnocki, wedle jego wiedzy, wciąż siedział w radomskim więzieniu na prawach aresztanta — na specjalnych zasadach — ale podlegającego jednak obserwacji psychiatrycznej. Miał do dyspozycji niezły komputer z oprzyrządowaniem, jaki pozostawiono mu w nagrodę za pomoc udzieloną w poprzednim, prowadzonym przez Nawrockiego, śledztwie.

Pisząc maila, starał się być miły, nim więc przeszedł do sedna, zdążył ułożyć kilka okrągłych zdań na temat zdrowia, samopoczucia, postępów w pracy naukowej — Klejnocki postanowił bowiem wykorzystać pobyt w więzieniu na dokończenie habilitacji. Niemalże poruszył temat pogody i nadzwyczaj upalnego lata. A potem poszło już z górki. Zestaw konkretnych pytań i na koniec powtórzona jeszcze raz prośba o konsultacje.

Gdy skończył, spojrzał na zegarek — miał jeszcze ponad trzy godziny do wylotu. Postanowił zostać na miejscu i trochę poczytać. Wziął ze sobą teczkę, którą przekazała mu Oksana, z zapewnieniem, że przyda mu się w prowadzonej sprawie.

Były tam rozmaite wycinki z psychologicznej prasy fachowej, także po angielsku, kserokopie jakichś artykułów naukowych, ale też wycinki z gazet i periodyków opatrzone odręcznymi uwagami Oksany. I od nich właśnie zaczął.

Od razu przykuła jego uwagę rozmowa z profesorem Philipem Zimbardo, który na początku lat siedemdziesiątych na Uniwersytecie Stanforda przeprowadził słynny psychologiczny eksperyment więzienny, wykazując, że zwyczajni ludzie są zdolni do nieprawdopodobnej przemocy i do wczucia się w rolę prześladowców, jeśli tylko stworzy się im odpowiednie warunki. Wywiad z Zimbardo dotyczył słynnej afery z więzieniem Abu Ghraib w Iraku, ale Nawrocki przeczytał go z prawdziwym zainteresowaniem. Jedna wypowiedź profesora wydała mu się nadzwyczaj celna.

„Istnieją oczywiście socjopaci — mówił Zimbardo. — To mniej niż jeden procent populacji. Ludzie wychowani bez uczucia litości i bez poczucia winy. Brakuje im podstawowego elementu człowieczeństwa. Nie wiemy, dlaczego tacy są. Czasami to defekt mózgu, czasami są w dzieciństwie bardzo surowo wychowywani. Nie mają empatii. Mogą patrzeć na cierpienie innych i w ogóle ich to nie porusza. Tacy ludzie najczęściej zostają seryjnymi mordercami. Mogą zabijać dzieci. Ale to nie oni kierują ludobójstwem, nie oni są hitlerami i stalinami. Ludobójstwo jest produktem ideologii. Większość zwykłych ludzi przez większość czasu jest dobra. Są jednak wrzucani w sytuacje — w wojsku, policji, gangu, ruchu religijnym, rewolucji czy korporacji — które ich zmieniają. Uważam, że mamy wolną wolę i jesteśmy w stanie wybierać między dobrem a złem. Ale tylko w znanych, przewidywalnych sytuacjach. Kiedy mamy swobodę kierowania swoim życiem, wybieramy w ogromnej większości sytuacje znane i takie, w których czujemy się bezpiecznie...".

— No dobrze, a co, jeśli nasz klient jest po prostu chory? — zapytał sam siebie półgłosem Nawrocki. — Jest biednym, chorym skurwysynem, który nie zatracił przy tym umiejętności logicznego i pragmatycznego działania?

Ale czytał dalej: „Kiedy psycholog próbuje badać ludzi, koncentruje się na ich wnętrzu — na ich skłonnościach, chorobach, patologiach. Ja mówię: one mają znaczenie, ale wszyscy nie doceniamy siły sytuacji. Tendencji do dehumanizacji człowieka, roli anonimowości, rozproszenia odpowiedzialności, chęci przynależności do grupy...".

Czyli co? — zastanawiał się dalej komisarz. — Załóżmy najgorsze — wariat. Ale coś skatalizowało i skrystalizowało jego pokręcone skłonności, by wziął miecz i zaczął zarzynać ludzi. Wszyscy w końcu, technicy i policjanci powtarzali niemal to samo o zamordowanych antykwariuszach: „zaszlachtowani jak wieprze". Ale co to było? Co uruchomiło tę chorą machinę, która w fazie realizacji działała niemal perfekcyjnie: brak śladów, a wcześniej — udane zakamuflowanie kontaktów.

Następnym interesującym materiałem była krótka notka prasowa z jednej z gazet o wyroku dożywocia dla tak zwanego szachowego mordercy w Rosji: „Dożywocie za zamordowanie czterdziestu ośmiu osób — taki wyrok zapadł wczoraj przed moskiewskim sądem. Skazany, trzydziestotrzyletni Aleksander Piczuszkin, nazywany szachowym mordercą albo bitcewskim maniakiem, w trakcie procesu przyznał się do winy, a podczas ogłaszania wyroku nie okazywał większych emocji. Gdy sędzia Władimir Usow zwrócił się do Piczuszkina z pytaniem, czy wszystko zrozumiał, usłyszał: «Nie jestem głuchy». Obecni na sali krewni ofiar zabójcy przyjęli wyrok w ciszy. Jak wykazała prokuratura, Piczuszkin atakował swoje ofiary w parku Bitcewskim w południowej części Moskwy, gdzie zwabiał je na wódkę. Zabijał, uderzając młotkiem w głowę. «Samodzielnie zadecydowałem o losie ludzi... Byłem dla nich sędzią, prokuratorem i katem», zeznawał. Po każdym zabójstwie kładł na szachownicy monetę — mówił, że zamierzał zapełnić nimi wszystkie sześćdziesiąt cztery pola. Piczuszkin, z zawodu sprzedawca, mordował od 1992 do 2006 roku. Milicja ujęła go rok temu dzięki nagraniu kamery umieszczonej w wagonie metra — na zdjęciach widać go w towarzystwie przyszłej ofiary. Podczas śledztwa mężczyzna zeznał, że zabił sześćdziesiąt jeden osób, w większości mężczyzn. Prokuratura była jednak w stanie udowodnić mu niespełna pięćdziesiąt zabójstw. Piczuszkin jest najkrwawszym seryjnym mordercą, jaki działał w Rosji od czasu Andrieja Czikatiły, osławionego rzeźnika z Rostowa, którego w 1992 roku skazano na śmierć za pięćdziesiąt dwa zabójstwa. Wyrok wykonano dwa lata później. W 1996 roku Rosja wprowadziła moratorium na orzekanie i wykonywanie kary śmierci, które obowiązuje do dziś".

Nawrocki z niechęcią zmiął kartkę w dłoni. Tego typu informacje zawsze powodowały, że wbrew własnym przekonaniom na chwilę zaczynał z sympatią myśleć o karze głównej, odrzuconej jednoznacznie przez światłe społeczeństwa europejskie.

Jeszcze jeden normalny człowiek sprowadzony przez sytuację na manowce czy po prostu zwyczajny popaprany zbok, którego trzeba wyeliminować?, pomyślał wzburzony.

W teczce natrafił jeszcze na opis działania specjalnych grup policyjnych, które, wykorzystując nowoczesne techniki identyfikacji (analizy DNA itd.), wznawiają dochodzenia w umorzonych niegdyś czy nie zamkniętych sprawach sprzed lat.

Już, pogrążony w iście wisielczym humorze, zabierał się do lektury następnych wycinków, gdy właśnie zadzwoniła komórka. Mirek!

— Szefie! Uwaga! Jest coś ważnego. Mamy zestawienia tych wszystkich billingów, no i w ogóle...

— Tak? — Nawrocki zazgrzytał zębami.

— Referuję: namierzyliśmy numer, stacjonarny, z którego dzwoniono w interesującym nas okresie do dwóch antykwariatów. Jeden w Szwecji, drugi u nas.

— Skąd dzwoniono?

— To numer niemiecki... Z, zaraz zerknę, Hanoweru...

— Mirek, słuchaj! Natychmiast załatwiajcie kolejny nakaz! Uderzcie do prokuratora, niech zmusi sędziego, żeby...

— Szefie, spokojnie! Myśmy już zadziałali. Pirwitz od razu sporządził wniosek, poleciał do prokuratora, a ten załatwił wszystkie papiery od ręki. Nie wiem, jak to możliwe, ale udało się, więc... W każdym razie teraz czekamy. Hermany mają ustalić lokalizację i dać nam znać.

— Mirek. Świetnie, świetnie. Ja niedługo mam samolot powrotny...

— Sprawdzimy rozkład lotów i wyślemy radiowozik... *Ordnung muss sein, ja?* — po drugiej stronie linii Mirek roześmiał się donośnie.

VI.

Złośliwość rzeczy martwych lubi ujawniać się w sytuacjach kryzysowych. Nad Warszawą zaległa nagła mgła i lot został odwołany.

Nawrocki, klnąc na czym świat stoi, wezwał do Balic taksówkę, nie licząc się już zupełnie z kosztami. Kiedy turkusowy opel vectra wiózł go, przekraczając po drodze wszystkie ograniczenia prędkości, Nawrocki wybrał numer Mirka i poinformował go, że wróci jednak pociągiem, jeśli tylko zdąży złapać ostatni ekspres. Sierżant zaręczył, że ktoś będzie na komisarza czekał na Centralnym.

Taksiarz, młody gość w skórzanej kamizelce, obcięty na jeża, wyraźnie czuł radość, że może poszaleć. I chyba imponowało mu, że wiezie policjanta biorącego udział w jakiejś akcji. Starał się nawiązać rozmowę, ale Nawrocki nie był w nastroju. W każdym razie taksówka rwała równo, nie tylko lekceważąc obowiązujące w mieście ograniczenia prędkości, ale łamiąc także z tuzin innych przepisów ruchu drogowego.

Żaden patrol ich nie zatrzymał. Najważniejsze, że zdążyli i Nawrockiemu udało się jeszcze kupić bilet. Szczęśliwie nie było kolejki do kas; sytuacja niemal niespotykana na dworcu Kraków Główny.

Przez całą drogę pociągiem do stolicy komisarz siedział jak na rozżarzonych węglach. Spoglądał nerwowo na zegarek, odliczając kolejne kwadranse dzielące go od Warszawy. A pociąg, jak na złość, wlókł się niemiłosiernie. Najpierw żółwim tempem dojeżdżał do stacji Tunel, za którą rzeczywiście zanurzył się w czeluść przejazdu pod górą, potem stawał dwukrotnie, choć na Centralnej Magistrali Kolejowej nie powinno dochodzić do czegoś takiego. Wreszcie już pod Ursusem zamarł na dobre dwadzieścia minut. Nawrocki myślał, że szlag go w końcu trafi. Kiedy więc wreszcie wagony wpadły z niezwykłą prędkością na Centralny, jakby maszynista zamierzał tym absurdalnym gestem zamanifestować z animuszem żywotność stetryczałych Polskich Kolei Państwowych, komisarz stał już pierwszy przy drzwiach. Po ruchomych schodach wynoszących pasażerów na poziom barów, kafejek, jadłodajni z kebabami, sklepików, kiosków z prasą i tłumu innych podróżnych, niemal biegł, a cały przestwór głównej hali pokonał prawie w podskokach.

Mirek był słowny — przy wielkiej zatoce dla autobusów mruczał na jałowym biegu radiowóz, a jego umundurowany kierowca dokańczał właśnie papierosa, stojąc niemal pod samym znakiem zakazu palenia.

Nawrocki polecił mu włączyć koguta, biorąc znów ewentualne reperkusje na siebie, i gnać ile fabryka dała wprost na Mostowskich. Ulice i tak były dość puste, jazda zajęła więc im raptem kilka minut.

Współpracowników zastał oczywiście przy komputerach. O tej porze sala była wyludniona, tylko przy jeszcze jednej maszynie siedział facet, którego komisarz nijak nie kojarzył, musiał więc to być jakiś informatyk z nowego naboru. Mirek kończył właśnie opowiadać Pirwitzowi — ...i on mi mówi, że poród to rzeźnia. Sam mało nie zemdlał. Więc żebym się tak nie palił do współuczestnictwa. Czołem, szefie, jak tam w Krakówku?

Nawrocki, dysząc ciężko, opadł z ulgą na obrotowe krzesło.

— Gadaj! — rzucił zamiast powitania.

Mirek, uśmiechając się pod nosem, natychmiast zaczął referować.

— Z telefonu stacjonarnego w Hanowerze, jak już mówiłem, dzwoniono do dwóch z naszych klientów. Poszliśmy, jak to się mówi, za ciosem i zwróciliśmy się już bezpośrednio do niemiaszków, żeby ustalili dane tego numeru. Podkomisarz załatwił wszystkie formalności — skinął na Pirwitza, a ten potwierdził opuszczeniem powiek i lekkim skłonem głowy. — Myśleliśmy, że nie odpowiedzą dzisiaj, bo było już dość późnawo, ale jednak. Tam chyba zasuwają całą dobę...

— Mirek, błagam, macie adres?

Sierżant skrzywił się.

— Mamy i nie mamy.

— Że jak? — Nawrocki podskoczył na krześle.

— No, wiemy do kogo należy lokal i gdzie to jest, ale to nie jest mieszkanie prywatne. Jest własnością fundacji, już mówię. — Mirek zerknął w notatki. — Nie, przepraszam, funduszu powierniczego, ustanowionego przez firmę Bierwerk Gmbh z siedzibą w Monachium. A mieszkanie jest w Kolonii — zakończył.

— I to wszystko? — zdziwił się komisarz.

— Mamy też kontakt z fundacją, to jest z tym funduszem, ale tam nikt nie odbierał telefonu. Widać oni pracują jak ludzie, do popołudnia, a nie jak zwierzęta.

— Za instytucją też zazwyczaj stoją konkretni ludzie — skonstatował spokojnie Pirwitz.

— Racja! — zmitygował się komisarz. — *Sorry* za nerwy, ale gnałem do was i oczekiwałem Bóg wie czego. Ale i tak już coś mamy — Nawrocki zaczął się rozkręcać. — Jest postęp. To najważniejsze. Teraz zrobimy tak. Nie ma co tu siedzieć — mówił gorączkowo.

— Jutro trzeba zaatakować ten fundusz — i to z samego rana. Ja to zrobię, dajcie mi namiary. Przyjadę skoro świt i będę wydzwaniał. Wy lećcie rano do prokuratora, mam nadzieję, że nas nie przeklnie, i załatwiajcie nakazy. Na wszelki wypadek, gdyby panowie z tego funduszu nie chcieli nam udzielić informacji po dobroci. Wiem, że jesteście zmęczeni, dzięki wam za robotę, ale teraz nadszedł krytyczny moment. Nie możemy popuścić, trzeba działać natychmiast. Ja i tak jeszcze będę musiał coś napisać dla komendanta, bo już do mnie dzwonili, że nie mają bieżących raportów.

Rzeczywiście, sekretarka zastępcy komendanta złapała go na komórkę w pociągu i przekazała jednoznaczne polecenie przełożonego, by Nawrocki zdał raport z postępów śledztwa.

Zmęczeni, uzgodnili jeszcze parę szczegółów na odchodnym i zanim ruszyli — każdy w swoją stronę — komisarz chwycił Mirka za ramię.

— Nie słuchaj cwaniaków, chłopie. Z tą rzeźnią to przesada. Ja w każdym razie przeżyłem i nie zemdlałem. Pójdź z Dorotą, ona będzie cię potrzebować. To będzie najważniejszy dzień w twoim życiu, zobaczysz.

Chciał, żeby zabrzmiało to podbudowująco i jednocześnie niesentymentalnie. Ale chyba mu się nie udało.

*

W domu Nawrocki, ledwie rzucił manele na dywan w dużym pokoju, od razu uruchomił stacjonarny komputer i wszedł na własne konto mailowe.

Outlook Express wypluł trzy nowe wiadomości. Atrakcyjny kredyt bez dodatkowych papierów w banku internetowym, jedynie na podstawie dowodu osobistego, oferta — po angielsku — operacyjnego wydłużenia penisa, co z pewnością polepszy twoje życie seksualne, drogi Ireneus Nawroccki i — jest! Wiadomość od Klejnockiego.

A jednak nie. Z adresu naukowca pisała jego żona. A właściwie chyba jego była żona, pomyślał Nawrocki, bo pamiętał z dawnego śledztwa, że się rozwodzili, a może nawet już rozwiedli. W każdym razie jej list był enigmatyczny. Prosiła komisarza o kontakt telefoniczny, nawet o bardzo późnej porze. No to zadzwonił. Ale Katarzyna Klejnocka nie chciała rozmawiać. Postawiła szybko i bezceremonialnie warunek — jeśli policjant chciałby się skontaktować z jej mężem (tak się wyraziła — zauważył zaintrygowany Nawrocki), musi się wpierw z nią spotkać. Komisarz był tak zaskoczony obrotem sytuacji, że nawet nie zadawał żadnych pytań, tylko od razu zgodził się na postulaty madame Klejnocki. Komisarz marzył jedynie o tym, by się jak najszybciej położyć. Umówili się więc na spotkanie następnego dnia, po uprzednim wszakże telefonicznym potwierdzeniu. Nawrocki i tak był półprzytomny.

Nie dane mu było jednak odpocząć. Ciemną nocą obudził go przejmujący sygnał telefonu komórkowego. Wielokrotnie pluł sobie w brodę, że wybrał motyw gitarowy z *Leili* Claptona, ale jakoś nigdy nie zebrał się, by zmienić go na coś bardziej delikatnego.

— Kochany, to ja! — usłyszał zapłakany głos Małgorzaty. — Jasio jest chory.

Natychmiast obudził się i usiadł na łóżku.

— Co się stało?

— Wymiotował cały dzień, a wieczorem dostał jeszcze biegunki.

— Byłaś u lekarza?

— Tak, poszliśmy do gabinetu w hotelu. Dali mu jakieś zastrzyki i kilka leków doustnie.

— Poprawiło się? — dopytywał się przejęty.

— Nie bardzo, jeszcze niedawno miał torsje, choć nie ma już czym, no wiesz... Ale śpi wreszcie, taki był tym wszystkim wymęczony...

— Małgosiu, nie martw się. Na pewno rano będzie lepiej, zobaczysz. I czemu płaczesz?

— A bo tak się denerwowałam, a teraz gdy Jasio śpi, jakoś tak ze mnie zeszło. No i nie mogłam wytrzymać. Przepraszam, że cię obudziłam...

— ...nie szkodzi, Misiu, nie...

— ...ale musiałam z tobą pogadać. Tu nawet nie mam do kogo gęby otworzyć.

I tak rozmawiali jeszcze kilkanaście minut, zanim Małgorzata, wróciwszy do formy i chlipnąwszy jeszcze na odchodnym, pożegnała się, podtrzymana na duchu.

Nawrocki, otulając się kołdrą, zdążył jeszcze pomyśleć, że chciałby już, żeby wrócili. I było mu z tą myślą zaskakująco dobrze.

CZĘŚĆ CZWARTA

I.

Bierwerk GmbH było porządną niemiecką firmą. Komisarz przekonał się o tym, rozmawiając z samego rana z rzecznikiem monachijskiej kompanii piwnej.

Nie udzielą żadnych informacji, zanim nie dostaną formalnego wezwania. Nawrocki aż cisnął słuchawką ze złości. Trzeba było czekać na powrót współpracowników, którzy walczyli tymczasem z prokuratorem i sędzią. A potem jeszcze biurokracja Interpolu...

Z desperacji zasiadł do pisania raportu dla Bobrowskiego. Starał się być lakoniczny i maksymalnie konkretny. A gdy skończył, postanowił zanieść swoje wypociny zastępcy komendanta. Ten znów, na nieszczęście, miał akurat wolną chwilę i gdy tylko sekretarka zaanonsowała raport sekcji S-3, wspominając, że jej szef stawił się osobiście, zażyczył sobie natychmiastowej rozmowy z komisarzem.

Bobrowski umiał słuchać. Nie przerywał, nie zadawał żadnych pytań w trakcie referatu Nawrockiego, który gadał i gadał, wciąż zaglądając do wysmażonego właśnie pisma, jakby nie dowierzając własnej pamięci.

Kiedy skończył, inspektor wyciągnął tylko rękę po papiery.

— Dziękuję za rzetelny meldunek. No i ten raport. To ważne, rozliczają nas z każdego etapu pracy — powiedział.

Czyżby i jemu udzieliła się natura biurokraty na tym stanowisku?, zaniepokoił się komisarz.

— Panie komisarzu, ja panu ufam i widzę, że działacie jak trzeba. Niestety, profiler wciąż jest zajęty na Śląsku i nie może was tymczasem wspomóc. Nawet zacząłem szukać innego, Heinz polecił mi swego znajomego — podkomisarza Czubaja z Gdańska — ale on też zarobiony po pachy... — machnął tylko bezradnie ręką. — Trzeba czekać na Heinza. Może lada dzień, na razie musicie sobie radzić sami — kontynuował Bobrowski bez przekonania. — No i nie chcę was poganiać. Ale niech pan ma na uwadze, że komfort waszej pracy może się w każdej chwili skończyć. Interpol jest cierpliwy, zapewne pański raport, który przetłumaczymy, tak jak poprzednie, usatysfakcjonuje ich na chwilę. Z tej strony nie widzę na razie zagrożenia. Poza tym mamy na szczęście sezon ogórkowy, wakacje, politycy na urlopach, a żaden z pismaków nie dobrał się nam jeszcze do dupy; ale nie liczyłbym na to, że to będzie trwało wiecznie. Za chwilę pańska sprawa wyjdzie na jaw. Rozumiemy przecież, jak to się kręci... — Bobrowski znacząco zawiesił głos.

Tu cię boli, pomyślał Nawrocki z goryczą. W dzisiejszych czasach władza oznacza wyczulenie na PR, na opinię. Od tego zależą stołki, premie, kariera, awanse bądź upadki. I nawet tak doświadczony glina jak Bobrowski zaczyna nawijać jak pospolity karierowicz.

— Wiem jak jest — twardo odpowiedział Nawrocki.

— To dobrze. Niech więc pan jak najszybciej przyniesie mi głowę Alfreda Garcii.

Komisarz, lekko zaskoczony tym, że jego przełożony zna filmy Sama Peckinpaha, pożegnał się i szybko wycofał do sekretariatu.

Kiedy znalazł się u siebie, opadł na fotel i ukrył twarz w dłoniach. To był jeden z tych momentów, których szczerze nienawidził, choć przecież sam siebie zawsze przekonywał, że co jak co, ale czekać to on umie.

Musiał działać. Odszukał komórkę Katarzyny Klejnockiej, by ustalić spotkanie. Żona naukowca załatwiała akurat jakieś sprawy w centrum miasta i obiecała pojawić się w parku Saskim w ciągu godziny. Ledwie skończył rozmowę, zadzwonił Pirwitz, komunikując, że udało im się z Mirkiem uzyskać wszystkie niezbędne dokumenty. Już zresztą zostały wysłane także niemieckiej policji, która powinna się skontaktować z władzami Bierwerku. Jeszcze trochę i można będzie znów porozumieć się z rzecznikiem prasowym przedsiębiorstwa.

Nawrocki podziękował, starając się trzymać nerwy na wodzy, ale nie mógł znaleźć dla siebie miejsca. Trzasnął więc drzwiami i poszedł na spacer, nie zapominając wszakże wysłać Pirwitzowi SMS-a, żeby go powiadomił, kiedy będzie miał coś nowego.

Pałętał się trochę po placu Bankowym, a potem skierował kroki do parku Saskiego. Tam, niczym emeryt, rozsiadł się na ławce i zaczął przeglądać gazety, które zabrał przezornie ze sobą. Spokój parku stopniowo mu się udzielił. Z perspektywy ławeczki nad stawem, pełnym tłustych kaczek i łabędzi napasionych chlebem przez przechodniów, świat wydawał się uładzony i spokojny.

Kiedy skończył już lekturę głównego grzbietu „Wyborczej", lekko zresztą nudnawego, i zabrał się do „Stołecznej", zobaczył drobną blondynkę, nerwowo rozglądającą się wokół siebie.

Pamiętał opis Mirka, który z uznaniem opowiadał o urodzie Klejnockiej, i teraz na własne oczy mógł się przekonać, że sierżant nie przesadzał. Wstał, podszedł i pewny siebie przedstawił się. A potem zaproponował, żeby przysiedli na chwilę w „Elephancie". Knajpa o tej porze była kompletnie pusta, wybrali więc stolik w ogródku. Wśród ulicznego gwaru można było wyczuć tętno życia, w ciemnych i pustych salach lokalu panował smutny nastrój.

Klejnocka przeszła od razu do sedna.

— Czemu chce się pan skontaktować z moim mężem? Jemu teraz jest potrzebny spokój, wyciszenie. Lekarze mówią...

— Pani wybaczy, ale to ja pozwolę sobie zadać najpierw kilka pytań — wszedł jej w słowo komisarz. — Przede wszystkim, dlaczego mówi pani o Jarosławie Klejnockim jako o swoim mężu? Czy nie rozwodziliście się państwo?

— A co to ma właściwie do rzeczy, panie komisarzu? — nastroszyła się kobieta.

— Proszę zrozumieć, nie jest moją intencją wchodzenie w państwa życie rodzinne, chciałem tylko zorientować się w sytuacji.

— Mąż przebywa obecnie w zamkniętym zakładzie psychiatrycznym. Zgodnie z wyrokiem sądu...

— Rozprawa już się odbyła? Nic nie słyszałem. Czyli nie został skazany, tak? — Nawrocki nie mógł opanować zdziwienia.

— Postarałam się, by jak najmniej przeciekło do prasy.

No tak. Przecież jest prawniczką. Nawrocki wyobraził sobie, jakie siły musiała uruchomić ta drobna, nerwowa kobieta, żeby zrealizować swój zamiar.

— Proszę pani, to chwalebne. Taka dbałość o rodzinę, chcę powiedzieć. Zostawmy to zresztą. Mnie, jak już wspomniałem, interesuje tylko kontakt z doktorem. Mam do niego pewne bardzo istotne pytania. Rozumiem też, że fakt, iż rozmawiam teraz z panią, a nie z nim, oznacza dwie rzeczy: albo, jak tu się wyrazić, taki kontakt z pani mężem nie jest możliwy ze względu na jego dysfunkcje, albo pani go zwyczajnie ochrania. Mam rację?

— Z moim mężem jest wszystko w porządku — odparła zimno Klejnocka. — Podlega leczeniu, choć ja wolę nazywać to kwarantanną.

— A zatem nic nie stoi na przeszkodzie, bym mógł z doktorem nawiązać na przykład kontakt mailowy?

— W zasadzie tak — szybko odparła kobieta. — Mąż ma tam dostęp do Internetu dość swobodny, choć — jakby to powiedzieć — kontrolowany. Podam panu ten adres, ale proszę bardzo o dyskrecję.

— To się rozumie samo przez się, droga pani.

I to był koniec spotkania. Klejnocka zapisała adres mailowy na serwetce lekko drżącym pismem, zostawiła banknot dziesięciozłotowy w ramach swojego udziału w rachunku (wypiła tylko herbatę), pożegnała się zdawkowo i odeszła szybkim, drobnym krokiem.

A Nawrockiemu wcale nie chciało się wracać na Mostowskich. Zamówił więc jeszcze jedną kawę i wodę gazowaną oraz wrócił do przerwanej lektury stołecznego dodatku do „Wyborczej".

Ale znów nie dane mu było skończyć, bo zadzwonił Pirwitz. Zakomunikował, że pisma doszły, niemiecka policja odpowiedziała, Bierwerk zatem powinien już być gotowy na merytoryczny kontakt.

Nawrocki zwinął gazetę i prawie marszobiegiem wrócił do komendy. Nie miał zresztą daleko, raptem przeskoczyć przez plac Bankowy i już.

Rozmowę z niemiecką firmą odbył w asyście swych współpracowników, którzy tymczasem pojawili się u drzwi jego kanciapy.

Komisarz nastawił aparat telefoniczny na funkcję głośnego mówienia. Mirek i tak niczego nie zrozumie, ale Pirwitz wyglądał na człowieka otrzaskanego z obcymi językami.

Rzecznik kompanii, Dietmar Schlönderf, był uprzedzająco grzeczny, jak za poprzednim razem, ale i wyraźnie bardziej skory do rozmowy.

— Odpowiadając na pańskie zapytanie, mogę teraz potwierdzić, po dokonaniu niezbędnych formalności, że mieszkanie, o które państwo pytali, rzeczywiście pozostaje w gestii funduszu powierniczego będącego w gestii naszej firmy.

— Jakie jest przeznaczenie tego lokalu? — Nawrocki dukał w pospolitej niemczyźnie, dramatycznie próbując przypomnieć sobie niezbędne słówka i zwroty.

— Mieszkanie, administrowane przez fundusz, pozostaje w gestii plenipotenta wskazanego przez odpowiednie zapisy administracyjne — sucho odpowiedział Herr Dietmar.

— A konkretnie? — dociskał Nawrocki.

— Konkretnie, jak pan to ujął, plenipotentem jest Thomas Bielka. Także beneficjent funduszu.

— Co to znaczy, Herr Schlönderf?

— To znaczy, że fundusz został ustanowiony po to, by Thomas Bielka mógł korzystać z jego przychodów.

— Czyli, jeśli dobrze pojmuję, przepraszam, rozumiem, pan Bielka po prostu żyje z tego funduszu, tak?

— Tak, panie komisarzu, możemy tak to ująć.

— Świetnie. A kim jest Thomas Bielka? Może mi pan to powiedzieć, to znaczy, wyjaśnić?

— Thomas Bielka jest synem założyciela i wieloletniego prezesa naszej firmy, pana Edwarda Bielki.

— To Polacy? — Nawrocki poczuł, że serce bije mu mocniej.

— Prezes Edward Bielka miał obywatelstwo niemieckie i od lat sześćdziesiątych ubiegłego wieku na stałe mieszkał w Niemczech. Thomas Bielka, jako syn obywatela niemieckiego, także legitymował się naszym paszportem — odparł zimno Schlönderf.

— Czyli Edward Bielka to emigrant?

— Obywatel niemiecki, który wrócił do ojczyzny.

— Dziękuję, to wiele wyjaśnia — Nawrocki zamyślił się na chwilę. — Czy mógłbym porozmawiać z panem prezesem? — zapytał wreszcie po chwili milczenia.

— Niestety nie. Prezes Bielka nie żyje od trzech lat. Zawał.

— A Thomas Bielka? Czy mogę zatem porozmawiać z synem prezesa?

— Niestety, także nie.

— A dlaczego? — zapytał po prostu Nawrocki, choć wydawało mu się, że stosowniejszy byłby w tej sytuacji zwrot „jak to", ale nie mógł sobie akurat przypomnieć właściwej formuły językowej.

— Syn prezesa nie bierze udziału w zarządzaniu firmą.

— Znaczy jest... zaraz...

— Rentierem. Zgadza się.

— A kto w takim razie zarządza Bierwerkiem?

— Jak to kto? — obruszył się rzecznik. — Zarząd, powołany między innymi w duchu sugestii zawartych w testamencie prezesa, a dozór sprawuje Rada Nadzorcza składająca się z najwyższej klasy fachowców. Jesteśmy spółką giełdową, notowaną na parkiecie frankfurckim. Mamy przejrzystą strukturę, obecnie funkcjonujące władze są...

— Dobrze, dobrze, wierzę panu, nie to mnie interesuje — przerwał obcesowo Nawrocki, choć w gruncie rzeczy był przekonany, że rzecznik przedstawia nazbyt wyidealizowany obraz firmy i jej relacji z Thomasem.

— A zatem co pana interesuje, panie komisarzu?

— Thomas Bielka. Jak można się z nim skontaktować? Gdzie mieszka? Jakieś adresy, telefony?

— Przykro mi, żadnych bezpośrednich kontaktów.

— Słucham? Przecież musicie mieć z nim jakąś łączność, prawda? Fundusz przesyła mu pieniądze, może czasami jednak trzeba wykonać jakieś formalności... Jeśli dobrze rzecz ująłem...

— Mamy tylko pośrednią łączność z panem Thomasem Bielką. Mieszkanie, o które pan pytał, pozostawione jest do jego całkowitej dyspozycji. Korzysta z niego lub nie, wedle własnego uznania. Ani firma, ani fundusz, z tego, co wiem, nie mieszają się do tego. Płacimy czynsz, uiszczamy opłaty za media. To wszystko. Pan Bielka junior zaznaczył, musi pan to wiedzieć, że życzy sobie, by nie mieszać go w sprawy firmy.

— No to jak się z nim kontaktujecie? — Komisarz czuł, że traci spokój.

— Tylko pośrednio, jak wspomniałem, dwiema drogami: adres mailowy oraz skrytka pocztowa z adresem bankowym. Konto w banku dostępne na hasło.

— Skrytka? A gdzie, jeśli wolno wiedzieć?

— W Szwecji.

— W Szwecji? Czy tam mieszka pan Bielka?

— Nie wiem.

— *Danke schön!* — Nawrocki uznał, że nie ma o co więcej pytać kostycznego Schlönderfa. — Czy może mi pan przekazać adres mailowy Thomasa Bielki oraz adres pocztowy jego skrytki? A także wskazać bank z tym kontem na hasło?

Po drugiej stronie linii zapadła na moment cisza. Komisarz miał wrażenie, że rzecznik konsultuje się z kimś. Pewnie z prawnikiem.

— Oczywiście — usłyszał wreszcie odpowiedź. — Nakazy, które otrzymaliśmy od policji federalnej, umożliwiają przekazanie takich informacji.

— Świetnie! Proszę zatem o faks z danymi, powtarzam: faks, nie maila w tej sprawie. Kiedy mogę liczyć na jego otrzymanie? — Nawrocki starał się nieporadnie sformułować żądanie.

— Za chwilę, panie komisarzu. Zaraz wydamy niezbędne polecenia. Czy mogę czymś jeszcze panu służyć?

— Nie, dziękuję. To wszystko. Bardzo panu dziękuję za pomoc.

— Cała przyjemność po mojej stronie — zdawał się kończyć rozmowę rzecznik Bierwerku, choć z tonu jego głosu trudno byłoby wychwycić jakąkolwiek sympatię. — Jeszcze tylko jedna drobna, choć może nie najlepiej to brzmi, sprawa... — zawahał się Herr Dietmar. — Powinien pan wiedzieć, że Thomas Bielka jest niepełnosprawny. Dlatego gdyby się pan z nim kontaktował, wskazana jest, jeśli mogę tak rzec, delikatność...

— Co pan mówi? Niepełnosprawny?

— Tak jest. Thomas Bielka jest częściowo sparaliżowany. Porusza się na wózku inwalidzkim.

— Kurwa mać! — wykrzyczał do niemej już słuchawki Nawrocki.

II.

Mężczyzna siedział przy oknie i popijając zwykłą czarną herbatę zaparzoną w małym czajniczku od niechcenia, obserwował ulicę.

W wynajętym mieszkaniu na Saskiej Kępie, przy Ateńskiej, przebywał już kolejny dzień, spodziewając się wiadomości. Nie wyłączał laptopa i czekał na maile, wysłane jeszcze ze Szwecji, nie nadchodziła jednak żadna odpowiedź.

Do Polski przypłynął, jak zwykle, promem. Najpierw z Visby do Nynäshamn katamaranem, bardzo komfortowym i śmigającym przez morze z prędkością ponad trzydziestu węzłów. A z Nynäshamn do Gdańska już zwykłym, pasażersko-towarowym, kupionym, jak się dowiedział od barmana, przez polską spółkę od Anglików, którzy wycofali go z wahadłowej trasy Calais–Dover przez kanał La Manche. Prom staruszek wlókł się przez Bałtyk całą noc, ale mężczyzna kupił najdroższy z biletów i mógł się spokojnie przespać w jednoosobowej, niegdyś pewnie całkiem luksusowej kabinie.

W Gdańsku czekała na niego toyota avensis, wynajęta przez Internet w polskim oddziale międzynarodowej firmy Avis. Kazał ją podstawić pod dworzec promowy w Nowym Porcie, naprzeciwko Westerplatte. W poczekalni dworca odebrał kluczyki i dokumenty wozu, wyjaśniając zdziwionej hostessie, że ma swojego kierowcę, który zaopiekuje się niepełnosprawnym i dowiezie go wszędzie tam, gdzie trzeba. Złożony

273

wózek inwalidzki, upewniwszy się, że nikt go nie obserwuje, wsadził do bagażnika. Nie zamierzał go używać w Polsce.

A potem tylko mozolna, wielogodzinna trasa do Warszawy, odbiór kluczy do mieszkania na Ateńskiej i czekanie.

Wolał Warszawę, bo znał ją o wiele lepiej od Krakowa, do którego zamierzał dotrzeć, jak tylko otrzyma niezbędne informacje. Ale komórka wciąż milczała, a laptop, jeśli rejestrował nowe maile, to co najwyżej spamy i zalegalizowane przez operatorów oferty reklamowe.

Zanim podjął się tej wyprawy, gruntownie wszystko przemyślał. W antykwariatach, które odwiedził do tej pory, nie znalazł tego, czego szukał. A był pewien, że zbadał rzecz dokładnie — tylko przez te cztery antykwariaty przeszły książki wyniesione z Biblioteki Krakowskiej. Dlatego właśnie postanowił ukarać właścicieli. Szaber, bo trzeba było rzecz nazwać po imieniu, jakiemu się oddawali, czy też raczej, w którym uczestniczyli, stanowił dlań proceder godzien najwyższej pogardy. A do rzeczywistych mocodawców oraz wykonawców nie miał dojścia. Uzyskanie niezbędnych informacji kosztowało go sporo czasu i niemałe pieniądze, ale był niemal pewien. „Niemal" — bo istniała jeszcze taka możliwość, że nie wszystko upłynniono, że coś jeszcze mogło pozostawać w rękach złodziei. A więc i to, czego szukał. Rozważał rozmaite warianty i doszedł do wniosku, że to opcja o mniejszym, niemal zerowym, prawdopodobieństwie. To, co niegdyś przyrzekł sobie chronić, nawet kosztem własnego życia, musiało zatem nadal spoczywać w magazynach Biblioteki Krakowskiej. A więc było inaczej, niż myślał. Nie wyniesiono tego przy okazji rabunku, jak zakładał na początku. Zlecenia na kradzież w bibliotece były precyzyjne, to akurat wiedział. Konkretne książki, dla określonych odbiorców. A on przez ten cały czas bał się, że ci, którzy potajemnie wynosili starodruki z magazynów, mogli też, przez pomyłkę, wynieść właśnie ten. Usprawiedliwiało go to, że taki scenariusz był wielce prawdopodobny. Tekst, o który mu chodziło, był przecież dołączony do innego starodruku dość, niestety, atrakcyjnego estetycznie. Jasieński zrobił to sam, własnoręcznie, bo tak chciał go ukryć. A teraz dawny zamysł mógł się okazać pułapką.

Ale jednak nie. Na szczęście. Ta książka, wszystko na to wskazywało, nadal spoczywała spokojnie na półce 7c w magazynowym pokoju obcych starodruków. Mimo to musiał interweniować. Wydarzenia w Bibliotece Krakowskiej z pewnością uruchomiły wewnętrzne dochodzenie wśród pracowników, a także — i tego obawiał się najbardziej — całościową i drobiazgową kontrolę zbiorów, która miała precyzyjnie wykazać listę strat. Nie mógł czekać obojętnie. Trzeba było zrobić wszystko, by zawartość książki, a zwłaszcza doklejonego niegdyś przez Jasieńskiego aneksu w postaci kilkudziesięciostronicowego rękopisu, opuściła nieodwołalnie magazyny Biblioteki Krakowskiej i trafiła w opiekuńcze ręce ostatniego strażnika tajemnicy. Choćby nawet po to, by ją zniszczył. To była ostatnia szansa, a on był jedynym, który mógł ją wykorzystać.

Od swego informatora wiedział, że śledztwo w sprawie morderstw na antykwariuszach idzie pełną parą. Wiadomość o kontaktach polskich policjantów z firmą Bierwerk spowodowała, że podjął decyzję natychmiast. Spakował się i jeszcze tego samego dnia, w którym — jak doniósł informator — prowadzący dochodzenie polski policjant rozmawiał z władzami niemieckiego przedsiębiorstwa, opuścił mieszkanie w Visby. Zyskał w ten sposób trochę czasu, ale obawiał się, że nie tak znów wiele. Dlatego coraz bardziej irytowało go to, że nie ma odpowiedzi na maile. Kolejny dzień bezczynności. Kolejny dzień intensywnej pracy policji, która zbliżała się do niego coraz szybciej...

III.

— Pełnosprawny czy niepełnosprawny — sprawdzamy go! Za wiele tu się zgadza, te dwa telefony, akurat do t y c h dwóch antykwariatów, kontakt na Szwecję... Do kurwy nędzy! Przecież nie musi to być on osobiście, może ma wspólników, może to w ogóle ta właśnie grupa, co obrabia biblioteki albo daje zlecenia... — Nawrocki chodził nerwowo i monologował równie głośno, co chaotycznie. Mirek i Pirwitz milczeli asekurancko albo tylko chcieli przeczekać nerwowy napad szefa. Komisarz uspokajał się i powoli zaczynał myśleć konstruktywnie.

— To co robimy, szefie? — spytał spokojnie Mirek.

— Co robimy? Dobre pytanie... — Nawrocki zwalił się na fotel i założył ręce za głowę mimowolnym gestem kapitulacji. — Mamy tylko ten szwedzki ślad jak na razie... No i to mieszkanie w Niemczech... Dobra! — klasnął w dłonie i poderwał się energicznie. — Po pierwsze, oficjalna prośba do naszych braci zza zachodniej granicy — najpierw sprawdzenie, a potem dozór tego mieszkania należącego do funduszu. Trzeba będzie od Bierwerku wydobyć jakieś zdjęcie tego Bielki. Niech przekażą Bundespolizei, no i oczywiście żebyśmy i my nim dysponowali. Teraz Szwecja. Ustalenie oddziału banku, gdzie Bielka ma konto, to raz. Dwa — ten adres korespondencyjny. To samo miejsce, co bank — a może inne? Trzy — sprawdzenie, czy Bielka dysponuje gdzieś w Szwecji jakimś lokum, być może tam, gdzie ma konto lub gdzie jest adres pocztowy. No i znów — sprawdzenie mieszkania i nieustanny dozór. I niech Niemcy także im prześlą to cholerne zdjęcie, o ile w ogóle jakieś naszego Pana Tajemniczego uda się uzyskać....

— Jezu, szefie! To z połowę europejskich psów chce pan komisarz postawić na nogi! — westchnął żałośnie Mirek. — A ile trzeba będzie mitręgi z nakazami, zezwoleniami, tymi drukami R-coś tam, Matko Boska!

— Trudno, nie bardzo mamy inne wyjście. Zaraz pójdę do Bobrowskiego i powiem mu, że właśnie czas nadszedł, żeby uruchomić całą machinę. Niech da nam wsparcie — ze dwóch łebskich gości z angielskim i niemieckim, żeby przygotować i powysyłać tę całą biurokrację. Aha, oczywiście o wszystkim poinformujemy prokuratora i niech on się dalej buja z nakazem przeszukania mieszkań oraz zleceniem całodobowej obserwacji.

— Poinformujemy? — chciał się upewnić Mirek. — Znaczy, że znów robimy to we dwóch?

— Oczywiście. A ja tymczasem zacznę grzebać od drugiej strony. Muszę się wreszcie dowiedzieć, co tam było w tej bibliotece takiego niezwykłego, bo że gościowi czy gościom nie chodziło o te wartościowe średniowieczne księgi — to już wiadomo...

— Jak to? — wytrzeszczył oczy Mirek.

— Tak to! Przecież inkunabuł tego Izydora z Sewilli zostawił czy zostawili na widoku u Opaczyńskiego, tak?!

— Fakt — zreflektował się Mirek.

— A ty w ogóle myślisz, że to on? — odezwał się nagle Pirwitz ściszonym głosem. — Czujesz to?

Nawrocki popatrzył na nowego kolegę z uznaniem. Naprawdę szybko się uczył.

— Tak, czuję. Choć niepokoi mnie, że Bielka jest niepełnosprawny. To komplikuje układ.

— Widziałem ludzi na wózkach niezwykle sprawnych. Tańczyli, walczyli floretem, grali w kosza...

— Nie bardzo sobie wyobrażam, jak Thomas Bielka ugania się na wózku z mieczem samurajskim po antykwariacie za uciekającym właścicielem, a potem wjeżdża po stromych i naprawdę wąziutkich schodach — bez pomocy! — na antresolę czy wyższe piętro, by przejrzeć tam książki i zrobić ogólny kipisz. A tak to wyglądało w Londynie i na Gotlandii.

— Mogło ich być kilku?

— Przynajmniej dwóch. A o tym drugim, ewentualnym drugim — poprawił się Nawrocki — nic, ale to kompletnie nic nie wiemy.

— A jeśli to rzeczywiście jakiś pojebaniec, zwykły wariat, który słyszy głosy mistrzów karate czy tam tego kendo, żeby poszedł i ujebał głowy kilku handlarzom od książek? — wyrwał się Mirek.

— To już raczej domorosły nietzscheanista niż samuraj — uśmiechnął się Pirwitz mimo woli.

— Że niby kto? — Mirek był absolutnie zdezorientowany.

— Nie, on czegoś wyraźnie szuka — Nawrocki w ogóle nie zwrócił uwagi na dialog współpracowników. — Nie interesują go, ich, starodruki europejskie. Mamy za to samurajskie hokus-pokus, a zupełnie przez przypadek akurat w tym samym dziale Biblioteki Krakowskiej co skradzione księgi — te w każdym razie, o których wiemy — jest kolekcja dzieł z Dalekiego Wschodu, w tym sporo japońskich... Nie! Tu coś nie gra albo właśnie gra za bardzo, tylko my tego jeszcze nie widzimy i dlatego chciałbym to wreszcie pojąć. Bo coś za dużo tu synchroniczności...

Mirek, zrezygnowany, zaczął zbierać manele.

— E tam. Widzę, że panowie oficerowie są dziś w nastroju filozoficznym. To ja już idę robić swoje. Szef do komendanta po posiłki, a my do prokuratora i komputerów.

— I jeszcze jedno — powstrzymał ich Nawrocki.
— Zaznaczcie we wnioskach, żeby sprawdzono pod-

czas przeszukiwania mieszkań, czy są dostosowane do potrzeb osoby niepełnosprawnej.

A kiedy już poszli, wydobył z wewnętrznej kieszeni marynarki zmiętą serwetkę i napisał szybko maila do doktora Jarosława Klejnockiego. W duchu liczył na błyskawiczny odzew.

*

Nawrocki marzył tylko o jednym: żeby Małgorzata z Jasiem wrócili, kiedy będzie już po wszystkim. Nie wyobrażał sobie powrotu do życia rodzinnego i jednoczesnego prowadzenia tego śledztwa. To musiałoby się skończyć napięciami i nieuchronnym konfliktem. A tego właśnie pragnął uniknąć. Po kilkunastu dniach rozstania i zaskakująco miłych kontaktach telefonicznych z Małgorzatą pojawiła się nadzieja na pozytywne zresetowanie relacji...

Kiedyś marzył o pracy w policji, takiej, co ściga przestępców, a nie politycznych opozycjonistów. Wstąpił w końcu w szeregi milicji, gdy ta reformowała się, by zostać prawdziwą służbą stojącą na straży prawa. Uważał się wtedy za idealistę i był z tego dumny. Ale nie przewidział kosztów własnych. Małgorzata wielokrotnie mówiła mu, że to robota nie dla niego. Doradzała przejście do firmy ochroniarskiej. Z jego doświadczeniem i bogatym CV miałby tam jak u Pana Boga za piecem. A i sam Nawrocki coraz częściej łapał się na tym, że mierzi go praca policyjna. To już w końcu niemal dwadzieścia lat użerania się i wymuszonych kompromisów.

Ten wieczór Nawrocki spędzał z La Chapelle Saint--Vincent, bordoskim winem, które bardzo lubił i na które wyjątkowo sobie pozwolił (dwadzieścia pięć złotych) w chwili słabości. W ogóle lubił wina bordoskie, które go nigdy nie zawiodły, jeśli tylko było go na nie stać.

Przy okazji chciał jeszcze coś przemyśleć. Miał bowiem pewien pomysł, którym nie podzielił się ze współpracownikami, ale który przyszedł mu na myśl jeszcze w komendzie i od tamtej pory nie dawał spokoju.

Męczyła go ta zwyczajowa policyjna procedura i dlatego zlecał ją Mirkowi oraz Pirwitzowi, kiedy tylko mógł, usprawiedliwiając się, że pierwszemu z nich daje tym samym konkretne, poniekąd twórcze, zajęcie, a drugiemu pozwala na zapoznanie się z realiami pracy policyjnej. Sobie zostawił poezję w całej prozie gliniarskiego życia: a więc dociekanie i myślenie, a także rozmaite nieszablonowe zagrywki, na jakie nie stać było żadnego z jego kolegów z komendy.

A La Chapelle Saint-Vincent miał się tymczasem ku końcowi. Nawrocki nastawił *Meddle*, płytę Pink Floydów, którą lubił za melancholijny i spokojny nastrój, i popijał resztki wina małymi łykami. Przy *Echoes*, delikatnej suicie z nie dającym się zapomnieć motywem fortepianowej impresji, porzucił intelektualne spekulacje i przysnął, zwiesiwszy głowę na piersi.

Noc za oknem rozświetlał księżyc w pełni. W zaciemnionym pokoju — Nawrocki nie zapalił głównego światła — srebrna poświata zza okna igrała z subtelnym blaskiem ekranu komputera.

Komisarz nieźle już podsypiał, gdy nadeszła wreszcie oczekiwana przezeń wiadomość. Doktor Klejnocki, niczym latarnik zamknięty w wysokiej wieży, pozostawał na służbie.

From: szpital.tworki@nfz.gov.pl
To: i.nawrocki@kom.stol.pl

Drogi Komisarzu,
widzę, że obejść się Pan beze mnie nie może. Proszę, proszę... Znów jakieś książki Pana prześladują, a jak książki, to oczywiście kto może pomóc jak nie ja?

Pytał mnie Pan o zdrowie i tak dalej. Darujmy sobie te nikogo nie obchodzące, grzecznościowe formuły. Przykro mi jedynie, że nie zechciał mnie Pan ostatnio odwiedzić. Wolałbym pogadać w cztery oczy, tu trudno jest znaleźć partnera do interesującej rozmowy. A Pan tak obcesowo — tylko mail i tyle. Pewnie to z powodu Katarzyny, ona teraz nie pozwala mi zanadto poszaleć...

No ale dobrze. Chciał Pan coś o Jasieńskim — proszę bardzo. Nawet nie musiałem niczego szukać. To, co tu piszę, to są rudymenty. Liczyłem na większe wyzwanie. Ale dobre i to, przynajmniej jakaś odmiana w tej nudzie. W załączniku (RTF) podpinam biogramik Jasieńskiego i informacje. Proszę mi jednak obiecać, że opowie mi Pan coś więcej. Bo chyba nie zajmuje się Pan teraz spadkami, muzealnictwem i dziedziczeniem praw autorskich? Z pewnością chodzi o jakieś

krwiste zabawy, przecież Pan grzebie w takich rze-
czach, nieprawdaż?

Tymczasem pozdrawiam i polecam się łaskawej
pamięci.

Jarosław Klejnocki

ZAŁĄCZNIK

Feliks Jasieński to bez wątpienia jeden z tych pięk-
nych dziwaków przełomu XIX i XX wieku. Urodził
się w 1861 roku w rodzinie szlacheckiej pochodzącej
spod Błonia w mazowieckiem, ale jego życie i działalność związana jest z Krakowem, w którym zresztą
zmarł w roku 1929. Był entuzjastą krakowskiej bohemy artystycznej, której towarzyszył w jej licznych, by
tak się wyrazić, towarzyskich działaniach, ale był też
całkiem poważnym publicystą. A co najważniejsze
— mecenasem sztuki i kolekcjonerem. Był zwolenni-
kiem modernizmu w sztuce i gorącym propagatorem
tego kierunku. Drukował m.in. w „Chimerze" oraz
„Miesięczniku Literackim i Artystycznym", a także
w innych, licznych wtenczas, pismach.

Sporo podróżował po Europie, Egipcie i Azji;
a w Paryżu zapoznał się, głównie dzięki lekturze tekstów braci Goncourtów o sztuce japońskiej, z zachodnimi fascynacjami kulturą dalekowschodnią i uległ
im. Zaczął wtedy gromadzić kolekcję, właśnie japońską, którą eksponował w Krakowie. Bywali u niego
tacy malarze, jak Fałat, Pankiewicz czy Wyczółkowski
i twierdzi się, że to właśnie Jasieńskiemu zawdzięcza-
ją inspiracje w swym malarstwie sztuką azjatycką.

Czołowi artyści modernistyczni oraz ich różni akolici i teoretycy szukali wtenczas w sztuce Dalekiego Wschodu ożywczej odmiany, takiego dynamicznego, oryginalnego i egzotycznego pierwiastka, który pobudziłby — ich zdaniem uśpioną — sztukę europejską. Pisał o tym Jasieński w swym eseju *Manggha — promenades á travers les mondes, l'art et les idées*, a później kontynuował wątek — już po polsku — w tekście *Manggha*, opublikowanym w 1911 roku w „Miesięczniku Literackim i Artystycznym". Stąd zresztą jego przydomek, czy może raczej pseudonim artystyczny — Manggha właśnie.

Jasieński, jak wspomniałem, nawet na tle dość zakręconej, jakbyśmy dziś powiedzieli, bohemy artystycznej Krakowa przełomu wieków, uchodził za oryginała. Portretowali go chętnie malarze — w tym Malczewski czy Witkacy — a w jego mieszkaniu spotykali się na rautach, przeradzających się ad hoc w całonocne spotkania dyskusyjne, wszyscy najznamienitsi intelektualiści i artyści. Jednym słowem — ważna, by nie powiedzieć — legendarna postać.

Najważniejsze jest jednak to, że swoje naprawdę bogate zbiory ofiarował w testamencie Muzeum Narodowemu w Krakowie. W naszych współczesnych czasach, jak Pan się zapewne orientuje, wybudowano pod Wawelem (niemal dosłownie, tylko że po drugiej stronie Wisły) centrum sztuki japońskiej, gdzie znaczna część tych zbiorów znalazła miejsce stałej ekspozycji. I znów zresztą zadziałała, jak to często u nas bywa, indywidualna inicjatywa jednego człowieka. Po prostu Andrzej Wajda przeznaczył, lukratywną wypada powiedzieć, nagrodę miasta Tokio, którą otrzymał za osiągnięcia w sztuce filmowej na erygowanie i budowę tego centrum. To trochę tak, jakby Jasieński znalazł godnego następcę...

Ale najciekawsze jest to, że część księgarską jego zbiorów przejęła Biblioteka Krakowska. Z tego, co mi wiadomo, ta kolekcja składa się w znacznej mierze z cymeliów, czyli pozycji na tyle wartościowych, że dostęp do nich jest reglamentowany. Nie każdemu, nawet naukowcom, książki z tego zestawu są udostępniane. Trzeba mieć odpowiednie referencje od władz wydziałowych albo władz uczelni, żeby do nich zajrzeć. To jest o tyle niespotykane, że tego typu obostrzenia dotyczą raczej książek nadzwyczaj cennych, zabytków piśmiennictwa i zabytków literatury. Z oczywistych zresztą względów. Ale taki stan rzeczy da się jeszcze wytłumaczyć specjalną dbałością o unikatową w naszym kraju kolekcję naprawdę niepowtarzalnych, zatem niemal bezcennych, pozycji.

Konsultowałem się przy okazji pisania tej informacji dla Pana z kilkoma znajomymi po fachu i dowiedziałem się rzeczy, której świadomy nie byłem. Bo podobno — a to prawdziwa niespodzianka — Jasieński zażyczył sobie, żeby część jego zdeponowanej w Bibliotece Krakowskiej kolekcji książkowej uznana została za prohibity — czyli uzyskała klauzulę niedostępności. Tak też zresztą się stało. W dawnych wiekach takim mianem określano książki zabronione — na przykład znajdujące się na watykańskiej liście dzieł szkodliwych (heretyckich, zbyt śmiałych w interpretacji dogmatów, zatem wątpliwych teologicznie z punktu widzenia stolicy apostolskiej itd.). Notabene za rządów komunistycznych także egzystowała instytucja prohibitów. Tą etykietą oznaczano wtedy pozycje nieprawomyślne, z punktu widzenia reżimu szkodliwe ideologicznie. Także defetystyczne — jak się wówczas oficjalnie mawiało — bądź antysocjalistyczne. Pamiętam, ile zabiegów kosztowało mnie, podczas studiów nad historią Polski, dotarcie na przykład do książki byłego premiera międzywojennej RP Sławoja-Składkowskiego pod tytułem *Strzępy meldunków*. Musiałem uzyskać uzasadnienie i motywację od prowadzącego zajęcia, a potem placet od samego dziekana, by wreszcie dorwać się do tej pozycji. Słyszałem, że pracowników naukowych, także tych renomowanych, również obowiązywała podobna, pełna mitręgi biurokratycznej, procedura. Co tu chcę powiedzieć to to, że do prohibitów, a już zwłaszcza w czasach stanu wojennego i później, nie było łatwo się dostać.

Pozostaje więc pytanie: co takiego chciał ukryć przed powszechnym dostępem Feliks Jasieński, że część swej książkowej kolekcji polecił objąć klauzulą tajności także dla tych, którzy najbardziej nadawali się do kontaktu z tymi dziełami, więc dla naukowców?

Jeden z moich konsultantów, naprawdę wybitny fachowiec w materii, który zresztą nie zgodził się na upublicznienie swego nazwiska — pozwoli pan zatem, że zachowam je w dyskrecji — zwrócił moją uwagę, iż materiały, które trafiły do działu prohibitów

Biblioteki Krakowskiej, są dość stare: należą do korpusu tekstów z przełomu XVII i XVIII wieku. W większości są to podobno, jak twierdzi mój informator, teksty japońskie (wraz z tłumaczeniami). Znajdują się one w ściśle strzeżonym dziale archiwum wraz ze średniowiecznymi rękopisami i niewiele od nich młodszymi inkunabułami, trzymanymi tam zarówno ze względu na wartość materialną i historyczną, jak i unikatowość edycji czy casus wyjątkowego występowania na naszym terenie. Pojawienie się w takim towarzystwie niespecjalnie przecież starych — zatem nie tak niepowtarzalnych z punktu widzenia historycznego lub antykwarycznego — pozycji z dawnej kolekcji naszego globtrotera musi budzić pewne zdziwienie.

Manggha Jasieński z pewnością dysponował darem przekonywania, liczono się wszak z jego zdaniem i opiniami. Rozumiem więc, że namówił władze Biblioteki Krakowskiej do zakwalifikowania części swej kolekcji w poczet cymeliów, a najistotniejszą część do prohibitów. Ale, nasuwa się pytanie, dlaczego, prawda? Co chciał ukryć, bo przecież trudno tu przyjąć argument, że zwyczajnie chciał chronić najznamienitszą, najdroższą, w sensie duchowym, część swoich zbiorów przed okiem tłumu.

Tak sobie myślę, że właśnie te ostatnie zdania chciał pan ode mnie usłyszeć, pardon, przeczytać.

Mam rację?

Oddany —

JK

Przebudzony i nie do końca przytomny Nawrocki smętnie wpatrywał się w ekran, po czym przeczytał wiadomość jeszcze raz. Współpraca z doktorem Klejnockim nie była łatwa, nawet na odległość, choć, musiał przyznać, była też owocna. Naukowiec lubił stroić fochy i potrafił być naprawdę nieznośny, ale też nigdy nie nawalił. I w gruncie rzeczy miał rację. Zadawał w każdym razie właściwe pytania.

Komisarz zamknął komputer z westchnieniem ulgi. To, że współpracował, albo może lepiej — korzystał z usług domniemanego przestępcy — już dawno przestało obciążać jego sumienie. I to martwiło go bardziej. Nawrocki, jeśli w ogóle czymś czuł się zaniepokojony, to raczej stopniową utratą własnej wrażliwości. Kiedyś, u początków swej milicyjno-policyjnej kariery, takie dwuznaczne romanse ze sprawcami przestępstw, nawet uniewinnionymi czy skierowanymi na leczenie, przekraczały jego wyobraźnię. A teraz? — Proszę bardzo. Pragmatyka, cel, skuteczność — przede wszystkim. Nawrocki wciąż łapał się na myśli, że nie wygląda to dobrze i może się źle skończyć w ostateczności.

Tej nocy, w momencie kryzysu, uznał nagle, że to jest właśnie jedna z tych ważnych chwil. Otworzył więc kolejną butelkę (chianti covalli, dwadzieścia trzy pięćdziesiąt, resztówka domowych zapasów) z desperackim poczuciem, że idzie na całość.

Jednocześnie usilnie postanowił sobie, zanim wino zaszumi mu w głowie na tyle silnie, że będzie już tylko w stanie spoglądać tępo w ekran telewizora, zastanowić się chwilę nad prowadzonym śledztwem. I że nie będzie to jeden z tych kompletnie zatraconych wieczorów, kiedy alkohol ostatecznie przytępi mu zmysły oraz rozum, by uczynić zeń warzywo.

Więc siadł znów do komputera i postawił sobie pod ręką szklankę wina rozcieńczonego wodą gazowaną (tego zwyczaju nauczył się w Austrii podczas jednego ze szkoleń zawodowych). Zaczął bębnić w klawiaturę, formułując kolejne pytania, które stawiał samemu sobie.

Kiedy skończył, zerknął na zegarek. Było wpół do drugiej w nocy. A więc kolejny raz zawalił sprawę i nie zadzwonił do Małgorzaty. Będzie wściekła jak nic. Wysłał więc polubownego i usprawiedliwiającego SMS-a, licząc na to, że żona odczyta go rano i jakoś jej do tej pory przejdzie.

Druga flaszka wina była już niemal pusta, a w domu miał do dyspozycji tylko koniaki, whisky i napoczętą podczas jednego z rodzinnych spędów butelkę winiaku. Na nic z tych rzeczy Nawrocki nie miał już ochoty. Kręciło mu się w głowie. Marzył tylko o łóżku, odpoczynku, głębokim śnie bez żadnych obrazów i wizji.

*

Wyrwał go ze snu intensywny riff gitarowy z głośnika komórki. Półprzytomny sięgnął po aparat i po omacku wcisnął zielony klawisz.

Dzwonił Mirek, jak to on, podekscytowany.

— Są wiadomości od Szwedów. Niech szef przyjeżdża.

— Mów, chcę wiedzieć od razu...

— Nie, nie. Szef przyjeżdża. To jest grubsza rzecz — powiedział Mirek, uświadomiwszy sobie najwyraźniej, że nie pogada z komisarzem w tej chwili, i po prostu wyłączył się.

— A to skubaniec... — mruknął Nawrocki i odłożywszy telefon, odwrócił się na drugi bok. Wiedział, że już nie zaśnie, chciał tylko jeszcze poleżeć w cieple pościeli, nasycić się bezwładnością ciała, porozkoszować bezruchem.

Do komendy dotarł po godzinie. Nie czuł się dobrze. Kac, nie tak znów mocny, ale przeszkadzający, dawał mu się jednak we znaki.

Mirek pojawił się, ledwie tylko Nawrocki zdążył nastawić wodę na kawę. Był sam.

— A gdzie Pirwitz? — zapytał komisarz.

— Siedzi wciąż przy komputerach. Coś tam jeszcze majstruje. Ustaliliśmy, że to ja przyjdę, żeby zreferować.

— Wyście w ogóle spali? — zapytał Nawrocki, krzątając się niezbornie po pokoju.

— Troszkę żeśmy się przekimali w socjalnym. Tam jest taki materac, za szafą. Jeszcze z czasów, gdy Kołbieliński sypiał w komendzie, tośmy skorzystali.

Aspiranta Kołbielińskiego żona wyrzuciła z domu, gdy odkryła, że ma kochankę. Przez dwa miesiące, zanim znalazł nowe lokum, wiarołomny mąż sypiał w komendzie, o czym wiedzieli wszyscy oprócz kierownictwa. A może i ono wiedziało, ale nie interweniowało.

— Co z tymi Szwedami? Powiesz wreszcie? — Nawrocki powoli wracał do pełnej sprawności.

— Już nawijam. Jest tak... — Mirek rozsiadł się, założył nogę na nogę i wyciągnął służbowy notatnik.

Kurwa, Kojak jeden, przemknęło przez myśl komisarzowi, ale nie odezwał się.

— Szwedzi wszystko sprawdzili, oni tam chyba też w ogóle nie sypiają, bo wyniki mieliśmy nad ranem. No w każdym razie ustalili, że ten bank i korespondencyjny adres mieszczą się w Visby na Gotlandii. To taka...

— Wiem, gdzie to jest, byłem tam! — Nawrocki poczuł nagły przypływ siły. — I co dalej? Gadaj, do cholery!

— Się robi, szefie, spoko! Właściciel tego konta, w jakimś Handelsbanku czy jak tam, ma mieszkanie na starym mieście. Bankowcy potwierdzili, co prawda nie bardzo rozumiem kiedy, chyba ich zerwali z łóżka?

— No i bardzo dobrze, tak się właśnie powinno pracować — odrzekł Nawrocki niewzruszenie. — Trochę protestanckiej pracowitości i nam by się przydało.

— W każdym razie bywa u nich dość regularnie. Ma konto i skrytkę. Z konta pobiera kasę, czasami osobiście, a czasami używa karty bankomatowej. A do skrytki zagląda rzadko...

— Jezu, Mirek! Co z tym mieszkaniem?

— A! Znaleźli to podobno po linii poczty. Boże, co to za kraj?! — Mirek nie potrafił ukryć zdziwienia, zmieszanego z podziwem. — Wszystko wiadomo, jeśli tylko odpowiednio się zapyta... Ale, tego, tutaj to już dupa, szefie.

— Nie męcz mnie, proszę!

— Więc mówię, że dupa, bo od razu, jakeśmy sobie zażyczyli, poleźli tam, ale niczego nie znaleźli. Mieszkanie było puste. I wyglądało na posprzątane.

— Dawaj! — Nawrocki wyciągnął rękę. Mirek dał mu plik papierów, wydobyty spod własnych notatek.

Komisarz pogrążył się w lekturze. Ból głowy minął jak ręką odjął.

— I co? — nie wytrzymał Mirek, gdy minęło kilkanaście minut.

— Ci w banku zeznali, że delikwent rzeczywiście przyjeżdżał na wózku. Ale zawsze sam, no i w ogóle radził sobie niezgorzej. A w domu rzeczywiście jest oprzyrządowanie typowe dla mieszkania kogoś niepełnosprawnego... — wymruczał Nawrocki znad stosu papierów.

— Czyli co? Jednak to nie on, tak?

— A kto to mówi? Jeszcze nie skończyłem. — Komisarz nawet nie oderwał się od lektury. — Właśnie czytam, że część mieszkania urządzona była w stylu dalekowschodnim: na ścianach miecze, jakieś kordziki i grafiki orientalne — pewnie japońskie. W kuchni zestaw oryginalnych naczyń, zdaje się, że do parzenia herbaty, a w garderobie liczne stroje podobne do kimon oraz coś, co przypomina strój szermierczy, ale także egzotyczny.

— Czyli, że to jednak on? — Mirek aż poprawił się na krześle.

— On czy nie on, ale to w każdym razie nasz człowiek. Namierzymy go — będziemy mieli link do innych. Jeśli istnieją, oczywiście.

— To co robimy?

— Oto jest pytanie, że zacytujemy klasyka. Gość nagle wyparował. Nie ma go w Niemczech, nie ma na Gotlandii, chociaż tam chyba mieszka... — Nawrocki zawiesił głos. — Więc gdzie jest? I co takiego się stało, że nagle zniknął? — Komisarz zawiesił wzrok na twarzy podwładnego.

IV.

Mężczyzna był wściekły.

Cały wyjazd do Krakowa na nic. Człowiek, który odezwał się w końcu i umówił na spotkanie, zwyczajnie nie przyszedł. Nie odbierał też telefonu.

Mężczyzna przesiedział niemal dwie godziny w ogródku piwnym jednej z knajp na Rynku, najpierw czekając cierpliwie, a potem — coraz bardziej nerwowo — wydzwaniając z komórki. Wypił dwie kawy, wodę gazowaną, a nawet spożył lekki lunch — wszystko, by zabić jakoś czas.

Potem okrążył Rynek ze dwa razy, ale nie potrafił się zrelaksować. Wciąż spięty, co jakiś czas inicjował telefoniczne połączenie, ale bezskutecznie.

Wszystko na nic. Wrócił więc do Warszawy, do mieszkanka na Saskiej Kępie. Bez oparcia w lokalnych partnerach był całkiem bezradny. Dotarcie do Biblioteki Krakowskiej nagle okazało się przedsięwzięciem ponad siły. A wszak współpracował z tymi tutaj nie raz i zawsze wszystko było w porządku. Co się teraz stało? Skąd to milczenie? Dlaczego się wycofali?

A w komputerze żadnych nowych, istotnych maili. Wyglądało na to, że został sam na sam ze swoim problemem.

Postanowił więc poćwiczyć trochę, by się uspokoić. Tak zawsze doradzał mistrz. Ćwiczenia albo sen. A na sen nie miał najmniejszej ochoty.

V.

Pirwitz zastał pozostałych członków sekcji S-3 w minorowych nastrojach. Siedzieli u Nawrockiego w gabinecie, komisarz dał Pirwitzowi plenipotencję do pobierania jego kluczy, i smętnie popijali kawę.

— Masz dla nas jakieś dobre wieści? Pewnie nie? — zapytał komisarz z rezygnacją.

— Ale jednak coś mam... — niepewnie wobec ogólnego braku entuzjazmu odrzekł Pirwitz. — Mało, bo mało, może się przyda w każdym razie...

— No to nadawaj, dramatycznie potrzebujemy teraz wsparcia oraz nowych inspiracji. — W głosie komisarza dały się słyszeć nutki sarkazmu.

— Ehem... Porozmawiałem jeszcze ze Szwedami. A właściwie z takim jednym od nich, całkiem dorzecznym i nawet sympatycznym. Mówił, że cię zna — zwrócił się do Nawrockiego — i pozdrawia. Anders jakiś tam.

— Holmstrom.

— Zgadza się. On zasugerował jeszcze coś.

— Jakiś cudowny sposób na znalezienie naszego klienta? — Komisarz wciąż pozostawał lekko ironiczny, wskakując w słowo podwładnemu.

— Tak jakby. Powiedział mi w każdym razie, że z wyspy są dwie drogi wydostania się: prom i samolot.

— To logiczne. No i?

— I zasugerował, że oni przejrzą listy pasażerów linii lotniczych. Jeśli nie stwierdzą tam obecności Bielki, to może my powinniśmy sprawdzić u naszej straży granicznej, czy taki gość nie przypłynął ostatnio do Polski promem.

— Złota myśl! — odrzekł natychmiast Nawrocki.

— Ale jest feler, a nawet dwa. Po pierwsze, facet może posługiwać się innym paszportem. A wtedy szukaj wiatru w polu. Po drugie, a niby dlaczego miałby do nas przyjeżdżać? Może po prostu dał dyla? Promem na kontynent, a stamtąd do Meksyku, Indonezji czy Afryki. I co wtedy?

— Wtedy rzeczywiście nic — potwierdził Pirwitz.

— Ale miał tu u nas jeszcze jakiś interes do załatwienia, sam to mówiłeś. Więc może nie uciekł — skąd by zresztą wiedział, że jest poszukiwany? Przecież na razie wszystko jest poufne?

Nawrocki zakrztusił się własnym śmiechem.

— Poufne? To znaczy tylko tyle, że prasa i opinia publiczna nic jeszcze nie wie. Ale zaraz się dowie, mówię ci. Z tych samych zresztą powodów, dla których nasz samuraj już dawno mógł wiedzieć, co się tutaj dzieje.

— Ktoś od nas? — z niedowierzaniem zapytał Pirwitz.

— Pewnie! Niby skąd stołeczne gazety co jakiś czas publikują informacje, które chcielibyśmy, aby nie wydobyły się na światło dzienne? Skąd telewizje mają materiały dla tych wszystkich sensacyjnych pseudoreportaży?

— Ale może jednak warto mimo wszystko uruchomić rozpoznanie wywiadowcze? Przepraszam, to taki nasz żargon z jednostki — zmitygował się Pirwitz.

— Wielokrotnie dawało to rezultaty, nawet w pozornie beznadziejnych przypadkach.

Komisarz machnął tylko ręką.

— Chciałbym, żebyś miał rację. Więc dobrze, zrób to po swojemu. Może wystarczy. A ty, Mirek, jak uważasz? — Nawrocki zwrócił się do milczącego tymczasem sierżanta.

— Zróbmy tak, jak mówi pan podkomisarz.

— Znowu przeszliście na „pan"? — zdziwił się Nawrocki.

— A gdzie tam! Chciałem być grzeczny. — Mirek wyszczerzył zęby w uśmiechu.

— No to z Bogiem.

I wtedy zadzwonił telefon.

To była sekretarka zastępcy komendanta. Chciał się widzieć z komisarzem natychmiast. A Bobrowski był wyraźnie zdenerwowany, o czym lojalnie uprzedziła. Grunt to mieć dobre układy z personelem pomocniczym.

— Widziałeś dzisiejsze gazety? — spytał zastępca komendanta od progu, mimowolnie przechodząc z podwładnym na ty.

— Nie zdążyłem jeszcze przejrzeć — przyznał Nawrocki.

— A szkoda! No to patrz! — Nadinspektor rzucił płachtę na biurko.

Komisarz zauważył tylko czarno-żółte litery nagłówka na pierwszej stronie tabloidu. Mężnie wziął gazetę.

ZARŻNIĘCI ANTYKWARIUSZE.
CZY TO SERYJNY MORDERCA?
CO UKRYWA POLICJA?

Kurwa.

Stało się.

— W końcu dowiedzieli się — smętnie pokiwał głową komisarz.

— Politycy pewnie już wydzwaniają do siebie. Główny komendant też z pewnością dostanie kilka telefonów. Minister zapewne wróci z urlopu, wściekły, jeśli nie dziś, to jutro. Opozycja zmobilizuje tych swoich cwaniaczków od medialnych występów. A ja też już miałem ze trzy telefony: od lokalnej telewizji oraz z dwóch dzienników, porządnej prasy, a nie tych tu ścierwojadów. Koniec laby, jesteśmy na cenzurowanym.

— Rozumiem — ostrożnie przyznał Nawrocki. — Co to zmienia, panie komendancie?

— Zaraz zacznie się presja. W zasadzie już się zaczęła. Będziemy teraz rozliczani, nie, to ty będziesz rozliczany z każdej minuty. Musicie przyspieszyć. À propos — jest jakiś postęp?

— Raczej chwilowy, miejmy nadzieję, ale jednak regres. Urwała nam się nić... — Komisarz postanowił mówić prawdę, całą prawdę i tylko prawdę.

— O kurwa mać, w dupę jebana! Właśnie teraz, w takim momencie? — Bobrowski wybuchnął zupełnie nie w swoim stylu.

— Niestety — Nawrocki odczuwał dziwną radość z tego, że przynosi złe wiadomości... — Ale kijem Wisły nie zawrócę! Robimy co się da. Ja też to gówno chciałbym mieć jak najszybciej z głowy. A jak przyjdą pismaki, to mogę z nimi pogadać — postawił się komisarz.

— Żebyś wiedział, że tak to zorganizujemy. Nie chcę mieć z nimi do czynienia! To ty będziesz świecił oczami.

Z gabinetu komendanta komisarz wyskoczył jak oparzony.

Już trzęsą dupami. A jak minister się odezwie, to pewnie zesrają się od razu w gacie. Nawet ten Bobrowski, a wyglądał na rozsądnego!

Nawrocki pognał do siebie i od razu napisał kolejnego maila do Klejnockiego. Liczył na to, że naukowiec folguje swej namiętności i za dnia siedzi w sieci na bieżąco, jeśli tylko pozwalają mu na to lekarze...

Przeżył jednak ciężką próbę, bo mijały kolejne minuty, odpowiedź nie nadchodziła. Komisarz do bólu oczu wpatrywał się w ekran komputera, marząc jednocześnie o szklaneczce wina rozcieńczonego wodą gazowaną.

Na własne szczęście — nie mylił się. Odpowiedź przyszła w momencie, gdy Nawrocki był dosłownie na skraju kryzysu nerwowego.

From: szpital.tworki@nfz.gov.pl
To: i.nawrocki@kom.stol.pl

Witam, drogi Komisarzu.

Ciekawe pytania Pan zadaje. Szkoda, że znów przez Internet, a nie bezpośrednio. Musi Pan wiedzieć, że stęskniłem się za Panem. Trochę się tu nudzę i oczekiwałem, że odwiedzi mnie Pan osobiście. Zwłaszcza po ostatniej mojej wiadomości do Pana. Czuję, że byłaby to jakaś rozrywka w mojej codzienności. Ale pewnie Pan zajęty, skoro nie ma dla mnie czasu, cóż robić? A może, jak już szczęśliwie zakończy Pan swoje sprawy, zechce się jednak wybrać do mnie i opowiedzieć mi trochę o tym, czym Pan się teraz zajmuje, wciąż pytając mnie o poradę? Co? Byłbym niezmiernie wdzięczny, bo zaintrygował mnie Pan; to musi być jakieś szczególne dochodzenie... A może umówimy się u mnie w domu, jak dostanę wreszcie kolejną przepustkę? Nie są tu tacy chętni, żeby je wydawać, ale czasem...

Skoro Pan do mnie pisze, to oznacza, że Katarzyna zaufała panu i dała ten adres. Bo widzi Pan, czuję się dość osamotniony. Nie mogę już tak surfować, jak dawniej. Co prawda przenieśli z Radomia cały mój sprzęt, ale teraz jest on już nieco zużyty i — co tu dużo kryć — troszeczkę przestarzały. Zwłaszcza że nie tylko mnie wolno tu z niego korzystać. Taki warunek, cóż zrobić, zgodziłem się. Ale i tak Pańscy koledzy od informatyki trochę mi pewnie zazdroszczą, co?

W dodatku dyrekcja cenzuruje moją pocztę, nie mówiąc już o tym, że i Katarzyna swoje czyni. Przykre to, ale jakoś sobie radzę.

Ale dobrze, już nie nudzę, tylko odpowiadam. Przyznam, że ja akurat Pańskich wątpliwości rozwiać nie umiem. Nigdy się nie zajmowałem dalekowschodnimi wpływami na naszą literaturę. To interesujący, ale dość osobliwy temat. Coś niecoś wiem oczywiście, ale to czysta amatorszczyzna. Polecam zatem kontakt z profesorem Mikołajem Emilianowiczem z uniwersytetu, jak na mój gust i wiedzę, najznakomitszym znawcą kultury Japonii i literatury tego obszaru. To uznana i międzynarodowa sława. Jest też tłumaczem, ale to pewnie mniej pana interesuje. Proszę się z nim skontaktować, w każdym razie. No i proszę nie zapominać o mnie. Już sobie ostrzę zęby na Pańską opowieść.

Pozdrawiam serdecznie

Jarosław Klejnocki

Nawrocki natychmiast zatelefonował na uniwersytet. Trochę to trwało, zanim udało mu się ustalić kontakt do profesora Emilianowicza. Użył przy tym całej swej policyjnej władzy, był opryskliwy i agresywny, zresztą nie bardziej niż sekretarki i urzędniczki, z którymi rozmawiał.

Sam Emilianowicz okazał się niespodziewanie nadzwyczaj miłym człowiekiem. Zgodził się od razu na rozmowę i zaproponował, by komisarz wpadł do niego do domu, bo, jak przyznał, jest trochę podziębiony i stara się nie wychodzić na dwór.

Nawrocki zadeklarował, że pojawi się w ciągu godziny.

*

Trochę spodziewał się lokum wystylizowanego na tradycyjną japońską modłę, ze stojakiem na miecze w centrum głównego pomieszczenia oraz gospodarza ubranego w strój niepoprawnie zwany przez wszystkich niezorientowanych kimonem, ale profesor Mikołaj Emilianowicz zaskoczył go całkowicie. Drzwi otworzył mu siwy, szczupły starszy pan w zwyczajnej granatowej marynarce, w białej koszuli i fularze zawiązanym misternie pod szyją. Mówił piękną kresową polszczyzną — z zaśpiewem i wyraźną wymową głosek dźwięcznych, z „ł" aktorskim na czele. No i mieszkanie przypominało typowe M-3 w ursynowskim budownictwie z lat osiemdziesiątych XX wieku, należące do polskiego inteligenta. Regały z książkami pod sufit, jakieś starawe meble, które zapewne były cenne, ale długoletni brak dbałości uczynił z nich obraz nędzy i rozpaczy, wysłużony telewizor na stoliczku w salonie i zaraz obok niego takaż stereofoniczna wieża. Nawrocki poczuł się od razu tak, jakby przyszedł z wizytą do swojej babci, szczęśliwie jeszcze żyjącej staruszki, matki ojca, która zajmowała bardzo podobny lokal, tyle że na Dolnym Mokotowie, niedaleko skrzyżowania Gagarina i Czerniakowskiej.

Dawna, odchodząca pomału w zapomnienie inteligencja. Brak zbytniego zainteresowania sprawami materialnymi i porządkiem, za to głównie książki i płyty z muzyką klasyczną. A jeśli media — to radio ważniejsze od telewizora, tolerowanego jedynie i traktowanego użytkowo, jak szczoteczka do zębów czy płyn do mycia naczyń.

Gospodarz poprowadził go do dużego stołu w największym pokoju, który zwał salonem. Zaoferował kawę lub różne typy herbaty. Kawa mogła być rozpuszczalna, bo tylko taką dysponował profesor, wśród herbat natomiast dominowały egzotyczne. Komisarz postanowił nie ryzykować i wybrał jednak kawę.

— Czym mogę zatem służyć, drogi panie komisarzu? — zagaił Emilianowicz, kiedy parujące porcelanowe filiżanki stały już przed nimi.

— Panie profesorze, dziękuję bardzo za czas, który zechciał mi pan poświę...

— Młody człowieku! Do rzeczy, do rzeczy. Darujmy sobie te zbędne formy. One nas niewolą na swój sposób, jak powiada Nauczyciel, więc przystąpmy od razu, jak rzekłem, *in medias res* — profesor grzecznie, lecz stanowczo jednocześnie, wszedł w słowo Nawrockiemu. Ten zaś zdecydował się po prostu uderzyć w centrum problemu.

— Panie profesorze, skierował mnie do pana doktor Jarosław Klejnocki, który twierdzi, że jeśli miałbym uzyskać jakieś konkretne informacje w materii, która mnie teraz zajmuje, to tylko od pana.

— Klejnocki? Nie kojarzę — zmartwił się wyraźnie Emilianowicz. — Czy to może neofilolog albo orientalista młodego pokolenia? A może jeden z moich byłych studentów, bo, przyznam ze wstydem, nie pamiętam...

— Nie, nie. To taki nasz, powiedzmy, hmm, nieformalny konsultant. Nie on jest tutaj ważny, tylko sprawa, z którą przychodzę.

— Oczywiście! To się rozumie samo przez się. Sprawa. My, ludzie Zachodu, lubimy myśleć pragmatycznie. Załatwiamy, negocjujemy, uzgadniamy. Tak. Więc z jaką sprawą, względnie problemem, przyszedł pan do mnie, jak to był łaskaw pan się wyrazić?

— Feliks Jasieński, zwany Mangghą, a właściwie nie on sam nawet, tylko jego kolekcja. A nie kolekcja nawet, tylko jej dzieje. Powiem więcej — nie tylko jej dzieje, a raczej jej zawartość. Prowadzę śledztwo, w którym..

— Pan wybaczy na moment. — Emilianowicz wstał od stołu i zniknął na chwilę w drugim, spowitym w półmroku pokoju. Wyszedł stamtąd z paczką papierosów i paczką zapałek. — Nie będzie miał pan nic przeciwko temu, jeśli...

Komisarz wykonał nieokreślony ruch ręką, który można by było uznać za przyzwolenie. Emilianowicz wyciągnął papierosa z paczki, na której widać było napisy w egzotycznym alfabecie, ułamał filtr i włożywszy papierosa w usta, sięgnął po zapałki, ale natychmiast zreflektował się.

— A może chce pan zapalić, panie komisarzu?

— Jeśli mógłbym, to wolałbym fajkę.

— Fajka? Jakież to pięknie niedzisiejsze. Ależ proszę, proszę, oczywiście.

Kiedy już oblekły ich obłoczki dymu, Emilianowicz podjął wątek.

— Więc Manggha i jego kolekcja. Taaak. Co chce pan wiedzieć?

Nawrockiego zdziwiło, że profesor wyglądał na kompletnie niezainteresowanego policyjnym dochodzeniem. Każdy normalny człowiek na jego miejscu z pewnością chciałby wiedzieć, nad czym pracuje policja. Z czystej, ludzkiej, niewolnej od plotki, ciekawości. I właśnie dlatego, że Emilianowicz wykazał się tak dalece sięgającą bezinteresownością, postanowił powiedzieć więcej, niż planował.

— Prowadzę śledztwo, w którym, jak sądzimy — zdecydował się na liczbę mnogą, by podkreślić wagę dochodzenia — wątek starodruków japońskich, czy też ogólnie mówiąc, azjatyckich, proszę wybaczyć moje nieprofesjonalne wyrażenia — zastrzegł — odgrywa nader istotną rolę. Punktem wyjścia jest kradzież dokonana w Sekcji Inkunabułów i Druków Obcych w Bibliotece Krakowskiej, ale tak naprawdę zajmujemy się...

— To skandal, to oczywisty i bezdyskusyjny skandal! Jak można było w ogóle do tego dopuścić? — Emilianowicz przerwał Nawrockiemu z emfazą. — Przecież to są wszystko skarby najwyższej rangi! A tu taka kompromitacja, nie mam słów...

— No właśnie — kontynuował Nawrocki, nie przejmując się wybuchem profesorskich emocji. — Ta kradzież lub może lepiej powiedzieć „te kradzieże", bo nie wiemy, czy był to jednostkowy akt, czy może raczej cały proces, wiążą się z cyklem morderstw, które właśnie badam i...

— Morderstw? — zapytał Emilianowicz, wyraźnie poruszony. — Wśród pracowników biblioteki? O niczym takim nie słyszałem...

— Ależ nie, raczej, powiedzmy to tak: pośredników w nielegalnym handlu starodrukami. Niemniej sama kradzież ma dla nas nadzwyczaj ważne znaczenie.

A potem, prosząc profesora o maksymalną dyskrecję, opowiedział jednak o zabójstwach dokonanych najprawdopodobniej samurajskim mieczem przez człowieka, który najwyraźniej zna się na tej sztuce walki. Starał się unikać detali i szczegółów, aby opowieść nie była za długa, ale też po to, by nie zdradzać zbyt wiele z policyjnej kuchni. Jednakże zarysował, najogólniej jak mógł, obraz tego, czym obecnie dysponowali.

Profesor tylko zaciągał się głęboko i popijał małymi łyczkami zieloną herbatę. Kiedy Nawrocki skończył mówić, dopalił w milczeniu papierosa, po czym zgasił go w małej szklanej popielniczce stojącej na stole.

— Niech więc pan pyta, postaram się pomóc — rzekł zdecydowanie.

— Panie profesorze! Wiem już, że swoje cenne zbiory Feliks Jasieński przekazał Muzeum Narodowemu w Krakowie, ale też, że część biblioteczną w znacznej mierze przejęła, zresztą zgodnie z ostatnią wolą donatora, Biblioteka Krakowska. Tu znów dar Jasieńskiego uzyskał, ale nie orientuję się czy całość kolekcji, status cymeliów, a znów jakaś wydzielona partia donacji książkowej została nawet oznaczona jako prohibita. Moi informatorzy lub, jeśli pan woli, kolejni konsultanci uznali to za rzecz bez precedensu.

— I słusznie — potwierdził Emilianowicz.

— No właśnie. Zastanawiamy się nad przyczyną tej decyzji. Poza tym chciałbym pana profesora zapytać o zawartość tej donacji. Wszystko, co mógłby pan profesor na ten temat powiedzieć, jest dla mnie interesujące.

Emilianowicz pokiwał głową, jakby zgadzał się z wywodem komisarza. Ale jego pytanie było nadzwyczaj rzeczowe.

— A czemu nie zwrócił się pan bezpośrednio do biblioteki? Przecież dysponuje pan odpowiednimi instrumentami prawnymi. A może tylko chce pan sprawdzić informacje, którymi już pan dysponuje, u innego źródła? Bo tak przecież nazywacie swoich informatorów, „źródło", prawda?

— Będę szczery — Nawrocki zdecydował się grać w otwarte karty. — Nie zwróciłem się do władz biblioteki, bo wciąż prowadzone jest śledztwo w sprawie tamtych kradzieży, a więc zarówno pracowników tej instytucji, jak i jej władze, traktujemy z pewną, by tak rzec...

— Nieufnością? — dopowiedział Emilianowicz.

— W rzeczy samej, panie profesorze, choć wolałbym określenie „z rezerwą". Sprawa nie jest zamknięta, prokuratura wciąż zbiera materiały zarówno w kraju, jak i za granicą, a jedno, co wiadome jest bez żadnych wątpliwości, to na pewno to, że w procederze wynoszenia cennych ksiąg z magazynów biblioteki musiał brać udział jej pracownik, względnie pracownicy. Dlatego potrzebuję informacji z zewnątrz.

— Rozumiem. A jednocześnie współczuję panu. Ma pan taką trudną, niewdzięczną pracę. Musi pan lawirować, maskować się i, jak to lubią powtarzać nasi pożal się Boże politycy, „gospodarować wiedzą w sposób nadzwyczaj oszczędny"...

Nawrocki zrozumiał nagle, że jego rozmówca nie jest wcale żadnym „odklejonym" od rzeczywistości naukowcem.

— Pomoże mi pan?

Emilianowicz wyciągnął kolejnego papierosa z paczki, znów odłamał filtr i podpalił zwitek tytoniu zapałką, którą zgasił, potrząsając energicznie ręką.

— Ja oczywiście znam zawartość donacji bibliofilskiej Jasieńskiego — zaczął powoli i z wyraźnym namysłem. — Ale znam ją po części, jak to powiedzieć, no, znam ją po części teoretycznie.

— Nie rozumiem.

— Chcę przez to powiedzieć, że nie miałem każdej książki w ręku. Nie wszystko zresztą z tego zbioru interesowało mnie aż tak. Tam są na przykład ryciny czy mapy, teczki malarskie. Niektóre przeglądałem, inne nie. Mówiąc „teoretycznie", mam na myśli fakt, że przeglądałem skontrum donacji, ale nie każdą pozycję z osobna.

Nawrocki zerknął ukradkiem w notatki.

— No dobrze, nawet jeśli nie miał pan profesor bezpośredniego kontaktu z każdym dziełem, to proszę chociaż oświecić mnie w sprawie tych prohibitów.

Emilianowicz aż klasnął w dłonie, a komisarz bezwiednie lekko podskoczył na krześle.

— A tak, oczywiście! To cała zagadka.

— Zagadka? — ożywił się komisarz.

— Tak, ale zapewne nie taka, o jakiej pan ewentualnie myśli. Raczej metodologiczna. Bo widzi pan — profesor uprzedził Nawrockiego, który już otwierał usta — to, że Jasieński poprosił o opatrzenie znacznej części swoich zbiorów mianem cymeliów, wydaje się dość oczywiste. W końcu idzie o unikatowy korpus tekstów, unikatowy przynajmniej w naszych polskich warunkach. Zapewne chciał uniknąć postronnych fascynatów, tudzież rozmaitych nieodpowiedzialnych nawiedzeńców, którzy grzebaliby w jego zbiorach, bo kategoria cymeliów, czyli zbiorów specjalnych, nakłada na dzieła pewne obostrzenia w ich udostępnianiu.

— Ale prohibita?...

— No właśnie... — Profesor nagle przerwał i zamyślił się. — Prohibita. Część z nich czytałem. To na ogół bardzo rzadko spotykane, głównie siedemnastowieczne, relacje osobiste rozmaitych dostojników z dworu Szoguna, czyli dostojnika rzeczywiście rządzącego krajem. Musi pan bowiem wiedzieć, że cesarz miał w Japonii status boski i nie bardzo mieszał się w wulgarne sprawy ziemskie, natomiast w jego imieniu rządził ktoś na kształt kanclerza, zwany właśnie szogunem. Nie wiem, na ile pan się orientuje...

— Trochę już o tym wiem. — Nawrocki wpadł w słowo swemu rozmówcy.

— Zatem możemy dalej procedować... Więc głównie te relacje to zapis intryg dworskich, czasami nadzwyczaj pogmatwanych i niezbyt jasnych dla nieprzygotowanego czytelnika, albo też dość intymne sprawozdania z życia osobistego japońskich wielmożów.

— Ale dlaczego Jasieński chciał je utajnić? — Nawrocki nieświadomie posłużył się zawodową stylistyką.

— Tego do końca nie wiadomo. Zapewne nie podobało mu się to, że z owych tekstów wyłania się miałkość i często, niestety, prostacka zwyczajność tych ludzi.

— To znaczy, że chciał chronić ich honor, a może raczej pełen dystyngowania, oficjalny wizerunek, zgodny zarówno z panującą etykietą dworską, jak i z regułami *Bushido?*

Emilianowicz uważnie łypnął okiem na komisarza.

— Zgadza się. Widzę, że odrobił pan lekcję.

Nawrocki poczuł, że zbliża się do najistotniejszej kwestii. Do samego centrum.

— Panie profesorze, proszę powiedzieć, czy może chodzić o coś jeszcze? Każda pańska sugestia, choćby jej strzępek, będzie mi pomocna.

Emilianowicz westchnął głęboko. Kolejny papieros, który trzymał w dłoni, był już tylko ogarkiem.

— No dobrze, powiem panu — odrzekł po jeszcze jednym westchnieniu. — Ale proszę to traktować jako informację całkowicie nieformalną i nieoficjalną. *Off the record* — jak to się mówi. Jeśli zechce się pan kiedykolwiek powołać na mnie w tej akurat sprawie, odmówię potwierdzenia. Nie chcę być cytowany i nie chcę być świadkiem w sądzie, gdyby aż do tego doszło, a już tym bardziej rzeczoznawcą. Rozumiemy się?

— Jak najbardziej — potwierdził Nawrocki, spięty i skoncentrowany jednocześnie.

— Zatem... Ale najpierw muszę panu powiedzieć coś o samym Jasieńskim. Wie pan już coś o tej postaci?

— Co nieco — wykręcił się Nawrocki od konkretnej odpowiedzi. — Ale z przyjemnością posłucham — odparł niezbyt szczerze.

— Ograniczę się tylko do kwestii naprawdę najistotniejszych. Musi pan zrozumieć, że Jasieński stał się fanatycznym miłośnikiem kultur Dalekiego Wschodu i z czasem zaczął traktować je całkiem bezkrytycznie. Oczywiście, jego zaangażowanie i poświęcenie, a zwłaszcza bezinteresowność w postępowaniu z całą kolekcją jest godne najwyższego szacunku. Bez Jasieńskiego, jego hojności, pasji i działań, jakbyśmy dzisiaj powiedzieli: promocyjnych — nie byłoby pewnie takiej fascynacji Wschodem w polskiej kulturze przełomu XIX i XX wieku, a może i później. Nie byłoby też Centrum Sztuki i Techniki Japońskiej Manggha wybudowanego w Krakowie z inspiracji i przy wydatnym udziale Andrzeja Wajdy. Jasieńskiego można równie dobrze scharakteryzować jako szlachetnego entuzjastę, ale też jako dziwaka. Zwłaszcza pod koniec życia...

— Do czego pan zmierza, panie profesorze? — Nawrocki zaczął się niecierpliwie wiercić.

— Już powiadam. Ale to, co teraz panu opowiem, proszę wziąć w wielki nawias, bo będziemy się poruszali w przestrzeni plotki i tego, co dzisiejsza humanistyka lubi nazywać *urban legend*.

— Czyli?

— Cywilizacja techniczna, a tym bardziej cywilizacja postindustrialna, w której, jak twierdzi wielu znawców, teraz właśnie żyjemy, też ma swoją mitologię, bo bez mitologii trudno jest żyć. Podobnie jak trudno jest żyć bez utopii — tak przynajmniej pisze jeden z naszych wybitnych poetów współczesnych. Więc *urban legend* to swoista historia niesamowita, z elementami zagadki i tajemnicy, czasami grozy. A to wszystko pławi się zazwyczaj w rozmaitych pierwotnych atawistycznych lękach, tyle że już nie ubranych w kostium archaiczny, tylko nowoczesny. Więc, dajmy na to, zamiast mitycznych herosów — Batman — to wersja popkulturalna; a zamiast wyprawy argonautów — *Matrix*. Lub też zamiast lęków przed siłami przyrody — historie o czarnej wołdze porywającej dzieci. Słyszał pan o tym?

— Pan profesor oglądał *Matrixa*? — z niedowierzaniem spytał komisarz.

— Owszem, to bardzo pouczający film. Jest tam na przykład sporo wątków buddyjskich, a i sam główny bohater... Neo, prawda?... ma w sobie coś z historii dojrzewania Buddy do oświecenia. A co do samej miejskiej legendy — niech pan sobie wklepie to hasło w Google'a i od razu wyrzuci panu Wikipedię z odnośnym wyjaśnieniem. Doradzam wsze-

Iako wersję angielską, bo jest znacznie pełniejsza od rodzimej.

Nawrocki poczuł się nagle zdezorientowany. Emilianowicz zadziwiał go coraz bardziej.

— Dziękuję, chętnie skorzystam z rad pana profesora. Ale co z tym Jasieńskim? Bo chciałbym wreszcie dowiedzieć się, jaki jest jego sekret.

— Sekret, no właśnie, dobrze pan to ujął. — Profesor Mikołaj Emilianowicz przypalił nowego papierosa.

— Chodziła — kontynuował — i wciąż zresztą chodzi po zainteresowanym sprawą akademickim środowisku taka plotka, choć ja akurat byłbym skłonny zakwalifikować ją jako bardzo ciekawy i godny rozbiorów przykład miejskiej legendy właśnie, że powodem kwalifikacji części donacji Jasieńskiego do prohibitów są pewne apokryfy, do których nasz kolekcjoner dotarł podczas swoich podróży i które nabył, pieczołowicie gromadząc je, a potem dołączając do całego korpusu zgromadzonych w swym zbiorze artefaktów.

— Apokryfy, artefakty? Nie bardzo rozumiem — przyznał się Nawrocki.

— Pojęcie apokryfu stosuję tu metaforycznie. Chodzi mi o historię możliwą, prawdopodobną, dopełniającą historyczny czy też religijny przekaz, lecz nieautentyczną. Jak choćby pisane, głównie w średniowieczu zresztą, a utrzymane w stylistyce biblijnej opowieści o dzieciństwie i dorastaniu Jezusa. A artefakt to termin w istocie ze sfery nauk biologicznych, natomiast w filologii oznacza... — Emilianowicz przerwał nagle, by po chwili dokończyć, już innym tonem

— ...umówmy się, że oznacza — jak to nazywają muzealnicy — „obiekt", czyli po prostu ważny eksponat, rzecz w zbiorach.

— Pojmuję.

— Świetnie. Chcę powiedzieć, że najprawdopodobniej obcujemy teraz ze sferą przewidzeń kogoś, kto zatracił zdolność rzetelnej racjonalnej analizy i dał się opętać swej własnej fascynacji, bo nie da się też ukryć, że Jasieński wciąż bywa traktowany jako osobnik zaburzony.

— Pan profesor w to wierzy? — drążył Nawrocki.

— Że Jasieński był trochę, no, nie tego?... — Emilianowicz niespodziewanie przeszedł na kolokwialną polszczyznę. — Pewnie nie. Ale pan wie, jak wężowe potrafią być ludzkie języki, to może być przecież efekt zwyczajnej obmowy... Zresztą ważne jest to, co mówi się o jego zbiorach.

— Mówi się?

Emilianowicz dopił resztkę herbaty ostatnim haustem. Znów zapalił papierosa i wziąwszy głęboki oddech, rozpoczął swą opowieść.

— W zgromadzonych przez Jasieńskiego drukach i manuskryptach miały się ponoć znaleźć zapiski, które ja, na podstawie własnej wiedzy i dostępnych mi informacji, zakwalifikowałbym jako właśnie apokryficzne, o ewidentnie deheroizacyjnym charakterze. Krótko mówiąc, podające w wątpliwość oficjalną wersję rozmaitych wydarzeń historycznych, które w kulturze Japonii oblekły się w legendę o założycielskim charakterze.

— Coś konkretnego ma pan profesor na myśli?

— A choćby historię o czterdziestu siedmiu roninach, fundamentalną dla zakorzenienia się i utrwalenia mitu o etosie samuraja. Zna pan ją?

— Nie.

Emilianowicz poderwał się z miejsca i podszedł do jednej z półek z książkami, by po krótkim zastanowieniu i błądzeniu oczami po grzbietach zgromadzonych tam dzieł wyciągnąć opasły tom w żółtawych okładkach. Przekartkował go szybko i otworzywszy na konkretnej stronie, podał Nawrockiemu.

— Niech więc pan to przeczyta, panie komisarzu. A ja tymczasem zaparzę sobie jeszcze herbaty. Kawy?

Nawrocki tylko skinął głową aprobująco, już oglądając książkę. Mikołaj Emilianowicz, *Opowieści z dziejów kultury japońskiej. Słownik osobisty*. Wskazana przez profesora strona zawierała tylko jedno hasło:

„CZTERDZIESTU SIEDMIU RONINÓW

Opowieść o czterdziestu siedmiu roninach to być może najbardziej znana samurajska historia. W tradycyjnej japońskiej kulturze była legendą, jedną z tych, na których zbudowano tożsamość kasty wojowników. Z czasem zaś stała się mitem narodowym Japończyków, a kult pamięci dawnych bohaterów trwa nadal. Przynajmniej w tych środowiskach, gdzie tradycja odgrywa wciąż istotną rolę.

Z lektury tekstów krytycznych, wobec dość powszechnego celebrowania tej historii, można natomiast odnieść wrażenie, że opowieść ta zyskała rangę narodowego mitu ze względu na czasy kryzysu, w których doszło do tego wydarzenia. Na początku XVIII wieku bowiem samurajowie wszystko co najlepsze mieli już za sobą. Długotrwały pokój na wyspach podciął sens istnienia tej klasy społecznej. Poza tym, w społeczeństwie japońskim zachodziły rozmaite przemiany — od politycznych i gospodarczych po kulturowe — które wzmacniały procesy rozkładu kasty samurajskiej. Wedle badaczy legenda ta miała stanowić istotne wzmocnienie klasowego etosu, przywrócić samurajom dawno utracony splendor oraz elitarną pozycję w społeczeństwie. Co się zresztą częściowo udało.

Wcześniej, w XVII wieku, powstało wiele tekstów teoretycznych, które podejmowały i rozwijały rozmaite wątki zawarte w *Bushido* — samurajskim kodeksie honorowym. Były to czasy burzliwe, pełne wojen wewnętrznych, zatem także świetności japońskiej warstwy rycerskiej. Zazwyczaj właśnie tak jest — kiedy jakaś warstwa społeczna znajduje się w szczytowym momencie swego istnienia, potrzebuje artystycznego i filozoficznego podbudowania swoich sukcesów. Ważnym autorem traktatów samurajskich był w drugiej połowie tego stulecia Yamaga Soko, a jednym z jego najbardziej żarliwych czytelników, a więc i uczniów, Oishi Kuranosuke Yoshio. Oishi znów to sługa i wasal jednego z ówczesnych wielkich panów (*daimyō*) Asano Takumi no Komo Nagahori, cieszącego się względami ówczesnego szoguna.

Szogunat w Japonii to instytucja mocno zakorzeniona w świadomości mieszkańców wysp. Szogun sprawował właściwą władzę polityczną, de facto wykonawczą, w imieniu cesarza, nie bardzo angażującego się w bieżące i codzienne sprawy polityki. Cesarz, jako półbóg, cieszył się najwyższym szacunkiem oraz dysponował autorytetem przynależnym istotom trochę nie z tego świata. Natomiast realna siła, decyzyjność oraz strach poddanych — to już prerogatywy szogunatu.

I tak w 1701 roku szogun, jak zwykle z okazji świąt Nowego Roku, organizował wspaniałe przyjęcie dla przedstawicieli szlachty i arystokracji z całej Japonii. Tradycją było, że rolę gospodarzy, majordomusów, pełnią każdorazowo dwaj wybierani *daimyō*. Nominację tę poczytywano za wyraz uznania i łaski pierwszego po cesarzu.

Sama ceremonia była nadzwyczaj skomplikowana — to efekt przerośniętej do granic wyobraźni etykiety dworskiej. Książęta, nominowani do pełnienia funkcji gospodarzy, musieli zazwyczaj przechodzić drobiazgowe szkolenie, żeby później, bez uchybień, właściwie odnaleźć się w swych rolach. Tym razem wybór szoguna padł na wspomnianego Asano oraz Date Sakyo no Suke. Do pomocy przydzielono im szambelana Kiro Kozukekenosuke Yoshinakę, który miał się zająć szkoleniami z zakresu tejże etykiety. I o ile Kiro dość dobrze dogadywał się z Date, o tyle jego współpraca z Asano pozostawiała wiele do życzenia. Powiada się, że to wskutek trudnego charakteru szambelana, ale inne źródła mówią o pazerności Kiro, który oczekiwał sowitego wynagrodzenia — oczywiście w formie niezobowiązujących prezentów — za swe usługi. Jeszcze inne przekazy powiadają, że Kiro był zwyczajnym arogantem, zawsze, jeśli tylko sprzyjała ku temu okazja, dającym do zrozumienia, że prowincjonalni arystokraci niegodni są jego pomocy. Date znosił tę sytuację z wyrozumiałością i dostosowywał się potulnie do kaprysów i emocjonalnych wybuchów Kiro, natomiast Asano nie. Konflikt pomiędzy nim a szambelanem narastał stopniowo, acz nieuchronnie, a apogeum sporu, na nieszczęście dla księcia, nastąpiło podczas głównych uroczystości.

Najczęściej przytaczana wersja wydarzeń mówi, że tego wieczora Kiro popisywał się znajomością dworskiego protokołu i — krążąc po sali przyjęć — wciąż, w demonstracyjny sposób, poprawiał rozmaite szczegóły. Przechodząc koło pana Asano, za każdym razem zwracał mu uwagę bądź korygował domniemane uchybienia w jego stroju, szepcząc teatralnie na ucho, że jest jedynie wiejskim szlachetką, dla którego sam pobyt na dworze szoguna stanowi niewyobrażalny zaszczyt. Widać było, że Asano znosi zachowanie szambelana z narastającym gniewem.

W najważniejszej chwili, gdy na salę wchodzili przedstawiciele cesarza w towarzystwie samego szoguna, Kiro pochylił się nad Asano, by zawiązać mu ozdobny sznur przy mieczu, który sam umyślnie uprzednio rozwiązał. Tu już wyczerpała się cierpliwość *daimyō*, upokorzonego w ten sposób wobec najwyższych przedstawicieli państwa. Nie mogąc dłużej opanować furii, jaka tliła się w nim od dłuższego czasu, Asano wyciągnął z pochwy miecz i uderzył szambelana w głowę. Ostrze ześlizgnęło się po czapce i czaszce Kiro, raniąc go jedynie, ale skandal był potężny. Szambelan, ociekający krwią, zaczął uciekać, głośno wzywając pomocy.

Dobycie miecza w pałacu szoguna i w jego obecności uznawane było za jedną z najgorszych zbrodni. Asano zdawał sobie sprawę z konsekwencji, jakie go czekają. Ujęty przez strażników, dał się bez oporu zaprowadzić do sali, w której zwyczajowo oczekiwali ci, którzy oskarżeni byli o najgorsze przestępstwa.

Wyrok był przewidywalny i jednoznaczny. Uwięziony *daimyō* usłyszał go z ust wysłannika władcy, który przekazał wiadomość, że szogun postanowił wyświadczyć mu łaskę i zgodził się, by zamiast haniebnej śmierci przez powieszenie, Asano popełnił rytualne samobójstwo, *seppuku*.

Asano zachował się dumnie i nie wniósł apelacji. Poprosił jedynie o rozmowę ze swymi sługami: Kataoke i Sepe. Uzyskał zgodę na widzenie, a przybyłym podał następującą wiadomość: «Przekażcie dwie moje prośby. Zawiadomcie moich przyjaciół w pałacu Ako o przebiegu zajścia z szambelanem i zawiadomcie też o tym dowódcę moich wasali Oishi, który rezyduje w mym pałacu. Gdy będę już gotów, uczyńcie mi honor, asystując przy *seppuku*. Po śmierci pragnę być pochowany na cmentarzu Sangakui, gdzie będę oczekiwał spokoju, który zapewnią mi moi wierni wasale dla mojego honoru».

Książę Asano popełnił rytualne samobójstwo w zgodzie z wszystkimi regułami.

Oishi, jego sługa i wasal, otrzymał w darze miecz, który służył Asano w ostatniej chwili. Dotarło też do niego ostatnie przesłanie, wygłoszone przez księcia. Odczytał je jednoznacznie: za hańbę i śmierć pana winę ponosi Kiro — dumny i arogancki szambelan, który w krytycznej chwili nie umiał okiełznać swych namiętności.

Wraz ze śmiercią Asano spadły na jego dwór represje. Dobra ziemskie i posiadłości zostały skonfiskowane, rodzinę czekało zapłacenie horrendalnej grzywny, a wszyscy samuraje służący zmarłemu księciu mieli być pozbawieni swych funkcji i wypędzeni.

W owych czasach samuraj, który tracił swego pana albo też bywał przegnany ze służby, stawał się automatycznie roninem — bezdomnym wasalem bez suwerena, szlachcicem bez ziemi, bez przydziału i obowiązków. Zazwyczaj ronini z czasem degenerowali się — stawali się zabójcami na zlecenie, dołączali do band lub mafii łupiących kogo popadnie, chłopów i możnych, pałętali się gdzieś wśród ludzkiego marginesu zasiedlającego rosnące w siłę miasta. Los ronina bywał gorzki: utraciwszy dawną, uprzywilejowaną pozycję społeczną, japoński rycerz nie potrafił już znaleźć dla siebie miejsca godnego dawnego statusu ani zajęć potrafiących spożytkować jego wyrafinowane kwalifikacje.

Oishi był świadom tego wszystkiego. Zdawał sobie sprawę, co czeka w przyszłości jego samego oraz innych samurajów, pełniących służbę u pohańbionego Asano.

Zebrał więc służących u zmarłego księcia *bushi* (jak nazywano tych, których obowiązywał japoński kodeks rycerski) i opowiedział im o jego śmierci. Przekazał im także wiadomości o szczegółach rozkazu szoguna. Oishi tak naprawdę chciał się upewnić, na kogo może liczyć w planowanym akcie zemsty na szambelanie. Pięćdziesięciu samurajów z dawnej świty Asano zadeklarowało wierność zmarłemu suwerenowi i podjęło się misji. Oishi polecił im, by trzymali się blisko pałacu i oczekiwali na dalsze polecenia. Sam zaś zaczął zbierać informacje o dworze szambelana w Edo.

Kiro zdawał sobie sprawę, że poplecznicy Asano mogą planować akcję odwetową, toteż wzmocnił straż w swoim pałacu i postawił ją w stan ciągłej gotowości. Domownicy i żołnierze otrzymali ścisłe i jednoznaczne polecenia, by nie dopuszczać nikogo obcego do pałacu. Wstrzymano przyjęcia nowych osób na służbę, obawiając się, że mogą wśród nich być zwolennicy zmarłego księcia.

Oishi zrozumiał, że zemsta będzie nadzwyczaj trudna. Ponownie zebrał więc roninów, by przekazać im nowe wiadomości, a także, by nakazać cierpliwość i tymczasowe rozejście się — zanim nadejdzie czas na kolejne dyspozycje. Samurajowie ukryli jeszcze skład broni oraz zbroje i rzeczywiście rozpierzchli się po kraju. Oishi przyjął strategię kamuflażu. Wiedząc, że on sam pozostaje pod ścisłą obserwacją szpiegów szambelana, zaczął prowadzić rozwiązłe życie. Bywał w domu schadzek w Edo, cieszącym się jak najgorszą reputacją, włóczył się bez celu po mieście, odwiedzając knajpy, pijąc na umór i chętnie wdając się w pospolite, karczemne bijatyki. Część wojowników podległych mu zachowywała się podobnie, inni zaś dołączyli do grup przestępczych bądź rabowali na własny rachunek. Dwóch z czasem zginęło w pojedynkach, a trzeci, zdaje się najwrażliwszy i najmniej odporny, popełnił samobójstwo w pierwszą rocznicę śmierci swego pana. Tę samą rocznicę Oishi, twardo prowadzący swą grę, spędził demonstracyjnie na ulicy, upijając się do nieprzytomności. Musiał też znosić liczne upokorzenia i nie dać się sprowokować. Podobno pewnego razu spotkał w mieście samuraja Satsumo, który opluł go i publicznie zelżył, krzycząc, że ktoś, kto nie umie walczyć o honor swego pana, nie jest godzien szacunku. Nie wiadomo, czy całe zajście było tylko czystym przypadkiem, a Satsumo zwyczajnie dał upust samurajskim emocjom, czy też może była to próba zmontowana przez służby Kiro, by sprawdzić prawdziwe intencje Oishi. Jeśli tak — dowódca roninów przeszedł ją zwycięsko. Nie podjął rzuconej mu rękawicy, narażając się tym samym na kpiny, żarty i ostateczną utratę honoru.

Wszystkie te zabiegi, wymagające silnych nerwów, cierpliwości oraz psychicznej odporności zaczynały pomału przynosić rezultaty.

Opierając się na doniesieniach swoich ludzi, Kiro doszedł do wniosku, że dawni słudzy księcia Asano ulegli demoralizacji, i poczuł się bezpieczniej. Z czasem zwolnił niemal połowę załogi ochraniającej pałac i odwołał stan permanentnego alarmu.

Właśnie o to chodziło Oishiemu. 14 grudnia 1702 roku zebrał swych podwładnych w przylegającym do murów pałaców Kiro magazynie zaprzyjaźnionego kupca. Ronini przybyli z bronią, którą wydobyli z tajnego składu. Oishi przedstawił plan ataku, a swoje wystąpienie, wedle licznych przekazów, zakończył szlachetną instrukcją: «Prawie dwa lata upłynęły od śmierci naszego *daimyō* — czujność Kiro osłabła. Nasza akcja została dobrze przygotowana i musi zakończyć się powodzeniem. Jeżeli jesteśmy gotowi poświęcić życie dla pomszczenia honoru naszego pana, doprowadźmy nasz zamiar do skutku, bez plamienia rąk krwią niewinnych. Zabijajmy tylko straże broniące szambelana».

O zmroku, gdy oddział ruszył do ataku, zaczął padać gęsty śnieg. Uznano to za dobry znak i sprzyjającą okoliczność — biały puch miał tłumić dźwięk kroków, a zmarznięci strażnicy powinni się dać łatwiej zaskoczyć.

Oishi utworzył dwie grupy szturmowe. Sam na czele pierwszej uderzył na silnie bronioną bramę główną i sforsował ją błyskawicznie za pomocą wielkiego drewnianego młota. Druga grupa w tym samym czasie wdarła się do pałacu boczną, słabiej pilnowaną furtką. Drzemiący strażnicy nawet nie zauważyli wkradających się wojowników.

Cały oddział na umówiony znak przystąpił do właściwego ataku już wewnątrz pałacu. Strażnicy niemal nie podjęli walki, która trwała raptem kilka minut. Wielu z nich zginęło, równie wielu odniosło ciężkie rany. Straty własne roninów były minimalne — poległ tylko jeden z nich (choć istnieją i takie relacje, które twierdzą, że żaden z napastników nie doznał uszczerbku).

Kiro starał się ocalić życie — skrył się w pokojach służby pod stertą odzieży. Znaleziony, stanął przed Oishim, który ofiarował mu możliwość honorowego popełnienia samobójstwa tym samym mieczem, którym zabił się Asano. I tu znów przekazy nie są jednoznaczne. Wedle jednych, szambelan po prostu milczał zmartwiały ze strachu, wedle innych, odepchnął Oishiego. Jedna wersja historii mówi, że to sam dowódca roninów ściął wtedy głowę Kiro, inna, że odstąpił ten zaszczyt temu, który szambelana znalazł.

Głowę szambelana włożono do wiadra i rankiem cały oddział, niosąc ją triumfalnie na czele pochodu, przeszedł przez Edo na cmentarz Sangakui, do grobu Asano. Wieść o tym, co się stało w pałacu Kiro, rozeszła się po mieście, mimo wczesnej pory, lotem błyskawicy. Na roninów czekał już na cmentarzu kapłan *shintō*, który powitał ich z szacunkiem przed świątynią pogrzebową.

Oishi miał złożyć głowę na grobie *daimyō*, wygłaszając patetyczną przemowę: «Ja, Oishi Kuranosuke, pokorny sługa pana Asano Takumi no Komo Nagahori, seniora Ako, aby zmazać hańbę, z jaką mój *daimyō* stracił życie, przynoszę tutaj dla spokoju jego duszy głowę winowajcy».

Teraz przed roninami stał dylemat: mogli czekać na ewentualnie łaskawą decyzję szoguna o poddaniu się władzy sądu i liczyć na wyrok inny niż kara śmierci (była taka szansa, bo zachowanie Kiro wobec Asano spotkało się z dość powszechnym potępieniem ze strony arystokracji) albo popełnić zbiorowe samobójstwo, ufając, że szogun doceni rangę ich czynu i stosując regulacje prawa wojennego, zezwoli, już post factum, na *seppuku*. Ostatecznie, nie czekając na decyzję władcy, wszyscy — oprócz Oishiego — otworzyli sobie rytualnie brzuchy przy grobie Asano.

Szogun, nie wiedząc, co się stało z roninami, zgodził się tymczasem na popełnienie przez nich zbiorowego samobójstwa, niejako sankcjonując ich decyzję. Gdy na cmentarz przybył jego urzędnik, zastał już tylko martwe ciała wojowników i Oishiego, który z szacunkiem oczekiwał oficjalnego wyroku.

Wysłuchawszy decyzji władcy, sam popełnił *seppuku*. Wysłannik szoguna asystował mu w ceremonii, a później opowiadał, że Oishi po rozcięciu brzucha zdołał jeszcze podciąć sobie gardło (taką „procedurę" samobójstwa uznawano za wielce heroiczną i godną największych bohaterów).

Co ciekawe, ówczesne autorytety nie były wcale zgodne w ocenie działań roninów. Tsunetomo Yamamoto, autor słynnej *Hagakure — Sekretnej Księgi Samurajów*, skrytykował decyzję Oishiego, by zwlekać z zemstą tak długo. Było to, zdaniem mistrza, wielce ryzykowne, gdyż Kiro, jako człowiek wiekowy, mógł w tym czasie umrzeć. Wtedy zaś *daimyō* Asano nigdy nie zostałby pomszczony. Soto Naotaka natomiast uznał działanie roninów za niepotrzebne, gdyż decyzja szoguna skazująca Asano na *seppuku* winna sprawę ostatecznie zakończyć. W końcu to właśnie krewki książę nie utrzymał nerwów na wodzy w krytycznym momencie i popełnił karygodne wykroczenie. Obaj mistrzowie twierdzili też, że wystarczającym gestem solidarności ze zmarłym panem byłoby zbiorowe samobójstwo wojowników na cmentarzu, po jego pogrzebie. Logika ich dalszych rozważań jest dość kręta, jak na standardy europejskie. Otóż obaj teoretycy doszli do wniosku, że skoro jednak ronini dokonali zemsty, to ich samobójstwo — bez czekania na decyzję szoguna co do ich losu — było całkowicie uzasadnione. Na dodatek Naotaka w najgorszych słowach charakteryzuje zachowanie Kiro i jego stosunek do Asano. Nazywa szambelana tchórzem i człowiekiem całkowicie nieodpowiedzialnym, gdyż to jego krnąbrność oraz pycha wywołały konflikt, który pochłonął wiele niepotrzebnych ofiar.

Ale ronini mieli też swoich obrońców. Ich czyn chwalił Asami Yasuda, a pisarz Chikonatsu napisał sztukę odwołującą się do tych dramatycznych wydarzeń. Nie trzeba chyba dodawać, że niemal natychmiast stała się szalenie popularna, a z czasem uzyskała status dzieła nieomal klasycznego. Pojawiły się także liczne apokryfy dopowiadające i rozwijające historię zemsty. Wedle jednej z takich opowieści samuraj Satsuma, ten, który niegdyś opluł Oishiego oraz znieważył go, zarzucając tchórzostwo, rozciął sobie brzuch nad grobem wiernego sługi Asano, by w ten sposób odkupić swoje postępowanie.

Ostatecznie ronini przeszli więc do legendy, a ich czyny zaczęły funkcjonować w japońskiej tradycji jako najdoskonalszy i godny naśladowania przykład lojalności, wierności, honoru oraz bohaterstwa".

Komisarz skończył czytać i uniósł wzrok znad książki z pytającym wyrazem twarzy.

— Widzę, że już po lekturze? — stwierdził żywo profesor, który tymczasem zdążył przyrządzić i herbatę, i kawę, a teraz siedział zrelaksowany, paląc z widoczną przyjemnością jakiegoś dwudziestego papierosa, licząc od przyjścia Nawrockiego. I nie czekając na reakcję komisarza, podjął wątek. — Pogłoski, powtarzam, że są to jedynie pogłoski, mówią, że Jasieński wszedł w posiadanie tekstu lub tekstów, które deprecjonowałyby poświęcenie tych samurajów, a ich czyn stawiałyby w zupełnie innym świetle. Wedle tychże zapisków działalność roninów miałaby mieć zupełnie inny wymiar i kształt. A i towarzyszyłyby temu kompletnie inne okoliczności od tych zapisanych w legendzie. Nie muszę chyba dodawać, że według owego wirtualnego — bo nie dysponujemy żadnymi wiarygodnymi zapisami jego lektury — przekazu ci, którzy uchodzą do dziś za bohaterów, wiernych kodeksowi *Bushido*, okazują się ostatecznie ludźmi małymi i niezdolnymi ani do wielkich gestów, ani do poświęcenia, które im przypisywano. A to już byłoby ostateczne zaprzeczenie mitu, wywrócenie do góry nogami wersji uświęconej i zinterioryzowanej, to znaczy przyjętej i przyswojonej, samurajskiego etosu. — Emilianowicz zakończył tyradę mocnym akcentem i spojrzał wprost w oczy komisarza.

— Ale co dalej, panie profesorze? Nie chce mi pan powiedzieć, że to wszystko? — Nawrocki aż podskoczył na krześle.

— Tylko tyle i aż tyle, drogi panie. Zależy od tego, kto słucha czy czyta. Dla pana to są pewnie jakieś drobiazgi, farmazony niegodne większej uwagi. Ale ja potrafiłbym właściwie ocenić znaczenie tych informacji, gdyby tylko okazały się wiarygodne. A już ktoś zanurzony w owej samurajskiej kulturze, dla której ostoją jest kodeks *Bushido*, mógłby poczuć się całkowicie zdruzgotany.

— Aż trudno w to wszystko uwierzyć. — Nawrocki odłożył plik notatek, który do tej pory dzierżył, kreśląc w nich pospieszne zapiski podczas lektury książki Emilianowicza.

— Ależ ja do niczego nie przekonuję. Ja po prostu rekonstruuję mentalny kontekst pewnej sytuacji historycznej. Kiedy Jasieński podejmował decyzje testamentowe, mieliśmy zupełnie inne czasy, niewolne od postaw heroicznych, gdy zachowania ludzi naznaczone bywały, kompletnie odmiennie niż teraz, sporą dawką patosu. Proszę też pamiętać o kontekstach czysto polskich. Świeżo odzyskana niepodległość, wciąż żywe tradycje romantyczne, pielęgnowanie pamięci o rycersko-szlacheckim etosie, który, przynajmniej dla miłośnika kultury Wschodu, musiał się wydawać bliski postawom samurajskim. A z drugiej strony — nie dowierza pan, bo pochodzi z innego kręgu kulturowego, to jasne. Ale dam przykład, odnośnik, który być może pozwoli panu zobaczyć całą sprawę we właściwym wymiarze. Czy słyszał pan o *Filioque*, panie komisarzu?

— Części chrześcijańskiego wyznania wiary? Oczywiście!

— Ooo?! — Emilianowicz zdziwił się szczerze. — To uczą was teraz tego podczas policyjnego szkolenia?

Nawrocki uśmiechnął się dobrodusznie.

— Nie sądzę. Ale ja kończyłem prawo na naszym uniwersytecie i pisałem magisterkę u profesora Juliusza Bardacha. Jednak ma pan trochę racji — o *Filioque* dowiedziałem się więcej z jednej powieści sensacyjnej niż w całej mojej cywilnej — licealnej czy wyższej — edukacji.

— A to ciekawe... Kultura masowa jako jednak nośnik elitaryzmu... — Emilianowicz zamyślił się na moment. Ale zaraz wrócił do głównego wątku jak gdyby nigdy nic. — Otóż właśnie *Filioque* stanowi nie tyle element chrześcijańskiego, co raczej katolickiego, a potem też protestanckiego *Credo*. Kościół wschodni, Cerkiew, ma na ten temat nieco inny pogląd. Ale mniejsza o to. *Filioque* pozostaje więc, jak powiadam, w katolickim i protestanckich Kościołach składnikiem *Credo*, zasadzającym się na dogmacie, że

Duch Święty pochodzi od osób boskich — Boga Ojca i Syna jednocześnie. *Qui ex Patre Filioque procedit* — jak powiedziano. Zachodnia teologia, zwłaszcza za czasów Karola Wielkiego, na drodze scholastycznych dociekań i analiz doszła do wniosku, że Duch Święty wywodzi się bezdyskusyjnie także od Syna Bożego, więc istnieje równorzędność wszystkich Osób Trójcy Świętej. A to oznaczało także uznanie Jezusa za postać supernaturalną, za Syna Boga — bez dyskusji. Pogląd ten, już jako niepodważalny dogmat, został potwierdzony i utrwalony podczas obrad trzech soborów — laterańskiego w 1215, lyońskiego w 1274, a ostatecznie florenckiego w 1439 roku. Jak już powiedziałem, prawosławie widzi tę rzecz nieco inaczej, to znaczy w kwestii boskiej osoby Jezusa, co pewnie spowodowało, że Jan Paweł II, któremu bliska była idea szerokiego ekumenizmu, zwykł był odmawiać *Credo* bez *Filioque*.

— Przyznam, że nieco się pogubiłem — wyznał bezradnie Nawrocki. — Jaki to w ogóle ma związek z tym, z czym do pana przyszedłem?

— Już wyjaśniam. Proszę zatem sobie wyobrazić istnienie apokryfów, a takie rzeczywiście powstały, lecz nigdy nie zostały objęte kanonem Pisma, wedle ustaleń soboru nicejskiego, podczas którego podjęto decyzję co do zawartości natchnionej przez Boga Księgi, które treść *Filioque* w istocie podważają. Dlatego właśnie apokryficzną ewangelię według Świętego Tomasza czy ewangelię według Marii Magdaleny możemy sobie dziś poczytać jedynie hobbystycznie, jako rodzaj swoistej ciekawostki. Apokryfy te, w tym jeden naczelny, nie ustalonego do dziś autorstwa, choć przypisywany bywa często Józefowi z Arymatei, kwestionują, słabiej lub mocniej, boskość osoby Jezusa. Ten tajemniczy apokryf powiada, że ówże Józef z Arymatei — który miał odstąpić swój własny grób Chrystusowi — brał de facto udział w spisku czy może lepiej powiedzieć konspiracji, mającej na celu ocalenie życia Nauczycielowi z Betlejem. Tekst ten twierdzi, że dokonano podmiany osób, i człowiek, który został w ostateczności ukrzyżowany na Golgocie nie był Jezusem, tylko kimś innym. A sam Jezus ostatecznie, nie mogąc znieść presji sytuacji, popełnił samobójstwo, w kilka dni po ukrzyżowaniu jego zastępcy. Tak właśnie powiada tekst.

— Ależ to jest zamach na tradycyjne, zwyczajowe i religijne ujęcie Jezusowej ofiary! — wykrzyknął Nawrocki.

— Otóż to. Gdyby ten apokryf został rozpowszechniony albo zyskał status bardziej oficjalny, mógłby zatrząść podstawami religii. Przynajmniej tak zakładają ci, którzy mają słabe wyobrażenie o tak zwanym ludowym katolicyzmie i nie są skłonni dostrzegać jego siły opierającej się — że się tak wyrażę — na nieprzemakalności wobec zarówno propozycji zmian, choćby dotyczących celibatu, jak i ewentualnych rewizji dogmatów. To oni właśnie zwykli krzyczeć: jaka będzie reakcja ludzi, zwykłych wiernych na takie *dictum*? Jaka skala szoku? I dlatego właśnie Kościół ponoć trzyma ten apokryf wciąż w ukryciu. Także ten prawosławny, co — gdyby było prawdą — stanowiłoby swoją drogą ciekawy przykład porozumienia ponad doraźnymi podziałami. Podobno mnisi na Athos są w jego posiadaniu, ale to też raczej kolejna plotka. Podobna tej, że Arką Przymierza opiekuje się od wieków Kościół koptyjski, ukrywający ją w jakiejś zapadłej dziurze na terytorium dzisiejszej Etiopii... Co zresztą jest zabawnym pomyleniem pojęć, bo Ortodoksyjny Kościół etiopski Tewahedo wcale nie jest Kościołem koptyjskim. Bliski jest tak naprawdę judaizmowi, a w dzisiejszych czasach z jego doktryny korzystał ruch rastafariański. Przyzna pan, że niezły galimatias, co? — zaśmiał się Emilianowicz.

— Ale jaki jest związek?...

— No dobrze, to był jedynie przykład, drogi panie komisarzu. Żeby pan sobie unaocznił mechanizm. Tym, czym dla licznych chrześcijan mogłoby być ujawnienie — prawdziwej lub nie, to nie ma znaczenia — treści apokryfu, jaki panu zrelacjonowałem, o fałszywym przesłaniu *Filioque*, tym dla japońskiej kultury byłoby odkłamanie lub przekłamanie, jak pan woli — podobnie prawdziwe lub nie — heroicznej postawy czterdziestu siedmiu roninów. Tu chodzi o załamanie całego systemu wartości. Rozumie pan teraz?

Nawrocki, lekko oszołomiony, zdołał tylko wybąkać:

— W zasadzie tak, panie profesorze. Ale przyzna pan...

— Drogi panie — profesor wszedł w słowo komisarzowi — apokryfy mają to w sobie, że silnie działają na wyobraźnię, choćby nie było w nich krzty prawdy.

Ale myślę sobie, że nie prawda w swej istocie jest tu tym, czym powinien się pan zainteresować. Ważne jest to, czy bohater pańskiego śledztwa wierzy w to, o czym opowiadałem. Czy wierny jest, na swój sposób oczywiście — choć to sposób straszny z tego, co od pana słyszę — ewentualnemu rozumowaniu Jasieńskiego.

— To znaczy?

— Czy uległ sensom apokryfu, jeśli go w istocie poznał — gdyby ten rzeczywiście istniał — lub choćby dał im wiarę i uznał, że należy bronić tajności tych tekstów... Prawdziwej lub choćby tylko urojonej... Jasieński po prostu zabronił dostępu do części swej kolekcji, bo miał zwyczajnie takie możliwości, a ten pana morderca swoimi metodami działa być może jako strażnik owej tajności. Ale dlaczego? Z Biblioteki Krakowskiej wykradziono najwyraźniej nie tylko drogocenne inkunabuły i inne wartościowe druki przynależne do dziedzictwa kultury okcydentalnej, ale być może i coś więcej, o czym on wie, a pan i ja możemy się jedynie domyślać.

Nawrocki siedział oniemiały. Nagle elementy układanki zaczęły do siebie pasować, składając się na coraz przejrzystszy obraz.

— Ale nie wiemy, czy cokolwiek z prohibitów Jasieńskiego wyciekło? I nawet nie wiemy, czy ten apokryf w ogóle istnieje, a jeśli nawet istnieje, to czy stanowi element kolekcji!

— Nie wiemy, racja — potwierdził Emilianowicz.

— Więc on także może nie wiedzieć...

— ...ale może taką ewentualność zakładać, prawda? Czy to nie wystarczająca motywacja?

Komisarz z uznaniem spojrzał na profesora. Wzorowe wnioskowanie.

— Jednak przyzna pan, że taki motyw, hipotetyczny oczywiście, byłby nadzwyczaj, hmm, oryginalny?

— Raczej szaleńczy, chce pan powiedzieć? — Emilianowicz uśmiechnął się zdawkowo. — Ale w końcu, dlaczegóż by nie? Człowiek potrafi zrobić wiele i wiele poświęcić dla obrony fantazmatu czy stereotypu, jaki jest dla niego niezwykle istotny...

Jeszcze jedna myśl nie dawała Nawrockiemu spokoju. Podążał za hipotezą zasugerowaną przez Emilianowicza.

— Ale to by znaczyło, że ten, kogo szukam, musiał znać przesłanie owych pism, o których pan profesor wspominał, zakładając oczywiście ich istnienie, mimo że zostały zakwalifikowane przez Jasieńskiego jako prohibita?

— Tak jest. Znał z oryginału — powtarzam, zakładając w ogóle, że istnieje — lub tylko znał relacje z drugiej ręki, ale i tak wystarczyło mu to, by uwierzyć. I to jest właśnie ciekawa ścieżka. Bo on być może poznał to, co miało być skryte, co nie zmieniając niczego — bo wszak żaden apokryf nie wstrząsnął jeszcze nigdy podstawami żadnej religijnej czy świeckiej idei — zmienia jednocześnie wszystko, gdyż podważa fundament świata tego, dla którego przesłanie tegoż apokryfu stanowi zagrożenie — podsumował Emilianowicz.

*

Nawrocki wrócił ze spotkania całkiem rozbity. Zapowiadał — a to Szwedom, a to kolegom z komendy na naradzie u Bobrowskiego — że ich klient to seryjny, ale do końca sam nie chciał w to wierzyć. Wolał się po prostu zabezpieczyć i zakładał, wbrew własnym nadziejom, najbardziej pesymistyczny wariant. Jak każdy policjant wolałby najbardziej prymitywnego złodzieja, a nawet takiego, który zabija — z pospolitych powodów, jak zemsta czy chciwość, niż zwyrodnialca o chorym umyśle i zwyrodniałych przewidzeniach. Lecz Emilianowicz otworzył mu oczy, być może nawet nie zdając sobie z tego sprawy.

W tej sytuacji komisarz mógł tylko modlić się, że kaleka z Gotlandii pojawi się jednak w Polsce. Gdyby zrealizował się prawdopodobny niestety scenariusz, który sam nakreślił — gość opuszcza Szwecję i znika gdzieś w świecie — całe dochodzenie padłoby bez dwóch zdań. Nie mieli przecież innego punktu zaczepienia. Nawet nie chciał myśleć, co by wówczas zrobił Bobrowski ani jak postąpiłyby media.

Ratunku jak zwykle poszukał w winie. Znów francuskie, bordoskie, dość drogie jak na ich rodzinne standardy, na które szarpnął się, korzystając z nieobecności Małgorzaty. Pił szybko, chcąc się równie spiesznie znieczulić, choć nie potrafił oprzeć się pokusie, by jednak rozcieńczać je gazowaną nałęczowianką, do której przekonali się z żoną już jakiś czas temu.

Ale upragnione ukojenie nie nadchodziło, mimo że miły szum w głowie już się pojawił. Wiedziony nagłym i nieokreślonym odruchem, komisarz zabrał się do rozpakowywania prezentu, jaki przywiózł Jasiowi ze Szwecji. Przed samym odlotem z Gotlandii Anders, zresztą na wyraźną prośbę Nawrockiego, zabrał go na lokalny targ, by mógł nabyć jakieś souveniry dla rodziny. Małgosi kupił gustowny wazonik w ludowe wzory. W końcu była z wykształcenia etnografem i mimo że nigdy tak naprawdę nie pracowała w zawodzie — zaraz po studiach poszła do roboty w mediach i tak już zostało — zawsze ceniła sobie tego typu drobiazgi. Udało mu się także wypatrzyć drewnianą kolejkę dla Jasia. Mieli taką, kupioną w podwarszawskiej Ikei. Ten zestaw stanowił jej rozwinięcie: rozjazdy, ładne — choć nieco siermiężne, ale to w zamierzeniu, zgodnie ze skandynawskim wzornictwem — budyneczki dworcowe, przejazd z ruchomymi zaporami. I jeszcze dwa wagoniki ze spalinowozem napędzanym zwykłą baterią R6.

Nawrocki, popijając wciąż wino i włączywszy ulubioną płytę Motorhead *Another Perfect Day* — nie bacząc na dość późną porę i dość intensywny łomot ekipy Lemmy'ego — rozpakował prezent i zaczął układać tory. Wkrótce kolejka ruszyła raźno, wspinając się na most i kolebiąc na rozjazdach. Nawrocki zasiadł w fotelu i patrzył, jak drewniany spalinowóz ciągnie wagony i radzi sobie z trudnościami trasy.

Nagle zatęsknił za synem i żoną. Tak właśnie objawia się obcość? Poczucie samotności? Rodzina... Tak, żyje w rodzinie, to jego naturalne środowisko. Bez Małgorzaty u boku, bez jej tyleż ironicznych, co inspirujących uwag, bez jej dobrotliwego zrzędzenia i narzekań, bez tyleż irytujących, co w gruncie rzeczy słodkich igraszek synka, świat wydał mu się nagle bardzo pusty i męczący. Nie widzieli się już ponad dwa tygodnie, rozłąka najwyraźniej zaczęła działać. Jak to jest, że z daleka nie umie myśleć o najbliższych inaczej jak z miłością, ale kiedy przychodzi do celebrowania codziennych trosk — ujawnia się w nim wszystko, co najgorsze?

Kolejka jeździła zapamiętale po elipsie torów, a Nawrocki skończył wino i teraz gapił się na nią już kompletnie znieczulony. Motorhead dawno przestał grać i w mieszkaniu zapadła cisza, którą naruszał tylko szum składu kolejowego, toczącego się wytrwale po torach.

Za oknem mgła intensywniała. Oblekła już skarpę i jeziorko na dole, poniżej bloku, oraz cały park Arkadia i ulicę Żywnego tak gęstą zawiesiną, że nie było widać latarń, tylko lekko pomarańczową poświatę wokół halogenów.

Kiedy Nawrocki, siedząc nienaturalnie pochylony w fotelu, zapadał w sen, miasto pogrążało się powoli w mlecznym, nieprzejrzystym całunie.

VI.

To były dwa bardzo złe dni. Być może najgorsze w dotychczasowej policyjnej karierze Nawrockiego.

Przede wszystkim nie nadeszły żadne wiadomości od straży granicznej, której zlecili sprawdzenie, czy aby Thomas Bielka nie przekroczył w ostatnim czasie polskiej granicy. Mirek, który zajął się tą sprawą, nie omieszkał zaznaczyć, że interesuje ich zwłaszcza granica morska i pasażerowie promów, w ten sposób precyzując całe poszukiwania i zawężając niejako (bo przecież interesowały ich tak naprawdę wszelkie przekroczenia granicy — więc także lotnicze, samochodowe czy piesze) obszar działań. Mimo to — cisza. Podobno straż miała jakieś przejściowe problemy z własnym systemem komputerowym, ale komisarz był przekonany, że po prostu zlekceważono ich monity. W straży akurat nie miał żadnych znajomych, nie mógł więc przyspieszyć pracy nieformalnymi naciskami.

Musiał też wziąć udział w konferencji prasowej, jaką zwołał komendant Bobrowski naciskany przez media, a pewnie też przez swoich zwierzchników. I to było już traumatyczne przeżycie. Tłum dziennikarzy, kamery stacji telewizyjnych, rejwach, ścisk i hałas.

Odpowiadał cierpliwie na pytania, starając się nie powiedzieć zbyt wiele, ale mleko zostało już rozlane. Następnego dnia po konferencji oba krajowe tabloidy zdały sensacyjną relację z mityngu w komendzie stołecznej i zamieściły informację o prowadzącym śledztwo komisarzu Ireneuszu Nawrockim. Nie trzeba dodawać, że zarówno ton komentarzy, jak i sam kształt relacji zostały mocno podkręcone. Wynikał z tego wszystkiego obraz grasującego po Europie seryjnego mordercy, którego współpracujące ze sobą policje zainteresowanych krajów tropiły od dłuższego czasu bez żadnego konkretnego sukcesu, a odpowiedzialny za wyniki komisarz Nawrocki wyszedł na biurokratę i zagubionego nieudacznika. Telewizje, na szczęście te lokalne jedynie, także dały swe relacje, ograniczając się do ujawnionych przez policję faktów. Ale Nawrocki był świadom, że minie jeszcze chwila, a zajmie się nim TVN 24 czy TVP Info, a w studiach zasiądą rozmaici eksperci, a także — niestety — politycy, by roztrząsać sensacyjną sprawę kryminalną, którą prowadził.

Interpol też naciskał — przyszło z ich strony formalne zapytanie o podanie dotychczasowych wyników dochodzenia. Bobrowski szalał. Zwołał dwie narady — jedną wyraźnie propagandową (dopuszczono fotoreporterów i kamery), a drugą bardziej merytoryczną. Nawrocki powiedział na nich tyle, ile mógł: trwają poszukiwania podejrzanego, którego na razie nie udało się namierzyć, polskie służby intensywnie współpracują ze służbami w innych krajach, sprawa ma najwyższy priorytet.

Mirek z Pirwitzem niemal nie odrywali się od komputerów, ale jedyne, co mogli uczynić — to ufać, że lada chwila nastąpi przełom. Nikt z sekcji S-3 nawet nie chciał myśleć o tym, co będzie, jeśli wiadomości ze straży i od Szwedów przyniosą tylko świadectwo klęski.

W te dwa wieczory Nawrocki urżnął się solennie, wypijając w domu wina nabyte w „Lagunie". To były zresztą ostatnie dni sklepu, który szedł już — nieodwołalnie — do likwidacji. Od jesieni miał się w jego miejscu pojawić oddział jakiegoś banku.

Małgorzata też była podminowana, bo na Krecie popsuła się pogoda. Nie bardzo miała co robić z Jasiem, gdy wiało, a morze szturmowało brzegi wyspy wysokimi falami. Ich powrót miał nastąpić lada dzień, a nadzieje na idylliczny koniec urlopu oddalały się coraz bardziej; prognoza pogody na najbliższy czas była zła.

VII.

W te dni mężczyzna myślał głównie o mistrzu i szczęśliwych dniach spędzonych niegdyś w klasztorze, gdy był jeszcze chłopcem. Tęsknił za wyciszeniem, które zapamiętał, tęsknił za zatraceniem się w codziennym rytmie zajęć. Mistrz wielokrotnie instruował go, że należy odrzucić świat zewnętrzny i jego uwikłania. I choć starał się nie czynić żadnych aluzji, raz czy dwa wymknęło mu się, że ludzie Zachodu mają z tym kłopot. Zbyt są bowiem przywiązani do spraw doczesnych, a ambicje, plany i marzenia, tak im bliskie, tylko przeszkadzają w wejściu na Drogę.

Mężczyźnie brakowało teraz klasztornego spokoju, brakowało tym bardziej, że czuł rosnące emocje. Im dłużej siedział w tym małym mieszkanku na Saskiej Kępie, wciąż czekając na jakiś odzew z Krakowa, tym bardziej odczuwał niepokój i nerwowość, o których myślał, że umie je kontrolować.

Wysłał kolejne maile, a nawet udał się na pocztę, by nadać telegram — czym wzbudził zdziwienie urzędniczki w okienku. Jak się dowiedział od miłej blondynki, podobno obecnie ludzie wysyłają sobie telegramy głównie gratulacyjne: z okazji narodzin dziecka czy ślubu. Jego enigmatyczna wiadomość stanowiła wyłom w dzisiejszych zwyczajach. Od razu pożałował własnej nieroztropności. Zapewne został zapamiętany, a wszak anonimowość była jego pancerzem ochronnym.

A potem przez przypadek, bo rzadko włączał telewizję, zobaczył program informacyjny z fragmentami konferencji prasowej odbywającej się w miejskiej komendzie policji. Po chwili zorientował się, że mówią o nim, a niepozorny policjant ubrany w szarą, znoszoną marynarkę, odpowiadający na większość pytań dziennikarzy, to prowadzący śledztwo. Policjant był opanowany i spokojny, mężczyzna zauważył, że stara się mówić tak, by nie ujawnić zbyt wielu szczegółów. Ale wyczuł w nim skrywane napięcie. Jakby tamten czekał na coś, co ma się niebawem wydarzyć. Wyłączył odbiornik i pogrążył się na moment w zamyśleniu. Spodziewał się przecież, że sprawa stanie się głośna, zakładał to w swoich planach — przynajmniej w wariancie pesymistycznym — ale gdy przyszło co do czego, nie mógł powściągnąć irytacji.

Zły na siebie za wizytę na poczcie oraz lekko wzburzony materiałem telewizyjnym, zajął się ćwiczeniem standardowych *kata*, bo tylko to jakoś koiło jego niepokój.

Dał sobie jeszcze dwa dni. Potem wyjedzie. Nie wróci ani do Visby, ani do swego niemieckiego mieszkania. Przyczai się w Szwajcarii, w małym domku pod

Interlaken, z którego czasami korzystał w wakacje, by pochodzić po górach i nabrać kondycji. Szczęśliwie domek ten utrzymywał z prywatnych pieniędzy i nikt nie wiedział, że w ogóle jest jego właścicielem. Sąsiedzi znali go jako ekscentrycznego Szweda, który pojawia się niezapowiedziany, głównie latem i — niechętny rozmowom — większość czasu spędza na wycieczkach. Mężczyzna lubił małomównych Szwajcarów i podobało mu się, że nikt go o nic nie pyta.

VIII.

Przełom nadszedł, jak zwykle, niespodziewanie.

Nawrocki właśnie męczył się nad odpowiedziami na pytania, które przysłała mu mailem rzecznik prasowy komendy, nagabywany przez kolejną redakcję, kiedy zadzwonił Mirek. Siedzieli oczywiście z Pirwitzem u komputerowców.

— Szefie, straż graniczna się odezwała! — W głosie sierżanta słychać było podniecenie, a Nawrocki natychmiast zapomniał o dziennikarzach. — Mamy farta! Thomas Bielka przekroczył granicę morską w Gdańsku, mieli go w swoich komputerach. Całe szczęście, że na morskiej granicy ustalenia z Schengen wprowadzane są ewolucyjnie i jeszcze nasi sprawdzają paszporty. Inaczej...

— Już do was lecę! — krzyknął do słuchawki komisarz i rzuciwszy ją na biurko, wybiegł jak szalony.

Nawrocki uznał, że nie ma czasu, by jechać na wybrzeże i przepytywać strażników. Czuł się jak w amoku, gdy na szesnastą zarządzał zebranie całej zmiany, która pełniła wtedy służbę, w okręgowej siedzibie straży w Gdańsku. Wreszcie posłużył się pełnią władzy, jaką dysponował z racji międzynarodowego śledztwa, które prowadził. Do tej pory nie szafował swymi plenipotencjami, teraz nie miał już żadnych oporów. „Mają być wszyscy!", wrzeszczał w słuchawkę do tamtejszego komendanta i nie chciał nawet słyszeć o jakichkolwiek trudnościach. A potem tonem wykluczającym dyskusję nakazał — znów przez telefon — szefowi komunikacji z komendy zorganizowanie telekonferencji na tę godzinę. A ponieważ ten stawiał się nieco, Nawrocki zadzwonił wprost do Bobrowskiego z dziką awanturą. Mirek patrzył na przełożonego z lekkim przerażeniem. Nigdy dotąd nie widział komisarza w takim stanie.

Telekonferencja odbyła się o czasie. Strażnicy szczęśliwie zapamiętali niepełnosprawnego mężczyznę na wózku, legitymującego się zagranicznym paszportem, ale posługującego się płynną polszczyzną. A co najważniejsze, jeden z nich spostrzegł tego pasażera promu MF Baltivia w hali dworca, przy kontuarze firmy wypożyczającej samochody. Strażnik, szczęśliwie dla sprawy, choć niezbyt szczęśliwie dla siebie, miał tego dnia kłopoty żołądkowe i dość często biegał do toalety, mieszczącej się właśnie nieopodal.

Nawrocki zupełnie oszalał. Nakazał natychmiastowe sprawdzenie, co za firmy wypożyczają samochody w gdańskim dworcu promowym, a gdy to migiem ustalono, sam przypiął się do telefonu i konferował z pracującymi na stoisku pracownikami. Prędko ustalono model oraz numer rejestracyjny wozu, jaki wynajął Thomas Bielka. Standardowa, nieprzystosowana dla osób niepełnosprawnych, toyota avensis, WPI 5A66, zarejestrowana w podwarszawskim Piasecznie, gdzie Avis ma swój parking. Pracownica, która pełniła dyżur na dworcu akurat wtedy, gdy Bielka przybył do Polski — namierzona w komputerowym rejestrze firmy i złapana na prywatną komórkę, którą kierownik zmiany w Avisie niechętnie, ale w końcu udostępnił — potwierdziła, że miała do czynienia z tym dziwnym klientem, który wytłumaczył jej, że ma swojego szofera i nie potrzebuje specjalnego auta. Podpisał zresztą odpowiednie dokumenty, biorąc na siebie całą odpowiedzialność za samochód.

Nawrocki natychmiast zadzwonił na Żytnią, do siedziby stołecznej drogówki, ze zleceniem, by sprawdzono, czy pojazd, który ich interesował, nie był aby w minionych pięciu dniach kontrolowany w kraju. Nie zapomniał też dodać, by sprawdzono wyniki pracy fotoradarów — zarówno tych stacjonarnych, jak i mobilnych. Na Żytnią musiało chyba już dotrzeć, żeby nie zadzierać z Nawrockim, więc drogówka położyła uszy po sobie i obiecała pomoc.

Machina poszła w ruch. Nawrocki oderwał się wreszcie od telefonu i — powróciwszy do normalności — zwolnił do domu wszystkich, którzy mu do tej pory asystowali, nie śmiejąc się narzucać. Dwóch komputerowców zostało, bo mieli i tak dyżur, a Pirwitz z Mirkiem ulotnili się bez szemrania.

Kiedy komisarz wychodził z pałacu Mostowskich, już dawno zapadł wieczór. Warszawskie chodniki zapełniły się ludźmi, a ulice zwyczajowo zakorkowały się mimo wakacji. Nawrocki wracał do domu przepełnionym tramwajem i wtedy złapały go dreszcze. Przed snem zażył więc dwie rozpuszczalne aspiryny Bayera. Nie miał już siły dzwonić do Małgorzaty, choć powinien. Opluskawszy się pobieżnie w łazience, wskoczył do łóżka. Ale choć czuł się wykończony, nie mógł zasnąć. A gdy wreszcie usnął, spał snem płytkim i niespokojnym, na granicy świadomości, pełnym ciemnych obrazów. Śniło mu się, że goni kogoś przez mroczne pokoje, coś intensywnie pachniało zgnilizną, brodził po kostki w śmierdzącej cieczy, wreszcie poślizgnął się na schodach i upadając, uderzył się tak, że wypadły mu dwa zęby. I w tym dziwnym stanie, będącym przemieszaniem snu i jawy, nieświadomości i szczątków poczucia sensu przypomniał sobie, że jego żona wielokrotnie mówiła mu, że kiedy śnią się wypadające zęby — zawsze zapowiada to nieszczęście.

*

Dyżur przy komputerach miał być, zgodnie z poleceniem komisarza, pełniony permanentnie przez całą noc.

Ale kiedy Nawrocki stawił się bladym świtem w komendzie, nie było jeszcze żadnych wiadomości. Zastał tylko słaniających się na nogach informatyków z podkrążonymi oczami.

Pierwsze informacje z Żytniej zaczęły spływać tuż po dziewiątej, kiedy komisarz raczył się trzecią kawą i był już po wypaleniu fajki. Niestety na zewnątrz budynku, bo w środku zamontowano ostatnio czujniki dymu i nowoczesny system przeciwpożarowy, spotykany w hotelach oraz pomieszczeniach użyteczności publicznej.

Cokolwiek spływało, Nawrocki rzucał się natychmiast do komputera. Czuł, że jest blisko.

Tymczasem przybył Pirwitz, również wyraźnie zmęczony, a jakiś kwadrans po nim Mirek, po którym widać było, że jeszcze lekko świętował poprzedniego wieczora po powrocie z komendy. Mimo zmęczenia i pokaźnych worków pod oczami sierżant był w radosnym nastroju. Od razu poinformował komisarza, że przeczytał właśnie kolejną książeczkę dla rodziców — tym razem o wychowaniu dziecka w kręgu wartości, i czuje się coraz lepiej przygotowany do zostania ojcem. Nawrocki mruknął, że gdyby książki uczyły wszystkiego, on mógłby startować w ogólnoświatowych zawodach na najlepszego rodzica, natomiast Pirwitz zainteresował się bliżej refleksjami Mirka i zaczął go przepytywać z lektur.

I tak czekali razem, trochę gadając i przekomarzając się, a trochę milcząc, aż wreszcie przyszła upragniona wiadomość. Żytnia donosiła, że fotoradar złapał poszukiwaną toyotę przy wjeździe do Warszawy kilka dni temu. Wszyscy trzej wlepili wzrok w komputer, na którego ekranie odsłaniała się powoli fotografia wozu i kierowcy. Samochód i numery rejestracyjne zgadzały się.

— Widzicie coś? — zapytał Nawrocki. Kierowca miał na głowie szarą bejsbolówkę, która przesłaniała mu znaczną część twarzy.

— Nie — odparł natychmiast Pirwitz.

— Chuj wie, kto to jest... — skomentował swobodnie Mirek. — To ten nasz kaleka?

— Niepełnosprawny — odruchowo poprawił komisarz. — Prowadzi, więc pewnie nie. A widzicie, kto może siedzieć z tyłu?

— Nie — ponownie odpowiedział Pirwitz.

— No właśnie, kurwa mać! Można to powiększyć? — Nawrocki zwrócił się do najbliżej siedzącego komputerowca, który ostentacyjnie układał właśnie elektronicznego pasjansa.

Ten wzruszył ramionami i przesiadł się do komputera, przed którym ślęczał komisarz.

— Właściwie można — mruknął, zabębniwszy palcami po klawiaturze w ekspresowym tempie. — Ale stracimy jakość. Będzie nieostro.

— Nie szkodzi, dawaj — Nawrocki przysunął się.

Było, jak mówił informatyk. Obraz stał się ziarnisty. Kierującemu pojazdem zmętniała twarz, a ciemność za nim tylko się pogłębiła.

— Czyli to kierowca tego, no... niepełnosprawnego, tak? — zapytał z głupia frant Mirek.

Nawrocki westchnął ciężko.

— Może i kierowca... Gdzie go złapano? — zapytał informatyka.

— Zobaczmy... Za Łomiankami. Fotoradar na wlocie z trasy gdańskiej.

— No i co wy o tym myślicie? — Nawrocki zwrócił się do współpracowników.

— Szef myśli, że się zakotwiczył w Warszawie? — Mirek włączył się do dyskusji z taką pewnością w głosie, jakby był przekonany, że uwieczniony na fotografii mężczyzna jest ściśle związany z ich śledztwem. O dziwo, reszta zespołu bez dyskusji także przyjęła takie założenie.

— Właśnie! Bo gdyby jechał, czy jechali, do Krakowa, a to naturalny cel, to chyba inną trasą, nie sądzicie?

— Niby tak... — W głosie Mirka dało się słyszeć powątpiewanie.

— Właśnie! Wjechał do miasta — ekscytował się Nawrocki.

— Niby tak... — niepewnie powtórzył Mirek.

— Ale co by to znaczyło? Myślisz, że wciąż jest gdzieś w okolicy? — Pirwitz ponownie zabrał głos.

— Myślę, że się przyczaił w mieście. Tutaj mógłby zniknąć. A do Krakowa wybrać się — samolotem czy pociągiem — gdy uzna za stosowne.

— Ale po co miałby tak sobie komplikować życie? — zawahał się Pirwitz. — Skoro przyjechał do Polski, a interesuje go przecież Biblioteka Krakowska, to powinien od razu zasuwać do Krakowa.

Nawrocki streścił wcześniej współpracownikom swoją rozmowę z Emilianowiczem i podzielił się z nimi swymi domniemaniami co do istotnej roli, jaką odgrywają zbiory zamknięte w uniwersyteckiej bibliotece.

— Nie wiem. Może nie zna Krakowa tak, jak zna Warszawę? A może ma tu jakąś przygotowaną wcześniej kryjówkę? Może miał się z kimś spotkać? Kimś, kto mu pomaga albo dla niego pracuje? Nie wiem, nie wiem — kręcił głową komisarz. — W każdym razie wydaje mi się, że jeśli chciałby się schować, przeczekać, umówić się na spotkanie albo coś przygotować — nie wiem, choćby włamanie do Biblioteki Krakowskiej, jakkolwiek to brzmi fantastycznie — to wybrałby Warszawę. Ja bym w każdym razie tak zrobił.

— A dlaczego? — drążył komandos.

— Żeby pozostać anonimowy, a to akurat Warszawa gwarantuje. Pozostać z dala od krytycznego miejsca. Gdzieś się zaszyć. I stąd dopiero monitorować sprawy... — wyliczał Nawrocki.

Pirwitz wcale nie wyglądał na przekonanego.

— No fajnie. Załóżmy, że tak jest — uaktywnił się Mirek. — Ale co możemy zrobić, żeby go chapnąć?

— Co możemy? — powtórzył komisarz i spojrzał na zdjęcie wyświetlane w komputerze. — Właściwie jest jedna rzecz, którą da się zrobić.

Wszyscy obecni w sali, nawet komputerowcy wyglądający na zajętych, zapatrzyli się w Nawrockiego.

— Przyjmijmy na chwilę, że jest tak, jak mówiłem — to znaczy, że zamelinował się gdzieś na naszym terenie. I zaryzykujmy jeszcze jedno: być może miał obstalowane wcześniej jakieś lokum, ale gdyby jednak nie miał, to co?

Ani Pirwitz, ani Mirek nie podjęli się odpowiedzi na to, najwyraźniej retoryczne, pytanie.

— Jeśli nie miał niczego przygotowanego, to musiałby wcześniej wynająć. I to pewnie jeszcze w Szwecji. On musi być dobrym organizatorem... — kontynuował Nawrocki.

— Zaczynam kumać! — Mirek poderwał się na nogi. — Trzeba sprawdzić agencje nieruchomości i biura pośrednictwa wynajmu, tak? Bo jeśli przy wjeździe do kraju posługiwał się paszportem na nazwisko Bielka, to może — jeśli rzeczywiście szukał mieszkania — też używał własnego nazwiska?

— A jeśli nie szukał mieszkania przez agencję? Jeśli korzystał z własnych, prywatnych kanałów? — powątpiewał Pirwitz.

— To wtedy oczywiście niczego nie znajdziemy — odparł zimno Nawrocki. — Ale trzeba spróbować tej możliwości. I modlić się, że dobrze myślimy, bo inaczej jesteśmy w totalnej dupie...

— Czyli co robimy? — ekscytował się Mirek.

— Jeśli szukał mieszkania ze Szwecji to pewnie przez Internet — odpowiedział komisarz. — Zrobimy tak. Ustawcie odpowiednio Google'a, wrzucając hasło „agencje oraz biura wynajmu". Zobaczycie, co wam wyskoczy. A ja tymczasem zajmę się jeszcze jedną sprawą.

Komisarz popędził do swego pokoju. Po drodze oczywiście musiał spotkać na korytarzu sekretarkę Bobrowskiego, która przekazała mu, że szuka go od rana, bo szef chciałby z nim porozmawiać i to jak najszybciej. Nawrocki zmełł cicho przekleństwo w ustach. Przeciwności lubią się kumulować, to chyba jedno ze słynnych praw Murphy'ego. Sekretarkę spławił zapewnieniem, że odezwie się natychmiast, jak tylko będzie mógł, bo właśnie teraz ma nadzwyczaj istotną rzecz na tapecie, oczywiście związaną z prowadzoną sprawą.

W swoim pokoju zerknął do poczty w komputerze. Jak się spodziewał, znalazł wiadomość od krakowskich bibliotekarzy. Nowicki i Bieńczyk spełnili jego prośbę i w ekspresowym tempie dokładnie przejrzeli korpus tekstów wchodzących w skład niegdysiejszej donacji Jasieńskiego. Poszukiwania przyniosły rezultat.

Od: nowicki@uj.edu.pl
Do: i.nawrocki@kom.stol.pl
Sent: Friday, 14 August 2008, 3.07 PM

Szanowny Panie Komisarzu,
wykonaliśmy kwerendę zbiorów donacji Jasieńskiego, o co Pan prosił podczas naszego krakowskiego spotkania, i możemy z całą odpowiedzialnością stwierdzić, choć bardzo się przy tym spieszyliśmy, że nie zanotowano żadnych ubytków w zbiorach Biblioteki, jeśli idzie o ten zestaw. Wszystkie pozycje ujęte zarówno w katalogach, jak i zapisie donacyjnym (dotarliśmy nawet do oryginału, ekscytujące to było przeżycie) pokrywają się dokładnie z tym, co materialnie spoczywa na naszych półkach. Donacja jest dość obfita, ale zerknęliśmy także z kolegą Bieńczykiem na wszystkie, powtarzam WSZYSTKIE, pozycje. Swoją drogą, muszę przyznać, było to dla nas bardzo ciekawe doświadczenie.

Ku naszemu zdziwieniu, a przy okazji — równie wielkie dzięki za sugestie, które przekazał nam pan telefonicznie, już potem — odkryliśmy dołączony do egzemplarza *Hagakure* — *Sekretnej Księgi Samurajów* Tsunatomo Yamamoto anonimowy tekst apokryficzny, nie uwzględniony w katalogu, oraz jego polskie tłumaczenie, pisane zapewne ręką samego Jasieńskiego. To spora sensacja w naszym środowisku, a zapewne też niezwykły materiał dla badaczy. Czekamy teraz na zgodę naszej dyrekcji, by rzecz ogłosić publicznie. Kolega Bieńczyk od razu zadeklarował, że to wymarzony temat dla jego doktoratu i szczerze się zapalił. Od siebie chciałbym dodać, że nie przypuszczałem, iż kontakt z policją zaowocuje dla mnie tak ekscytującą przygodą zawodową.

Dalej następowało zwięzłe streszczenie treści apokryfu, przetykane rozmaitymi uwagami bibliotekarza.

Apokryficzny tekst nosił tytuł *Prawdziwe okoliczności śmierci godnego pożałowania Kiro Kozukekenosuke i czterdziestu siedmiu samurajów skreślone ręką świadka zdarzeń i wiernego sługi Jego Ekscelencji Szoguna, przeznaczone jedynie dla Jego oczu* i, mówiąc współczesnym językiem, przypominał notatkę służbową lub sprawozdanie.

Nowicki pisał, że autorem jest najwyraźniej samuraj, który pozostawał na służbie mistrza etykiety dworskiej Kiro, ale wszystko wskazuje na to, że był co najmniej informatorem, jeśli nie agentem, szoguna.

Tenże agent raportował, że w istocie samurajowie stanowiący świtę księcia Asano, który popełnił *seppuku* w wyniku konfliktu z Kiro na oczach szoguna, rzeczywiście zdegenerowali się po śmierci pryncypała. Dotyczyło to też samego Oishi, podobno najwierniejszego z lenników i zwierzchnika całej tej grupy. W wyniku śmierci Asano i parcelacji jego majątku zostali roninami. Z czasem dołączyli do band, stali się pospolitymi przestępcami lub zwyczajnie dokonywali żywota w objęciach kurtyzan, z czarkami sake w dłoniach.

Autor tekstu potwierdza, że kiedy Kiro upewnił się, iż ze strony byłych sług Asano nic mu tak naprawdę nie grozi, zredukował załogę swego pałacu (zwiększoną po krytycznym incydencie) i odwołał stan podwyższonej gotowości. Wtedy, jak pisze anonimowy autor, przyszedł czas na jego działania. Zaczął on mianowicie podburzać samurajów pozostających na służbie suwerena, krytykując ich traktowanie przez pryncypała — a Kiro potrafił być doprawdy okropny — i oferując hojną zapłatę za przyłączenie się do buntu. Jednocześnie zlecił śledzenie wszystkich byłych samurajów Asano, na czele z Oishi. To oznacza — pisał Nowicki — że ze sporą dozą prawdopodobieństwa można domniemywać, że anonimowy autor relacji (jeśli oczywiście w ogóle cała opowiadana intryga była prawdziwa) organizował wszystko na wyraźne zlecenie samego szoguna, który zamierzał upiec kilka pieczeni na jednym ogniu. To znaczy ukarać Kiro, który był nieznośny i za którym ciągnęła się jak najgorsza opinia po słynnych wydarzeniach związanych z Asano; pozbyć się niewygodnego dla dworu urzędnika; a także utwierdzić samurajski mit bezwzględnego posłuszeństwa suwerenowi, który stanowił istotny element w polityce wewnętrznej prowadzonej przez kanclerza imperium.

Anonimowy autor relacji donosił, że atak czterdziestu siedmiu roninów na pałac Kiro był w istocie mistyfikacją i jest to clou całej relacji. W istocie szambelan został pojmany przez własnych samurajów w wyniku buntu, jaki wybuchł w pałacu z poduszczenia agenta dworu. Nikt z nich nie zginął, jak chce legenda. Wszyscy zostali sowicie opłaceni, a później, często po zmianie nazwiska, uzyskali lukratywne posady czy to na dworze samego szoguna, czy też na dworach innych prominentnych wielmożów cesarstwa. Ściętą głowę Kiro przyniesiono na cmentarz, gdzie dowodzeni przez autora relacji samurajowie ściągnęli też roninów z dawnej świty Asano wraz z Oishi, który — wyciągnięty siłą z burdelu — był kompletnie pijany. Zachęcono ich wtedy do popełnienia rytualnego samobójstwa. Miał to być akt odkupienia, pozostawiający za sobą dobrą opinię i perspektywę zyskania pośmiertnej sławy. Nie wszyscy przystali na te warunki. Część z czterdziestosiedmioosobowej grupy ochoczo przyjęła propozycję i dokonała — czasem zupełnie nieudolnego — *seppuku*, przy którym asystowali samurajowie z oddziału dowodzonego przez autora relacji, część zaś trzeba było natomiast przymusić do tego czynu. Zdarzyły się też przypadki oporu. Wtedy, jak stwierdza dokument, najpierw zabijano roninów, ścinając im głowy, a po fakcie inscenizowano samobójstwo, otwierając im brzuchy odpowiednimi cięciami mieczy. Oishiego, zupełnie nieprzytomnego i nie zdającego sobie do końca sprawy z tego, co się dzieje, zarżnięto zwyczajnie na grobie Asano. I podobnie jak w nielicznych przypadkach jego dawnych podkomendnych, otworzono mu brzuch tuż po podcięciu gardła.

Kapłani z przycmentarnej świątyni zostali przekupieni, by głosić właściwą wersję wydarzeń, a urzędnik z dworu kanclerza, który — wedle oficjalnego scenariusza — miał nawiedzić Oishiego z decyzją co do losu czterdziestu siedmiu roninów, podał do publicznej wiadomości umówioną wcześniej i zredagowaną informację o dokonanej na Kiro zemście i honorowym odejściu z tego świata byłych lenników Asano.

Autor relacji informuje konfidencjonalnie szoguna, że nie udało się utrzymać całej akcji w ścisłej tajemnicy, gdyż pojawili się postronni świadkowie, zwłaszcza podczas przemarszu z pałacu Kiro na cmentarz, którzy, aczkolwiek ścigani, zdołali umknąć. Niechcianym efektem ich obecności może więc okazać się pojawienie rozlicznych plotek, które — jak doradza autor tekstu — należy zwalczać poprzez kolportowanie legendarnej wersji o heroicznej postawie roninów oraz intensyfikacji oficjalnej legendy w społecznym obiegu.

Relacja kończyła się na tym wniosku.

Dlatego pewnie rozmaite samurajskie autorytety nie były tak jednoznaczne w ocenie całej akcji. Pewnie plotki wiodły intensywny żywot w opinii publicznej, mimo akcji dezinformacyjnej dworu kanclerskiego, pomyślał komisarz na zakończenie lektury.

Jak się wyraził profesor Emilianowicz? Apokryf kwestionował zakorzenioną i utrwaloną w społecznej świadomości prawdę, która prawdą wszak nie była. „Nie zmieniając niczego, zmienia wszystko" — tak mniej więcej chyba brzmiały jego słowa. Fakty bowiem były nie do ruszenia. Kiro został zabity, zemsta dokonana, szogun usatysfakcjonowany, cesarska cześć nienaruszona, mit samurajski ugruntowany. A że nie wszystko odbyło się podobno tak, jak należy i jak odbyć się winno...

Pisząc maila z podziękowaniami za ekspresowe załatwienie sprawy, Nawrocki złapał się na tym, że wolałby jednak tę wersję legendarną, nacechowaną szlachetnością, altruizmem i romantyzmem. I wtedy go olśniło.

Wrócił pędem do Pirwitza i Mirka.

— Coś nowego?

— A wypisaliśmy te dane, o które szef prosił — odpowiedział Mirek niedbale. — To była chwila, moment. Teraz siedzimy, kontemplujemy...

Nawrocki machnięciem ręki uciął dalszą przemowę sierżanta. Usiadł na obrotowym foteliku pod ścianą i popatrując od czasu do czasu w okno, cichym głosem opowiedział im o mailu z Biblioteki Krakowskiej. A potem podzielił się z nimi swoją hipotezą. Pirwitza z Mirkiem dosłownie zatkało.

— Mam! Jest wiadomość z załącznikiem — odezwał się nagle młody sympatyk rastafarianizmu. Nawrocki dopiero teraz spostrzegł, że ma on na sobie T-shirt w tęczowych barwach, przyozdobiony stylizowaną podobizną Boba Marleya. — Drukujemy — bardziej stwierdził, niż zapytał.

Laserowa maszyna spokojnie wypluwała kolejne kartki, które Nawrocki niemal wyrywał z jej trzewi i bacznie oglądał.

Trzy firmy pokrywały się w obu zestawach.

— No to teraz możemy wreszcie dzwonić. Mirek, ty bierzesz pierwszą, ty — Nawrocki spojrzał na Pirwitza — drugą, a ja zajmę się trzecią. Do roboty.

Komisarz miał nosa. Było z tym trochę kłopotu, bo trzeba było wysłać faksem potwierdzenie, że zapytanie stawia policja, ale jednak się udało i dwie agencje potwierdziły, że ze Szwecji nadeszły zlecenia wynajmu lokalu w stolicy na nazwisko Thomas Bielka. W obu przypadkach zadatek został opłacony kartą kredytową przez Internet. Przy czym po klucze do jednego z mieszkań, w spokojnej żoliborskiej okolicy, niedaleko placu Wilsona, nikt się nie zgłosił. Natomiast klucze do lokalu na Ateńskiej zostały odebrane.

— Jedziemy tam. Natychmiast! — rzucił Nawrocki, ruszając do wyjścia.

— Nie prosimy o wsparcie? — niepewnie powstrzymał go Pirwitz.

— Jakie wsparcie? Jest nas trzech, rosłych chłopów. A tamten to niepełnosprawny, pamiętasz? — rozsierdził się komisarz.

— Ale na wszelki wypadek... — wsparł Pirwitza Mirek.

— Oczadzialiście?! Wyobrażacie sobie, co będzie się mówić, jak komandosi Miłoszewskiego wpadną do mieszkania, gdzie przebywa gość na wózku? Co napiszą gazety? Przecież nie chcemy go zabić, tylko przesłuchać! I nie wiemy, czy to w ogóle on, czy tylko ktoś od niego! — krzyczał komisarz wyprowadzony z równowagi.

— Nie pozwolę ci wyjść, zanim nie wezwiesz sekcji interwencyjnej. — Pirwitz nagle zastąpił drogę komisarzowi.

Nawrocki aż spurpurowiał. Mirek otworzył usta w bezbrzeżnym zdziwieniu. Nigdy do tej pory nie widział, żeby ktoś się komisarzowi tak postawił. Wyglądało na to, że w powietrzu wisi potężna awantura. O dziwo jednak, po pełnej napięcia chwili komisarz odpuścił.

— To sam ich wezwij — rzucił w twarz Pirwitzowi i odwrócił się ku oknu.

Sekcja interwencyjna była częścią oddziału Biura Operacji Antyterrorystycznych Komendy Stołecznej i pozostawała w uśpionej gotowości bojowej przez całą dobę. Szturmowcy mieli kilkunastogodzinne dyżury zwane ironicznie wachtami i siedzieli pod telefonem w nowym budynku — przeszklonym, małym biurowcu połączonym futurystycznym napowietrznym korytarzem ze starą bryłą pałacu Mostowskich. Można ich było poderwać natychmiast do akcji, kiedy trzeba było błyskawicznie działać. Najczęściej wspierali aresztowania potencjalnie groźnych osób, ale zdarzały się i poważniejsze interwencje — przy porwaniach czy uwięzionych zakładnikach. Na udział szturmowców teoretycznie potrzebna była zgoda któregoś z szefów, ale Pirwitz zbył wątpliwości rozmówcy po drugiej stronie linii powołaniem się na znane już powszechnie plenipotencje szefa sekcji S-3.

— Mogą ruszyć w przeciągu dziesięciu minut — ogłosił, odkładając słuchawkę.

— Jedziemy! — warknął Nawrocki, ucinając ewentualną dyskusję.

Zbiegli po schodach do dyspozytora. W odwodzie było kilka aut. Wzięli leciwego volkswagena bora, niezbyt pojemny, ale za to zwinny samochód. Ulubiony pojazd cywilnych patroli. Kiedy podjechali pod główne wejście, stała tam już czarna furgonetka bez żadnych znaków szczególnych. Nawrocki dał znak kierowcy, żeby jechał za nimi i kazał ruszać.

Prowadził Mirek. Komisarz wrzucił koguta na dach i uruchomił syrenę. Zupełnie nie dbał o to, że formalnie nie zgłosił tej akcji nikomu ani nie uzgodnił procedury z oficerem dyżurnym.

Po kilku manewrach na zatłoczonych ulicach wokół Bankowego wpadli na Trasę W-Z, omijając korkujący się przejazd pasem wyznaczonym dla tramwajów. Mirek był w swoim żywiole. Migiem przelecieli przez most i pomknęli — już na prawym brzegu Wisły — Wybrzeżem Szczecińskim, a dalej Wałem Miedzeszyńskim. Kogut na dachu wył jak oszalały, mijane samochody uskakiwały na bok. Przed Ateńską Nawrocki polecił wyłączyć syrenę i podjechali pod budynek, po krótkich poszukiwaniach i wypatrywaniu właściwego numeru, cicho i dyskretnie.

— To tu. Jaki numer mieszkania? — rzucił komisarz.

— Dwadzieścia trzy. Pewnie drugie albo trzecie piętro — odpowiedział Mirek.

— Idziemy. — Nawrocki ruszył do klatki.

— Zaraz. Najpierw oni — Pirwitz wskazał głową wyskakujących z furgonetki szturmowców w maskujących mundurach, które Nawrockiego zawsze śmieszyły. — A wy wzięliście w ogóle broń? — zapytał Pirwitz, wyciągając służbowego glocka z kabury na pasie u spodni.

— Ja mam — odpowiedział Mirek i powtórzył gest podkomisarza.

— Ja nie mam — zreflektował się komisarz. Po ostatnich wypadkach, gdy zastrzelił gangstera, czuł niechęć do broni i trzymał glocka w kasie pancernej w swoim gabinecie.

— Nadal chcesz tam wejść? — Pirwitz z trzaskiem przeładował pistolet i dzierżył go teraz skierowany prosto w ziemię. Nawrocki zauważył, że serdeczny palec prawej ręki komandos trzyma z dala od spustu, na obudowie broni.

— Oczywiście, ale to my wejdziemy pierwsi. Grzecznie zapukamy i powiemy „policja". Oni będą tylko ubezpieczać. A jeśli o nas chodzi, to te dwie wasze armaty zupełnie wystarczą. — Podczas przemowy komisarza Mirek powtórzył gest Pirwitza, starając się najwyraźniej naśladować bardziej doświadczonego kolegę.

— No to ruszamy — odpowiedział komandos i wyglądało to tak, jakby chwilowo przejmował dowództwo. Nawrocki nie miał nic przeciwko temu, w końcu to był jego żywioł.

W budynku nie było windy. Na każdym piętrze znajdowały się dwa mieszkania z drzwiami położonymi naprzeciwko siebie. Lokal oznaczony numerem dwadzieścia trzy rzeczywiście znajdował się na trzecim piętrze. Po schodach szli jeden za drugim, najpierw Pirwitz, potem Mirek, na końcu Nawrocki. Oddział szturmowy pomykał niemal bezszelestnie tuż za nimi.

Pirwitz zasłonił ręką oko judasza i szepnął:

— Cichutko! Skoro tak chcesz, to zapukamy i przedstawimy się. Jeśli normalnie otworzy, ja wchodzę pierwszy, a ty Irek trzymaj się za mną. Mirek, ty ubezpieczasz za chłopakami. Dwóch tutaj do mnie! — przywołał część zespołu. Szturmowcy natychmiast ustawili się w szyku, który Pirwitz opisał.

— A jeśli nie otworzy po dobroci? — zainteresował się Nawrocki

— Zostawimy to grupie — bez wahania odpowiedział Pirwitz. — Wszyscy gotowi? Działaj!

Komisarzowi udzieliła się jednak lekka nerwowość towarzysząca posunięciom Pirwitza. W dawnych czasach pojechaliby po prostu z Mirkiem i przesłuchali faceta. Przecież nie mieli żadnych dowodów, poza tym jakim zagrożeniem był niepełnosprawny na wózku?

Kiedy więc stukał do drzwi, odczuł, że ręka delikatnie mu drży.

Odpowiedziała im cisza. Zastukał jeszcze raz i ponownie bez skutku. Za trzecim razem powiedział głośno: „Policja! Otwierać!" i nagle poczuł dziwną wesołość. Przypomniał sobie sceny z filmów wojennych, kiedy hitlerowcy łomotali w drzwi kolbami karabinów, wrzeszcząc łamaną polszczyzną: „Otweracz! Otweracz!" na zmianę z „Aufmachen!", żeby już nie było żadnych wątpliwości. Wreszcie odwrócił się do reszty.

— Tam nikogo nie ma.

— A jeśli tylko cicho siedzi? — odpowiedział Mirek teatralnym szeptem.

— Uważasz, że powinniśmy jednak wchodzić? — zwrócił się Nawrocki do Pirwitza.

— Tak, ale teraz już nie my tylko oddział! — Podkomisarz był nieustępliwy.

Przemieścili się więc. Przy drzwiach stanął szturmowiec, który szedł ostatni, dźwigając ciężki metalowy taran w kształcie wydłużonego walca. Zaraz za nim zatrzymało się, z bronią przy oczach, dwóch kolegów, przy czym jeden uklęknął. Kiedy byli gotowi, spojrzeli na dowódcę, a ten dał im jakiś umówiony znak ręką. Nawrocki uświadomił sobie, że żaden z policjantów oddziału szturmowego nie wypowiedział do tej pory ani słowa.

Taran uderzył w drzwi, wyłamując je z tępym hukiem, a piątka szturmowców wdarła się do mieszkania, świecąc naokoło latarkami podwieszonymi pod lufami pistoletów maszynowych H&K i krzycząc głośno: „Policja! Nie ruszać się!". Szósty, ten z taranem, został na schodach.

Akcja trwała raptem kilkanaście sekund. Po gromkich: „Czysto! Czysto!" szturmowcy, już rozluźnieni, wyszli na klatkę, na której zdążyli pojawić się pierwsi czujni mieszkańcy, zaaferowani krzykami i hałasem. Teraz wkroczył Mirek, uspokajając ich i wzywając do powrotu do mieszkań. Pirwitz i dowódca oddziału interwencyjnego zamienili parę słów, szturmowcy szybko zabrali się do wyjścia. Nawrocki cały czas stał z boku, a gdy się rozluźniło, przeskoczył resztki połamanych drzwi, by zajrzeć do środka. Lokal wyglądał na całkowicie nieużywany. Wszędzie było czysto, a sprzęty jakby czekały na nowego użytkownika. W kuchni naczynia stały grzecznie w szafkach, tylko na szklanym blacie elektrycznej kuchenki drzemał stary czajnik, zupełnie nie pasujący do reszty.

— Nikogo tu nie było od dłuższego czasu — rzucił Nawrocki Pirwitzowi już na klatce schodowej. Tymczasem Mirek użerał się piętro wyżej z jakąś krewką emerytką. — Nie mamy gościa, mamy za to rozpieprzone drzwi. Dobrze chociaż, że nie wrzucili granatów dymnych — dopowiedział komisarz z przekąsem.

— Trudno, taka procedura. Trzeba dmuchać na zimne. Wierz mi, mam doświadczenie — odpowiedział Pirwitz.

— Nie wątpię. Teraz przygotujmy się lepiej na to, że dostaniemy kopa w dupę. I to bolesnego. — Nawrocki zaczął schodzić ku wyjściu, nie czekając na kompanów.

Wszyscy trzej spotkali się przy samochodzie. Mirek próbował opowiedzieć o swoich przygodach z mieszkańcami, ale komisarz doradził mu raczej zadzwonienie do dyżurnego, żeby wysłał kogoś, kto zabezpieczy mieszkanie, i poinformowanie biura, by zorganizowało stolarza i przygotowało fakturę za straty.

— Co teraz? — zapytał w końcu Pirwitz, kiedy już sierżant uporał się z zadaniem, a Nawrocki wypalił w milczeniu fajkę.

— Ja to bym coś zjadł. Piekielnie głodny jestem po tej masakrze — odpowiedział Mirek beztrosko. Nawrocki popatrzył na niego zdziwiony. Pirwitz jakby się żachnął.

— A wiesz, że nie jest to taki głupi pomysł. Panowie! Za mną! — Komisarz zdecydował się nagle i ruszył szybkim krokiem ku ulicy Egipskiej.

Stał tam brzydki jednopiętrowy budynek, gdzie na parterze obok nieco zapyziałej księgarni mieściła się grecka restauracja „Santorini", prowadzona przez znaną warszawską restauratorkę i gwiazdę rozmaitych kulinarnych stron w kolorowych pismach. Knajpka do tanich nie należała, ale Nawrocki znał trochę szefa kuchni, od lat osiadłego w Polsce Greka, któremu niegdyś wyświadczył drobną, acz istotną przysługę. Ten zaś w ramach rewanżu zaprosił go do korzystania z kuchni „Santorini", ilekroć tylko komisarz będzie miał na to ochotę. Nawrocki nie nadużywał tego przywileju, prawdę powiedziawszy, nigdy jeszcze nie skorzystał z zaproszenia, ale teraz uznał, że zrobi drobny wyjątek w swych antykorupcyjnych pryncypiach. Trochę też chciał zaimponować podwładnym, co mu się udało.

Barczysty Apostolis w białym kitlu i fantazyjnej czapie na głowie powitał trzech muszkieterów z radością, wycałowawszy ich z dubeltówki i pokłuwszy im policzki sumiastym wąsem. Gromkim głosem przywołał dwóch kelnerów i kazał im się zaopiekować stolikiem policjantów, a sam pofrunął do kuchni, skąd zaczęły natychmiast dochodzić odgłosy intensywnej krzątaniny.

Nawrocki nie miał wielkiego apetytu, zaspokoił więc umiarkowany głód uwielbianą sałatką *choriatiki*, obficie zlaną oliwą z kreteńskiej Sfakii, pszennym chlebem maczanym w paście *tzatziki* oraz małą karafką domowego czerwonego wina. Z czułością pomyślał, że skoro nie jest teraz z Małgorzatą i Jasiem na Krecie, to ma chociaż namiastkę tego, co oni. Reszta towarzystwa zdecydowanie odmówiła alkoholu. Pirwitz, bo — jak powiedział — w ogóle nie używa, a Mirek dlatego, że prowadzi. Z jedzeniem było już zupełnie inaczej. Podkomisarz wziął gołąbki w liściach winorośli, zwane *dolmades* i poprawił pierogami z mięsem *pites*, natomiast Mirek naprawdę zaszalał. Na przystawkę zażyczył sobie *termosalatę*, potem jagnięcych *souvlaki*, a na deser jeszcze słodkiego ciasta przypominającego szarlotkę. Nawrocki wolał nie myśleć, ile wyniósłby normalny rachunek za tę ucztę.

Przy mocnej czarnej kawie, jaką zaserwował im Apostolis *on the house* (jakby co najmniej za resztę mieli płacić), zaczęli wreszcie rozmawiać.

— No to pojedliśmy. A teraz co? Wracamy na komendę i czekamy na zjebkę? — Mirek otarł usta chusteczką i czknął nieznacznie.

— A są inne propozycje? — minorowo odparł Pirwitz.

Nawrocki wpatrywał się w talerz. Posiłek, zamiast oczekiwanej ociężałości, przyniósł mu nową energię.

— Jest jeszcze jedna rzecz, którą moglibyśmy zrobić przed powrotem i położeniem głów na gilotynie.

— Niby co? — Mirek dłubał teraz w zębach wykałaczką.

— To mieszkanie przy placu Wilsona. Bielka też je wynajął...

— Ale nikt się nie zgłosił do agencji i nie odebrał kluczy — przypomniał Pirwitz.

— Co nie znaczy, że nie możemy tego sprawdzić. Tak dla pewności — odparł szybko komisarz.

— We trzech, bez szturmowców? — powątpiewał Pirwitz.

— A co nam szkodzi? Macie przecież broń, w razie czego. Podjedziemy, zapukamy, zobaczymy.

— Naprawdę myślisz, że to coś da? — Podkomisarz bujał się na krześle pełen zwątpienia.

— Nie wiem. Ale kiedy będę raportował, że daliśmy dupy, chciałbym wiedzieć, że rzeczywiście niczego nie zaniedbaliśmy.

Pirwitz z Mirkiem spojrzeli po sobie. Wyglądało na to, że i oni nie chcą wracać z niczym.

— Okej. Możemy tam zajrzeć. Pamięta szef adres? — Mirek już szukał kluczy samochodowych po kieszeniach.

— Pogonowskiego trzy mieszkania sześć — wyrecytował komisarz. — Naprzeciwko parku Żeromskiego. To musi być jakiś zwyczajny blok na osiedlu przy Wilsona.

— A pamiętacie, że przez lata mówiło się Komuny Paryskiej? — zapytał Pirwitz.

— Nigdy się nie mówiło. Dla prawdziwych warszawiaków było zawsze Wilsona i tyle — mruknął Nawrocki, zbierając się do wyjścia.

Znów pojechali wiślanym nadbrzeżem, tym razem na północ, aż do mostu Gdańskiego. Tym razem, ponieważ nie używali koguta, utknęli w zwykłym codziennym korku, jaki tworzył się popołudniem na tej trasie. Powolutku przetoczyli się przez most Gdański, by wjechać na Mickiewicza i przez niespodziewanie pusty plac Inwalidów dotrzeć na wielkie rondo przy Wilsona.

Poszukiwanie właściwego budynku przy Pogonowskiego trwało jeszcze chwilę. Kiedy wreszcie weszli na klatkę (nie było domofonu), Pirwitz wyciągnął broń i przeładował. Nawrocki syknął z dezaprobatą, ale Mirek poszedł w ślady swego nowego mistrza.

Pod szóstką inicjatywę przejął Pirwitz.

— Mirek, patrz cały czas na gościa, który nam otworzy — powiedział, jakby był pewien, że ktoś im otworzy. — Ja będę miał baczenie na resztę. Gotowi?

Po czym, zanim Nawrocki zdążył w ogóle zareagować, walnął trzy razy w drzwi, ignorując dzwonek.

— Proszę otwierać, policja!

Przez chwilę nic się nie działo. Wreszcie po drugiej stronie dały się słyszeć szelesty; szczęknęły zamki i drzwi uchyliły się nieco.

— Policja, proszę nas wpuścić! — Nawrocki machnął legitymacją zza pleców Pirwitza.

W wejściu stał niewysoki szatyn ubrany w zwykły dres i bluzę z kapturem. Wyglądał na zaskoczonego.

— Policja? Coś się stało? — odparł nienaganną polszczyzną.

— Proszę nas wpuścić — powtórzył twardo komisarz.

— Ależ proszę bardzo, wejdźcie panowie. — Mężczyzna cofnął się w głąb korytarza, robiąc miejsce.

Weszli do mieszkania w ustalonym wcześniej szyku. Gospodarz wyglądał na zdezorientowanego. Odwrócił się do nich plecami i wszedł do dużego pokoju ze stołem przy oknie i wielkim telewizorem w rogu.

— Zupełnie nie rozumiem. Jestem obywatelem...

— Pan Thomas Bielka? — zapytał bez wstępu Nawrocki.

— Tak. Jestem Thomas Bielka — powiedział mężczyzna, po czym opadł na krzesło. — Ale co się stało?

— Pan chodzi? — Nawrocki wysunął się nieznacznie przed partnerów.

— Nie rozumiem. Oczywiście, że chodzę. Jestem obywatelem... — zaczął znów, ale komisarz mu przerwał. Nie uszło przy tym jego uwagi, że mężczyzna jakby stężał na twarzy.

— Jest pan obywatelem niemieckim, zamieszkałym w Szwecji, tak? Spokojnie, to wiemy. — Nawrocki starał się mówić szybko, by pokryć zaskoczenie. — Skąd pan się tu znalazł, panie Bielka, skoro nikt nie odebrał kluczy z agencji?

Mężczyzna rozluźnił się.

— A, to tylko drobne nieporozumienie. Okazało się, że mieszkanie należy do mojego znajomego.

A właściwie znajomego kolegi. Taki, przyznam, zadziwiający splot okoliczności. Kiedy już wyjaśniliśmy to sobie, odebrałem klucze od niego bezpośrednio. Nie chciało mi się jechać do agencji. Poza tym, panowie rozumieją, lepiej zapłacić do ręki koledze niż przez biuro z podatkiem. A opłata karna za niezrealizowanie rezerwacji jest symboliczna w porównaniu z pełną ceną wynajmu — uśmiechnął się porozumiewawczo.

— Nie boi się pan, że agencja tymczasem wynajmie mieszkanie komuś innemu?

— Rezerwacja opiewa na dwa tygodnie. Nie muszę przecież wykorzystać całego okresu, tylko odebrać klucze, dajmy na to, trzy dni przed terminem. Opłata karna naliczana jest dopiero, jeśli w ogóle nie odbiorę kluczy. Taka umowa jest wyjątkowo korzystna dla klienta, ale biura wynajmu w tym kraju cenią sobie zagranicznych partnerów i idą im na rękę.

— Jak na osobę z niemieckim paszportem zamieszkałą w praworządnej Szwecji nadzwyczaj łatwo akceptuje pan nasze polskie zwyczaje — odparł komisarz.

— No przecież w duszy tak naprawdę nadal jestem Polakiem — odrzekł wciąż uśmiechnięty Bielka.

— Doprawdy? A może mi pan powiedzieć, w jakim w ogóle celu przyjechał pan do Polski? — Nawrocki zajął miejsce naprzeciwko rozmówcy.

— Interesy. Postanowiłem połączyć wyprawę biznesową z sentymentalną podróżą do kraju rodziców.

— Bielka skrzyżował ręce na piersiach. — Panowie wybaczą, ale jaki jest w ogóle problem, dlaczego nachodzicie mnie znienacka i...

— A jakie interesy przywiodły pana do kraju przodków, panie Bielka? Przecież z Bierwerkiem nie ma pan nic wspólnego. Jest pan, jak wiemy, rentierem korzystającym z uroków życia.

Mężczyzna tym razem wyraźnie zbladł. Napięcie ścięło mu mięśnie na twarzy. Poprawił się na krześle, odchrząkując lekko.

— Pan chyba myli mnie z kimś innym. A w ogóle to z kim mam tę wątpliwą przyjemność?

— Komisarz Ireneusz Nawrocki, Komenda Stołeczna Policji. Przepraszam, że nie przedstawiłem się od razu. Nie sądzę jednak, żebyśmy się pomylili. Jest pan podejrzany o dokonanie czterech zabójstw na terenie Unii Europejskiej. Dwóch w Polsce, a także jednego w Szwecji oraz w Wielkiej Brytanii. — Nawrocki postanowił zagrać *va banque*.

Mężczyzna natychmiast poderwał się z krzesła, na co równie szybko zareagował Pirwitz, podnosząc do oczu glocka i wycelowując go wprost w rozmówcę komisarza. Mirek zaś wciąż stał za Pirwitzem, trzymając swoją broń zwieszoną u nogi. Wyglądał jednak na skoncentrowanego.

— Pan chyba żartuje! Nie rozumiem, o co tu chodzi. Panowie nadużywacie swojej władzy. I proszę we mnie nie celować! — Głos mężczyzny przepełniony był oburzeniem.

— Niech pan się uspokoi i usiądzie. Natychmiast! — Nawrocki nawet się nie poruszył. Już wiedział, jak rozegrać to starcie.

Mężczyzna z powrotem opadł na krzesło. Wyglądał teraz na zrezygnowanego.

— Będziemy musieli pana przesłuchać oficjalnie na komendzie. Z kamerą, protokołem i tak dalej. I pewnie jakimś prawnikiem, jeśli pan sobie takiego zażyczy. Przedstawimy panu zarzuty i będziemy wnioskować do prokuratury — a ta później, jak liczymy, do sądu — o areszt dla pana. Czy pan rozumie tę procedurę?

— Rozumiem. Ale wciąż nie mogę uwierzyć własnym uszom. To jest jakiś absurd! Kompletna paranoja.

— Absurdem i paranoją proszę pana jest to, że pan postanowił zabijać tylko dlatego, by odnaleźć księgę, którą, jak się panu zdawało, skradziono z Biblioteki Krakowskiej! — odparował komisarz.

Pirwitz znów podniósł nieco broń, bo mężczyzna uniósł się nieznacznie, a Mirek zrobił krok wprzód i zrównał się z podkomisarzem. On także trzymał broń w pogotowiu. Nawrocki szedł za ciosem.

— Ale, powiem panu, wszystko to nie miało żadnego znaczenia, najmniejszego sensu. Rękopis traktujący o prawdziwych okolicznościach śmierci niejakiego Kiro Kozukekenosuke Yoshinaki nigdy nawet nie opuścił murów biblioteki. Jest tam bezpieczny. Cała ta pańska maskarada byłaby nawet śmieszna, gdyby nie była żałosna i w dodatku tragiczna w skutkach — zakończył komisarz, patrząc mężczyźnie prosto w oczy.

Ten zaś wytrzymał spojrzenie.

— Pan widział rękopis osobiście, miał go pan w rękach? — zapytał cicho.

— Nie, nie widziałem. Ale bibliotekarze go znaleźli, a nawet przesłali mi jego streszczenie.

— A więc zna pan prawdziwą wersję wydarzeń? — mężczyzna dopytywał się dalej.

— Znam treść tego rękopisu i tyle. Zupełnie mnie on nie obchodzi...

— ...a powinien! — Mężczyzna nieoczekiwanie wpadł policjantowi w słowo.

— ...obchodzą mnie natomiast tamte cztery trupy i pańska... wyobraźnia — dokończył Nawrocki, uznając, że nie powinien teraz denerwować podejrzanego inwektywami ani zdradzać swego stosunku do sprawy.

— Tu nie chodzi o moją, jak pan to ujął, wyobraźnię, tylko o wierność. Zasady samuraja...

— Wiem, wiem, słyszałem — Nawrocki machnął lekceważąco ręką. — Ale o tym porozmawiamy sobie na komendzie. Pan teraz grzecznie wstanie i obróci się tyłem, a jeden z moich kolegów założy panu kajdanki. Potem wyjdziemy spokojnie, bez żadnych awantur. Chyba że chce pan nas wypróbować. Więc co, robimy to *the easy way*?

Mężczyzna uśmiechnął się nagle i skinął głową potwierdzająco. Wstał z krzesła i uczynił ruch, jakby chciał się obrócić, zgodnie z poleceniem komisarza, ale zamiast tego błyskawicznie sięgnął do bocznej kieszeni bluzy i zamachnął się lewą ręką. Coś zafurczało w powietrzu, a Mirek, stojący najbliżej, bo wystąpił przed Pirwitza, osunął się nagle na kolana. Na ścianie za nim pojawiła się natychmiast wielka czerwona plama. Nawrocki zamarł. Wtedy rozległy się trzy suche strzały i mężczyznę, z ręką uniesioną nad głową, odrzuciło pod okno. Całe pomieszczenie wypełnił dym z pistoletu Pirwitza. Nawrocki wciąż stał znieruchomiały. Mirek leżał na podłodze i rzęził. Wokół niego zaczęła się szybko tworzyć kałuża krwi.

Pirwitz, wciąż z glockiem w dłoni, zwinnie doskoczył do ciała mężczyzny. Przyklęknął i dotknął go.

— Zobacz, co z Mirkiem! — wrzasnął.

Komisarz posłusznie odwrócił się ku sierżantowi. Kałuża krwi była coraz większa, a Mirek, w drgawkach, przytrzymywał obu dłońmi szyję. Była całkowicie rozerwana. Pulsującymi falami, coraz słabszymi, jak zauważył Nawrocki, krew wylewała się na podłogę. Na ustach Mirka pojawiły się krwawe bąbelki, a jego oczy, zastygłe w zdziwieniu, powoli mętniały. Pirwitz już był przy nich.

— Rozwalił mu aortę! Kurwa! Dzwoń po karetkę, ale już!

Trzęsącymi się dłońmi Nawrocki wystukał sto dwanaście i przyłożył aparat do ucha. Patrzył, jak Pirwitz bezceremonialnie łapie Mirka za szyję i zaciska dłoń, nie zważając, że przez palce ścieka mu krew. Ciałem Mirka wstrząsały drgawki.

To nie może być prawda, to nie może być prawda, powtarzał sobie w myślach komisarz. I jak przez sen zobaczył tamtą, dawniejszą, scenę, kiedy Mirek uchyla się błyskawicznie, a nóż przelatuje obok jego głowy. Wtedy to on trzymał bandziora na muszce. I nie zawahał się pociągnąć za spust.

— Pogotowie ratunkowe — usłyszał w słuchawce.

— Tu policja, komisarz Ireneusz Nawrocki z komendy stołecznej. Dawajcie natychmiast erkę na Pogonowskiego trzy przez sześć. Postrzelony policjant. Stan krytyczny!

— Wysyłam — odpowiedział beznamiętnie żeński głos.

Pirwitz wciąż klęczał nad Mirkiem. Dłonie miał całe we krwi.

— I co? — Tyle tylko potrafił wydusić z siebie komisarz.

— To agonia, on umiera. Nie mogę powstrzymać krwotoku — zabrzmiał głucho głos komandosa.

Nawrocki uniósł wzrok ku ścianie i wielkiej plamie krzepnącej pomału czerwieni. Do dwóch razy sztuka, pomyślał. I zamknął oczy.

Sanitariusze przyjechali, gdy było już po wszystkim. Mirek leżał na dywanie w zastygłej kałuży, Pirwitz stał nad nim, a Nawrocki siedział na podłodze, kiwając się rytmicznie, jakby dotknęła go nagle choroba sieroca.

Lekarz stwierdził zgon w wyniku wykrwawienia się. Przerwana aorta szyjna, dlatego siknęło krwią, jak z ogrodowego węża. Potem ciśnienie w arterii powoli wyrównywało się i kolejne fale krwi, pompowane przez niczego nieświadome serce Mirka, wylewały się z ciała z mniejszą siłą.

Mężczyzna leżący pod oknem zmarł natychmiast w wyniku postrzału. Dwie kule w pierś, jedna w głowę. Czaszka częściowo rozłupana, fragmenty mózgu na ścianie i szybie. W zaciśniętej lewej dłoni trzymał wciąż metalową gwiazdę o ostrych ostrzach. Drugą taką, tę, która zabiła Mirka, znaleziono w rogu pokoju. To był *shiroken*, ulubiona skrytobójcza broń japońskich samurajów oraz mitycznych wojowników *ninja*.

Kiedy pakowano ciało sierżanta do foliowego, czarnego worka, Nawrocki poczuł, że łzy spływają mu po twarzy. Wracały obrazy z Mirkiem, jego uśmiech, gdy mówił o Dorocie. Przechwałki, odzywki. Nigdy się nie dowie, jakim Mirek byłby ojcem.

Ale myślał też o sobie.

...POTEM

Dzień był wietrzny. Chmury pędziły po niebie jak oszalałe, a ludzie na ulicach przytrzymywali nakrycia głowy, by wiatr ich nie zwiał. Słońce co prawda wyglądało zza galopujących obłoków, ale nie dawało ciepła. Było rześko. Prawdziwy początek kapryśnej polskiej wrześniowej jesieni.

Jasiek poszedł do szkoły, uroczyste rozpoczęcie roku przeżyli całą rodziną. Małgorzata, wypoczęta i opalona po trzech tygodniach w blasku śródziemnomorskiego słońca, wydawała się po powrocie uspokojona i zrelaksowana. Wieczorem tego dnia, gdy przylecieli, a Jasiek wreszcie usnął, kochali się z radością, której już dawno nie pamiętał. To było jak nowe otwarcie, nowy początek.

Teraz Nawrocki siedział u siebie w pokoju i pisał finalny raport dla komendanta. Starał się, bo zdawał sobie sprawę, że to, co wypichci, zostanie przetłumaczone i pójdzie do Interpolu. A Bobrowski z pewnością wykorzysta fragmenty tekstu na swojej konferencji prasowej mającej zrelacjonować trudne zmagania policji z międzynarodowym zabójcą antykwariuszy.

Na tę konferencję Nawrocki nie został zaproszony. Dopóki śledztwo było w toku, a wynik niepewny, musiał świecić oczami. Nadszedł jednak czas żniw i zwykli robotnicy nie byli już potrzebni. Teraz będzie musiał stawić czoło wydziałowi wewnętrznemu, badającemu okoliczności śmierci sierżanta. Kiedyś, może, odczuwałby gorycz — obecnie był już całkowicie zobojętniały.

Pozbawiony emocji, tłumaczył samemu sobie, że odsunięcie go od kontaktów z mediami było tak naprawdę spowodowane ostatnią aferą w terrorze kryminalnym i szło o to, by w ogóle nie eksponować nikogo z tej komórki.

Okazało się bowiem, że zabójca miał w komendzie informatora. A był nim nie kto inny, tylko sam naczelnik wydziału Mieczysław Różycki, bezpośredni przełożony komisarza.

Na jego ślad wpadło Biuro Spraw Wewnętrznych, ta powszechnie nielubiana przez wszystkich funkcjonariuszy „policja w policji". Dopomógł, jak zwykle, przypadek. Jeden z policjantów z BSW zobaczył pewnego wieczora, kiedy akurat szedł na zakrapianą imprezę kawalerską do kolegi, że naczelnik Różycki korzysta z publicznego aparatu w zwyczajnej budce telefonicznej. Zlekceważył to z początku, ale potem poszedł po rozum do głowy. Ustalił, że budka telefoniczna znajduje się kilka przecznic od mieszkania oficera, ale bliżej są co najmniej dwa inne aparaty. Poza tym naczelnik dysponował dwiema komórkami — prywatną i służbową i był oczywiście abonentem stacjonarnej sieci TP SA. Dlaczego więc korzystał z aparatu publicznego, znajdującego się stosunkowo daleko od jego mieszkania? Wzbudziło to jego niepokój i śladowe z początku podejrzenia. W tym akurat przypadku atmosfera wzajemnej nieufności w służbach, zasiana przez rozmaite akcje i inicjatywy upadłego niedawno, prawicowego rządu, poskutkowała wymiernymi rezultatami. Policjant z BSW zawnioskował w końcu o założenie podsłuchu na publiczny aparat, z którego korzystał Różycki, i tak wyszło na jaw, że naczelnik wydziału do walki z terrorem kryminalnym informuje tajemniczego rozmówcę w Szwecji o wynikach śledztwa prowadzonego przez Nawrockiego.

Komisarz bardzo to wszystko przeżył. Cenił Różyckiego, a nawet go lubił. Jego karta służby wydawała się bez zarzutu. Uchodził wszak za dobrego gliniarza, pragmatyka — wolnego od karierowiczowskich ambicji. Okazało się jednak, że niewolnego od korupcyjnych pokus. Z aferą Różyckiego coś się ostatecznie w Nawrockim zapadło, znużenie i wypalenie pogłębiły się. Wielkie rozczarowanie — tak mógłby nazwać swe odczucia. Chciał nawet o tym porozmawiać z Generałem, ale jego preceptor leżał wymęczony po operacji w szpitalu MSWiA. Musiał więc radzić sobie sam.

I jeszcze pogrzeb Mirka. Odbył się ze wszystkimi możliwymi honorami. Przyszli najwyżsi szefowie — z komendy głównej — miejscowi politycy, przedstawiciele władz miasta. Nad grobem sierżanta wypowiedziano wiele patetycznych słów. Była kompania honorowa i salwy, a jakże. W końcu funkcjonariusz poległ na służbie i zasłużył sobie na godne pożegnanie.

Nawrocki z Pirwitzem stali z boku, komisarz nie podszedł nawet do rodziny Mirka ani do Doroty, by złożyć kondolencje. To było ponad jego siły. Patrzył tylko na zapłakaną narzeczoną poległego współpracownika, na jej brzuch z widoczną ciążą i ze zdziwieniem stwierdził, że nic nie czuje. Był pusty.

Podkomisarz Pirwitz dotrzymał mu towarzystwa, a potem, gdy wyszli już z cmentarza, zaproponował, że to on poprowadzi samochód. Nawrocki oddał mu bez słowa kluczyki do służbowej skody i przez cały czas jazdy na Mostowskich milczał. Pirwitz, szczęśliwie, nie przerwał ciszy.

I tak właśnie pożegnali się z Mirkiem, bez słów.

A raport, relacjonujący przebieg i efekty śledztwa, był suchy i bardzo merytoryczny.

W mieszkaniu przy Wilsona znaleziono niewiele. Rzeczy osobiste denata, jakieś książki, trochę czasopism. A także leki, liczne tabletki. Przeważał preparat o nazwie olanzin (10 mg), produkowany przez islandzką firmę ACTAVIS, kooperującą, jak później ustalił, z innymi nordyckimi podmiotami gospodarczymi z branży medycznej, a także udziałowca i właściciela rozmaitych pomniejszych wytwórców medykamentów na rynku środkowoeuropejskim — również w Polsce.

Zestaw znalezionych pastylek został przekazany do Zakładu Medycyny Sądowej w celu dokładniejszych badań, ale raport stamtąd jeszcze nie nadszedł (komisarz sugerował nacisk na przyspieszenie prac laboratoryjnych ze strony komendanta stołecznego).

Do policji niemieckiej i szwedzkiej została natomiast wysłana prośba o zbadanie, czy Thomas Bielka poddawał się w tych krajach leczeniu, a jeśli tak — to jaki miało ono charakter. Odpowiedź na to zapytanie także na razie nie doczekała się jeszcze odpowiedzi (ale w tej materii Nawrocki niczego już nie sugerował).

Toyota avensis, która stała na parkingu pod feralnym budynkiem przy Wilsona, rzeczywiście została wypożyczona w gdańskim oddziale firmy Avis. W wyniku szczegółowego przeszukania auta stwierdzono — dzięki odciskom palców oraz innym mikrośladom — że pojazd użytkowany był przez zabitego w czasie akcji mężczyznę, który legitymował się dokumentami na nazwisko Thomas Bielka. W bagażniku samochodu znajdował się złożony, nowoczesny wózek inwalidzki z własnym, elektrycznym napędem, produkcji szwedzkiej firmy SweGroTech. Wnikliwe badanie wózka ujawniło, że podlegał on rozmaitym przeróbkom, wprowadzającym do standardowego modelu liczne modyfikacje. W aluminiowym, częściowo nieoryginalnym stelażu stwierdzono skrytkę, w której znajdowały się ukryte dwa miecze (samurajskie, jak się okazało) owinięte w filc. Analiza drobin krwi i innych mikrośladów na klindze wykazała zbieżność z grupami krwi trzech z czterech zamordowanych antykwariuszy (brakowało identyfikacji krakowskiej ofiary z antykwariatu na Łobzowskiej). Zostały zlecone analizy DNA w celu ostatecznego potwierdzenia rozpoznania. Te badania nadal pozostawały w toku.

Udało się częściowo zrekonstruować dane biograficzne domniemanego sprawcy zabójstw.

Ojciec Thomasa Bielki, Edward, wyemigrował z Polski do RFN (według ówczesnej oficjalnej nomenklatury: NRF) w roku 1963 (posługiwał się wtedy nazwiskiem Biełczański) wraz z żoną i małoletnim synem. Posłużył się wtedy odpowiednimi dokumentami stwierdzającymi niemieckie pochodzenie rodziny (Biełczańscy żyli na Śląsku, ojciec Edwarda pracował w kopalni), a wyjazd umożliwiły im ówczesne, poufne uzgodnienia pomiędzy rządami polskim i zachodnioniemieckim. Z wykształcenia technolog żywności po studiach w warszawskiej Szkole Głównej Gospodarstwa Wiejskiego był autorem kilku patentów. W Niemczech znalazł zatrudnienie w przemyśle spożywczym. Po kilkunastu latach został oddelegowany przez ówczesnego pracodawcę, znany koncern piwowarski, do Japonii, gdzie kompania otwierała właśnie swoją filię i uruchamiała browar. W Japonii Biełczański, teraz już Bielka, spędził sześć lat. Żona Maria nie pracowała — zajmowała się domem, a syn uczęszczał do liceum amerykańskiego. Pobierał także nauki w jednej z tokijskich szkół sztuk walki, gdzie trenował aikido oraz kendo. Po powrocie z Japonii Edward Bielka zwolnił się i założył własne przedsiębiorstwo — Bierwerk GmbH — które z czasem odniosło sukces zarówno na trudnym niemieckim rynku piwa, jak i w całej Europie. Edward Bielka zmarł w roku 1998, (żona — chora na raka, zmarła jeszcze w Japonii), a jedynym spadkobiercą uczynił, wyrokiem testamentu, syna Thomasa. Przedsiębiorstwo po śmierci Bielki seniora uległo głębokiej restrukturyzacji. W oficjalnych raportach spółki przedstawianych akcjonariuszom i upublicznianych zgodnie z wymogami prawa Thomas Bielka nie figuruje jako członek jej administracji. Także wedle informacji otrzymanych od zarządu spółki, a przesłanych przez rzecznika prasowego przedsiębiorstwa i zgodnie z tym, co stwierdził on podczas wcześniejszej telefonicznej rozmowy z Nawrockim, Thomas Bielka nie uczestniczył w ostatnich latach w zarządzaniu Bierwerkiem.

I tu znów Nawrocki pozwolił sobie na komentarz. Jego zdaniem należało skontaktować się z odpowiednimi służbami skarbowymi RFN, by te wnikliwiej zbadały rolę Thomasa Bielki w transformacji Bierwerk GmbH w spółkę giełdową, a także przyjrzały się jej pod kątem sprawdzenia rzeczywistej roli spadkobiercy niegdysiejszego właściciela w funkcjonowaniu tego przedsiębiorstwa. Decyzja w tej materii należała wszakże, jak wyraźnie zaznaczył, do komendanta stołecznego, gdyż nie dotyczyła spraw kryminalnych, pozostających w gestii komisarza.

Podsumowując, stwierdził, że motywacja domniemanego sprawcy zabójstw antykwariuszy pozostaje wciąż niejasna. Niezbędna wydaje się, jak pisał, konsultacja z profilerem, którego opinia jest o tyle konieczna — tę część tekstu Nawrocki wytłuścił — gdyż ani on sam, ani konsultowana doraźnie psycholożka Oksana Tatarczuk nie czują się wystarczająco przygotowani merytorycznie, by wysnuwać wystarczająco solidne wnioski w tej materii. Nie od rzeczy — dodał wreszcie komisarz w swoich kolejnych uwagach — byłoby także powołanie konsylium medycznego, złożonego z neurologów i psychiatrów dla wnikliwszego zbadania tego przypadku.

Ze swej strony Nawrocki konstatował jedynie, że zabójca próbował przechwycić niektóre z wykradzionych z Biblioteki Krakowskiej drogocennych publikacji, czyli de facto okraść złodziei. Nie umieścił w raporcie żadnych szerszych rozważań na temat rozmaitych kulturowych i literackich kontekstów zbrodni, był przekonany, że utrudniłoby to tylko szefom zrozumienie całej sprawy.

Komisarz przeczytał tekst raportu raz jeszcze, poprawił literówki, wreszcie wydrukował plik i podpisał go ulubionym metalowym piórem japońskiej firmy Tombow, które niegdyś otrzymał w podarunku od gospodarzy podczas pewnej policyjnej konferencji w Kioto.

Odczuwszy ulgę, zaparzył sobie jeszcze jedną kawę.

Usiadł w fotelu, gapiąc się na mozaikę, jaką utworzył grzyb w rogu sufitu. Kawa tymczasem parowała z kubka, a nie wyłączony komputer szemrał na jałowym biegu.

Nawrocki myślał o wyprawie do doktora Jarosława Klejnockiego, któremu obiecał relację ze śledztwa. Wstępnie umówił się, że odwiedzi naukowca oraz jego żonę, kiedy tylko Klejnocki uzyska przepustkę z zakładu odosobnienia i przyjedzie do domu w Zalesiu Górnym.

Właśnie układał sobie w głowie opowieść o zamkniętym dochodzeniu, jaką miał wygłosić przy palącym się kominku w rodzinnej siedzibie naukowca, gdy rozległo się dyskretne pukanie i wszedł Pirwitz.

— Przyszły wyniki badań krwi, reszty mikrośladów oraz DNA. Uprzedzam, że nie będziesz zachwycony. — Podał Nawrockiemu dokumenty.

Podczas lektury komisarz aż otworzył usta ze zdziwienia.

— Sprawdzałeś te dane od Niemców? Upewniłeś się, bezpośrednio? Dzwoniłeś do nich? — wyrzucił z siebie.

Pirwitz tylko mrugnął powiekami. Nawrocki wciąż nie dowierzał własnym oczom.

— Tu piszą, że „Thomas Bielka to grupa 0Rh–, a nasz klient miał przecież BRh+! Jeśli to nie Bielka, to kim on, do cholery, był? Przecież nie mogło być ich dwóch, takich samych, ale z odmienną morfologią? — Nawrocki miotał się po pokoju. — A może jednak pomylili się albo ten cwany skurwiel narobił im świadomie bałaganu, żeby zmylić tropy? — Nawrocki wyrzucał z siebie pytania.

Pirwitz tylko wzruszył ramionami.

I wtedy komisarz zaczął się śmiać. A właściwie wybuchnął głośnym i nieprzyjemnym rechotem, wypełniającym całe pomieszczenie i z pewnością odbijającym się echem aż na korytarzu. Podkomisarz nie zareagował, czekając, aż się uspokoi. A Nawrocki, gdy tylko otarł łzy ściekające po policzkach, wyjął z szuflady biurka kartkę A4 wypełnioną równym ręcznym pismem i wręczył ją Pirwitzowi. Ten ledwie na nią zerknął.

— Czemu to robisz? Dlaczego akurat teraz?

— Bo chciałbym zachować dla siebie poczucie choćby minimalnego sensu. A to tu wszystko... — zatoczył ręką krąg nad głową, nie dokończywszy odpowiedzi.

— To z powodu Różyckiego, tak?

— Z powodu Różyckiego i tuzina jemu podobnych, z powodu tego Bielki czy nie Bielki, z powodu tego całego popaprania. I z powodu Mirka — wyrzucił Nawrocki jednym tchem.

Pirwitz nie odpowiedział, tylko stał bez ruchu.

— Ale nie obwiniasz chyba siebie? — odezwał się wreszcie po chwili milczenia.

Tym razem to Nawrocki nic nie powiedział.

Pirwitz przetrzymał tę ciszę, a potem spojrzał wymownie na zegarek.

— Już późno. Idź do domu, rodzina czeka.

— Nie wiem i nie chcę wiedzieć, która godzina — odparł komisarz Nawrocki martwym głosem.

Podziękowania i uwagi

Specjalne podziękowania należą się Baltic Centre for Writers and Translators w Visby na Gotlandii (Szwecja) za stypendium, które umożliwiło mi pracę nad książką, oraz Lenie Pasternak, która szefuje owej instytucji — za opiekę i stworzenie rodzinnej atmosfery w tym doprawdy niezwykłym miejscu.

Dziękuję serdecznie Bartłomiejowi Kwaskowi za pomocną dłoń i liczne podpowiedzi, bez których powstanie tej opowieści wiązałoby się z większym mozołem.

Podziękowania za wnikliwe konsultacje zechce także przyjąć doktor nauk medycznych Krzysztof Wojciechowski.

Jerzemu Sosnowskiemu dziękuję za rozmaite celne wskazówki merytoryczne.

Marcin Bosacki, Mariusz Czubaj, Marek Krajewski oraz Zygmunt Miłoszewski zechcą przyjąć wyrazy wdzięczności za zgodę na uwikłanie ich i ich książek w rozmaite gry literackie.

* * *

Cytaty z wywiadu z profesorem Philipem Zimbardo pochodzą z rozmowy przeprowadzonej z nim przez Adama Leszczyńskiego na łamach Wysokich Obcasów (*Efekt Lucyfera*, Wysokie Obcasy nr 25/478 z 25 czerwca 2008).

Cytowana notka o Aleksandrze Piczuszkinie pochodzi z gazety „Dziennik. Polska. Europa. Świat". Korzystałem także z reportażu Justyny Prus pod tytułem *Morderca, dla którego ofiary były tylko pionkami na szachownicy* — „Dziennik. Polska. Europa. Świat" 3–4 listopada 2007.

* * *

Na pytania o realizm moich powieści mogę tylko odpowiedzieć, że wierzę w to, iż w literaturze rzeczywistość służy fikcji, nigdy odwrotnie.

* * *

Tylko autor ponosi ostateczną odpowiedzialność za kształt książki.

Opieka redakcyjna
Waldemar Popek

Adiustacja
Joanna Grodzka

Korekta
Anna Rudnicka, Urszula Srokosz-Martiuk, Małgorzata Wójcik

Projekt okładki i stron tytułowych
Marek Wajda

Zdjęcie autora na okładce
Mateusz Kowalski

Redakcja techniczna
Bożena Korbut

Printed in Poland
Wydawnictwo Literackie Sp. z o.o., 2010
ul. Długa 1, 31-147 Kraków
bezpłatna linia telefoniczna: 0 800 42 10 40
księgarnia internetowa: www.wydawnictwoliterackie.pl
e-mail: ksiegarnia@wydawnictwoliterackie.pl
fax: (+48-12) 430 00 96
tel.: (+48-12) 619 27 70
Skład i łamanie: Infomarket
Druk i oprawa: Drukarnia GS, Kraków